Jenny Diski

Küsse und Schläge

Aus dem Englischen übersetzt

von Bettina Runge

– Klett-Cotta –

Denn nichts werde natürlich genannt
In solcher Zeit blutiger Verwirrung
Verordneter Unordnung, planmäßiger Willkür
Entmenschter Menschheit, damit nichts
Unveränderlich gelte.

Bertolt Brecht

E I N S

Morgen. Rachel erwachte mit den Sonnenstrahlen, die durch den Vorhangspalt in ihr Zimmer fielen. Ein warmer Spätsommertag mit blauem Himmel. Die Morgen erschienen so viel hoffnungsvoller im Sommer; man konnte einfach die Augen öffnen und aufstehen, ohne all die inneren Kämpfe, ohne dies beklemmende Gefühl auf der Brust und den starken Wunsch, gleich wieder in Bewußtlosigkeit zu versinken. Warme Tage, luftige Kleidung und das Gefühl von Wohlbehagen gehörten zusammen. Wenn sie in einem Land leben würde, in dem Sonnenschein garantiert wäre, wo sie wüßte, bevor sie die Augen aufschlug, daß die Sonne in ihr Zimmer drang, vielleicht wäre sie sich dann auch ihrer Stimmungen sicher. Vielleicht aber wäre ein Leben ohne Schatten und ohne trübe, graue Himmel mit der Zeit langweilig. Fade. Eindimensional. Abwechslung war Abwechslung, selbst wenn sie nur dort draußen stattfand, jenseits ihres Fensters.

Sie stand auf, streifte ein T-Shirt über, ging in die Küche, setzte Teewasser auf. Dann nach unten ins Badezimmer, schnell pinkeln, Zähne putzen, kaltes Wasser ins Gesicht und die *Times* aus dem Briefkastenschlitz ziehen. Die Luft spielte frisch und warm um ihre nackten Beine, als sie das kochende Wasser in die Teekanne goß und ans geöffnete Fenster trat, um nach den Blumen zu sehen, während sie wartete, daß der Tee zog. Sie blickte aus dem Fenster. Vor ihrem Haus in der Straße befand sich ein großes Loch, wo neue Gasleitungen verlegt werden sollten. Wenigstens hatte das Dröhnen des Preßluftbohrers aufgehört; ihre friedlichen Ferienvormittage waren in den letzten Tagen vom Baulärm erschüttert worden, und es hatte eine Weile gedauert, bis sie begriff, daß die Störung von außen kam. Heute morgen aber war es paradiesisch ruhig, das Bauloch verlassen und mit bunten Schnüren abgesteckt; ein Abgrund vor ihrer Haustür.

Als sie jetzt den Tee einschenkte und die Zeitung vor sich ausbreitete, wurde ihr die Stille erst richtig bewußt, und sie sog sie gierig ein wie ein meditatives Gesöff, speicherte sie in ihrem Gedächtnis für spätere Tage, wenn Arbeit und Kindererziehung die Morgen wieder laut und hektisch machen würden. Manchmal konnte sie sich für schlechtere Zeiten mit ruhigen, angenehmen Stunden aufladen wie eine Batterie.

Sie überflog die Titelseite der Zeitung – die Schlagzeilen waren ähnlich wie gestern. Typische Sommernachrichten: ein Streik irgendwo, Politiker im Urlaub, ein Erdbeben in einem südlichen Land. Sie schlürfte ihren heißen Tee und dachte an Carrie, die mit Michael in Italien war. Carrie, acht, bange vor Erdbeben selbst in West Hampstead, war weit genug vom Epizentrum in Sizilien entfernt, als daß sich Rachel ernsthafte Sorgen hätte machen müssen. Sie hoffte nur, Michael war so vernünftig, die Nachricht von ihr fernzuhalten. Für Carrie war ein Erdbeben, ganz gleich wo, Grund genug, in Panik zu geraten. Kleine Schultern, zitternd vor Angst, weit aufgerissene Augen, ein unterdrückter Aufschrei: »Neeeiiin . . . ein ERDBEBEN! Hilfe!«

Rachel lächelte bei der Vorstellung und blätterte die Seite um. Lokalnachrichten. Sie stellte langsam ihre Tasse ab, und ihr Blick streifte die beiden Skizzen ganz unten auf der Seite. Zwei Zeichnungen, von einem Mann und einer Frau. Der Mann war unverkennbar Joshua. Ihre erste Reaktion beim Anblick seines Gesichts waren Freude und Belustigung darüber, daß dieses Klischee – ein Mann wie jeder andere mit einem Dreitagebart, mit drahtigem kurzgeschnittenem Haar und einem breiten zerfurchten Gesicht – für sie kein anderer als Joshua war. Bevor sie den Text darüber las, hatte sie genügend Zeit, sich Tausende von Menschen vorzustellen, die in diesem Phantombild Freunde oder Liebhaber wiederzuerkennen glaubten. Auch bei der Lektüre der Schlagzeile – PAAR WEGEN TRIEBVERBRECHEN GESUCHT – war sie noch belustigt. Na, das paßt doch bestens, dachte sie und begann, die Geschichte zu lesen. Ein sechzehnjähriges Mädchen war von einem Paar in dessen Wagen, einen blauen Fiesta, gelockt und vergewaltigt worden. Anschließend war es gezwungen worden, sich an weiteren Sexualhandlungen des Paars zu beteiligen. ›Die Polizei von Inverness hat eine Spezialleitung eingerichtet. Wer sachdienliche Hinweise geben kann, wird gebeten, folgende Nummer anzurufen . . .‹

Bei diesem letzten Satz begann ihr das Herz wie wild gegen die Rippen zu hämmern. Sie schaute erneut auf das Phantombild und griff automatisch nach einer Zigarette. Haar und Bart stimmten genau, der Mund nicht ganz, doch sie sah ihn in ihrer Erinnerung stets mit einem Lächeln, mehr einem Grinsen, das seine tadellosen weißen Zähne entblößte. Seine dunklen Augen waren bohrend und starr, so wie eine verstörte Sechzehnjährige ihren Vergewaltiger sehen mußte. Aber auch, nicht wahr Rachel, wie Joshuas Augen, wenn er sie fickte: stechend, kalt, zornig. Gib's zu, Rachel. Oder ging ihre Phantasie mit ihr durch? Je länger sie das Bild anschaute, desto weniger wußte sie, was sie eigentlich sah, und gleichzeitig wurde ihr immer klarer, daß dieses Gesicht eine frappierende Ähnlichkeit mit dem von Joshua Abelman hatte, der seit drei Jahren ihr Liebhaber war. Sie fühlte Panik aus ihrem Unterleib aufsteigen. Alle eben noch empfundene Belustigung war dahin durch den Satz: ›Die Polizei von Inverness . . .‹

Sie hatte ihn vor drei Wochen, kurz vor ihrer Abreise nach Cornwall, das letzte Mal gesehen.

»Machst du Urlaub?« hatte sie ihn gefragt.

»Ja, ich fahr Ende August für eine Woche nach Schottland.«

Natürlich hatte sie nicht gefragt, wohin genau und mit wem.

Jetzt war die letzte Augustwoche, Rachel war vor drei Tagen nach London zurückgekommen. Joshua mußte noch in Schottland sein. Ende August, noch drei Tage bis zum 1. September. Das Mädchen war gestern, am Montag, überfallen worden, bei Drumnadrochit, in der Nähe von Loch Ness. Rachel atmete tief durch und saß wie versteinert da, während sie immer wieder auf das Bild und auf die Worte starrte. So dumm würde er nicht sein, dachte sie. Und dann kam ihr zu Bewußtsein, daß sie *würde* und nicht *konnte* gedacht hatte. Die meisten Leute würden, felsenfest überzeugt, *konnte* von ihren Geliebten denken. *Würde* bezog sich lediglich auf Intelligenz und Umsicht, nicht auf Fähigkeit oder Lust. Sie schob den Gedanken beiseite und schaute auf das Bild der

Frau. Ein intelligentes Gesicht mit kurzer jungenhafter Frisur und großen dunklen Augen. Sie erkannte niemanden darin wieder, doch es war das Gesicht einer Frau, die sie sich an der Seite von Joshua vorstellen konnte. Eine Frau Mitte dreißig, die zehn Jahre jünger ausschaute, als sie war, die manchmal vielleicht sogar kindlich wirkte. So wie Rachel hier und da aussehen konnte. Was hatte Joshua gesagt? »Du hast den Körper einer Achtzehnjährigen und die Reife einer alten, weisen Frau. Eine perfekte Kombination.«

Kleine Mädchen mit Erfahrung, die wußten, wo's lang ging. Rachel nippte an ihrem Tee und rauchte, doch ihre Augen kehrten immer wieder zu der Skizze zurück. Das ist albern, dachte sie, absurd. Da ist nur der dumme Zufall mit Schottland, nichts im Grunde. Das Phantombild gleicht Millionen Männern, und du kennst zufällig einen von ihnen. Und im übrigen stimmt das mit dem Wagen nicht: Joshua fährt einen Saab, keinen Fiesta. Überhaupt tun Leute so was nicht, nicht solche Leute, die man kennt. Und sie *tun* es doch, haben es getan und weit Schlimmeres noch. Und *irgendwer* kannte sie auch.

Sie überlegte eine Weile hin und her, ohne zu einem Ergebnis zu kommen. Das Problem war, sie wußte genau, daß er dazu fähig war, das hatten die letzten drei Jahre hinreichend gezeigt. Ihr war klar geworden, daß man – je nach Gelegenheit – seine Phantasien ausagieren kann und daß diese Phantasien – je nach Veranlagung – wachsen und ins wirkliche Leben übergreifen konnten, bis sich die Grenzen manchmal verwischten. Sie hatte begriffen – nicht intellektuell, sondern durch ihre Beziehung zu Joshua –, daß die dunklen Phantasien von Vergewaltigung und Sadismus, die sie irgendwann einmal wahrgenommen und dann verdrängt hatte, das Überfluten eines Stromes in ihr selbst war, so real und Teil ihrer selbst wie zum Beispiel ihre Liebe zu Carrie. Sie wußte, daß Joshua zu allem fähig war, und hatte durch ihn erfahren, daß dasselbe auch für sie galt. Sobald man das aber erkannt hatte, war man auch in der Lage, irgendwie damit umzugehen. Sie hatte von Anfang an gespürt, daß Joshua seine gefährlichsten Triebe mit willigen Opfern wie ihr sublimierte. Und umgekehrt. Er war clever, er wußte, was Sache war. Sie auch; und darum ging es wohl in ihrer ganzen Beziehung.

Mist, dachte sie, wenn es bloß nicht Schottland wäre. Ohne Schottland wäre die Ähnlichkeit bedeutungslos gewesen, höchstens Anlaß zu einem flüchtigen Lächeln, einem kurzen zustimmenden Nicken, ja, das wäre ihm durchaus zuzutrauen. Aber Schottland und all das Gerede, daß man eine zweite Frau finden müßte. . . Nicht daß er Frauen jemals Frauen nannte, bei ihm waren es immer ›Mädchen‹.

»Du mußt doch jemanden kennen, Rachel, ein Mädchen, daß du einfach einlädst, mal vorbeizuschauen.«

»Nein, du verstehst das nicht: Ich kenne ein paar Frauen, die lesbisch sind und vielleicht gern mit mir schlafen würden, die dich aber nicht mal mit 'ner Zange anfassen würden. Dann kenne ich welche – mehr oder weniger Feministinnen –, die vielleicht mit dir schlafen würden, für die aber ein flotter Dreier nur zu deinem Vergnügen nicht in Frage kommt. Und die anderen Frauen, die ich kenne, tun so was prinzipiell nicht: Im übrigen wundert's mich, daß du das nicht längst ausprobiert hast.«

»Ja, wundert mich auch«, meinte er lächelnd. »Doch keins von den Mädchen, die ich kenne, würde sich darauf einlassen. Du *mußt* doch jemanden kennen.«

»Tut mir leid, aber wenn du so scharf drauf bist, mußt du das schon selbst arrangieren.«

»So dringend ist es nun auch wieder nicht; ich hätt's halt nur gern mal probiert.«

Außer Worten war nichts dabei rausgekommen, doch sie war überrascht zu erfahren, daß sie die einzige Frau zu sein schien, mit der er dieses Vorhaben überhaupt in Erwägung gezogen hatte. Wie stand es wohl mit den anderen Dingen, die sie zusammen machten? Sie war immer davon ausgegangen, daß Joshua mehrere Frauen hatte, die bereit waren, ähnlich wie sie, Rachel, sich seinen (und ihren) Phantasien hinzugeben. Sie fühlte sich wie ein Greenhorn auf diesem Gebiet.

Als sie mit Michael und anderen Freunden von der Idee eines

Dreiers gesprochen hatte – nur um ihre Reaktion zu prüfen –, stellte sich heraus, daß es auch eine ihrer Lieblingsphantasien war. Sie schien so etwas wie ein erotischer Universaltraum der männlichen Psyche zu sein. Alle wollten es, doch keiner, den sie kannte, hatte es je in die Tat umgesetzt. Und das bedeutete, um auf die Zeitung zurückzukommen, daß es jeder hätte gewesen sein können. Sie spülte ihre Tasse ab und ging ins Schlafzimmer zurück, um sich anzuziehen. Sie wählte ein Sweat-Shirt und ein Paar weite Jeans aus ihrem Kleiderschrank, zog ihr T-Shirt aus und war splitternackt, während sie einen Slip aus der Schublade kramte. Sie war noch braun von der Cornwall-Sonne, bis auf ein kleines Dreieck rund um ihr Schamhaar, das sich dunkel von dem weißen Hautstreifen ringsherum abhob. Rachel war gern nackt, mochte ihren Körper, der klein, fest und dünn war, ohne daß sie je auf ihre Linie achten mußte. Sie betrachtete sich im Spiegel, während sie ihre Jeans überstreifte und war zufrieden, mit dem, was sie sah. Sie war gut gebaut, geschmeidig und straff, es *war* der Körper einer jungen Frau. Es schien ihr undenkbar, daß er auch anders, daß Muskeln und Gewebe mit vierunddreißig schlaff hätten sein können. Sie fühlte sich wohl in ihrem Körper, doch irgendwie ging sie davon aus, daß menschliche Körper den Erwartungen ihrer Besitzer entsprachen. Sie machte sich keine Gedanken darüber, daß sie älter, ihr Fleisch welken würde. Was sie allerdings oft verwunderte, war, daß sie, die sich geistig so alt vorkam, stets unzufrieden mit dem, was sie war, daß gerade sie in ihrem Körper so daheim war. Sehr viel logischer wäre es wohl gewesen, wenn sie ihn verabscheut, ihn zu dick oder zu dünn gefunden, sich ihre Brüste größer, ihr Haar glatter, ihre Nase kleiner gewünscht hätte. Tatsächlich aber gefiel sie sich, was ihr Äußeres anging, mit den Jahren sogar immer besser. Sie mochte ihr wildes, gelocktes Haar und ihr langes, schmales Gesicht, schätzte das Jüdische daran, die strenge Nase, die kleinen schwarzen Augen und die vollen Lippen. Sie mochte die Konturen ihrer Rippen, ihrer Schulterblätter, die herausstanden, wenn sie sich seitlich zum Spiegel drehte, die spitzen, vorspringenden Hüftknochen über den gleichmäßig braunen Schenkeln. Sie sah im großen und ganzen so aus, wie sie am liebsten ausgesehen hätte, und träumte weder von glatten blonden Haaren noch anderen Dingen, die sie nicht hatte. Was außergewöhnlich war, etwas, um das sie sich nicht sorgen mußte. Sie betrachtete sich erleichtert im Spiegel, erleichtert, Vergnügen an ihrem Anblick zu empfinden.

Rachel zog sich an und wandte sich erneut ihrem Spiegelbild zu. Joshua würde das Sweat-Shirt gefallen, die weite Hose weniger. Sie würde es mit Shorts tragen, wenn er das nächste Mal kam. Das würde ihm gefallen.

»Wann, zum Teufel, hört das endlich auf«, murmelte sie. »Ich kann mich nicht mal anziehen, ohne an ihn zu denken.«

Es gab wirklich keine Stunde am Tag, da sie nicht an Joshua dachte, während er, das wurmte sie immer wieder, keinen Gedanken an sie verschwendete, höchstens fünf Minuten, bevor er sie anrief. Wie oft in drei Jahren konnte man seine Gefühle für jemanden überdenken? Unzählige, unzählige Male, so schien es. Auch wenn man dabei nie zu einer befriedigenden Lösung kam, wenn die Fragen an sich schon sinnlos waren. Sie war ganz offensichtlich besessen, doch das war wohl, was andere Leute Liebe nannten. Sie selbst konnte das nicht so nennen, und sollte es dennoch Liebe sein, so stimmte irgendwas nicht mit der Welt. Niemand, der halbwegs bei Verstand war, würde Lobeshymnen auf das singen, was sie für Joshua empfand. Niemand käme auf die Idee, ein Gedicht oder Lied darüber zu schreiben, einen romantischen Film darüber zu drehen. Joshua war eine Katastrophe, die ihr widerfahren war, ein wachsender Tumor, mit dem sie unwillig zu leben gelernt hatte. Joshua war ein Desaster, und als ein solches empfand er sich auch selbst. Sie konnte bei Gott nicht behaupten, Vergnügen an ihrem Verlangen zu finden. Sie wollte ihn, brauchte ihn, um mit ihm zu reden und zu lachen, um von ihm gefickt und geschlagen zu werden, doch von Liebe mit einem großen L konnte hier wirklich nicht die Rede sein. Und sie wollte auch seine Socken nicht waschen, nicht für ihn kochen, nicht morgens an seiner Seite aufwachen, oder? Oder? Blöde Frage, er war ja nicht wirklich da. Er war ausgehöhlt, ein entleerter Mann.

»Mehr als du siehst, ist nicht da«, hatte er einmal warnend zu ihr gesagt.

Das stimmte. Er war eine leere Schale, die ihre Bedürfnisse befriedigte, weil sie auch seine Bedürfnisse waren. Mehr steckte nicht dahinter. Und was, wenn diese leere Schale nun ein Vergewaltiger war, eine wahre Gewalt der Zerstörung dort draußen in der Welt, was bedeutete das für sie? Was hatte es zu bedeuten, daß sie so was überhaupt für möglich hielt? Sie war sich nicht einmal sicher, ob es ihr etwas ausmachen würde, wenn er's wirklich getan hatte.

Das Telefon läutete. Sie wußte, es war nicht Joshua.

»Wollte mich nur schnell erkundigen, ob Sie okay sind, Mrs. Kee. Nicht schwanger oder wieder mal in Flitterwochen?«

Es war Donald Soames, Leiter des lokalen Nachhilfezentrums. Rachel war von der Jugendfürsorge als Privatlehrerin für Kinder angestellt, die, aus welchem Grund auch immer, nicht zur Schule gingen. Es waren meist Jugendliche, die wegen asozialen Verhaltens die Schule hatten verlassen müssen, andere warteten darauf, in Sonderschulen für geistig oder körperlich Behinderte aufgenommen zu werden. Rachel bekam meist die ›Asozialen‹. Donald Soames meinte, sie käme besonders gut mit schwierigen Kindern zurecht, und übertrug ihr oft die Fälle, die andere Lehrer abgelehnt hatten. Manchmal klappte es, manchmal nicht. Auf jeden Fall hatte sie's mit der Zeit satt, sich mit Problemkindern rumzuschlagen; Idealismus und Energie waren weg, es war mehr oder weniger ein Brotverdienst, der es ihr ermöglichte, sich ausreichend um Carrie zu kümmern.

Sie spürte, wie sich ihre Kiefer aufeinanderpreßten.

»Keine Angst, Donald, alles beim alten.«

»Gut zu hören. Man weiß ja nie nach der langen Sommerpause. Dann könnten Sie sich also wieder um unsere kleine Michelle mit ihren großen Problemen kümmern?«

»Ja, ich komme in ein paar Tagen vorbei und stelle den neuen Stundenplan mit ihr zusammen.«

Rachel war immer etwas kurz angebunden gegenüber Donald,

der sich, wenn man ihn ließ, stundenlang über die ›Kerle da oben im Rathaus‹ auslassen konnte, die nichts von der Drecksarbeit an der Basis verstanden. Donald selbst verbrachte sein ganzes Arbeitsleben knietief in den Akten und am Telefon und bekam nur höchst selten einen der ›Fälle‹ zu Gesicht.

»Gut. Sehr gut. Und kommen Sie ins Centre, wenn Sie irgendwas an Büchern brauchen. Bis dann.«

Während sie den Hörer auflegte, empfand sie so etwas wie Erleichterung. Eine Art Grundmuster schimmerte durch; Carrie würde in wenigen Tagen zurück sein, und sie selbst würde wieder täglich ihre zwei Unterrichtsstunden geben. Gemischte Gefühle. Jede anfängliche Verpflichtung war eine Barriere, die zunächst überwunden werden mußte, ein akutes Gefühl von Unbehagen angesichts jeglicher Art von Regelmäßigkeit, vor allem wenn es um Menschen ging, die ihr anvertraut waren. Doch sie wußte, daß sie das durchstehen mußte. Leere, ziellose Tage waren auf Dauer gefährlich. In Cornwall, wo der offizielle Titel ›Ferien‹ es erlaubte, hatte sie tagelang auf Lauras ungemähter Wiese gelegen, die Sonne in sich aufgesogen, die ländlichen Düfte und Geräusche genossen. Wie ein Stein. Meist hatte sie ein Buch dabei, sie las während ihres kurzen Aufenthalts sogar zwei ganze Romane, doch das eigentliche Vergnügen hatte darin bestanden, nur still dazuliegen und nichts zu tun. Selbst Gedanken an Joshua verblaßten. Sie hatte den starken Wunsch gehabt, einfach dort zu bleiben. Ein gemächliches, leichtes Leben. Mit Laura plaudern, unbeschwert sein, das Gefühl haben, akzeptiert zu werden. Der Rhythmus des Brachliegens behagte ihr. Doch da waren Carrie und die Erfahrung, daß ihr das Nichtstun auf Dauer nicht bekam. Es bestand nie der geringste Zweifel daran, daß sie zurückkehren, den Alltagstrott wieder aufnehmen würde, wie sehr sie's auch fürchtete. Und als ihr jetzt klar wurde, daß ihr Leben in wenigen Tagen wieder eine Struktur haben würde, empfand sie trotz der Beklemmung auch so etwas wie freudige Erwartung auf die bevorstehende Ordnung und Energie, die genutzt werden wollte.

Doch zu der lauernden Angst gesellte sich nun die Sorge wegen des Zeitungsartikels. Sie trödelte den Rest des Morgens in der Wohnung herum, wischte hier aufs Geratewohl etwas Staub, polierte dort einen Gegenstand und kehrte ein halbes Dutzendmal zur aufgeschlagenen Zeitung zurück, um auf das Bild zu starren. Schließlich nahm sie eine Schere aus der Schublade des Küchentischs und schnitt den Bericht aus. Sie steckte ihn in das Notizbuch in ihrer Handtasche und blickte unschlüssig zum Fenster hinaus. Das Loch in der Straße blieb weiter unberührt. Sie überlegte, was sie mit dem restlichen Tag anfangen sollte, nachdem ihr eben noch empfundener Optimismus verflogen war. Ich könnte die Zeit sinnvoll ausnutzen, zum Centre fahren, ein paar Bücher aussuchen. Sie verwarf den Plan jedoch, noch bevor sie ihn richtig erwogen hatte. Sollte sie einen Einkaufsbummel durch Hampstead machen? Oder zu Hause bleiben und masturbieren. Sehr lustig. Doch genau das, dachte sie, werde ich tun, wenn ich nicht fortgehe. Warum? Bedürfnis oder Trost? Beides.

Joshua geisterte an den Grenzen ihrer Gedanken herum wie ein Blinklicht, das man nur aus den Augenwinkeln wahrnimmt.

»Ich will nicht denken . . . an nichts«, flüsterte sie zur Straße hin. Joshua, Sex, ihr Verlangen, der Zeitungsbericht waren für den Nachmittag tabu. Hampstead, Kleider, Geld ausgeben. Keine Arbeit, kein Grübeln, beschloß sie. Danach kann ich mich in dem Schuldgefühl suhlen, Geld verschwendet zu haben. Ich kann mich auf einen Schlag und ohne Zutun anderer in ein gutes oder schlechtes Gefühl versetzen.

Also los, Rachel, sagte sie zu sich selbst, kauf, kauf, kauf.

Z W E I

Vor drei Jahren, kurz nachdem Michael ausgezogen war, hatten Rachel und Joshua sich auf einer Dinnerparty kennengelernt. Zu eben diesem Zweck waren sie eingeladen worden. Molly Cassel, eine alte Schulfreundin von Rachel, liebte es, Leute zusammenzubringen, und als sie erfuhr, daß Rachel und Michael sich getrennt hatten, war sie augenblicklich am Telefon.

»Rachel«, hatte Molly geschwärmt, »du mußt unbedingt meinen Freund Joshua kennenlernen.«

»Warum? Ich bin wirklich nicht in der Stimmung, Männerbekanntschaften zu machen. Was ist so besonders an ihm?«

»Naja, er ist ein komischer Kauz. Ungemein clever, aber etwas skurril. Nicht für 'ne Beziehung geeignet, aber interessant.«

»Hört sich bis jetzt so an, als könnt ich ganz gut ohne ihn leben. Warum ist er nicht für 'ne Beziehung geeignet? Nicht«, fügte sie rasch hinzu, »daß ich eine Kandidatin für 'ne feste Bindung wäre.«

»Ach, er bumst ziemlich in der Gegend rum, doch nie mehr als einmal mit derselben. Er verkorkst die Leute regelrecht. Er ist geschieden und hat zwei Kinder, um die er sich rührend kümmert, aber in puncto Frauen ist er ein bißchen komisch.«

»Keine gute Werbung, die du da machst, Molly. Ich brauche keine One-night-stands; ich brauch zur Zeit überhaupt nichts. Und nebenbei, was ist sein Problem mit Frauen?« Sie fragte nicht aus Neugier, sondern einfach nur so.

»Keine Ahnung. Eigentlich ist er mehr ein Freund von Tom. Ich nehme an, er langweilt sich.«

»Ganz ehrlich, Molly, ich habe schon lange keine weniger verlockende Einladung bekommen. Trotzdem vielen Dank, doch ich laß es lieber. Wahrscheinlich kriegt er ihn nicht mehr als einmal hoch. Ein Frauenhasser. Total undersexed.«

»Hm . . . Sicher hast du recht – mit dem Nicht-mehr-als-einmal-Hochkriegen, mein ich. Aber er ist wirklich ungemein clever, du würdest dich prima mit ihm unterhalten.«

»Nein.«

Drei Wochen später – das besagte Telefongespräch war längst vergessen – hatte Molly sie zum Essen eingeladen. Rachel, die eben ihren derzeitigen Liebhaber, und damit den Rest ihres Gesellschaftslebens, in die Wüste geschickt hatte, nahm die Einladung wenig begeistert an. Sie traf mit Verspätung ein; Molly, Tom und Joshua saßen bereits am Eßtisch und tunkten ihr Brot in den Houmous. Sie warf Molly einen kurzen Seitenblick zu, als sie Joshua vorgestellt wurde, nahm Platz und war gefaßt darauf, wieder mal einen sinnlosen Abend durchstehen zu müssen. Sie grübelte finster darüber nach, was für eine Zeitverschwendung solche Parties doch waren und wieviel lieber sie ihre Abende alleine in ihrer Wohnung verbrachte. Sie sehnte sich geradezu danach, zuhause zu sein.

Joshua lächelte sie an. Er richtete einen Strahl blendend weißer Zähne und komplizenhafter Belustigung auf sie; er strahlte sich ihr gleichsam entgegen.

O verdammt, dachte sie, das kennen wir doch. Der Charmeur.

Joshua widmete ihr seine ganze und ungeteilte Aufmerksamkeit und lächelte ständig. Seine Fragen kamen Schlag auf Schlag, waren unverschämt persönlich, doch sein blendend weißes Grinsen nahm ihnen die Schärfe. Die Nummer war exzellent inszeniert, doch es war eine, die sie kannte; trotzdem beobachtete sie seine Technik mit einiger Bewunderung. Sie beantwortete seine Fragen so offen, wie sie gestellt wurden, als würde sie interviewt. Sie hatte sich also von ihrem Mann getrennt? Nunja, sie hätten nie recht gewußt, wie sie sich auf Parties vorstellen sollten – mein Mann, meine Frau hätten sie nur schwer über die Lippen gebracht, und da wären sie zu dem Schluß gekommen, daß mein Ex-Mann u.s.w. einfacher sei. Ihre Beziehung sei sehr herzlich, fügte sie hinzu. Aber weshalb sei es dann zur Trennung gekommen? Nun, sie wären mit der Zeit getrennte Wege gegangen, deshalb wäre es immer schwerer geworden, ein Leben unter einem Dach zu führen, und deshalb hätte Michael eine Wohnung gleich um die Ecke gekauft. Waren sie nicht eifersüchtig auf die Affären des anderen gewesen? Ja und nein, aber meistens nein.

Und so ging es weiter. Immer lächelnd und höflich. Ihre Lebensgeschichte wurde verlangt und bis auf ein paar wesentliche Auslassungen vorgetragen. Sie war adoptiert worden? Und sie kannte Molly schon lange? Lehrerin war sie? Und was waren ihre Lieblingsbeschäftigungen?

»Tanzen, lesen und bumsen«, erwiderte Rachel mit einem höflichen, artigen Lächeln.

Molly verschluckte sich an ihrem Obstsalat, während Tom, ein mürrischer Zeitgenosse, sorgfältig seinen Löffel prüfte, um sich zu vergewissern, daß von seinem letzten Bissen auch nichts darauf zurückgeblieben war. Joshuas Grinsen verdoppelte sich, wenn das noch möglich war. Während des ganzen Abends hatte zwischen ihm und Rachel ein heimliches Einverständnis bestanden; sie sahen einander im Gespräch offen in die Augen, jeder wußte, daß der andere wußte, was gespielt wurde. Die Vorstellung war gut, totale Aufmerksamkeit mit einem Hauch von Arroganz; genug, um Rachel zu schmeicheln und sie gleichzeitig leicht zu verunsichern, als würde sie attackiert. Sie sollte von seinen dunklen stechenden Augen und seinem sonderbar bezaubernden, ungezwungenen Lächeln hypnotisiert werden. Sie sollte aus dem Gleichgewicht gebracht werden und doch spüren, daß er irgendwie wirklich an ihr, nur ihr, interessiert war. Ein fasziniertes Kaninchen, das schmachtend darauf wartet, verzehrt zu werden.

Nur leider, dachte sie, durchschaue ich dich, Sunnyboy. Du bist ein kleines bißchen zu berechnend oder ich ein kleines bißchen zu clever.

Gegen Ende des Abends erhob er sich und bot ihr an, sie nach Hause zu fahren. Sie musterte ihn, wie er da stand in seinem Tweedanzug: Seine Kleidung war gut, nicht zu chic. Er war kräftig gebaut, plump eigentlich, aber groß genug, um nicht lächerlich zu wirken. Sie mochte kräftige – dicke – Männer; kleine, dünne ließen sie buchstäblich kalt. Er sah reif, selbstsicher aus, sein rundes, fleischiges Gesicht wirkte noch massiver durch die Falten, die sich tief um seine Mundpartie und in seine breite Stirn eingruben; sein Bart war einer von denen, die wohl einen heftigen Widerwillen gegen das Rasieren andeuten sollten, die in Wirklichkeit aber ein ständig das Gesicht veränderndes Merkmal darstellten; sein kurzes graues Haar war untermischt mit seinem ursprünglichen Schwarz. Er wirkte alles andere als sexuell verklemmt, doch man konnte nie wissen. Oft war die Selbstsicherheit nur äußerer Schein, und kaum waren die Hüllen gefallen, fiel auch das Selbstwertgefühl in sich zusammen, um wieder einmal nichts anderes als einen kleinen Jungen zutage zu fördern. Doch es könnte interessant sein, in Erfahrung zu bringen, was sich unter *dieser* Hülle verbarg. Sie war nicht versessen drauf, so oder so, und schlimmstenfalls, wenn Molly recht behalten sollte, stand ihr eine langweilige Nacht bevor. Sie fühlte sich von diesem Mann nicht bedroht, sondern glaubte im Gegenteil, die Situation im Griff zu haben. Und da Michael, der Carrie über Nacht bei sich hatte, ihren Wagen ausgeliehen hatte, nahm sie das Angebot an.

Sie war erleichtert, wieder in ihrem eigenen Territorium zu sein, als sie das Wohnzimmerlicht anknipste. Joshua schlenderte herum, las die Buchtitel in ihren Regalen und warf einen Blick in die Küche, die vom Wohnzimmer ausging. Es war ein hübsches, gemütliches Zimmer: ein altes Sofa, mit einem Berber bedeckt, ein Armsessel, Holzkisten, die als Stellflächen für Steine und Muscheln von diversen Stränden dienten, und Bücherregale in den verschiedenen Nischen. Überall, wo Platz und Licht es erlaubten, wucherten Grünpflanzen und Blumen, ein kleiner Ersatz für Rachels Sehnsucht nach dem Landleben. Sie knipste das Küchenlicht an, um Kaffee zu kochen; Joshua machte es gleich wieder aus.

»Ich will nichts. Leg Musik auf.«

O weh, dachte Rachel, und begann ziemlich schwarz zu sehen. Schon eine einzige fade Nacht war eigentlich zuviel. Während sie eine Platte vom guten alten Frank Sinatra auflegte, stellte sie sich vor, wie sie wach neben einem schlafenden postkoitalen Mann lag und die Stunden sich dahin schleppten. Sicher würde er schnarchen, und sie läge da, würde ins Dunkel starren, wünschen, daß er fort wäre, wünschen, er wäre erst gar nicht gekommen, würde

(18)

das Bett für sich allein haben wollen und wieder mal zu der Erkenntnis kommen, daß mittelmäßiger Sex nicht besser als gar keiner war.

Vielleicht, überlegte sie, schick ich ihn besser gleich nach Hause, so attraktiv ist er nun auch wieder nicht. Sie hatte nicht dieses tiefe, zwingende Verlangen in ihrem Bauch, das ihn ihr unentbehrlich machte. Doch er hielt sie jetzt in seinen Armen und bewegte sich langsam mit ihr im Rhythmus der Musik. Er hatte alle Lichter ausgeschaltet, so daß der Raum jetzt im Dunkel lag, und als sie sich nun sanft zusammen wiegten, wußte sie, daß es zu spät war, ihn nach Hause zu schicken. Sie beschloß, sich ganz einfach mit den Dingen, die da kamen, abzufinden; sie wollte keine Szene, und außerdem war es nicht unangenehm, im Dunkeln zu tanzen. Joshua küßte sie langsam und führte sie dann bei der Hand nebenan in das unbeleuchtete Schlafzimmer. Er zog sie geschickt aus, während sie passiv dastand und sein Gesicht beobachtete, als seine Finger ihr T-Shirt aufknöpften, das sie gewöhnlich einfach über den Kopf streifte. Als sie nackt war, strichen seine Hände ihren Rücken hinab zu ihren Hinterbacken; dann legte er sie aufs Bett und zog seine eigenen Kleider sorgfältig und ohne Eile aus. Sie lag da und beobachtete ihn, spürte seine erstaunliche Gelassenheit und das, was sie beim Abendessen hatte empfinden sollen – Verunsicherung und Erregung zugleich. Jetzt wollte sie ihn.

Joshua legte sich zu ihr aufs Bett, auf seine Seite, und stützte sich auf den Ellenbogen. Seine Hand glitt über ihren Bauch, streichelte ihre beiden Brüste, dann, als sie zur ihrer Vulva glitt, tauchte er seinen Kopf hinab und saugte eine Weile an beiden Brustwarzen. Schließlich hob er den Kopf und musterte sie; ein langer kalter Blick. Er hielt seine Augen die ganze Zeit auf sie gerichtet, sein Gesicht ausdruckslos, beobachtend, als seine Finger ihre Vulva fanden. Er teilte ihre Schamlippen und begann fachmännisch ihre Klitoris zu reiben, ließ ihr Gesicht nicht aus den Augen und beobachtete ihre Reaktionen, wie ein Techniker bei der Prüfung eines neuen Modells einer Maschine, die er ein Lebenlang gewartet hatte. Das langsame Streicheln ging, als sie feuchter wurde, über in eine Kreisbewegung, und sie begann tiefer und schneller zu atmen, während er Druck und Tempo erhöhte. Ihr Blick wurde verschwommen und fern und konzentrierte sich auf die Wellen, die von ihrer nassen, erregten Fotze aufstiegen, und auf das plötzliche überwältigende Bedürfnis, penetriert, gefüllt zu werden. Er drang mit einem Finger tief in sie ein, und sie rang nach Luft, atmete schwer, begann sanft zu stöhnen, als sein Daumen ihre Klitoris rieb und der Finger sich langsam in ihr bewegte. Joshua beobachtete sie nach wie vor ungerührt, als sie jetzt ihr Becken auf und ab bewegte, um den Druck seiner Hand zu verstärken, und ihre Knie gegen das Bett preßte, um weit geöffnet zu sein. Sie kam in kleinen schrillen Schreien, hob ihre Hüften vom Bett, bog ihren Rücken und griff nach dem Arm, der noch immer zwischen ihren Schenkeln arbeitete, preßte sich gegen seinen Handballen im Rhythmus der Kontraktionen, die in ihr pulsierten.

»Bitte . . . bitte . . .«, schluchzte sie und hielt eine lange Weile den Atem an, entspannte sich neben ihm, ließ die Luft aus ihren Lungen und spürte ihr Herz hämmern. Joshua zog sie auf ihn, und sie sah sein Gesicht unter ihr, seine Augen, noch immer beobachtend, kalt, doch eisig glitzernd vor Erregung. Er legte ihre Hand auf seinen Penis, damit sie ihn einführen konnte, und begann, die Hände auf ihren Hüften, sich langsam auf und ab zu bewegen. Als sie wieder zu kommen begann, fühlte und hörte sie, wie er sie schlug, erst sanft, fast zaghaft, dann, als er sah, daß sie sich weiter bewegte, etwas fester, nicht so, daß es weh tat, doch stark genug, daß jeder Schlag im Zimmer hallte.

Himmel, dachte sie, das ist neu. Was ist das?

Dann ließen sie das Gefühl seines Penis tief in ihr, das Geräusch und der Schmerz auf ihrem Hintern in langen tiefen Seufzern kommen, und sie hörte und fühlte, wie auch er in stöhnenden Zuckungen kam.

Sie lag eine lange Weile auf seiner Brust ausgestreckt, rang nach Atem und spürte, wie ihr Körper allmählich zur Ruhe kam. Sie fragte sich im stillen, was es mit den Schlägen auf sich haben mochte. Sie war noch keinem begegnet, der auf Schlagen stand – und das war es, so dachte sie, wohl gewesen. Sie war neugierig und ein wenig verwirrt, aber auch erregt.

»Wie wär's mit 'nem Fick?« sagte Joshua lässig, in breitem Oxbridge in ihr Ohr.

»Wie war noch mal Ihr Name? Egal, tun wir's!«

Er wälzte sich herum, so daß sie jetzt unter ihm lag, fickte sie diesmal hart und fest und flüsterte ihr zu: »Kannst du mich spüren, ganz tief in dir? Saug mich in dich ein.«

Seine Augen blieben die ganze Zeit geöffnet, starrten sie wütend an, und als sie beide gekommen waren, zog er sich so schnell aus ihr zurück, daß Rachel nach Luft schnappen mußte. Dann lag er ruhig da, den Arm um sie geschlungen, die Augen geschlossen.

Rachel lag im Dunkel neben dem schlafenden, schwer atmenden Mann.

Nun, dachte sie, das war nicht gerade, was ich erwartet hatte. Auf jeden Fall war es, alles in allem, eine schlaflose Nacht gewesen. Sie dämmerte hin und wieder ein und fuhr mehrmals zuckend aus dem Schlaf. Einmal wachte Joshua davon auf und flüsterte ihr zu: »Ist gut, Liebling, ich bin's, Joshua, hab keine Angst.«

Beide wachten früh auf, sie kurz vor ihm, und als er die Augen öffnete und sich orientierte, spürte sie, wie er sie kalt anstarrte, bis er merkte, daß auch sie wach war. Er war im Nu aus dem Bett.

»Ich muß gehen. Fahr heute mit den Kindern aufs Land. Nein, ich will keinen Tee. Danke.«

Er war in Sekunden angezogen, nickte ihr ein knappes, unverbindliches »Ciao« zu, und verließ das Haus kaum fünf Minuten, nachdem er aufgewacht war.

Als Joshua gegangen war, empfand Rachel zunächst mal gar nichts. Sie war müde, und der Tag wurde ganz von Carrie in Anspruch genommen. Micheal brachte sie und den Wagen zurück, und sie gingen alle drei auswärts essen. Sie begleitete Carrie zu ihrer Klavierstunde und vertrieb sich die Stunden auf halbwegs angenehme Weise, bis es Zeit war für Carries Gutenachtgeschichte. Dann ließ sich Rachel in ihrem Wohnzimmer nieder, sog die Stille in sich ein und dachte an die vergangene Nacht. Es stimmte nicht ganz, daß sie gar nichts empfand; sie fühlte sich taub, benommen von Joshuas plötzlichem Aufbruch. Sie erwartete nicht, ihn wiederzusehen, es war der eindeutigste One-night-stand, an den sie sich erinnern konnte. Es war also überflüssig und sinnlos, auch nur einen Gedanken an ihn zu verschwenden.

Und trotzdem, sie wollte mehr, weil es gut gewesen war, und warum sollte nicht auch er mehr wollen? Mehr mußte ja nicht ein Mehr an Intensität bedeuten, das wollte sie sowieso nicht, es konnte einfach nur *mehr* bedeuten. Nach den Geschehnissen der letzten Nacht glaubte sie nicht länger, was Molly ihr erzählt hatte. Wenn er Frauen kein zweites Mal sah, dann sicher nur aus Angst vor Intimität und nicht wegen technischer Probleme. Sie stellte sich Schallwellen vor, die um den Erdball gingen und die Botschaft der Männerwelt, das unvermeidliche männliche Wehgeschrei ins All hinaustrugen: *»Ich kann keine Menschen ertragen, die mich vereinnahmen wollen!«*

Sie stellte sich *den* Mann auf dem Sofa liegend vor, den Handrücken dramatisch an die Stirn gelegt. Sie stellte sich *die* Frau vor, hilflos lachend über die Absurdität all dessen.

Wieviele Männer hatten ihr schon die eine oder andere Version davon vorgejammert, bevor sie erklären konnte, daß sie keine Intimität, keine Häuslichkeit, keine Tisch/Bettaffäre wollte? Alle, so oder so. Und wenn sie es schließlich gesagt hatte, hatten alle ungläubig aus der Wäsche geschaut: Sie sagt es, aber sie meint es nicht wirklich; sie ist nun mal eine Frau, und sie sagen es alle mit den Augen.

Irgendwo, dachte sie, mußte es doch einen Mann geben, der sie nicht mit ihrer Mutter verwechselte. Zum Teufel mit den kleinen Jungen, wo sind die reifen Männer? Es stimmte zwar, daß die meisten Frauen ein Heim gründen und Kinder mit jemandem haben wollten; die meisten Männer wohl auch, denn sie heirateten die

Frauen ja. Warum tat sie es nicht? Nun, sie hatte es natürlich getan, doch nicht mit Überzeugung. Michael und sie hatten vereinbart, so lange zusammenzuleben, bis Carrie aus dem Säuglingsalter heraus war, den Rest hatten sie offengelassen. Sie hatte sich nie vorstellen können, langfristig mit jemandem zusammenzuleben. Nicht einmal als junges Mädchen hatte sie vom Märchenprinzen und vom ewigen Glück geträumt. Die glücklose Ehe ihrer eigenen Eltern war sicher ein Grund dafür gewesen, doch auch all die anderen prägenden Faktoren, wie Märchen, Jungmädchenromane, Schlager, schienen bei ihr kaum Spuren hinterlassen zu haben. War das wirklich so? Machte sie sich da nichts vor? Man konnte nie ganz sicher sein, ob man restlos ehrlich zu sich selbst war, aber sie schien tatsächlich besser mit dem Single-Dasein zurechtzukommen als jeder andere, den sie kannte. Sie wollte Sex und Freundschaft, beides brauchte nicht zusammenzukommen.

Doch da saß sie nun nach dieser Nacht und fühlte sich miserabel. Ihr war wirklich hundeelend zumute. One-night-stands . . . Sie hatte von Frauen gehört, die, wenn sie mit einem fremden Mann ins Bett gegangen waren, am folgenden Tag keinen Gedanken mehr an ihn verschwendeten. Bei ihr war das nie so gewesen, und sie war auch noch keiner Frau begegnet, die das konnte – hatte nur von welchen gehört. Manchmal, schlimmstenfalls, empfand sie nachträglich Ekel oder Reue; manchmal wünschte sie, der Mann würde anrufen, sie noch mal sehen wollen; oder sie träumte, verlor sich in erotischen Erinnerungen. Wie auch immer, das Erlebnis selbst, ganz gleich, ob es gut oder schlecht war, fiel nie einfach von ihr ab, als wäre es nicht geschehen, wenn der Mann die Tür hinter sich zuschlug.

Männer, so nahm sie an, waren dazu in der Lage. Männer gaben zumindest vor, es zu sein, und das faszinierte sie. Sie konnte sich nicht vorstellen, nicht an jemanden zu denken, mit dem sie gerade, ganz gleich wie beiläufig, geschlafen hatte. Wenn es stimmte, daß manche es konnten, so fand sie es beneidenswert. Vielleicht war es auch nur Bluff. Vielleicht aber wollte sie es nur deshalb nicht glauben, weil es sie so viel verletzlicher machte als den Mann. Nichts war demütigender als die Vorstellung, an jemanden zu denken, von dem man genau wußte, daß er nicht an einen dachte.

Sie konnte die beiden Gedanken nicht zusammenfügen. Sie wußte, *sie selbst* bluffte, gab vor, knallhart und unabhängig zu sein. Nahm man ihr das ab? So und nicht anders *wollte* sie sein. Ein Bedürfnis befriedigen, und es dann vergessen. So wie man nicht länger ans Essen denkt, sobald man es verzehrt hat. War das bei Männern so? Ein heftiges Verlangen in den Hoden, das, kaum daß es gestillt ist, sie nicht länger beschäftigt? Biologie – in ihren Augen ein finsteres Kapitel. Das amorphe Bedürfnis der weiblichen Sexualität: Wieviele Orgasmen waren genug? Männer ejakulieren; Frauen eskalieren. Nicht für Männer kochen wollen, war eine Sache, mehr vom selben wollen eine andere. Und mehr. Unersättliche Bestie. Verdammt durch Gier und Biologie.

Was sie brauchte, war eine völlig emotionslose (ha!) sexuelle Affäre. Fick and Fun. Sie konnte mit Freunden ins Kino gehen, sie brauchte kein Verhältnis im herkömmlichen Sinne, nur zwei gleichberechtigte Erwachsene, die zu freundschaftlichem Sex *zusammen kamen* (oh!). Nichts Schwerwiegendes. War das die reine Wahrheit? Ja, ja, doch es schien da ein Problem zwischen Körper und Verstand zu geben. Nicht unüberwindlich, versuchte sie sich einzureden.

Doch, Himmel, wie elend sie sich fühlte.

Zwei Wochen später rief Joshua an.

»Bist du frei heute abend?«

»Nein, tut mir leid. Doch wie wär's, wenn du morgen abend zum Essen kämst? Gegen acht.«

Sie hatte an jenem Abend nichts vor, doch sie wollte Zeit zum Nachdenken haben.

»Okay. Dann bis morgen.«

Also. Das war nicht gerade ein schneller Return, doch es war mehr als einmal; Molly schien schlecht informiert zu sein, und sie, Rachel, hatte ihre gemeinsame Nacht richtig eingeschätzt. Sie war gut genug gewesen, um eine Fortsetzung zu garantieren. Er wollte mehr von ihr, hatte genug Spaß mit ihr gehabt, um sich einen zweiten Nachschlag – im wahrsten Sinne des Wortes – zu holen. Sie war mit sich zufrieden, obwohl es da eine kleine höhnische Stimme in ihrem Kopf gab, die ihr zuflüsterte: Sei bloß nicht so verdammt dankbar. Warum bist du immer erstaunt, wenn ein Mann dich wiedersehen will?

Sei's drum, auf jeden Fall morgen abend. Sie lächelte bei dem Gedanken. Abendessen. Sie sah sich vor ihrem geistigen Auge mit ihm am Wohnzimmertisch sitzen, essen – was? –, am Weinglas nippen, in freudiger Erwartung einer aufregenden Sexnacht. Es würde griechisches Lamm und frischen Obstsalat geben. Nichts Kompliziertes, und dazu eine Flasche wirklich guten Wein. Sie verbrachte den Rest des Abends damit, sich die kommende Nacht auszumalen.

Sie mußte plötzlich daran denken, wie er sie geschlagen hatte, und fragte sich, was sie empfinden würde, wenn es wieder passierte. Sie wußte es selbst nicht genau: Es war, daran führte kein Weg vorbei, aggressiv. Man schlägt jemanden, wenn man wütend auf ihn ist, und sie erinnerte sich an seine Augen, als er mit ihr schlief. Falls Joshua ein Frauenfeind war, hatte er seinen Gegner gewiß eingehend studiert. Ihre Vorstellung von einem ›Schläger-typ‹ – falls sie überhaupt je darüber nachgedacht hatte – war die vom verklemmten Ex-Public-School-Englishman, der seine Angst vor echtem Sex durch Fetische ersetzt. Der verdrängte Schwule, der seine Mami straft, eine Hure zu sein. Der kinnlose degenerierte Vertreter der Upper Classes, dünn und blaß, der gelegentlich Schlagzeilen macht und die Nation zum Lachen bringt. Die Englische Krankheit. Was ging damit einher? Schwarze Strümpfe und Strapse; Utensilien kleiner Hausmädchen. Peinlich.

Nichts, aber auch gar nichts davon paßte in ihr Bild von Joshua. Was sie bei ihm erlebt hatte, waren Zorn und Autorität, er war kein verklemmter Upper-Class-Typ. De Sade, *Justine, Die Geschichte der O.*, dachte sie, das paßte schon besser; doch er hatte ihr schließlich nur leichte Klapse gegeben, sehr sanft dazu. Es konnte natürlich sein, daß er sie nur prüfen, vorher ihre Reaktionen testen wollte . . . Vor was? Sie hörte auf, in diese Richtung zu denken. Das mit den Schlägen war albern gewesen, eine kleine Entgleisung eines ansonsten fabelhaften Liebhabers, keine große Sache. Vergiß es. Sie würde mit ihm zu Abend essen und bumsen, genauso wie sonst mit anderen Männern. Sie hatte einen großartigen Liebhaber gefunden, der keine enge Bindung suchte. Bravo, Rachel!

Joshua kam mit einer sehr guten Flasche Wein. Der Korkenzieher lag schon auf dem Wohnzimmertisch bereit. Er öffnete die Flasche, schenkte beiden ein, sie nippten an ihren Gläsern, Joshua im Sessel, Rachel aufs Sofa gefläzt, der Duft von Thymian, Knoblauch und Lammfleisch hing im Raum.

»Wir können gleich essen«, sagte sie.

»Ich bin nicht sehr hungrig. Es hält sich doch, oder?«

Rachel war sauer, als sie den Herd kleiner drehte. Ihre Pläne für den Abend wurden durchkreuzt; dann würden sie's also *vor* dem Essen treiben? Es sah ganz so aus; ihr wär's nach dem Essen lieber gewesen. Sie fühlte sich merkwürdig irritiert und aus dem Gleichgewicht gebracht. Es war ihre Wohnung, ihr Essen, er war ihr Gast; und er setzte sich einfach darüber hinweg, die köstlichen Düfte interessierten ihn nicht. Wenn jemand, verflucht noch mal, zum Essen eingeladen ist, hat er sich gefälligst nach den Regeln des Hauses zu richten. Sie wollte jetzt noch nicht, sie wollte essen und trinken und mit ihm flirten. Sie war nicht bereit. Sie nahm wieder auf dem Sofa Platz und nippte an ihrem Glas. Dabei sah er gar nicht so aus, als wollte er sie gleich aufs Kreuz legen. Er hatte die Beine übereinander geschlagen, sein Weinglas in der Hand, und blickte sie ruhig und fest an.

»Erzähl mir von deinen Phantasien«, sagte er und lächelte durch sein Weinglas hindurch.

Sie konnte nicht, es war zu schwierig. Vielleicht wenn sie beschwipst oder erregter gewesen wäre, doch selbst dann wär's ihr schwer gefallen.

»Nein. Erzähl mir erst von deinen, vielleicht inspiriert's mich.«

Sie würde nicht auf sein Spiel eingehen, zumindest nicht nach seinen Regeln. Sie dachte noch immer besorgt an ihr Essen.

»Nicht gut, wenn du die Sachen verfälschst. Ich will wissen, was du nachts im Bett denkst, wenn du dich berührst. Also gut. . . ich stell mir vor, ein kleines, unschuldiges Mädchen zu verführen. Ich bin der erste Mann, der sie erregt, und langsam, ganz langsam beginnt sie zu kommen.«

Rachel war fast ein wenig enttäuscht; das war nicht gerade originell.

»Das ist aber ganz schön disqualifizierend.«

»Disqualifizierend für wen?« fragte er ein wenig überrascht.

»Für mich«, entgegnete sie lächelnd. »Ich bin einunddreißig und keine Jungfrau.«

Joshua lachte, ein ungekünsteltes Lachen, bei dem sich seine Augen vor Belustigung verengten.

»Jetzt bist du dran«, meinte er.

»Naja, die übliche Vergewaltigungsgeschichte.«

Joshuas Gesicht nahm unvermittelt einen teilnahmslosen Ausdruck an, seine Augen waren wieder ernst.

»Das reicht nicht. Ich will Einzelheiten«, sagte er unwirsch.

Es fiel ihr schwer, sich an die Szenen zu erinnern, die sie sich ausgemalt hatte; sie schienen sich ihr entziehen zu wollen, je angestrengter sie nach ihnen suchte. Warum sollte sie ihm überhaupt ihre wahren Phantasien preisgeben, warum nicht einfach etwas erfinden? Doch sie fühlte sich fast genötigt, ihm so etwas wie die Wahrheit zu sagen.

»Hm . . . jemand, ein Mann, kommt zum Fenster herein, während ich schlafe. Er, naja, er fesselt mich ans Bett, er ist sehr stark, und er vergewaltigt mich. Ach, ich weiß nicht. Irgendwas in der Art.«

Er schaute sie sehr ruhig an.

»Hat dich im wirklichen Leben schon jemand gefesselt?«

Sie lachte.

»Einer hat es tatsächlich versucht. Nur kam es mir so lächerlich vor, daß ich anfing zu lachen. Das hat natürlich alles vermasselt.«

(27)

Sie erinnerte sich, wie unnatürlich, wie absurd alles gewesen war, wie der Mann sich mit todernster Miene auf seine Aufgabe konzentrierte.

»Er wußte offensichtlich nicht, was er tat.« Joshua teilte ihre Belustigung nicht, sondern blickte sehr ernst drein. *Ich weiß*, schien er zu sagen, *wenn ich es getan hätte, wär dir das Lachen vergangen.*

Rachels Lächeln erstarb, und sie erwiderte seinen Blick, bevor sie das Gesicht zur Küche abwandte und sich erhob.

»Sollen wir essen? Ich mach schnell die Salatsoße.«

Sie ging in die Küche und nahm eine kleine Schüssel aus dem Schrank. Eine halbhohe Wand, mit Pflanzen beladen, trennte die Küche vom Wohnzimmer. An der Küchenseite der Wand stand der Tisch, an dem sie das Essen zurechtmachte und mit Carrie frühstückte. Jetzt rührte sie, die Schüssel an den Bauch gepreßt, Öl und Essig für eine Vinaigrette an und schaute zu Joshua über die Wand, die ihr nur etwa bis zur Taille reichte. Joshua erhob sich und kam in die Küche geschlendert.

»Ich bin immer noch nicht hungrig.«

»Heißt das etwa, du willst überhaupt nicht essen? Ich dachte, deshalb wärst du gekommen.«

Sie hatte den Satz noch nicht ausgesprochen, da merkte sie schon, wie albern er war.

»Nein, ich will nicht essen. Vielleicht krieg ich später noch Appetit. Was für ein konventionelles Mädchen du bist. Ich bin nicht zum Essen gekommen. Deine Kochkünste interessieren mich nicht die Bohne.«

Als er jetzt, sein Glas in der Hand, näherkam, fühlte sich Rachel nervös wie ein Schulmädchen, das nicht wußte, wie es sich verhalten sollte. Sie kam sich so lächerlich vor, wie sie dastand, die Schüssel in der einen, die Gabel in der anderen Hand; so absolut albern und unbeholfen, während sie eifrig weiter rührte.

»Der Braten wird ganz trocknen. Ich weiß nicht, was ein gutes Essen mit Konventionen zu tun haben soll. Es ist keine politische Handlung, es ist ein Abendessen.«

(28)

Sie plapperte drauflos, geriet in Panik, spürte, wie er näher kam, den Blick auf ihre geschäftigen Hände gerichtet. Er stand jetzt dicht hinter ihr und ließ seine Hand unter ihr Kleid gleiten.

Sie trug, was einmal ein teures und elegantes Seidenchiffonkleid, Stil der vierziger Jahre, gewesen war. Ein früherer Mann in ihrem Leben hatte es lachend ihren ›Caritas-Fummel‹ genannt. Jetzt war es ein verblichenes Hellblau, an einigen Nähten zerschlissen, mit einem weiten, schwingenden Rock. An Rachel sah es witzig aus – neu wär es viel zu schön gewesen –, ein amüsanter Kontrast zu ihrem interessanten, aber unschönen Gesicht und dem wirren Haar. Es widersprach ihrer nüchternen Herbheit; ein kokettes Kleid an einer unkoketten Frau. Sie trug es besonders gern, weil sich der Stoff so angenehm auf der Haut anfühlte.

Joshuas Handgelenk trug das Gewicht ihres Rocks, während seine Finger über die Innenseite ihres nackten Schenkels glitten, immer höher bis zu ihrem Slip. Rachel arbeitete weiter an dem schon gut verrührten Dressing. Gar nichts passierte. Dicht hinter ihr stand ein Mann, seine Hand unter ihrem Rock, und Rachel verhielt sich so, als geschähe nichts. Sie war nervös und stellte sich dumm. Warum, dachte sie, bin ich so? Sie wollte es nie zugeben und verhielt sich stets, als wäre der Mann aus einem ganz anderen Grunde da. Sex? Das Letzte, was sie im Sinn hatte. Wozu, zum Teufel, waren sie sonst hier? Sie wollte eine rein sexuelle Beziehung, nichts weiter. Also bitte, dann benimm dich auch so und spiel nicht die Unschuld vom Lande. Hör auf, es mit konventionellem Getue zu bemänteln. Wußte sie selbst nicht, was sie wollte? Doch. Herrgott noch mal, sagte sie zu sich selbst, du *bist* einunddreißig und alles andere als eine Jungfrau. Trotzdem reagierte sie nicht.

»Beug dich über den Tisch«, sagte Joshua.

Seine Stimme war ruhig aber fest, er erteilte ihr einen Befehl. Sie wandte sich um und schaute ihn an, stellte dann langsam die Schüssel ab, beugte sich über den Tisch und stützte sich auf die Unterarme. Joshua hob ihren Rock noch höher und legte ihn sorgfältig auf ihren Rücken, so daß ihre nackten Beine jetzt freilagen. Mit Daumen und Zeigefinger zog er langsam, sehr behutsam, ihren Slip herunter, und sie hob beide Füße, damit er ihn abstreifen konnte. Dann betrachtete er sie einen Augenblick. Er strich sanft über ihre Hinterbacken, glitt mit dem Finger zwischen ihre Schenkel und rieb ihre Klitoris, bis sie feucht war. Plötzlich begann er sie zu schlagen, knappe, feste Klapse, mit kurzen Intervallen dazwischen. Sechs, acht Schläge, so fest, daß sie nach Atem ringen mußte.

Rachel sah sich vor ihrem geistigen Auge, über den Tisch gebeugt mit nacktem Hintern, geschlagen von einem voll bekleideten Mann. Das war lächerlich, geradewegs aus den Seiten eines Pornohefts. Was tu ich hier, dachte sie, warum laß ich das mit mir geschehen? Doch der Teil ihrer selbst, der nicht zuschaute, beugte den Rücken, hob den Hintern, um jeden Schlag in Empfang zu nehmen.

»So ist's gut. Braves Mädchen«, sagte er besänftigend und doch in strengem Ton. »Jetzt beug dich noch tiefer. Den Arsch noch höher. So ist's gut.«

Weitere Schläge folgten, diesmal sehr hart, so daß Rachel jedesmal leicht aufschrie. Dann öffnete er seinen Reißverschluß und drückte seinen erregten Penis zwischen ihre Arschbacken.

»Wohin willst du ihn?« fragte er.

Panik. Wohin will ich ihn? Ich weiß, wohin er ihn will. Ich will es nicht sagen. Ich will nicht darum bitten müssen.

»Egal wohin«, keuchte sie.

»Wohin?« wiederholte er zornig.

»Tu, was du willst.« Sie wollte nur genommen werden. Sie wollte ihn.

»Ich fragte, wohin. Willst du meinen Schwanz in deine Fotze oder in deinen Arsch?«

Sehr zornig. Eiskalt.

»O bitte . . . in meinen Arsch . . . in meinen Arsch.«

Er stand hinter ihr, hielt sie an den Hüften, zog sie zu sich und begann vorsichtig, ganz behutsam in sie einzudringen. Sie schrie auf vor Schmerz, es tat weh, wirklich weh, als er tiefer und tiefer in sie drang. Sie fühlte das plötzliche Bedürfnis zu scheißen und schrie dagegen an, und dann war er ganz in ihr, und ihre Muskeln begannen sich zu entspannen, ließen ihn tief in ihr sich bewegen. Sie stöhnte weit hinten aus ihrer Kehle und hörte ihn keuchen.

»Ist es gut? Fühlt es sich gut an?«

»Ja«, antwortete ihre Stimme, tief und heiser, mit Stöhnen untermischt. Sie preßte sich gegen ihn und fühlte seinen weichen Bauch auf ihren Hinterbacken. Er hielt sie noch fester umfaßt, bewegte sich langsam in ihr und lauschte auf die tiefen, gurrenden Geräusche, die sie von sich gab. Sie fühlte sich vergewaltigt, befreit, heftig und geheimnisvoll erregt, alles zugleich. Sie wollte ihn ganz in sich. Sie war wütend und hilflos, wollte dies mehr als alles andere. Sie spürte seine Erregung, seine immense Lust und sonderbare Erleichterung; es war, als wäre er heimgekehrt, endlich dort, wohin er gehörte. Ihr Zorn wurde durch seine Lust gedämpft und durch ihre eigene Erregung, die sie empfand, während er weiter in sie drang. Als sie heftiger zu stöhnen begann, berührte er ihre Klitoris, und sie kam in langen gebrochenen Seufzern, immer und immer wieder, bis sie plötzlich zwischen zusammengepreßten Kiefern hervorstieß,

»Bastard!«

Und noch mal.

»Bastard!«

Dann kam er, wie überrumpelt, stemmte und preßte sich gegen sie, bis sich alles aus ihm entleert zu haben schien.

Einen Augenblick war er ganz ruhig, dann zog er sich aus ihr zurück, während sie über dem Tisch lehnte, den Kopf auf ihre Arme gelegt und schnell und heftig atmete.

Joshua strich seine Kleider zurecht, und Rachel richtete sich auf, so daß ihr Rock wieder runterfiel. Sie wußte nicht, wie sie das Schweigen brechen sollte, wartete, daß er etwas sagen würde. Sie wollte getröstet, in den Arm genommen werden.

»Laß uns essen«, sagte Joshua gelassen, seine Stimme war kühl und belustigt, ein ironisches Lächeln spielte um seinen Mund.

Sie nahm den Braten aus dem Backofen, und sie aßen am Küchentisch, direkt vom Backblech, rissen sich Stücke von Fleisch und Gemüse ab, die sie direkt in den Mund steckten. Scheiß auf den Salat, dachte Rachel und starrte finster auf die Schüssel mit dem Dressing.

Joshua aß geräuschvoll und ohne ein Wort, er war hungrig, es schien ihm zu schmecken. Rachel stocherte lustlos herum. Sie fühlte sich feucht und wund – und gut. Sie hatte ihren Slip nicht wieder angezogen, war drüber gestiegen, als sie das Essen aus dem Backofen holte, er lag noch immer am Boden. Das Kleid unter ihr fühlte sich naß an.

»Noch etwas Wein?« fragte sie.

»Hmm, schmeckt gut. Du bist eine fabelhafte Köchin, doch ich wette, du kannst solche Komplimente nicht ausstehen«, meinte er grinsend zwischen zwei Bissen.

»Richtig geraten.« Sie schenkte ihm nach, sich auch ein wenig. Sie aßen den Obstsalat, der köstlich war, gerade richtig und frisch.

»Ich mag Granatäpfel«, gurrte Joshua. »Woher wußtest du das?«

»Wußt ich eben nicht«, entgegnete sie in einem Ton, der andeuten sollte, daß er, wenn sie's gewußt hätte, mit Sicherheit keine bekommen hätte. »Die tu ich immer in meinen Obstsalat.«

Er schaute sie an und verzog den Mund zu einem breiten Grinsen, das seine Zähne entblößte. Sie grinste zurück. Sie waren wieder zwei Erwachsene.

Rachel wünschte sich, nackt im Bett mit ihm zu liegen. Sie war träge und sinnlich und legte gemächlich eine Platte auf. Sie hatten sich wieder im Wohnzimmer niedergelassen, er im Sessel, sie auf der Couch.

»Übrigens will ich mit fünfundfünfzig in den Ruhestand treten. Ich ziehe in die Provence«, sagte Joshua gedehnt.

»So, so, Märchenstunde.« Rachel lächelte.

»Weit gefehlt. Es ist ein Zehnjahresplan. Bis dahin haben mir meine Aktien genügend Geld eingebracht.«

Joshua hatte seine Stelle als Volkswirt im Innenministerium aufgegeben; er hatte ein Erbe gemacht, das ausreichte, sich ins Aktiengeschäft zu stürzen. Auf Mollys Dinnerparty waren Rachel und er in die entsprechenden Rollen geschlüpft, sie in die der moderaten Marxistin, er in die des liberalen Kapitalisten.

»Es gibt keine guten Kapitalisten. Per definitionem«, hatte sie betont, um ihn zu provozieren.

»Unsinn, ich bin einer. Ihr modernen Radikalen denkt doch nur in Klischees«, hatte er erwidert, um sie zu provozieren. So warf man sich weiter die Bälle zu, wobei keiner von seiner Position wirklich überzeugt war. Jetzt streckte Rachel ihre Beine aus.

»Und was, o Kapitalistenschwein, willst du mit deinem Ruhestand anfangen?«

»Ich kaufe mir ein hübsches Häuschen in der sonnigen Provence, lese Philosophie und lasse mich von kleinen Mädchen verwöhnen. Zwei entzückende junge Geschöpfe, die mich anhimmeln, und du. Du sorgst für interessante Konversation, führst den Haushalt, hältst die Mädchen bei der Stange und bringst ihnen das eine oder andere bei. Ich kümmer mich um die Maschinen.«

»*Ich* kümmer mich um die Maschinen, du kannst den verdammten Haushalt führen. Du scheinst dich in mir getäuscht zu haben, Sunnyboy. Ich bin nicht der häusliche Typ, und für Gruppen eigne ich mich gleich gar nicht.«

Joshua lachte.

»Wir werden schon sehen.«

Es war neckisches Geplänkel, doch als Rachel ihn jetzt von der Seite ansah, dachte sie, daß er nicht nur scherzte. Er hatte diese Idee im Kopf und schien sie für ihre Rolle in diesem Ménage à quatre testen zu wollen. Er betrachtete es, so stellte sie fest, als eine Möglichkeit, und sie fühlte sich plötzlich unbehaglich und gleichzeitig angenehm berührt, mit einbezogen zu sein.

»Ich muß gehen. Ich erwarte um elf einen Anruf aus den Staaten«, sagte Joshua unvermittelt und erhob sich. Es war viertel vor elf. Er wohnte in der Nähe.

»Du bist frei zu gehen, wann du willst, mit oder ohne Anruf«, entgegnete sie trocken, verärgert über eine solch fadenscheinige

Ausrede und zugleich verwirrt über das abrupte Ende des Abends. Jetzt hatte sie das Gefühl, daß man sie zwischen zwei Termine eingeschoben hatte. Es gab keinen Anruf aus den Staaten. Sie fand seine schwache Entschuldigung für sein plötzliches Gehen beleidigend, vor allem daß er von ihr erwartete, solch einen Unsinn zu glauben. Sie war keine Frau, die Ansprüche stellte, die geschont werden mußte.

»Danke fürs Essen«, sagte er, unberührt von ihrer Eiseskälte.

»Bitte«, erwiderte sie trocken und erhob sich vom Sofa.

Er rief ihr ein knappes »Ciao« zu, bevor er die Eingangstür hinter sich zuschlug.

Sie ließ sich wieder auf das Sofa in dem leeren Zimmer sinken.

»Bastard«, flüsterte sie sanft.

Ihre Gedanken schweiften zu dem Abend zurück, und sie fragte sich zunächst, ob sie Joshua wiedersehen würde; sie glaubte es schon, war sich aber nicht sicher. Dann grübelte sie darüber nach, wie er sie manipuliert, den ganzen Abend geregelt hatte, als hätte er schon bei seiner Ankunft einen Plan gehabt – eine Phantasie, die er sich im voraus ausgedacht und dann in die Tat umgesetzt hatte. Er hatte den Abend so gestaltet, als hätte er ein Skript in der Hand. Ihm fehlte jeder Funke von Spontaneität. Dann der Sex. Analverkehr. Sie dachte über den Begriff nach. Allgemein verstand man darunter einen Akt der Erniedrigung. Eine Frau in den Arsch zu ficken, hieß seine Verachtung zu demonstrieren; die Vorstellung von Scheiße; das Leugnen der Weiblichkeit – er brauchte das essentiell Weibliche, ihre Fotze, nicht, sondern begnügte sich mit dem Loch, das ein jeder besitzt. Es war männliche Macht und Aggression, der Versuch zu demütigen. Stimmte wahrscheinlich, sicher, alles, doch da war noch mehr. Da war zum Beispiel die Tatsache, daß sie es gewollt hatte; daß es weh getan und ihr doch gefallen, daß es sie sexuell befriedigt hatte. Niemand sprach über Analverkehr, nicht einmal in einer Welt, in der es kaum ein anderes Thema als Sex gab. Tabu. Vielleicht. Nur wenige Leute taten es? Sie wußte es nicht, doch einige mußten es

(34)

tun. Schande. Dreckiger Sex. Zwischen Heterosexuellen war es offiziell noch immer verboten. Was sie allerdings wirklich verblüfft hatte und sie daran hinderte, es mit den üblichen Stempeln zu versehen und dabei bewenden zu lassen, war die fast liebevolle Art, wie er es gemacht hatte. Sie wußte zwar, es ergab keinen Sinn, doch da war eine außergewöhnliche Wärme in ihm gewesen, die mit einem Akt reiner Aggression nichts zu tun haben konnte. Sie hatte so etwas wie Dankbarkeit bei ihm gespürt. Verrückt. Aber wenn dir jemand erlaubt, etwas zu tun, was du selbst tun willst, kann man dann überhaupt von Aggression sprechen?

Sie hatte sich bei dieser letzten Begegnung unendlich viel mehr erforscht, mehr durchdrungen, mehr in Besitz genommen gefühlt. Er war den dunklen, geheimen Weg zu ihrem Innersten gegangen, durch ein Labyrinth ohne Grenzen, das zu einem verborgenen Schlupfwinkel führte, zum Zentrum, das sie selbst kaum kannte. Dort wollte sie verstehen und verstanden werden.

Da war ein merkwürdiger Widerspruch zwischen dem, was sie empfunden hatte, und dem, was sie hätte empfinden sollen. Nach zwanzig Jahren Frauenbewegung konnte sich eine Frau ihres Alters, die sich gleichberechtigt fühlte, nicht gestatten, Vergewaltigungsphantasien zuzugeben und sich dem Machtspiel pervertierter männlicher Sexualität zu unterwerfen, geschweige denn Geschmack daran zu finden. Und das war der Punkt: Sie war entsetzt, wie sehr sie es genossen hatte, herumkommandiert, genötigt und erniedrigt zu werden. Sie könnte, so glaubte sie, mit keiner ihrer Freundinnen darüber sprechen. Selbst wenn die ihr zuhörten, würden sie toben vor Empörung. Über ihn natürlich, wie sie selbst es getan hätte. Aber gleichzeitig auch über sie. Wie konnte sie sich das gefallen lassen – und dann auch noch gut finden? *Sie* war über sich selbst schockiert, konnte aber nicht vergessen, daß sie es genossen hatte. Sie wollte das erbärmliche Geschöpf vergessen, das Anweisungen gefolgt, Befehlen gehorcht, ja, darum gebettelt hatte. Sie empfand sich wie jemand, dem sie nie zuvor begegnet war – zumindest nicht in der realen Welt, weit entfernt von nächtlichen Träumen und dunklen Phantasien. Du darfst so was nicht genießen, sagte die kleine scharfe Stimme in ihrem Kopf. »Hab ich aber«, sagte Rachel laut und ging zu Bett.

Es vergingen mehrere Wochen, bis sie Joshua wiedersah, Wochen in einem dunklen sexuellen Traum, in dem es ihr schien, als wate sie immer tiefer in ein Gebiet, das vorher für sie nichts weiter als Symbole auf einer Landkarte gewesen war. Es war, als hätte jemand einen Schlüssel umgedreht und als müsse sie jetzt wohl oder übel die Gänge und schmutzigen Orte erforschen, die sich vor ihr aufgetan hatten. Sie glaubte, die offiziellen Pflichten zufriedenstellend zu bewältigen, doch sie fühlte sich wie ein Geheimagent, dessen wirkliche Machenschaften sich hinter den Dingen des Alltags verbargen. Carrie wurde ernährt, gekleidet und emotionell versorgt und schien nicht zu bemerken, daß ihre Mutter mit ihren Gedanken ganz woanders war. Rachel machte ihre Einkäufe, kochte, bügelte und lächelte den anderen Müttern am Schultor zu, wo sie Carrie umarmte und ihr einen schönen Tag wünschte. Dann hatte sie Zeit bis Schulschluß, um ihre schäbigen Erforschungen fortzusetzen. Sie fuhr nach Hause, stellte die Waschmaschine an und dankte dem Himmel, häusliche Pflichten zu haben. In jener Zeit war ihr ganzer Körper wie bleiern, als hätte sich ihr Blut in geschmolzenes Metall verwandelt, das schwerfällig durch ihre Adern floß. Manchmal fühlten sich ihre Arme so schwer an, daß sie sie kaum anheben konnte, und ihre Augenlider schmerzten von der Anstrengung, offen zu bleiben. Oft ließ sie sich morgens, nachdem sie Carrie zur Schule gefahren hatte, ein heißes Bad einlaufen und redetete sich ein, daß es ihr gut tat. Anschließend ging sie einkaufen oder bereitete etwas Leckeres für Carrie vor. Meist fühlte sie sich nach dem Bad noch erschöpfter als vorher, hatte eben noch die Kraft, das Badetuch um ihren Körper geschlungen, sich halbfeucht auf ihr Bett zu legen. Sie nahm sich dann jedesmal vor, daß sie sich anziehen und den Tag anpacken würde, sobald sie trocken wäre.
Während sie so da lag, begann sie die Einzelheiten ihrer beiden

Nächte mit Joshua immer und immer wieder durchzuspielen und bestimmte Themen herauszugreifen. Mal beschwor sie in höchster Erregung den befehlenden Klang seiner Stimme herbei, mal die Autorität seiner Finger, wenn er sie zum Höhepunkt brachte, dann wieder den Ausdruck seiner Verachtung. Sie benutzte diese Einzelheiten, um über das hinauszugehen, was tatsächlich geschehen war, um ganze Dramen von Gewalt und erzwungener Unterwerfung zu inszenieren. Die Hand, die Schläge verteilt hatte, wurde zu einer Peitsche, einem Lederriemen, mit dem sie gefesselt und geschlagen wurde; die Stimme, die so selbstsicher war, erteilte Befehle, um sie in diese oder jene Stellung zu zwingen, in die Knie, auf alle viere, um sich selbst zu berühren, wo und wie; um Schimpfworte hervorzustoßen, Hure, Schlampe, Drecksau; der Penis schändete und quälte sie, ließ sie nach mehr Schmerz schreien, nach mehr, mehr und immer mehr betteln.

Sie lag auf ihrem Bett, die Augen geschlossen, ließ jedes dieser Dramen im vollen Ausmaß mit sich geschehen, so daß sie das nächste und wieder nächste heraufbeschwören konnte. Sie brauchte nur die Augen zu schließen, um sie in Gang zu setzen. Es schien, als lauerten sie schon, als brodelten sie irgendwo in ihr und warteten nur darauf, freigelassen zu werden. Jetzt kamen sie ihr entgegengesprudelt, ertränkten sie in ihrem Bedürfnis nach Ausdruck, nagelten sie an ihr Bett. Sie berührte sich, stellte sich alles vor: Joshua, der sie schlug, eine Frau, die sie schlug, während Joshua zusah, Joshua, der einen wildfremden Mann von der Straße mitbrachte, um sie vergewaltigen zu lassen, während er zusah. Sie ging durch alle möglichen Kombinationen, ein- oder zweimal war sie sogar der Aggressor, zahlte Schmerz und Erniedrigung zurück, doch es endete stets damit, daß sie selbst überwältigt und doppelt bestraft wurde. Sie hatte zwei, drei, vier Orgasmen und lag dann erschöpft auf ihrem Bett, von sich selbst angewidert. Ich werde das nicht wieder tun, nie, sagte sie zu sich selbst. Doch sie wußte genau, sie würde es tun. Sie war hörig. Es war eine Droge, sie fühlte sich süchtig, im wahrsten Sinne des Wortes. Sie *mußte* das Krankhafte und die Gewalt vor ihrem geistigen Auge Revue passieren lassen, um zu sehen, was in ihr steckte. Wie sie wirklich war.

Sie erhob sich nach diesen Episoden, elend und tief beschämt. Zeit wurde vergeudet, nichts zuwege gebracht. Nun, sie lernte etwas über sich selbst; doch sie wußte, es war nicht die Wahrheit, oder nicht die ganze Wahrheit. Sie hatte nicht die geringste Kontrolle über diesen Vorgang, konnte ihn nicht aus gebührendem Abstand betrachten und sagen, »gut, das ist auch ein Teil von mir«, und dann eine andere Seite ihrer selbst betrachten, die positivere, die mehr mit dem Leben verbunden war. Es gab da nichts, nichts Gutes, nichts Lohnendes, nur die Träume von Strafe und Schmerz.

Sie hatte schon in der Vergangenheit flüchtige Phantasien, ähnlich wie diese, gehabt, so flüchtig freilich, daß sie sie kaum zur Kenntnis genommen hatte, und sie handelten immer von einem Mann ohne Gesicht. Jetzt hatten sich Joshuas Züge auf die des anonymen Protagonisten geprägt, und die Träume wurden wirklich, greifbar, Teil ihrer selbst, statt, wie vorher, nur an ihr vorbeizugleiten. Sie verbrachte ihre Abende, wenn Carrie oben schlief, auf der Lauer neben dem Telefon. Sie ging nicht aus; nahm nicht mal ein Bad, ohne sich vorher zu vergewissern, daß sie das Telefon hören konnte. Wenn sie las oder fernsah, war ein Teil von ihr stets in Alarmbereitschaft, in Erwartung eines Anrufs von ihm. Sie glaubte, daß die Macht ihrer Phantasien, ihres Verlangens so stark war, daß Joshua sie wahrnehmen mußte und sie bewußt wachsen ließ.

Dies muß aufhören, sagte sie sich immer und immer wieder. Dies alles geschieht nicht wirklich mit mir.

Sie war schon von anderen Männern sexuell gefesselt gewesen, doch nie so wie jetzt. Nicht ohne regelmäßigen Kontakt und nie lange. Gewöhnlich befriedigte sie ihr Verlangen, sah den Mann so oft, bis die Obsession der ersten Wochen sich erschöpfte und sie Einzelheiten zu entdecken begann, die unvermeidlich dazu führten, daß ihre Leidenschaft verblaßte. Es bedurfte nicht viel dazu: die Art, wie er aß oder trank, die ungeschickte Bemerkung, die

(38)

ihn ein für allemal als lächerlich, als nicht clever genug abstempelte. Die kleinste Kleinigkeit genügte, um ihr Interesse abflauen, verkümmern zu lassen. Dann aus. Vorbei. Das war bei all ihren letzten Affären das Grundmuster gewesen, so daß sie von Anfang an nur darauf wartete, den Augenblick fürchtete, da das Falsche gesagt oder getan wurde. Zunächst versuchte sie, es zu ignorieren, doch sie wußte, es war aussichtslos, der Unmut würde sich in Geringschätzung, dann in Verachtung und schließlich in Gereiztheit über seine bloße Anwesenheit verwandeln. Er mußte gehen.

Und nun bangte sie, daß dieser Prozeß nicht stattfinden würde oder besser, daß Joshuas seltenes Auftauchen ihn verzögern würde.

»Ein paar Tage mit ihm würden genügen.« Doch genau das, so fürchtete sie, würde sie nicht von ihm bekommen; Joshua war ihr in vielem ähnlich und konnte sie manipulieren, wie noch niemand zuvor es getan hatte. Sie dachte an ihr Telefongespräch mit Molly und die Dinnerparty zurück. Sie hatte sich selbst so unter Kontrolle gehabt. Was war geschehen? Wie konnte sie so zum Opfer werden? Göttliche Strafe war es wohl nicht, rächende Memesis kam dem schon näher. Ich sitze in der Tinte, dachte sie, tief in der Scheiße. Genau dort, wo du hingehörst, flüsterte höhnisch ihr alter ego, als das Telefon zu läuten begann.

»Hallo, Mrs. Kee? Ich hab den richtigen Jungen für Sie, falls Sie sich drauf einlassen wollen.«

Es war Donald Soames, und ihr Herz klopfte vor enttäuschter Hoffnung. Sie holte tief Luft.

»Ich hab genug von den *richtigen* Jungen, Donald. Könnten Sie mir nicht zur Abwechslung mal was Nettes, Ruhiges, Motiviertes schicken?«

»Tut mir leid, an so was lassen uns die Schulen nicht heran. Wir müssen uns mit dem Abschaum begnügen.«

Donalds finstere Verachtung für seine Schäflein weckte ein wenig Begeisterung in Rachel, mehr aus Wut über ihn, denn aus wirklicher Energie in ihr.

(39)

»Also, wer ist es?«

»Ein Sechzehnjähriger aus der Jugendfürsorge. Nach der Geburt von Muttern im Stich gelassen. Wurde in Heimen großgezogen, falls man das so nennen kann. Hat ein paar ganz schöne Problemchen, die Sie selbst herausfinden sollen. Doch er ist recht clever. Hat einen IQ von 120. Nicht zu verachten in diesen Zeiten. Scheint seine Mittlere Reife machen zu wollen, bevor er in die weite Welt hinauszieht. Hat seit Jahren keinen regelmäßigen Unterricht gehabt, kann aber lesen und schreiben. Was meinen Sie? Ich hab ihn besucht. Scheint ein ganz netter Bursche zu sein.«

»Wenn er so nett und clever ist, wieso geht er dann nicht zur Schule? Naja egal, wo wohnt er? Ich fahre gleich heute nachmittag hin.«

Gott sei Dank, dachte sie. Arbeit. Es war, als hätte ihr jemand ein Seil zugeworfen, gerade als sie in einen tiefen Erdspalt abzurutschen drohte. Vielleicht könnte sie sich hochziehen und wieder halbwegs menschlich werden. Vielleicht waren die letzten Wochen nur ein vorübergehendes Fieber, das sie überwinden konnte, indem sie das Leben anpackte, wie jeder andere auch.

Wentworth House war eine kleine Insel der Armut in einem begrenzten Meer des Wohlstands. Der quadratische, schmucklose Block stand allein zwischen eleganten und noblen Wohnhäusern, wie man sie in ganz London, von Blackheath bis Islington, findet. Die unterschiedlichen Bedeutungen des Begriffs ›Heim‹ standen hier Seite an Seite – Wentworth House, das *Heim,* gar nicht häßlich eigentlich, umgeben von herrschaftlichen Eigen*heimen,* in einer ruhigen baumbestandenen Straße mit Vorstadtcharakter. Vielleicht hatten die liberalen Planer der Kommunalbehörde es für gut befunden, daß jedermann erkennen sollte, welche Möglichkeiten das Leben bereithielt. Vielleicht hatten sie sogar recht damit.

Rachel läutete, sah durch die Glastür, daß niemand öffnete, und drückte die Klinke. Die Tür war unverschlossen, und so trat sie ein. Eine große Küche und ein Eßsaal für etwa zwanzig Leute standen leer. Ein riesiger Herd, zahlreiche Schränke und eine

Durchreiche zu einem linoleumausgelegten Raum mit sechs Formika-Tischen und Plastikstühlen. Wie ein kleiner Speisesaal in einem Internat. Die Glastüren zum Garten waren geöffnet und machten den Raum hell, luftig, fast gemütlich. Ein junger Mann Mitte zwanzig kam die Treppe herunter und lächelte ihr zu. Sie stellte sich vor. Er war ganz offensichtlich keiner von den Heiminsassen, sah aber dennoch unglaublich jugendlich aus mit seinem langen blonden Haar, den engen Jeans und dem schwarzen kurzärmeligen T-Shirt.

»Rachel Kee? Schön, daß Sie da sind. Wir erwarten Sie schon. Mr. Soames sagte am Telefon, daß Sie vorbeischauen würden. Alle Kinder sind im Moment in der Schule, außer Pete natürlich. Er ist oben im Aufenthaltsraum. Es wäre bestimmt sehr gut für ihn, regelmäßig Unterricht zu bekommen. Ich führe Sie am besten gleich zu ihm. Übrigens, mein Name ist Dick.«

Sie folgte ihm nach oben in den unaufgeräumten Aufenthaltsraum. Mehrere Plastikstühle waren umgekippt, andere standen in Zweier- oder Dreiergruppen um kleine Tische verteilt. Alle Stuhlpolster hatten Risse, aus denen grauer Schaumgummi quoll. Mühle- und Dominosteine und Schachfiguren lagen teils am Boden, teils auf den Tischen verstreut, so als hätte jemand das Spiel unterbrochen und einfach die Bretter hochkant gestellt. In der Mitte des Raums stand ein kleiner Billardtisch, und ein Junge, das Queue angesetzt, beugte sich darüber. Von Billardkugeln war keine Spur.

»Das ist Pete«, sagte Dick und klopfte ihm freundschaftlich auf die Schulter.

Pete war ein Produkt seiner Zeit: ein Riese von mindestens ein Meter neunzig, dünn wie eine Bohnenstange, runder Schädel, das Haar auf knapp einen halben Zentimeter geschoren, wodurch Nase, Kinn und Adamsapfel übermäßig hervortraten; seine Füße steckten in riesigen Laschenstiefeln, die um die Fesseln eng geschnürt waren, um die klobige Form der herausstakenden Füße auf groteske Weise noch zu betonen. Darüber verblichene hautenge Jeans mit sorgfältig angebrachten Rissen und ein viel zu

(41)

kleines Sweat-Shirt, dessen Ärmel nur knapp bis über seine Ellenbogen reichten. Auf einen seiner Handrücken war mit Tinte ein kleines Hakenkreuz gemalt. Er erinnerte Rachel an Olive Oyl aus den Popeye Comics, so knochig und lang aufgeschossen war er.

»Hallo, Pete. Donald Soames sagte mir, du willst im nächsten Sommer die Prüfung machen. Ich bin Rachel Kee.«

Ein scheues Lächeln huschte über Petes Skinhead-Gesicht, als er wohl zum Gruß und zur Zustimmung ein undefinierbares Grummeln von sich gab. Rachel erwiderte sein Lächeln.

»Am besten kommst du zum Unterricht zu mir in die Wohnung. Sie ist von hier aus leicht zu erreichen. Es sind von Montag bis Freitag jeweils zwei Stunden, es sei denn, du willst auch Mathe-Nachhilfe, was ich dir empfehlen würde. Leider bin ich in Mathe ein hoffnungsloser Fall, deshalb müßten wir für einen Tag in der Woche einen anderen Lehrer für dich finden. Ich schlage vor, wir vereinbaren die Zeiten bei deinem ersten Besuch. Und der Einfachheit halber duzen wir uns, okay?«

Pete gab wieder ein Grummeln zur Antwort. Es schien zu besagen, daß er bisher nichts einzuwenden hatte.

Rachel begriff sofort, daß sich hinter der stereotypen Maske, an der er hart gearbeitet hatte, Humor und Intelligenz verbargen, die ihn ihr interessant machten. Sie mochte ihn irgendwie und erwiderte die freundliche Belustigung, die hinter seinen Augen lauerte. Es gab genug Sympathie zwischen ihnen, um ein erfolgreiches Unterrichten zu ermöglichen. Sie hatte oft darüber nachgedacht, wie schwer es für die heutigen Subkulturen sein mußte, sich nach außen hin so zu geben, wie sie gerne gesehen werden wollten. Die Punks vor wenigen Jahren mit ihren bunten, prächtigen Hahnenkämmen hatten sich mit ihren tristen Alltagsgesichtern verraten. Wenn sie nur sie selbst waren, wirkte ihre Haartracht wie ein Relikt aus besseren Zeiten. Niemand konnte diesem Image jederzeit gerecht werden. Und im wirklichen Leben wurden die schillernden Federn schließlich zur Last. Das Gegenteil war bei den Skinheads der Fall. Ihre kahlgeschorenen Schädel, Hakenkreuze und KZ-Wärter-Blicke, die alte Damen auf der

Straße in Angst und Schrecken versetzten, widersprachen beim näheren Kontakt oft der Menschlichkeit dieser Jugendlichen, die sich dieses Image ausgesucht hatten. Auf ihrer Straße sah Rachel oft einen Jungen, der, ähnlich wie Pete, buchstäblich zum Töten ausstaffiert war. Auf seinem dunklen Gesicht – er war ein Mischling – prangten Nazi-Symbole, Totenköpfe, Embleme der Nationalen Front. Seine Kleider hingen in Fetzen, mit Sicherheitsnadeln und Ketten versehen, an ihm herunter. Er sah furchterregend aus, geradezu unheilverkündend; dabei schob er jeden Tag einen Buggy mit einem properen, rosigen, strahlenden Baby vor sich her. Er kam an ihrem Fenster vorbei, beladen mit Einkaufstüten, mal in Begleitung der Mutter, mal allein, und er lachte und plapperte mit dem Kind. Ein durch und durch moderner Vater, dieser Satan. Das Absurde daran amüsierte Rachel; sie mochte zwar seinen Geschmack nicht, wohl aber seinen Stil.

Natürlich wußte sie von den anderen Halbwüchsigen, die genauso aussahen wie Pete oder der Skinhead aus ihrer Nachbarschaft, die aber ihrem Ruf tatsächlich gerecht wurden, durch die Straßen zogen und jeden terrorisierten, der die falsche Hautfarbe, das falsche Geschlecht oder das falsche Alter hatte. Sie benutzten ihre Stiefel, um gegen Köpfe zu treten und Leben zu vernichten, ihre maskenartigen Gesichter hielten, was sie versprachen, während ihre Gehirnzellen an einer Überdosis Klebstoffdämpfen abstarben. Dann wiederum gab es nach außen hin ehrbare Zeitgenossen, die andere Menschen vernichten konnten und deren Gehirnzellen es nach übermäßigem Alkoholgenuß auch nicht besser erging. Und so weiter. Das nennt man dann Liberalismus, dachte sie zynisch bei sich.

Es freute sie freilich festzustellen, daß das Image nicht zwangsläufig den Vorurteilen entsprechen mußte, die sich mit ihm verbanden; daß die unreflektierten Schlagworte, die von irgendwo – woher? – auftauchten, neu überdacht werden mußten. Sie ließ sich gerne überraschen, aus ihrer Denkfaulheit herausreißen. Gut/schlecht, schwarz/weiß, Liebe/ Haß, lustig/traurig, krank/gesund. Nichts im Leben ist so eindeutig, so ausschließlich, wie sein materielles Image es vorgibt. Wir denken in allzu groben Rastern; die Dinge sind viel komplexer, viel fließender.

Ich bin einer der extremsten Relativisten unter der Sonne, dachte sie.

»Okay, wir fangen Mittwoch an. Ich hole dich die ersten zwei, drei Male ab, damit du den Weg kennenlernst. Sagen wir so gegen zehn.«

Auf der Treppe fragte Pete. »Was hast du für 'nen Wagen?«

»Einen 2 CV«, sagte Rachel schmunzelnd.

»So'n Citroen? Klar, ich weiß schon.« Er grinste von einem Ohr zum andern. »So einen hat meine Betreuerin auch.«

Rachel zog eine zerknirschte Grimasse.

»Kennt man einen, kennt man alle. Hauptsache, die Kiste läuft und bringt dich am Mittwoch zu mir nach Hause. Ich freu mich schon drauf.«

Sie tauschten ein freundliches Lächeln, als sie gemeinsam zum Wagen liefen.

»Also bis dann«, meinte Pete, schlug mit der Handfläche auf das Stoffdach und schlenderte zum Haus zurück.

Am nächsten Abend rief Joshua an.

»Bist du allein«, fragte er. Keine Begrüßung; er ging davon aus, daß sie seine Stimme sofort erkannte.

»Oh, hallo. Ja, ich bin allein.« Der ruhige, feste Ton ihrer eigenen Stimme, nett und unververbindlich, verblüffte sie selbst.

»Gut. In einer Dreiviertelstunde bin ich da.«

Sie legte lächelnd den Hörer auf. Sie hatte doch gewußt, daß er wiederkäme. Sie machte einen Rundgang durch ihre Wohnung – es war ordentlich genug –, zog dann ihren Trainingsanzug aus und ging ins Badezimmer. Sie nahm ihr Diaphragma aus dem Arzneischränkchen, schmierte Gel um seinen Rand, führte es ein und fragte sich, ob sie es brauchen würde. Dann wusch sie sich über dem Bidet, putzte sich die Zähne und fuhr mit den Fingern durch ihr wuscheliges Haar. Wieder im Schlafzimmer trat sie vor den Spiegel und überlegte, was sie anziehen sollte. Nichts Besonderes. Kein angestrengter Versuch zu gefallen. Also schlüpfte sie wieder in ihren schwarzen Trainingsanzug. Sie fühlte sich wohl darin. Sie sah schlank, athletisch, relaxed aus, so wie sie ausgesehen hatte, bevor Joshua anrief.

Sie hockte sich im Schneidersitz auf das Sofa im Wohnzimmer und rauchte eine Zigarette; sie war fertig, ihr blieb eine halbe Stunde. Sie legte eine Platte auf, Mozart, ein Streichquartett, und schenkte sich einen Whisky ein. Sie trank für gewöhnlich nur wenig, wollte aber diesen Drink, um sich zu entspannen. Dann setzte sie sich wieder hin, nippte an ihrem Glas und rauchte. Bis es an der Haustür läutete, war sie ruhig und gelassen. All die Qualen der vergangenen Wochen, die schweißtreibenden Phantasien, der Hunger waren verflogen. Sie fühlte sich kühl, selbstbeherrscht. Als sie aufstand, um die Tür zu öffnen, wunderte sie sich, wie leicht sie sich vom einen in den anderen Gemütszustand hatte versetzen können. Sie fühlte sich wirklich locker und entspannt, wie eine Frau, die einen flüchtigen Liebhaber zu einem netten gemeinsamen Abend empfängt. Wer, zum Teufel, hatte dann wochenlang fiebernd auf dem Bett gelegen? Wo war diese Rachel? Sie knipste das Licht im Flur an und öffnete die Tür.

Joshua stand freundlich lächelnd im Eingang, gedrungen, sympathisch. Das war nicht der Joshua aus ihren Träumen und Alpträumen. Ihr wurde klar, daß sie ihn in den Tagträumereien der letzten Wochen seiner Fleisch-und-Blut-Realität beraubt, ihn durch einen mystischen Mann ersetzt hatte. Einen Mann ihrer Phantasie, einen Traum-Joshua. Der Joshua, der jetzt vor ihr stand, war nichts als äußerlicher Charme, liebenswürdig, ungefährlich, wie er dastand, eine Harrods-Tüte in der Hand, und darauf wartete, begrüßt zu werden. Man konnte eigentlich nur Sympathie für ihn empfinden, einen netten Bekannten, einen unkomplizierten Liebhaber. Zwei Gleichgesinnte, die sich nach angemessener Zeit wiedersahen, ein Mann und eine Frau, beide reichlich beschäftigt, die sich aber, wenn die Umstände es erlaubten, an der Gesellschaft des anderen erfreuten.

Das war die Realität, als sie beide lächelnd im Eingang standen und der Wahnsinn der letzten Wochen wie eine Wolke verflog. Rachel war eine Nachtwandlerin, die aus einem Alptraum erwachte; sie erinnerte sich an ihn, bis der gewöhnliche Alltag ihn aus ihrem Bewußtsein auslöschte.

»Hallo. Komm rein«, sagte sie vergnügt und führte ihn nach oben.

Sie holte zwei Gläser aus dem Schrank, während er eine Weinflasche aus seiner Einkaufstüte zog, die er in einer Ecke der Küche abstellte. Sie saßen einander gegenüber am Wohnzimmertisch, tranken Wein und plauderten von diesem und jenem. Nach einer Weile stellte Rachel fest, daß sie nicht einmal sonderlich erregt war. Da war keine Spur von der brennenden Lust, die sie bei manchen Männern, in Erwartung des bevorstehenden Sex, verspürte. Dieser Joshua, diese Rachel hatten nichts mit den beiden Leuten zu tun, die über dem Küchentisch Sodomie getrieben hatten.

Die Unterhaltung war amüsant. Es kam nur äußerst selten vor, daß sich Rachel mit jemandem ›gut‹ fühlte, und sie genoß es richtig, dies humorvolle, neckische, leicht prüfende Geplänkel, das wie ein Pingpongball die Seiten wechselte. Sie führten ein ganz normales Gespräch, gaben sich ganz normale Informationen. Rachel erkundigte sich nach seiner Familie, nach Frau und Kindern.

»Carol und ich waren fünfzehn Jahre zusammen. Ich hänge sehr an den Kindern; ich schau fast jeden Abend vorbei, und einmal die Woche sind sie bei mir. Meine Familie kostet mich viel Zeit.«

Das klang Rachel vertraut, war nicht viel anders als ihre Beziehung zu Michael, die sie Joshua schilderte.

»Und was ist mit deinen Eltern?« wollte sie weiter wissen.

»Ich habe eine Mutter«, antwortete er finster. »Eine Mutter mit einem großen M, mehr ein Ungeheuer als eine Mutter, das mich sicher überleben wird. Eine Art degenerierende Krankheit – eine Abhängige, keine Verwandte. Ich scheine 'ne Menge davon zu haben – Abhängige, meine ich, nicht Verwandte.«

»Was für eine schreckliche Bürde! Ich nehme an, du genießt es, daß Leute abhängig von dir sind«, meinte Rachel mit süßer Stimme.

»Ich wär froh, wenn sie alle in einer Rauchwolke verschwänden, ausgenommen die Kinder natürlich. Ich genieße meine Bürden nicht, ich erdulde sie widerwillig.«

Rachel glaubte ihm nicht, redete aber nicht weiter davon.

»Das hab ich schon gemerkt. Aber jede Mutter ist schrecklich, das versteht sich von selbst. Ist deine wirklich besonders schlimm?«

»Du würdest sie wahrscheinlich mögen«, meinte er mit einem verschmitzten Lächeln und schaute dann wieder sehr ernst drein. »Sie ist hart, gemein und boshaft. Sie hat nichts, absolut nichts Liebenswertes. Eine gemeine, kleinkarierte, dumme Frau.«

»Und dein Vater?« fragte Rachel, leicht irritiert durch seinen Zorn.

»Den gab's nicht. Nur ich, die Mutter und eine Tante und ein Onkel, die bei uns lebten und von denen wir lebten. Mit vier hab ich das Haus verlassen.«

»Sehr frühreif. Hab ich nicht anders erwartet; du bist nicht der Typ, der irgendwo bleibt«, nickte Rachel.

»Es gab eine Familienkonferenz. Mit vier hab ich die Erwachsenen schon so geschickt manipuliert, daß sie beschlossen, mich loszuwerden. Ich war unheimlich clever. Sie schickten mich auf eine Vorschule, ein Internat.«

»Mit vier?« Rachel blieb der Mund offen stehen. Sie brauchte keine weiteren Details, um zu begreifen, was mit Joshua los war. Mit vier aus dem Elternhaus fortgejagt, weil er zu clever war. Wie hätte er anders werden können als zornig und zerstörerisch?

»Du Ärmster. Wie schrecklich.« Es tat ihr wirklich leid um das Kind, das sie sich so deutlich vorstellen konnte.

»Ich hab's überlebt«, meinte er knapp.

Schon, dachte Rachel, doch um welchen Preis?

»Ich hab auch eine Mutter«, sagte sie laut.

»Und?«

»Sie ist eine sozialistische Heilige. Akademikerin. Sehr distinguiert, sehr verehrenswürdig. Seit langem heilig gesprochen.«

»Dann gibt's bei dir auch eine degenerierende Krankheit?« fragte Joshua.

»Weit gefehlt. Sie merzt die Krebsgeschwüre aus, sobald sie ihre häßlichen kleinen Köpfe recken. Flaff, geht das! ›Ihr könnt nicht leben‹, ruft sie. ›Ihr seid unvernünftig, unlogisch, deshalb vernichte ich euch.‹ Und schon verschwinden sie, die Schwänze zwischen ihre gestörten Chromosomen geklemmt.«

»Hört sich ja widerlich an«, meinte Joshua und schnitt eine Grimasse.

»Nein, eigentlich nicht, nicht wenn man sich dran gewöhnt hat. Sie ist wirklich sehr nett, aber schwierig. Übrigens ist sie gar nicht meine Mutter. Sie hat mich adoptiert, als ich zwölf war. Das ist ein großer Unterschied, man hat nicht die ganze Mutter-Kind-Kiste zu verarbeiten.«

»Nicht schlecht. Glaubst du, sie würde mich adoptieren, wenn du ganz nett drum bittest?«

»Mit Sicherheit nicht. Sie hat genug von *enfants terribles*. Du wärst einfach eine Katastrophe.«

»Sag das nicht«, meinte Joshua mit einem Lächeln, das seine Zähne entblößte. »Ich kann sehr charmant sein.«

»Das hab ich gemerkt«, lächelte Rachel zurück. »Manchmal triefst du geradezu vor Charme.«

Er sah sie durchdringend an und senkte dann den Kopf, als wollte er die bissige Bemerkung bejahen. Er wechselte das Thema.

»Wo ist dein Töchterchen?«

»Oben, sie schläft.«

»Und kommt ihr gut zurecht?«

»Hm. Recht gut. Sie ist sehr lieb, sehr vernünftig. Schau, wir haben heut einen Fisch gekauft. Das heißt, wir haben ein Aquarium gekauft, und dann mußten wir einen Fisch kaufen, um ihn hineinzutun.«

Sie deutete mit dem Kinn zur Küchentrennwand, auf der inmitten von Grünpflanzen ein Aquarium auf einem Sockel aus Spiegelglas stand. Im Aquarium waren, außer dem Fisch, ein Plexiglastisch und zwei Stühle.

»Ein Fisch-Appartement. Carrie wollte es unbedingt haben, also teilen wir uns die Kosten. Jeder eine Hälfte. Sie sagt, ihr gehört die obere, mir der Sockel. Der Fisch heißt Rosemarie – nobel, was? Ich wollte ihn Gefilte nennen, doch Carrie meinte, ich würde die Dinge nicht ernst nehmen, also heißt er Rosemarie. Wenn er allerdings stirbt, was Fische unweigerlich tun, ist es nur ein toter Fisch. Gott, es gibt nichts Toteres als einen toten Fisch.«

»Ich kenne eine Reihe von Leuten, die da durchaus mithalten können. Scheint ein nettes Mädchen zu sein. Ist sie klug?«

»Schon. Wer weiß? Außerdem scheint es Wichtigeres im Leben zu geben als Klugheit, zum Beispiel die angeborene Begabung, Namen für Fische zu finden. Oder inneres Gleichgewicht zu bewahren, wenn ringsumher einer nach dem anderen ausflippt. Gibt es eine Frau in deinem Leben?« fragte sie unvermittelt.

»Eine Frau, die ich gelegentlich sehe, nichts Ernstes. Ich hab's nicht mit emotionalen Geschichten.«

Er wartete auf weitere Fragen.

»Und?« fragte sie.

»Sie ist die Frau meines Steuerberaters.« Er lächelte freundlich, während er sie zugleich kühl musterte. »Ich besuch sie manchmal und ficke sie, wenn er bei der Arbeit ist. Er ist ein sehr guter Steuerberater, ein netter Kerl. Äußerst liebenswürdig.«

Rachel starrte ihn an.

»Hast du keine Angst, daß er dir auf die Schliche kommt? Wie er reagieren würde?«

»Nein. Es ist eine sehr gute Ehe. No problem. Ich halte beide beschäftigt. Keine Scherben.«

»Das heißt, du hast die Sache im Griff«, meinte Rachel ruhig.

»Ziemlich.«

Es herrschte kurzes Schweigen, während Rachel die Information verdaute. Kein Mann, mit dem man sich einlassen sollte; den sollte man lieber zum Feind haben. Doch noch seltsamer war, daß er ihr das alles erzählt hatte. Nüchtern, sachlich. Vielleicht mit einem Anflug von Herausforderung; wie würde sie reagieren? Welchen Eindruck würde es auf sie machen? Glaubte er vielleicht, sie würde es bewundern? Sicher nicht. Oder war es ihm überhaupt gleichgültig, was sie dachte? Doch warum erzählte er's ihr dann? Sie war irritiert. Die Geschichte machte ihn plötzlich unattraktiv. Bemerkte er das nicht? Sie hatte, das wurde ihr klar, nicht die geringste Ahnung, wie und was er dachte.

Joshua brach das Schweigen.

»Komm her.«

Ein Befehl. Wie auf Knopfdruck änderte sich sein Verhalten, seine Stimme wurde kalt und hart. Auch in Rachel wurde etwas in Gang gesetzt mit dem Ton seiner befehlenden Stimme. Wer immer es gewesen war, der eben noch so ernüchtert von seiner Geschichte gewesen war, hatte sich in nichts aufgelöst. Rachel tat, was man von ihr verlangte, wenn auch etwas zögernd.

»Hol die Einkaufstüte, die ich mitgebracht hab. Dann geh ins Schlafzimmer und warte auf mich.«

Er erschien kurz darauf, eine Lederpeitsche in der Hand.

»Ich werd dich schlagen«, sagte er ruhig. »Beug dich rüber.«

Da war sie also, die Lederpeitsche, von der sie geglaubt hatte, sie existiere nur in ihrer Phantasie. Er zog ihre Trainingshose und ihren Slip herunter und sagte in höflich erläuterndem Ton: »Du bekommst jetzt sechs Peitschenschläge von mir. Es wird weh tun, und wenn du vor Schmerz aufschreist, macht mich das unheimlich scharf.«

Obwohl seine Worte im Detail erklärten, wie sie sich zu verhalten hatte, erregten sie sie auch. Der Schmerz ließ sie zuerst nach Luft schnappen, dann laut aufschreien. Es tat wirklich weh, doch der Schmerz war kontrollierbar, er schlug sie sorgfältig, mit genau kalkulierter Stärke. Als er fertig war, weinte und schluchzte sie, zugleich vor Erniedrigung und vor Schmerz. Er nahm sie behutsam hoch und sagte:

»Was soll ich jetzt mit dir tun?«

»Fick mich«, flüsterte sie unter Tränen.

»Wie heißt das?«

»Fick mich . . . bitte.« Und halt mich, bitte, dachte sie bei sich.

Später lagen sie schweigend eng nebeneinander auf dem Bett. Er hatte sie immer und immer wieder kommen lassen, schien ihre Orgasmen so sehr zu wollen wie ihren Schmerz. Sie war erschöpft und befriedigt und etwas ängstlich, weil weitere ihrer heimlichen Phantasien mit ihm Wirklichkeit geworden waren. Die Art, wie er sie gepeitscht und genommen hatte, entsprach genau ihren Tagträumen, dieselben Worte, dasselbe kalte, zornige Verlangen in ihm, dieselbe Zerstörung ihrer Selbstbeherrschung.

Nachdem sie eine Weile so dagelegen hatten, redete Joshua wieder im Plauderton, wie vorher, als sie im Wohnzimmer Wein getrunken hatten. Ja, er schien das Gespräch fortzusetzen.

»Kinder sind einfach großartig, weil sie so frei von der Leber weg sprechen. Meine Tochter hat kürzlich einem Freund erklärt, daß sie mich zu sehr liebe. Als er fragte warum, meinte sie, daß ihr Daddy schon so alt sei und bald sterben würde. Es sei unvernünftig, jemanden zu lieben, der bald tot umfallen würde. Damit hat sie natürlich recht.«

Wo war der Mann, der sie eben noch geschlagen und ihr ›drekkige kleine Hure‹ ins Ohr gezischt hatte?

»Ach, und woran wirst du frühzeitig sterben?«

Wo war das Opfer, das Kind, das gerade noch geheult und gewimmert hatte?

»An Bedeutungslosigkeit. Ich werde an Bedeutungslosigkeit sterben«, sagte Joshua ins Dunkel, seine Stimme belustigt, ironisch.

Rachel holte tief Luft und stieß sie mit einem kurzen gepreßten Lachen wieder heraus.

»Ich glaube, wir beide sind schon lang an Bedeutungslosigkeit gestorben. Was von uns übriggeblieben ist, ist körperliche Korruptheit, und das ist dagegen ein Kinderspiel.«

Joshua warf ihr einen seiner scharfen zustimmenden Blicke zu, die besagten ›sehr wahr, aber nicht mehr‹. Längst tot zu sein, bedeutungslos zu sein, das war eine harte Wahrheit, die wie eine düstere Wolke im Zimmer hing. Sie wußte, daß auch er es wußte. Es war ihr Geheimnis, das mit ihrem Zynismus und ihrer Sexualität in Schach gehalten wurde. Rachel begann zu begreifen, daß Joshua tief von sich selbst enttäuscht war und das Leben benutzte, um Rache zu nehmen. Eine Art Nihilist in einer Welt, der die Romantik des neunzehnten Jahrhunderts fehlte. Er hatte sich der Zerstörung verschrieben, weil er sich im Alter von vier Jahren zurückgezogen hatte. Keine Liebe, fortgeschickt, gebrochen – aber clever. Und was fängt einer mit Cleverness allein an? Er kann andere Menschen verletzen. Und verhindern, selbst verletzt zu werden, indem er einfach nichts fühlt. Er kann anderen Menschen beweisen, daß er ernst zu nehmen ist. Cleverer kleiner Junge, so vielversprechend und innen so leer. Erhielt Stipendien, ging nach Cambridge. Hoffnungsvoll, und doch kam nichts dabei raus. Vielleicht nicht clever genug. Die Prestige-Jobs gingen an andere, die vielleicht im Kern nicht so leer waren. Der clevere kleine Junge hatte eine gute Position, doch nicht großartig, nicht so bedeutend, als daß die Welt erstaunt aufgeblickt hätte und er sich anders als leer und unbedeutend hätte fühlen können. Also schmeißt er's hin und macht Geld: Es gibt andere Wege zur Macht. Er ist immer noch heller als die meisten anderen, also kann er sich überlegen fühlen; und er nutzt sein Talent, um zu manipulieren – das hat er schon als Kind gelernt – und um Chaos zu stiften. Sie spinnt ihre Netze, diese manipulierende Spinne, und zieht an den Fäden, um ihre Opfer zappeln und sich noch tiefer verstricken zu lassen. Er strotzt vor Charme, bezaubert die Leute und läßt sie dann hängen oder spielt sie gegeneinander aus. Er nutzt seinen Scharfblick, um die Schwächen der anderen aufzuspüren, und seine Intelligenz, um ihnen weh zu tun. Rachel sah das alles ganz deutlich – er hatte wirklich jede Spur von Gefühl in sich ausgemerzt. Dieser Frosch würde ein Frosch bleiben, da war kein verborgener Prinz, der darauf wartete, erlöst zu werden. Weder sie noch irgend jemand sonst würde Leben in ihn hauchen; seine degenerierende Krankheit hatte seine Eingeweide aufgezehrt.

Sie empfand plötzlich unendliches Mitleid mit ihm.

Doch das, sagte die Stimme in ihrem Kopf, ist typisch für jedes Opfer.

Vielleicht. Nein, verdammt noch mal! Sie fühlte wirklich Mitleid mit ihm. Das zu leugnen, hieße, sich auf eine Stufe mit Joshua zu stellen. Sie fühlte es und gestand es ein (zumindest vor sich selbst), es gab diesen Unterschied zwischen ihnen. Sie wollte zwar hart und gefühllos sein, war es in Wirklichkeit aber nicht ganz. Sie sah Joshua jetzt als die logische Weiterentwicklung ihrer selbst. Er war, was sie werden könnte; ein Spiegel, der ihr eine Warnung zurückwarf. Je deutlicher sie ihn sah, desto deutlicher sah sie sich selbst. Sie durfte auf keinen Fall zulassen, daß er ihr ihre Menschlichkeit nahm, denn das war alles, was sie hatte und was ihm unwiderbringlich fehlte.

Ich bin besser als er, dachte sie. Ich habe an meinem Schmerz festgehalten, er hat seinen zerstört. Deshalb kann ich Mitleid mit ihm empfinden, während er den Schmerz anderer genießt. Er hat sich selbst aus der Gesellschaft ausgeschlossen, das Leben kann nicht mehr sein als eine Strategie, die zu Sieg oder Verlust führt.

Und warum jagst du diesen hoffnungslos verletzten Mann nicht aus deinem Leben? fragte die Stimme.

Ich kann nicht, noch nicht, sagte sie zu sich selbst; es gibt da noch etwas, dem ich auf den Grund kommen muß.

Wie gut du andere Leute verstehst, sagte die Stimme und ließ den Rest des Satzes in der Schwebe.

»Ich muß gehen«, sagte Joshua und stand auf.

Nachdem er gegangen war, lag Rachel wach im Bett und dachte an den Abend zurück; wie harmlos er wirkte, als sie die Tür öffnete; und wie plötzlich er der dunkle Phantasie-Liebhaber geworden war; und das ungezwungene, lockere Gespräch dazwischen. Doch jetzt war ihr, als sei er nie wirklich da gewesen; sie konnte sich zwar an die Ereignisse erinnern, doch sie waren nicht mehr und nicht weniger wirklich als ihre einsamen Phantasien. Er ließ nichts von sich zurück. Sie rollte sich auf das Kissen, auf dem noch der Abdruck seines Kopfes war, doch er hatte nicht einmal eine Spur von Geruch hinterlassen. Vielleicht ist es gar nicht wirklich passiert, vielleicht hab ich alles nur erfunden, dachte sie, als sie einschlief.

Als sie am nächsten Morgen erwachte, fiel ihr zunächst ein, daß sie Pete um zehn zum Unterricht abholen mußte. Erst als sie aufgestanden war und das Ziehen in ihren Muskeln verspürte, erinnerte sie sich an Joshuas Besuch. Sie drehte sich seitlich zum Spiegel und entdeckte mehrere breite Striemen auf ihrer rechten Pobacke. Also hatte er doch etwas hinterlassen. Die Striemen erregten sie, und sie starrte eine Weile darauf, bis ihr einfiel, daß Carrie bald auf sein würde, und so streifte sie schnell einen Slip über.

Also hatte der Mann seine Spur hinterlassen, dachte sie, doch das war auch alles. Verdammter Zorro. Sie konnte die letzte Nacht in ihren Gedanken nicht wahr werden lassen. Sie zerfloß wie Zuckerwatte. Die Erinnerung war da, doch nicht als erlebte Erfahrung, nicht als wäre es wirklich passiert, ihr, letzte Nacht. Als hätte sie es gelesen oder im Kino gesehen. Es war die Erinnerung eines Dramas, einer Geschichte, die sie gehört hatte, nicht Teil der Struktur ihres Lebens.

Sei's drum. Wenn sie, statt ins Kino gehen zu müssen, die Filme frei Haus geliefert bekam, warum sich dann beklagen? Manche Leute hatten Videos, sie hatte Joshua. Sie spielte von Zeit zu Zeit in einer Live-Phantasie mit. Was konnte es schaden? Glückspilz! Die Frau mit dem Dämon-Lover. Keine Ketten, keine Verpflichtungen. Wenn man nur lang genug wartete, bekam man schon, was man wollte.

Sie fühlte sich stark und unbeschwert an diesem Morgen. Sie zog ihre hautengen Jeans an, ein riesiges sackartiges Sweatshirt und ihre Pseudo-Reitstiefel, bereit durch die Welt zu stapfen. In ihren enganliegenden Jeans wurde ihr mit jedem Schritt ihre schlanke, sehnige Figur bewußt, während sie in der Küche das Frühstück für Carrie zubereitete, Speck briet und Tee einschenkte. Bald saßen sie im Auto und fuhren zu Carries Schule. Unterwegs sangen sie Carries Lieblingslied aus dem Musical *Oliver* im Duett:

As long as he needs me
I know where I must be
I'll cling on steadfastly
As long as he needs me

»Warum liebt Nancy Bill Sykes, wo er den Menschen doch so
schreckliche Dinge antut, Mum?« fragte Carrie plötzlich.

»Weil sie nicht anders kann. Sie liebt ihn einfach, und da spielt
es keine Rolle, wie er sich verhält«, antwortete Rachel unsicher.
Selbst in ihren Ohren war das kompletter Unsinn. »Die Menschen
lieben sich manchmal trotz all ihrer schlechten Eigenschaften.«
Und immer tiefer in den Morast. »Vielleicht kannte sie nur Leute,
die sich schlecht benehmen. Vielleicht glaubte sie, es gebe nichts
Besseres oder sie würde nichts Besseres bekommen.«

»Warum nicht?« fragte Carrie, die mit ihren fünf Jahren vernünftige Antworten auf ihre Fragen erwartete. Sie war mindestens so verwirrt wie Rachel über das, was sie da hörte.

»Weil das Leben für sie immer so gewesen ist. Deshalb hat sie
gar nichts anderes erwartet. Die Menschen gewöhnen sich an
Dinge, selbst an schlechte Dinge, und dann wollen sie nichts anderes mehr. Ganz ehrlich, Carrie, ich weiß es nicht.«

Es war zu früh am Tage für solche tiefschürfenden Gespräche.

»Ich versteh nicht«, meinte Carrie, »wie man jemanden lieben
kann, der nicht nett zu einem ist. Ich würde dich nicht lieben,
wenn du nicht nett zu mir wärst. Und manchmal bist du's nicht,
wenn du mich anschreist. Dann hasse ich dich – aber ich hab dich
trotzdem lieb.«

»Verdammt kompliziert, was, Carrie?« Rachel lächelte in den
Rückspiegel.

»Ja, verdammt«, grinste Carrie zurück.

Rachel setzte Carrie vor der Schule ab und fuhr zum Café in der
High Street. Es war eine etwas gewollte Version eines Pariser
Cafés – die Wände sorgfältig mit gelblich grauer Farbe gestrichen,
um den Eindruck von jahrzehntealtem Staub und Zigaretten-

rauch zu vermitteln. Sie nahm in einem der abgenutzten Korbsessel Platz und bestellte einen Cappuccino. Dann stand sie auf und holte sich eine *Times* aus dem Zeitungsständer. Wie jeden Morgen beschloß sie, endlich ihr Abonnement zu kündigen, da sie, ausgenommen in den Schulferien, die Zeitung doch nur hier las. Sie fand es angenehm, den Tag so zu beginnen, sie liebte die Anonymität von Cafés und gleichzeitig die Vertrautheit, regelmäßiger Kunde zu sein, und den anderen, die beim Frühstück saßen, freundlich zuzunicken. Manchmal schaute Becky auf dem Weg in die Stadt vorbei. Rachel und Becky hatten in derselben Gesamtschule im East End unterrichtet, bis Carrie auf die Welt kam. Danach hatte Becky den Lehrerberuf an den Nagel gehängt, um als freie Journalistin zu arbeiten. Trotzdem waren die beiden über die Jahre in engem Kontakt geblieben, ja, Becky war eine von Rachels wenigen Freundinnen, ihren wenigen guten Freunden überhaupt. Der Grund dafür war vor allem, daß sie kaum etwas gemein zu haben schienen. Und das wiederum nicht so sehr, weil sie in wichtigen Dingen des Lebens zu unterschiedlichen Schlüssen gekommen waren – vielmehr hatten sie darüber *schon immer* anders gedacht. Und wenn sie auch nicht an Becky *glaubte,* an ihr ständig sich wandelndes Weltbild, war sie dennoch fasziniert von ihrem Optimismus und der Beharrlichkeit, mit der sie es in Einklang mit ihren Gefühlen brachte.

Heute morgen trat Becky ins Café, als Rachel eben ihren Cappuccino serviert bekam, und sie sah wie immer makellos aus. Ihr dickes blondes halblanges Haar fiel locker und glatt bis zur Kinnlinie und rahmte ihr auffallend hübsches Gesicht ein. Sie hatte eine hohe gewölbte Stirn und große hellblaue Augen wie eine Frau aus einem flämischen Gemälde, ihr Mund war klein und zart. Hinter der Hübschheit und dem sorgfältig aufgelegten Make-up verbarg sich eine Intelligenz, die nach langen Jahren des Zögerns beschlossen hatte, sich auch nach außen hin durchzusetzen. Becky war immer gut gekleidet – gedämpfte Farben, klassischer Schnitt und offenkundig teuer. Man wußte sofort, daß alles gefüttert, daß die Säume doppelt genäht waren. Rachels Säume dagegen wurden mit Sicherheitsnadeln gehalten. Da die Wirkung dieselbe war, war es Rachel egal, wie sie erzielt wurde.

Wenn man die beiden zusammen sitzen sah – Rachel dunkel, rassig, chaotisch *en vogue,* Becky blond, adrett, sehr *jolie madame* – mußte man den Eindruck gewinnen, man wäre vor eine Wahl gestellt. Tatsächlich waren sich die beiden Frauen dieser Gegensätze deutlich bewußt und kosteten es voll aus, wie jede die Qualitäten der anderen durch den Kontrast unterstrich und doch völlig ungezwungen miteinander umging.

»Hallo«, rief Becky lächelnd. »Wie geht's? Du siehst verwegen aus heute morgen.«

Rachel nahm ihre gestiefelten Beine vom Stuhl gegenüber und schob ihn ihrer Freundin hin.

»Okay. Lange Nacht gestern nacht. Neuer Schüler heute morgen. Sehr beschäftigt.«

»Wohl wieder der Dämon-Lover, was? Wie läuft's mit ihm?« Beckys große Augen wurden vor Neugier noch größer.

»Nicht schlecht. Ich glaube, wir richten uns auf eine perfekte Affäre ein. Er taucht alle zwei, drei Wochen auf, und man verbringt ein paar großartige Stunden.«

»Und was, wenn du ihn zwischendrin mal sehen willst?« fragte Becky.

»Nicht erlaubt. In unserm Vertrag steht geschrieben, daß er anruft und ich warte.« Rachel schnitt eine Grimasse. »Es geht mir zwar gegen den Strich, gar keinen Einfluß auf die Dinge zu haben, doch andererseits ergreife ich ungern die Initiative. Ich rufe Männer sowieso nie an, es paßt also zu meiner Neurose: Ich brauche nicht zu fragen, und keiner kann nein sagen.« Rachel fand ihre eigenen Worte alles andere als überzeugend.

»Das hört sich aber gar nicht nach dir an.«

»Nein, eigentlich nicht. Offensichtlich muß ich mir einen zweiten Liebhaber zulegen; das würde die ganze Sache auflockern, und ich könnte ja oder nein sagen. Trotzdem habe ich hier eine ideale sexuelle Affäre. Keiner täuscht Gefühle vor, jeder genießt die Gesellschaft des andern und verbringt ein paar herrliche Stunden mit ihm. Es ist die ehrlichste Affäre, die ich jemals hatte. Gradezu eine Wohltat.«

»Wenn du mich fragst, kann eine Beziehung auf die Art nicht weitergehen. Sie wird zwangsläufig komplizierter, je länger ihr euch kennt. Einer wird irgendwann mehr wollen.«

»Oder weniger«, meinte Rachel verschmitzt.

Neben der Zynikerin Rachel war Becky geradezu romantisch. Sie hatte Rachels Beteuerungen, *wirklich* keine enge Beziehung zu wollen, nie so ganz geglaubt.

»Ich finde«, sagte Rachel nachdenklich und nippte an ihrem Cappuccino, »daß der Dämon und ich uns sehr ähnlich sind. Wenn wir beide eine Beziehung wollen, die Sex von Freundschaft trennt – und das wollen wir ja beide – , dann kann es klappen. Ich weiß, für dich ist die Große Liebe das Ziel einer Beziehung. Nicht für mich. Ganz ehrlich. Ich suche was völlig anderes. Mein Dämon ist ein phantastischer Liebhaber. Irgendwo muß da eine Frau viel Zeit und Energie investiert haben. Wofür ich ihr herzlich danke.« Rachel hob ihr zu Ehren die Kaffeetasse. »Ganz normal ist das alles natürlich nicht.«

Rachel warf Becky diese Bemerkung wie einen Spielball zu, um zu sehen, ob sie ihn auffangen würde. Sie war sich im Grunde gar nicht sicher, ob sie darüber sprechen wollte. Andererseits war sie so überrascht über das, was sie in sich selbst entdeckte, was sie zulassen und genießen konnte, daß sie's bei jemandem loswerden wollte. Um zu sehen, wie es im kalten Tageslicht klang.

»Was – nicht ganz normal?« Beckys Antennen zitterten, ihre Augen waren jetzt tellergroß.

»Die Lehrbücher würden es Sado-Masochismus nennen. Er sado, ich maso. Jeder würde es Sado-Masochismus nennen. Er – hm – er schlägt mich. Gestern nacht sogar mit einer Lederpeitsche.« Rachel war, als wäre sie soeben in einen kalten Swimmingpool gesprungen; sie wartete atemlos auf das kalte Aufklatschen.

»Was«, stieß Becky aus. »Das sagst du nur im Spaß. Rachel!«

»Nein, verdammt! Ich mach keinen Spaß. Und das Komische ist, daß man gar nicht das Gefühl von Gewalt hat. Es ist wie ein

Zeremoniell, wie ein Ritual. Kalte Wut, kein heißer Zorn. Niemand wird verletzt, er ist unheimlich diszipliniert. Das ist das Verrückte – ich fühl mich absolut sicher mit ihm. Feministische Prinzipien hin oder her, es turnt mich an, daran gibt's nichts zu rütteln. Warum es also nicht durchspielen? Ich lerne was dabei. Sieh mal, wir alle wissen, daß ich masochistisch veranlagt bin, Vaterkomplex und so. Und jetzt hab ich einen gefunden, mit dem ich das bewußt ausleben kann. Warum nicht?« Rachel zappelte gleichsam in ihrem eigenen Verteidigungsgerüst. »Hör zu, ich hab neulich von so einer sodomasochistischen Lesben-Kommune in San Francisco gelesen. Sie haben in einem Manifest erklärt, daß es für sie völlig okay sei, den ganzen Scheiß aus sich rauszuprügeln, weil dabei keine Ausbeutung der Frau durch den Mann im Spiel ist. Wer, frage ich dich, ist hier verrückt? Ich weiß genau, was ich tu. Und wenn er mich benutzt, dann benutze ich ihn auch. Das ist die fairste Beziehung, die ich jemals hatte. Ganz ehrlich, Becky.«

Becky schüttelte langsam den Kopf, so daß der Vorhang ihrer Haare leicht hin und her wogte. »Rachel, du bist verrückt, du kannst mit solchen Sachen nicht spielen. Ich weiß, du glaubst immer, deine Gefühle im Griff zu haben, aber wie kannst du so sicher sein? Das ist viel zu gefährlich. Er kann dich verletzen. Und was ist mit Wärme und Zuneigung?«

»Vielleicht *ist* es so was wie Zuneigung, wenn man jemanden seine Phantasien ausleben läßt. So kommt es mir jedenfalls vor. Ja, ich weiß, ich bin mir nicht ganz sicher. Ich bin verwirrt. Aber ich weiß, daß ich es will. Und wenn er mich wieder anruft, werd ich nicht nein sagen. Wenn ich es täte, wär's nur aus Prinzip, nicht weil ich ihn nicht wollte.«

Becky trank ihren Kaffee aus. »Und was ist an Prinzipien grundsätzlich auszusetzen?« fragte sie herausfordernd.

Rachel war irritiert. »Gar nichts. Aber wenn man etwas nicht aufgeben will, dann tut man's eben nicht und fertig. Aus Prinzip nein zu sagen, hieße für mich, etwas zu verdrängen, zu unterdrücken, was ich in mir entdeckt habe. Ist das etwa nicht genauso gefährlich, wie es geschehen zu lassen? Sex ist potentiell immer aggressiv und hat sicher 'ne Menge mit Macht zu tun. Dies hier ist wenigstens offen und unverhohlen. Wir wissen beide, was gespielt wird. Es geschieht alles ganz bewußt. Ich hab mich jahrelang damit rumschlagen müssen, Männer wieder loszuwerden, weil sie mir zu dicht auf die Pelle gerückt sind, weil sie Besitzansprüche gestellt und mehr Intensität gefordert haben. Du wirfst mir immer vor, ich würde nichts bis zum Ende durchhalten, aus Angst, mich zu sehr mit jemandem einzulassen. Diesmal geh ich bis ans Ende, weil es nicht von mir verlangt wird, mich einzulassen, und der Dämon tut's gleich gar nicht. Ich brauch weder auf das eine noch auf das andere zu verzichten.«

»Das kann auf Dauer nicht funktionieren.«

»Es braucht auch gar nicht auf Dauer zu funktionieren. Kann es natürlich auch gar nicht. Du willst einfach nicht einsehen, daß ich nicht auf dauerhafte Beziehungen aus bin. Ich geb zu, daß deine Ehe genau das ist, was du willst. Wenn ich's nicht will, heißt das noch lange nicht, daß es nicht auch seine Vorteile hat. Beides kostet seinen Preis. Man entscheidet sich für das, was man sich leisten kann. Ich kann sehr gut allein sein; es macht mir keine Angst; aber nur weil ich Übung darin habe, weil es reine Gewohnheit ist. Du willst nicht allein sein, weil du's nie gewesen bist. Ist beides keine große Sache. Die meisten Leute leben zusammen, um sich auf unserm kalten, schaurigen Planeten warm zu halten, und das ist auch vernünftig, wenn man's kann. Ich kann's halt nicht, aber ich sag dir auch nicht dauernd, daß du *wirklich* in deinem tiefsten Innern alleine sein willst, oder sein solltest.«

»Gut«, meinte Becky eifrig, ganz vertieft in ihre Diskussion. »Aber eines hast du vergessen – die Liebe. Ich liebe William und das nach fünf Ehejahren. Es gibt Ups und Downs, der erste Glanz ist dahin, und auch beim Sex hapert's bisweilen – zur Zeit übrigens ganz entschieden nicht –, aber *du* bist die Romantische. Sobald der erste Nervenkitzel vorbei ist, ziehst du dich zurück. Du bist diejenige, die im Märchenland lebt – und im Augenblick scheint es ›die Schöne und das Biest‹ zu sein.«

Rachel lächelte. Becky sah die Welt aus einem so ganz anderen

Blickwinkel, aber manchmal traf sie genau ins Schwarze, auf einen Punkt, von dem Rachel nicht einmal wußte, daß er überhaupt existierte.

»Da ist was Wahres dran, o Göttin der Weisheit, aber es gefällt mir nicht. Wir sind nun mal so, wie wir sind. Und das ist in gewisser Weise die Schuld eines anderen, also müssen wir damit leben. Es gibt immer einen Preis zu zahlen. Du zahlst mit zeitweiliger Langeweile, ich mit einem gewissen Grad an Vereinsamung. Gut, ich bin meiner Sache nicht immer so sicher, wie es scheint, aber was kann ich anderes tun? Und was kannst du anderes tun?«

Rachel schaute auf ihre Uhr, als Becky erwiderte: »Okay, doch halt mich auf dem laufenden. Da könnte für mich ein Artikel rausspringen. Jedenfalls will ich die schmutzigen Details. Doch übernimm dich nicht. Du kannst nicht *Die Geschichte der O.* erleben und gleichzeitig Rachel Kee sein.«

»Keine Sorge, Tantchen. Es geht nur darum, den Unterschied zwischen Phantasie und Realität zu kennen.«

»Die Irrenhäuser sind voll von Leuten, die glaubten, den Unterschied zu kennen«, erklärte Becky mit dramatisch erhobenem Zeigefinger.

Rachel las ihre sieben Sachen zusammen und legte das Geld für den Cappuccino auf den Tisch. »Du weißt doch, ich bin berühmt dafür, der Wirklichkeit scharf ins Auge zu sehen. Ich kann gar nicht anders, selbst wenn ich's wollte. Mangel an Phantasie, nehm ich an. Ich muß mich beeilen. Meine Wirklichkeit ist jetzt ein sechzehnjähriger Junge, der sein Leben in Heimen verbracht hat und seine Mittlere Reife machen will, damit er später halbgebildet und arbeitslos sein darf. Ich ruf dich an. Freut mich übrigens, daß dein Liebesleben so gut läuft. Bis dann, ciao.«

Rachel verließ das Café und fuhr hinunter zum Wentworth House, wo Pete, zusammen mit Dick, schon in der Küche wartete.

»Er gehört Ihnen«, meinte Dick, legte seinen Arm um Pete und schob ihn vorwärts. »Und sorgen Sie dafür, daß er hart arbeitet,

er hat genug Grips im Kopf, auch wenn man das aus seinem Ge-
grummel nur schlecht raushören kann.«

»Ja, ja, ja«, murmelte Pete vor sich hin und grinste Dick an.

»Und wenn Sie schon mal dabei sind, sollten Sie ihm auch
gleich etwas mehr Respekt für uns Ältere beibringen.«

»Ich will's versuchen, doch versprechen kann ich nichts«, sagte
Rachel, und alle drei lachten gezwungen. »Was riecht denn da aus
dem Backofen?«

»Käseauflauf«, antwortete Dick. »Das war's zumindest, bis
Pete seine kulinarischen Künste daran versuchte.«

»Kuli . . . was?« fragte Pete.

»Er meint Kochkünste«, erklärte Rachel. »Du kochst gern?«

»'n bißchen. Würd gern mal Koch werden«, murmelte Pete und
starrte verlegen zu Boden.

»Er ist wirklich gut«, meinte Dick. »Er hilft uns 'ne Menge in
der Küche.«

»Prima«, sagte Rachel, »das können wir gleich auf dem Lehr-
plan vermerken. Übrigens kann ich auch bei mir Hilfe in der Küche gebrauchen.«

»Ich dachte, du wolltest mir so was wie Bildung beibringen und
nicht, Diener zu werden.«

»Das nennt man heutzutage ›Arbeitspraxis‹. Warum sollte man
nicht was lernen und gleichzeitig Spaß dran haben? So und jetzt
gehn wir.« Rachel führte ihn zum Wagen.

Pete quetschte sich in den 2 CV, der für Riesen wie ihn nicht gedacht war. Unterwegs bemerkte Rachel einen merkwürdig scha-
len Geruch im Wagen, einen Geruch, den sie von irgendwoher
kannte, aber nicht genau einzuordnen wußte. Sie fragte sich, wo
und wie oft die Kleider im Heim gewaschen wurden, und erinnerte sich dann, in der Küche eine große Waschmaschine gesehen
zu haben. Sie wollte zunächst das Fenster aufreißen, um etwas fri-
sche Luft reinzulassen, doch das wäre zu deutlich gewesen. Sie
nahm sich vor, es sofort zu öffnen, wenn sie Pete zurückfahren
würde.

Kater Shamus begrüßte sie auf der Treppe. Pete beugte sich

(62)

hinab, um ihn zu streicheln, holte dann plötzlich mit dem Fuß aus, als wollte er ihn treten, und verfehlte ihn auch nur knapp.

»Wag das bloß nicht«, sagte Rachel halb drohend, halb im Scherz.

»Blöde Katzen«, sagte Pete und streichelte Shamus weiter.

Pete setzte sich an den Wohnzimmertisch, während Rachel in die Küche ging, um Wasser aufzusetzen. »Etwas Tee, der Herr?« fragte sie auf halbem Wege.

»Ja, gern. Drei Zucker.«

»Erinner mich dran, die Zuckervorräte auf meiner Einkaufsliste zu verdoppeln«, meinte Rachel, als sie den Kessel aufsetzte.

Pete schlenderte durchs Zimmer, warf einen Blick auf ihre Platten, die er als altmodisch und langweilig abtat, und sah ihre Bücherregale durch.

»Hast du die etwa alle gelesen?« fragte er.

»Die meisten. Hab aber Jahre dafür gebraucht. Liest du?«

»Nein, nicht viel. Nur Kochbücher und manchmal Krimis. Ed McBain und so.«

»Vielleicht solltest du mal Chandler lesen, wenn du Krimis magst. Er ist der Beste.«

Rachel stellte den Tee und einen Teller mit Plätzchen auf den Tisch. Als er den Teller verdrückt hatte, notierte Rachel in ihrem Kopf, auch den Plätzchenvorrat zu verdoppeln. Sie fragte sich, ob er immer noch wuchs; er hatte sicher ständig Hunger, ganz gleich wieviel er aß. Sie saß ihm gegenüber am Tisch und sprach von der Prüfung zur Mittleren Reife und welche Fächer er nehmen konnte und sollte, falls er weitere Fortbildungspläne hätte.

»Wenn du wirklich Lust hast, Koch zu werden, solltest du nächstes Jahr die entsprechenden Kurse besuchen. Dazu brauchst du auf jeden Fall Englisch, Mathe und wahrscheinlich Hauswirtschaftslehre. Ich werd mich mal für dich erkundigen.«

»War das ernst gemeint, daß wir zusammen kochen könnten?« fragte Pete. »Das mit dem Diener war übrigens nur'n Spaß von mir.«

»Klar. Weiß ich. Ich finde, das ist 'ne gute Idee. Am besten schreibst du alle Gerichte auf, die du kochen kannst, und alle Zutaten, die du dazu brauchst. Dann machen wir einen Großeinkauf. Du kannst, was du gekocht hast, mit nach Hause nehmen und mit den anderen teilen.«

»Teilen – mit diesem Pack? Ich denke gar nicht dran. Höchstens Dick laß ich mal probieren. Und was ist mit dem Geld?«

»Keine Sorge. Ich spreche mit Dick; die machen sicher was locker für solche Zwecke, und das Centre rückt vielleicht auch was raus.«

»Hört sich nicht schlecht an. Können wir gleich morgen anfangen?«

»Ja gut«, sagte Rachel. »Doch du darfst dabei auf keinen Fall die andere Arbeit vergessen. Ich finde, du solltest versuchen, den Sprung aufs Gymnasium zu schaffen. Das bedeutet 'ne Menge ödes Pauken und harte Knochenarbeit. Daran kommst du nicht vorbei, wenn du was erreichen willst. Du mußt dir immer wieder sagen, daß es nur für dich ist, für deine Zukunft, und dann einfach durchhalten. Aber manches wird dir auch Spaß machen. Da gibt's Projekte, an denen du arbeiten kannst und so.«

»Ja, okay!«

Der Schwung, was Neues in Angriff zu nehmen, dachte Rachel. Aber würde es von Dauer sein; würde er Vertrauen und Sitzfleisch haben und die tägliche stumpfsinnige Paukerei durchstehen? Sie konnten es nur versuchen.

»Nett, deine Wohnung«, sagte Pete, »nur 'n bißchen klein.«

Rachel wurde klar, daß sie Pete winzig erscheinen mußte. Sie war auch wirklich nicht groß: Das Wohnzimmer maß etwa vier mal vier Meter, eigentlich geräumig genug; doch für jemanden von Petes Größe sah sicher alles kleiner aus als für sie mit ihren ein Meter zweiundsechzig. Und da er sein Leben lang nur in Heimen verbracht hatte – die, ganz gleich wie gemütlich sie wirken sollten, doch unpersönlich waren und eine familienunübliche Zahl von Personen beherbergten –, mußte ihm ihr kleines schmales Häuschen wie ein Puppenhaus erscheinen. Sie fragte sich, ob das Wohnliche und Behagliche daran bei ihm keine klaustrophobischen Ängste auslöste. Sehr wahrscheinlich. Wie oft in seinem Leben war er in jemandes Haus oder Wohnung gewesen, hatte er eine gesunde Familienatmosphäre miterlebt? Sicher sehr selten. Wenn er seit Jahren nicht zur Schule ging, mußten alle seine Freunde auch in Heimen wohnen. Gut möglich, daß er seit Jahren in keinem gewöhnlichen Haus zu Gast gewesen war.

Er fragte nach ihrer Familie, und sie erzählte ihm von Carrie und daß sie von Carries Vater getrennt lebte. Sie fühlte sich fast erleichtert, ihm nicht das Bild des perfekten häuslichen Glücks präsentieren zu müssen. Dann überraschte sie sich dabei, wie sie ihm dennoch ausführlich erklärte, daß sie und Micheal jetzt Freunde seien und daß er Micheal sicher bald kennenlernen würde. Sie wollte ihn in einem Haus willkommen heißen, das zwar nicht dem nationalen Durchschnitt entsprach, wo es aber freundlich und geregelt genug zuging, um ihm ein Gefühl der Geborgenheit zu geben.

Immer schön langsam, Rachel, dachte sie, schließlich adoptiere ich ihn nicht. Sie kam wieder auf das Thema Arbeit zurück.

»Ich fahr heut nachmittag bei Mr. Soames vorbei und besorge Prüfungsunterlagen und Bücher, damit wir gleich morgen anfangen können. Du kannst eine Liste mit den Sachen vorbereiten, die du kochen möchtest, und wir stellen morgen gemeinsam die Einkaufsliste zusammen. Okay?«

»Okay. Wieso frißt dein Kater den Fisch nicht?« fragte er.

»Weil er nicht clever genug ist und nicht weiß, wie er ihn rauskriegen soll«, antwortete sie.

»Verdammt blödes Biest.«

Sie hatten bereits einen lockeren scherzhaften Umgangston gefunden. Sie mit ihrer Liebe zu Shamus aufzuziehen, würde sicher ein Dauerthema werden. Andererseits konnte er durch das oberflächliche Geplänkel seine eigene Tierliebe durchschimmern lassen. Es verbarg sich etwas unglaublich Warmes und Sanftes unter der hauchdünnen harten Schale. Es war bemerkenswert. Wie die Arbeit sich entwickeln würde, wußte sie nicht, gut verstehen aber würden sie sich gewiß.

D R E I

Der Einkaufsbummel war kein Erfolg. Rachel schlenderte auf und ab, schaute in die vertrauten Geschäfte und hoffte, daß ihr etwas Unentbehrliches ins Auge fallen würde. Was sie sah, schien ihr alles viel zu gewöhnlich. Sie konnte sich nicht vorstellen, daß irgend jemand dieses oder jenes Kleidungsstück auswählen und glauben würde, es sei genau das, was er sich vorgestellt hatte und was den gewünschten Effekt erzielte. Alles erschien ihr so grau; geradezu schockierend grau nach all dem Grün von Cornwall. Der inzwischen bewölkte Himmel paßte zu den tristen Schaufenstern mit ihren Kleidern, Röcken, Sweatshirts und Schuhen in allen erdenklichen Schattierungen und Kombinationen von Grau. War es vielleicht nur ihre Einbildung? Doch sie sah die Farben richtig. Wie mochten andere sie wahrnehmen, Menschen in anderer Gemütsverfassung? Konnte der Kontrast zwischen Hell- und Dunkelgrau lebendig und interessant wirken, wenn man unbeschwert und eins mit der Welt, dazu mit jeder Menge Geld in der Tasche durch die Straßen schlenderte?

Unvorstellbar für Rachel, sich nicht für Kleider zu interessieren. Ihre Schränke quollen über von den Launen überflüssiger Einkaufsbummel. Der Zwang, etwas zu kaufen, überfiel sie ganz plötzlich und mit übergroßer Macht, und dann war es nur noch eine Frage der Zeit, bis sie sich auf den Weg machte. Wenn sie für den kommenden Morgen nichts Aufregendes anzuziehen hatte, litt sie gleichsam unter Entzugserscheinungen. Es brauchte nichts Neues zu sein, doch wenn neue und interessante Kombinationen alter Kleider die gewünschte Wirkung verloren, dann mußte etwas anderes her.

Sie kleidete sich – davon war sie fest überzeugt – nur für sich selbst. Wie sie in den Augen anderer wirkte, war zweitrangig. Derzeit trug sie, entsprechend der Mode und ihrem eigenen Geschmack, mehrere Schichten lockerer, alles verhüllender Kleidungsstücke übereinander oder riesige, sackartige Overalls, oft Nummern zu groß und mit seltsam geformten Schals oder Halstüchern drapiert. Sie verbarg sich in ihren Kleidern wie ein Zuflucht suchendes Waisenkind. Ihr krauses Haar, das sie kopfüber bürstete, um es noch voluminöser zu machen, verdeckte die Hälfte ihres Gesichts, und oft mußte sie geradzu durch die Fransen ihres Ponys schielen, um zu sehen, mit wem sie überhaupt sprach. Sie kaufte amerikanische Latzhosen, für Männer mit riesigen Bäuchen gedacht, rollte die Hosenbeine hoch, zog ihre klobigen Stiefel an und streifte durch London wie ein geschrumpfter Huckleberry Finn, dem nur noch der Strohhalm im Mund fehlte.

»Du bist verrückt«, meinte Becky. »Wenn ich deine Figur hätte, würd ich enge Pullover und Röcke tragen. Ich würd zeigen, was ich hab.«

»Viel zu augenfällig«, entgegenete Rachel. »Nur jemand mit meiner Figur kann sich's leisten, mit drei Nummern zu großen Klamotten rumzulaufen. ›Implicit Dressing‹ nennt man das.«

Was nur teilweise stimmte. Denn wenn sie sich anzog, um zu gefallen, dann wollte sie die Aufmerksamkeit derer erregen, die unter die Verhüllung sehen konnten. Dies war eine Herausforderung, der nur wenige Männer gewachsen waren, was ihr zusätzlich Sicherheit gab. Sie hatte es satt, sich auszuziehen, nur um festzustellen, daß es sich wieder mal nicht gelohnt hatte; nicht für lang jedenfalls. Deshalb die vielen Schichten. Je mehr Mühe es machte, sich auszuziehen, desto weniger war sie geneigt, es zu tun. Das schützte sie am Ende vor Enttäuschungen.

Heute freilich war's ein Reinfall. Es gab nichts, was sie hätte kaufen wollen. Nicht einmal etwas, das ihr nur halbwegs gefiel und dessen Kauf sie später hätte bereuen können. Es mußte schon ziemlich schlecht um sie stehen, wenn sie überhaupt nichts fand.

Und es stand schlecht um sie. Sie mußte sich damit abfinden, fast so deprimiert zu sein wie vor ihrer Reise nach Cornwall. Ihr Urlaub war eine Unterbrechung, keine Änderung gewesen. Der einzige Mann in ihrem Leben war ein Sadist, vielleicht sogar ein Triebverbrecher. Da tat sich ein verdammt großer Abgrund vor ihrer Haustür auf. Und eine Stimme in ihrem Kopf flüsterte ihr ins Ohr: ›Warum bringst du dich nicht einfach um?‹

Nicht daß dies neu war. Seit Jahren, so weit sie zurückdenken konnte, stellte die Stimme die tonlose Frage. Es war wie der Text eines Anrufbeantworters, der sich unaufhörlich wiederholt. Normalerweise ignorierte sie das, verscheuchte es automatisch so wie eine Kuh, die mit dem Schwanz schlägt, um die Fliegen zu verjagen. Wenn sie an einem Tiefpunkt angelangt und völlig gelähmt war, wie vor Cornwall, verschwand die Stimme, wurde zur Person Rachel selbst: Dies versteckte böswillige *Ding,* das ihren Tod wollte, rückte von außen heran und nahm ganz von ihr Besitz. Und das war, so ahnte, nein, wußte Rachel, was man unter Depression verstand.

Doch jetzt war die Stimme wieder da; es könnte also, so dachte Rachel, noch schlimmer um sie stehen. Trotzdem war da die Angst, das *Ding* würde sich wieder einnisten. Da die Krise so kurz zurücklag, glaubte sie, nicht die Kraft zu besitzen, es zu bekämpfen.

Depressionen waren immer schon Teil ihres Lebens gewesen. Sie dachte an das kleine Mädchen von damals, tief in sich selbst versunken und unfähig auf das ›Was ist los?‹ von Vater und Mutter zu antworten, weil ihr einfach keine Antwort einfiel. Dann hieß es, sie sei ›launisch‹. ›Sie hat wieder mal eine ihrer Launen.‹

Heute wußte sie, daß sie schon damals depressiv gewesen war – ein Zustand so real und greifbar wie jetzt, bei einem Kind allerdings nicht akzeptabel. Das mit der ›Laune‹ machte es irgendwie zu ihrem eigenen Fehler, Teil ihres Charakters; so war sie eben. Und, wer weiß, vielleicht war's ja auch wirklich so.

Sie hatte allen Grund gehabt, depressiv zu werden. Das Leben war hart. In ihren ersten zehn Lebensjahren hatten ihre Eltern einen Krieg geführt, bei dem es keine unschuldigen Zuschauer gab. Die Verwüstung war total, Zivilverluste waren zu erwarten. Man hatte ihr von Anfang an die Rolle des Friedensvermittlers zugedacht, doch sie hatte versagt, wie die da draußen in der realen Welt. Während die Kämpfe tobten, lief sie hin und her in der winzigen Wohnung, überbrachte Botschaften, Ultimata. Mummy sagt . . . Daddy sagt . . . Am Anfang hatte sie versucht, Frieden zu stiften.

»Bitte, streitet nicht. Vertragt euch wieder. Laßt uns glücklich sein.«

Aber das war immer das Stichwort für Kanonaden von Beschuldigungen und Gegenbeschuldigungen gewesen.

»*Ich* will gar nicht streiten. Er/sie ist schuld. Sag es ihm/ihr, wenn du willst, daß es aufhören soll. Wie kannst du es wagen, mir die Schuld an seinem/ihrem Verhalten zuzuschieben. Dieser Schweinehund/diese Schlampe will keinen Frieden, will mich in den Wahnsinn treiben, will meinen Tod . . .«

Und so weiter . . . und so fort . . .

Es half alles nichts, sie wurde nur ins Kampfgeschehen einbezogen. Also ließ sie es sein.

»Du gefühlloses kleines Biest. Ich bin dir gleichgültig. Du liebst mich nicht. Ich könnte diese Wohnung für immer verlassen, und du würdest keinen Finger rühren, um mich davon abzuhalten. Du bist genau wie er . . . schlecht. Wenn ich gewußt hätte, was mal aus dir wird, ich hätte dich bei der Geburt erwürgt.«

Diese Haßtiraden wurden Rachel oft, manchmal täglich, entgegengeschrien. Als kleines Mädchen hatte sie sich Entbindungsstationen vorgestellt als lange Reihen von Betten mit Frauen, die ihre Babies mit den bloßen Händen erdrosselten. Sie glaubte, dies sei eine Wahl, die allen jungen Müttern offenstand.

Ein- oder zweimal zog ihre Mutter aus, nicht lange aber lang genug, um zu beweisen, daß Rachel keinen Finger gerührt hatte, um sie daran zu hindern. Wenn die Tür zuschlug und die Schritte auf dem Korridor verhallten, saß sie eng an ihren Vater geschmiegt auf dem Sofa. Niemals hatte Rachel gefleht ›Bitte geh nicht‹, wenn ihre Mutter mal wieder drohte, die Familie zu verlassen. Da ihre Tochter sich weigerte, sie zum Bleiben zu bewegen oder zu weinen, blieb ihr nichts anderes übrig, als Türe knallend zu gehen.

Sie kam immer zurück, konnte nirgendwo bleiben.

Als Rachel fünf war, hatte sich ihre Mutter mit sämtlichen Freunden und Verwandten angelegt, sie suchte mit allen Streit, überhäufte sie mit den absurdesten Beschuldigungen und jagte sie schließlich davon. »Kommt mir bloß nie wieder mit eurer geheuchelten Freundschaft, hört ihr?«

Sie kamen nie wieder. Mit dem letzten geduldigsten Verwandten verschwand auch der letzte Rest normalen gesellschaftlichen Lebens. Kein Besuch mehr. Sonntage, Weihnachten, Geburtstage, Passahfest waren nichts als verbissenes Zusammenhocken. Jeder hatte Angst, bloß nichts Falsches sagen, und wenn es dann geschah – meist war es Rachel –, war es fast eine Erleichterung, denn jetzt brauchte man nicht länger Feststimmung zu heucheln.

Rachel hatte in ihrem Wohnblock mehrere Freunde, mit denen sie im Treppenhaus und auf den Fluren, manchmal auch in ihren Wohnungen spielte. Sie selbst nahm sie nur selten mit zu sich nach Hause, denn dort wurden sie jedesmal ausgefragt, wie sie *ihre* Mütter behandelten, und bekamen dann stundenlang zu hören, was für eine schlechte Tochter Rachel war. Sie spielte viel allein, und Korridore und Feuertreppen wurden für sie Labyrinthe und Berge. Große Heldentaten wurden hier vollbracht, und jene Zeiten schienen ihr heute glücklich, sogar aufregend. Die Landschaft des Gebäudes war vielfältig und geheimnisvoll – Haupttreppe, Hintertreppe, Feuertreppe, endlose Flure und Korridore –, und die Nachbarn sahen sie dort, vertieft in ihre kindlichen Phantasien. Es kam vor, daß der eine oder andere mitspielte, dann bevölkerte sich ihre Landschaft mit Reisenden, Hexen und Zauberern, die sie zu Höhlen mit Goldschätzen oder Schlössern mit gefangenen Prinzessinnen führten (meist war sie rettender Prinz und in Not geratene Jungfrau zugleich). Manchmal lud man sie ein, und sie besuchte die Nachbarn heimlich in ihren Wohnungen, aß Plätzchen, lernte neue Kartenspiele oder saß nur da und plauderte mit ihnen über ihr Leben und wie sie sich ihr eigenes vorstellte. Sie tat immer so, als käme sie aus einer intakten Familie, auch wenn manche der Erwachsenen, die das Zanken und Schreien aus ihrer Wohnung gehört hatten, sie schief von der Seite anschauten. Rachel tat immer so, als würde sie es nicht merken.

Sie war nie ein unschuldiges Opfer. Falls so etwas existiert. Sie liebte den einen wahnsinnig, den anderen nicht. Sie wählte die

(70)

Seiten und wurde gewählt. *Er* liebte sie, brachte sie zum Lachen, ging mit ihr aus, nahm sie in seine Arme, wenn die Schritte auf dem Korridor verhallten oder die Tür zum Schlafzimmer zuschlug; dann waren sie allein in der vergifteten Luft, die die Wohnung erfüllte und durch den Spalt unter der Schlafzimmertür drang – Rachels Schlafzimmer, denn dort sperrte sich ihre Mutter stets ein, so daß Rachel oft mit ihrem Vater im Ehebett schlafen mußte. Selbst wenn sie in ihrem eigenen Bett eingeschlafen war, wurde sie oft des Nachts von ihrer Mutter geweckt und ins elterliche Bett geschickt; sie werde keine Minute mehr neben *ihm* verbringen. Rachel schlug dann ihre Decke zurück und stolperte schlaftrunken in das andere Zimmer, wo ihr Vater auf dem Rücken liegend im Dunkeln rauchte. Sie kletterte in das große warme Bett und kuschelte sich ganz eng an ihn, sah auf die Glut seiner Zigarette und lauschte, wie er den Rauch inhalierte und mit langen Seufzern wieder ausstieß. Er hielt sie umarmt, streichelte und wiegte sie in den Schlaf zurück.

Einmal hatte sie zu ihrer Mutter, noch halb im Schlaf, gesagt: »Das hier ist nicht wie im wirklichen Leben. Das ist wie eine Geschichte aus einem Buch.«

Aus einem unerfindlichen Grund hatte das ihre Mutter schwer getroffen, ein Schlag, den sie nie vergaß und der dann gleich in die Schimpfkanonaden aufgenommen wurde: »Ein gottverdammtes Märchenbuch! Glaubst du vielleicht, dies verfluchte Leben ist wie ein Märchen? Es ist wirklich, zu verdammt wirklich. Wenn ihr wüßtet, wie ihr beiden mein Leben ruiniert habt. Eines Tages, wenn ich tot bin, wird es dir leid tun. Wenn ich gewußt hätte, was aus dir werden würde, ich hätte dich . . .«

Rachel war gewöhnlich sehr vorsichtig mit dem, was sie sagte, aber manchmal lösten die scheinbar harmlosesten Worte das Donnerwetter aus. Man konnte niemals sicher sein, mußte sich bewegen, als ginge man über rohe Eier. Auch was von der Außenwelt kam, konnte gefährlich sein. Wenn im Fernsehen jemand mit Worten oder Gesten Liebe zu seiner Mutter ausdrückte, ging es schon los:

»Siehst du, siehst du das? Sie liebt ihre Mutter . . . Nicht wie du.«

Gefahren von außen ließen sich nicht kontrollieren, doch man konnte sich in acht nehmen, mit dem, was man sagte. Manchmal auch beschlich sie der Verdacht, daß ihre Mutter am Ende recht hatte. Rachel wußte damals noch nichts von sich selbst erfüllenden Prophezeiungen, doch was sie wußte, war, daß sie ihre Mutter nicht liebte, und das plagte ihr Gewissen. Sie war sich gar nicht sicher, was es hieß, seine Mutter zu lieben, was für ein Gefühl das sein sollte. Ihr ständiges Versagen – Verweigern – so zu sein, wie man es von ihr verlangte, schien beiden Beweis genug, daß sie ihre Mutter nicht liebte. Sie glaubte, ihren Vater zu lieben, und das war ein Beweis für das gescheiterte Verhältnis zu ihrer Mutter. Rachel und ihr Vater waren ›zwei von derselben Sorte‹, ›schlecht‹, alle beide, ihn zu lieben war also ein Akt des Verrats. Und besonders, weil er tatsächlich ein Lump war.

»Er ist eine Ratte«, sagte ihre Mutter. »Wenn ich ihn tot in der Gosse fände, würde ich ihn liegenlassen. Ich bin eben keine Heuchlerin.«

Rachels Vater war ein Charmeur, immer chic und sehr attraktiv. Er war ein typischer Vertreter seiner Zeit, eine Kopie des aalglatten Englishman der vierziger und fünfziger Jahre, eine Mischung aus George Sanders und Errol Flynn, dem er übrigens ähnlich sah. Im Jargon der Zeit war er ein Hallodri. Heute würde man so was wohl eher Betrüger nennen. Er kam häufig spät nach Hause, log, was das Zeug hielt, hatte unzählige Affären, war zweimal gleich mehrere Wochen verschwunden. Und einmal, erinnerte sich Rachel, hatte eine Frau aus Plymouth vor der Haustür gestanden und ihrer Mutter erklärt, daß er mit mehreren Tausend Pfund vom Vermögen *ihrer* Mutter durchgebrannt sei, nachdem er sie verführt hatte. Die Frau war ungefähr so alt wie Rachels Mutter, also mußte *ihre* Mutter gut in den Sechzigern gewesen sein. Er war ein cleverer East-End-Junge gewesen, ihr Vater, hatte Hoffnungen geweckt und Stipendien empfangen, dank seines Charmes und Aussehens war er schließlich auf die schiefe Ebene geraten.

Während er seinen Affären nachging, hatte sich Rachels Mutter – das betonte sie später immer wieder – um Rachel gekümmert, hatte, wenn sie krank war, an ihrem Bett gesessen und, wenigstens am Anfang noch, seine Abwesenheit entschuldigt, hatte gekocht und geputzt und, wie sie es nannte, ›für ihn die Dienstmagd gespielt‹. Sie *war* die Märtyrerin gewesen, für die sie sich ausgab. Ihre Klagen waren nicht unberechtigt, er war kein guter Mann, er hatte ihr Leben ruiniert. Das einzig Gute an ihm war, daß er Rachel liebte. Das sagte er, und das glaubte Rachel. Selbst ihre Mutter gab das zu – bestand darauf. Und Rachel liebte ihn, der ihre Mutter so offensichtlich schlecht behandelte und ihre Mutter nicht liebte. Sie spürte, wie ungerecht das war, wie ihre Mutter darunter leiden mußte. Sie waren Verbündete, Vater und Tochter, doch es stellte sich bald heraus, daß sie keine wahre Macht über ihn hatte. Keine Macht, ihn zum Bleiben zu bewegen, sie weiter zu lieben wie bisher.

Als sie zehn war, verschwand er plötzlich – für immer. Rachel blieb allein mit ihrer Mutter zurück, die ihn, sie und das Leben selbst verfluchte. Er, Rachel, ihre Beziehung, ihre alten Freunde, die Juden, die Welt hatten ihr Leben zugrunde gerichtet – und niemanden kümmerte es. Sie hörten nichts von ihm, bekamen kein Geld. Rachels Mutter hatte nie gearbeitet, hatte nichts gelernt und die Schule schon mit zwölf verlassen, um ihre Geschwister großzuziehen. Sie hatte immer schon wie eine Hausangestellte gelebt, erst für ihre eigene mutterlose Familie, später dann für Rachel und ihren Vater. Sie konnte und wollte nicht arbeiten gehen, auch nicht um Sozialhilfe bitten; dazu würde sie sich, erklärte sie, ›nie erniedrigen‹. Also hatten sie nichts, keine Ersparnisse, nur ein paar Pennies. Sie lebten von Kartoffeln, Rechnungen blieben unbezahlt. Sie kamen mit der Miete in Verzug, und schließlich erschien der Gerichtsvollzieher, um ihre Möbel zu pfänden. Danach liefen sie barfuß durch die Wohnung, weil Rachels Mutter fürchtete, die Nachbarn unter ihnen könnten hören, daß sie keinen Teppich mehr hatten. In der Schule durfte Rachel niemandem sagen, was vorgefallen war. Falls jemand nach ihrem Vater fragte, sollte sie sagen, er sei gestorben. Es war eine Zeit der Scham und der Wut. Schließlich sollten sie vor die Tür gesetzt werden.

Eines Morgens, zwei Wochen vor dem Räumungstermin, trat Rachel ins Schlafzimmer ihrer Mutter und fand sie nackt, sich wild hin und her wälzend im Bett. Schaum vor dem Mund, heulte und jammerte sie, an eine Person gerichtet, nach der Rachel vergeblich Ausschau hielt. Zuerst war sie zu Tode erschrocken beim Anblick dieser Wahnsinnigen, dann trat sie ans Bett und berührte ihre Mutter, mehr um Trost zu finden als zu geben. Sie legte eine Hand auf ihre Schulter und fragte: »Mummy, was ist mit dir?«

Ihre Mutter hielt für Sekunden inne und starrte sie aus leeren Augen an. »Wer sind Sie?« fragte sie. »Gehn Sie. Ich kenne Sie nicht.« Dann riß sie ihre Schulter herum und wälzte sich weiter wie besessen von einer Seite auf die andere, eine Flut von Klagen und Verwünschungen ausstoßend.

Rachel trat einen Schritt zurück und betrachtete sie eine lange Weile, bis sie plötzlich den Eindruck hatte, das Bett mit ihrer sich wälzenden Mutter rücke immer weiter in die Ferne. Bis nur noch ein sich bewegender Punkt übrig blieb, weit, weit weg. Dann richtete sich Rachel auf, nahm Haltung an wie ein Soldat, Schultern zurück, Kopf hochgereckt, Rückgrat kerzengerade, machte auf dem Absatz kehrt und verließ ganz ruhig mit ausdruckslosem Gesicht das Zimmer. Sie klopfte an die Wohnungstür eines ihrer Nachbarn und erklärte höflich, daß etwas mit ihrer Mutter nicht stimme, es täte ihr leid zu stören, aber ob sie nicht bitte kommen könnten. Sie fühlte nichts, tat nur automatisch, was offensichtlich notwendig war. Als ihre Mutter auf einer Trage fortgeschafft wurde, flüsterten sich die Nachbarn zu, wie merkwürdig dieses Kind sei; kühl und unbewegt, weder Tränen noch Fragen.

Sie brachten ihre Mutter in ein Krankenhaus und Rachel irgendwo hin. Zu einer ›Tante‹, sagten sie, doch es war keine Tante, die sie kannte, und die Gegend war ihr völlig fremd. Erst als sie erwachsen war, wurde ihr klar, daß es ein Pflegeheim gewesen sein mußte; damals war es nur fremd und ungewohnt. Sie blieb dort mehrere Monate, war unglücklich und einsam und wußte nur, daß sie nicht dorthin gehörte. Es gab noch andere Kinder, die Kinder der ›Tante‹, doch auch sie waren ihr fremd, obwohl sie manchmal an ihren Spielen teilnahm. Nichts gehörte ihr dort, nur ein paar Kleider, sie fühlte sich niemandem zugetan, hatte niemanden, mit dem sie sprechen konnte. Sie war kühl und höflich und ging jeden Tag brav zur Schule. Es mußte Herbst gewesen sein, denn sie erinnerte sich, mit ihren Klassenkameraden am Boden gesessen und gesungen zu haben: ›Wir pflügen die Äcker und streuen die Saat‹. Nicht die Worte hatten sie interessiert, sondern die Melodie; sie mußte an unendliche Weite, unendliche Leere denken und verspürte ein ungewisses Ziehen irgendwo in ihrem Zwerchfell. Niemand schien zu bemerken, daß sie im Innern zu Eis erstarrt war, ein kleiner kantiger Eisblock.

Dann, nach einigen Monaten – für sie war es eine Ewigkeit – tauchte plötzlich ihr Vater auf. Wahrscheinlich hatte ihn die Jugendfürsorge aufgespürt. Als er unerwartet, unangemeldet den Raum betrat, war es für Rachel wie das glückliche Ende all der Märchen, die sie gelesen hatte. Plötzlich war alles wieder gut. Der kleine Eisblock war im Nu getaut. Sie fielen sich in die Arme und küßten sich. Sie rief »Daddy, Daddy, Daddy«, als sie an seinem Hals hing und zum ersten Mal seit so langer Zeit seine rauhe Wange an der ihren spürte. Die ›Tante‹ war sprachlos angesichts eines solchen Gefühlsausbruchs bei dem kleinen frostigen Mädchen, das sie in Pflege hatte. Dann passierte etwas Schreckliches: Ihr Vater sank vor ihr auf die Knie, Tränen rannen ihm übers Gesicht. »Verzeih mir, Liebes, bitte verzeih mir. Wie konnte ich dir das antun? Nie wieder geh ich fort, das versprech ich dir.«

Noch unerträglicher als die Tränen waren die Entschuldigungen. »Bitte, bitte, hör auf«, flehte sie, und etwas Furchtbares stieg in ihr auf, das ihn deshalb haßte. Aber schließlich stand er auf, und sie hielten sich weiter umarmt, während die ›Tante‹ ihnen Tee brachte, und der Zorn, den sie plötzlich empfunden hatte, als er vor ihr auf den Knien lag, war vergessen. Jetzt war alles gut, ihr Vater war wieder da, der einzige Mensch, den sie liebte und der sie liebte.

Dann aber stellte sich heraus, daß er sie nicht mitnehmen wollte. Er würde einmal in der Woche kommen, sagte er, und mit ihr zusammen die Mutter besuchen. Sie war enttäuscht, aber die Aussicht, ihn regelmäßig zu sehen und am Ende vielleicht wieder mit ihm zusammen zu leben, stellte sie zufrieden. Es gab eine Zukunft.

Einmal wöchentlich holte er sie ab, um ihre Mutter im Krankenhaus zu besuchen, die sie stets mit betäubtem, entrücktem Schweigen empfing. Sie sah sich, die Hand ihres Vaters umklammernd, die lange Auffahrt hinaufgehen, bis sie zu einem geteerten Innenhof mit bunten Blumenbeeten kamen. Ihre Mutter wartete in Begleitung einer Krankenschwester auf einer Bank, und es war nicht zu erkennen, ob sie Mann und Tochter überhaupt wahrnahm. Rachel legte den Blumenstrauß, den ihr Vater unterwegs gekauft hatte, der Mutter in den Schoß zwischen ihre müden Hände, wo er unbeachtet liegen blieb, bis die Schwester ihn aufnahm und sagte, wie hübsch er sei und daß sie ihn ins Wasser stellen würde. Sehr langsam, erst nach Monaten, schien ihre Mutter sie wiederzuerkennen, sie ging hin und wieder auf ihre Gespräche ein und stellte Fragen, doch stets mit wenig Begeisterung. Rachel waren diese Besuche ein Greuel, auch wenn sie die einzige Gelegenheit waren, ihren Vater zu sehen. Sie haßte es, neben ihrer stummen, abwesenden Mutter sitzen zu müssen, das heitere Gespräch zu führen, das ihr Vater ihr unterwegs eingepaukt hatte, und die brave Tochter zu spielen. Es war ihr zuwider, ihre Mutter überhaupt zu sehen, krank oder gesund; es machte sie nicht eine Spur glücklicher, wenn über ihr Gesicht der Anflug eines Lächelns huschte – es war auch kein echtes Lächeln, bloß die vage Erinnerung daran, als würden sich ihre Lachmuskeln ihrer einstigen Tätigkeit entsinnen, es lag keine Bedeutung dahinter. Rachel machte sich nichts aus ihrer Mutter, wollte sie nicht sehen, wollte nicht einmal von ihr erkannt werden. Ihre Krankenbesuche waren der Preis, den sie zu zahlen hatte, um ihren Vater zu sehen. Rachel hatte seit langem ›abgeschaltet‹, seit jenem Morgen, als sie das Schlafzimmer betreten und eine Wahnsinnige vorgefunden hatte.

Dann, ebenso plötzlich wie er aufgetaucht war, verschwand ihr Vater wieder. Ohne Erklärung; eines schönen Wochenendes kam er ganz einfach nicht mehr, das war alles. Die ›Tante‹ sagte, sie wisse von nichts, und Rachel stellte keine Fragen. Aufs neue verlassen, wurde sie zu einer schroffen, lieblosen und unliebenswerten kleinen Insel. Sie wollte nichts von ihrer Mutter wissen, wollte auch nicht über ihren Vater nachdenken – da es auf ihre Fragen keine zufriedenstellenden Antworten gab, dachte sie lieber erst gar nicht dran. Sie blieb immer höflich und tat, was sie glaubte tun zu müssen.

Schließlich holte man sie von der ›Tante‹ fort, die sie ganz offensichtlich nicht liebgewonnen hatte, und steckte sie in ein Kinderheim, während ihre noch immer kränkliche Mutter in ein möbliertes Zimmer verlegt wurde. Von Zeit zu Zeit fanden Besuche statt, auf die keiner von beiden Wert legte. Das Heim selbst war erträglich, die Leute waren relativ freundlich, nur war sie jetzt eben wieder allein, hatte nichts, auf das sie sich freuen konnte. Es war ein riesiger viktorianischer Bau (einst für eine größere Bewohnerzahl konzipiert), in dem zu Rachels Zeiten vierzig bis fünfzig Kinder untergebracht waren, die ständig oder vorübergehend nicht bei ihren Eltern leben konnten. Hier wurde gar nicht erst der Versuch unternommen, etwas vorzutäuschen, das nicht vorhanden war – kein Zugeständnis an Häuslichkeit wie in Wentworth House.

Sie war inzwischen elfeinhalb und besuchte das Gymnasium. Sie überlebte dank ihrer Zähigkeit und Cleverness, und während sie sich von ihren Klassenkameraden eher fernhielt, gewann sie mit ihren frühreifen zynischen Kommentaren zum Leben das Interesse ihrer Lehrer. Sie stellte alles in Frage, den Unterrichtsstoff und das angemaßte Recht auf Autorität. Dabei bediente sie sich der Worte, als seien es Sprengkörper, mit denen man alles weit und breit angreifen und vernichten konnte – doch immer wohlerwogen und behutsam, so daß ihre Logik stets aufreizend unangreifbar blieb. Sie war interessant, aber nicht liebenswert: ein knochiges, hageres Geschöpf mit einem verbissenen, viel zu alten

Gesicht und einer messerscharfen Zunge. Ihre Lehrer erkannten ihren ›außergewöhnlichen‹ Charakter, zugleich aber auch einen furchtbaren verzehrenden Hunger, von dem Rachel selbst nichts wußte, der sie, die Lehrer, aber auf Abstand gehen ließ. Sie registrierte diesen Abstand, kannte aber den Grund nicht, und manchmal sehnte sie sich danach, daß einer den Arm um sie legen würde, ohne freilich zu ahnen, welche Überwindung sie das gekostet hätte.

Rachel empfand in ihrem Innern eine Art kosmisches Gefühl der Nicht-Zugehörigkeit. Überall war sie am falschen Platz und unter den falschen Leuten, doch das war eigentlich etwas, das sie schon immer empfunden hatte. Wenn früher der Haussegen schiefhing und ihre Eltern sich in den Haaren lagen, hatte sie innerlich vor Wut getobt über die Ungerechtigkeit, bei diesen Leuten ›untergebracht‹ zu sein, das Elend erdulden zu müssen, das sie herbeigeführt hatten, denn sie hatte doch nichts mit ihnen zu tun. Sie waren nicht die richtigen Leute – es mußte ein Irrtum sein –, sie gehörte nicht zu ihnen, *es war nicht fair.* Später im Kinderheim hatte sie Heimweh und konnte nicht begreifen, warum. Heimweh wonach? Nach wem? Sie wollte zurück . . . wußte aber nicht wohin. Nicht zur Mutter, nicht zu den alten unglücklichen Zeiten, als sie noch zu dritt waren. Nur zurück zu etwas Vertrautem. Sie sehnte sich nach ihrer Mutter, aber nicht ihrer Fleisch-und-Blut-Mutter, die sie nicht hatte lieben können. Sie sehnte sich einfach und konnte nicht sagen wonach.

Was also hat sich geändert, fragte sich Rachel, als sie nach dem erfolglosen Einkaufsbummel im Café saß. Ich sehne mich noch immer und weiß noch immer nicht wonach.

Joshua. Ich sehne mich nach Joshua. Dem ich scheißegal bin. Dessen Bild ich in der Zeitung sehe und sofort weiß, daß er's getan haben könnte – ein sechzehnjähriges Mädchen überfallen und vergewaltigen. Auf dessen geplant unregelmäßige Anrufe ich verzweifelt warte. Das ist es, wonach ich mich sehne, sagte sie sich, so weit bin ich gekommen in den letzten fünfundzwanzig Jahren – nicht gerade mit Lichtgeschwindigkeit, Rachel!

Als sie nach Hause kam, schaltete sie den Anrufbeantworter aus, nahm den Zeitungsausschnitt zur Hand und wählte die Nummer, die für Hinweise aus der Bevölkerung eingerichtet worden war. Das elektronische Signal erklang, als sie mit der Polizeistation von Inverness verbunden wurde. Ihr Herz pochte plötzlich wie wild – was hatte sie eigentlich vor? Etwas rausbekommen. Information. Sie wollte Information.

»Polizeistation Drumnadrochit, guten Tag. Was kann ich für Sie tun?« meldete sich eine breite schottische Stimme.

»Ja. Ich weiß nicht. Es geht um den Mann, den Vergewaltiger, den Sie suchen.«

»Ja, Madam, haben Sie einen Hinweis für uns?«

Nein, *sie* wollte einen Hinweis. Sie selbst hatte keinen.

»Ich weiß nicht. Ich meine, ich kann nicht . . . Dieser Mann, ist er ein Schotte?«

Plötzlich fragte sie sich, ob die nicht vielleicht den Anrufer ermitteln konnten. Bilder von Polizeicomputern wie in Fernsehkrimis schossen ihr durch den Kopf. Sie fühlte sich plötzlich nicht mehr anonym, nicht mehr sicher. Wie lange würden sie brauchen? Waren kleine Polizeistationen in der Provinz auch schon damit ausgerüstet?

»Ich kann Ihnen über den Mann leider nicht viel sagen. Und was wollten Sie uns mitteilen, Madam?«

»Ich kann Ihnen überhaupt nichts sagen, so lange ich nicht weiß, ob der Mann aus der Gegend ist oder nicht«, sagte sie. Sie wollte erklären, daß sie keine Information geben konnte, falls sie nach einem Schotten fahndeten. Das wollte sie dem Polizisten am anderen Ende der Leitung klarmachen. Das ist total verrückt, dachte sie.

Der Polizist sagte vorsichtig: »Wir glauben nicht, daß der Mann aus der Gegend ist. Was . . .«

»Gut. Danke«, unterbrach Rachel. »Entschuldigen Sie.«

Sie hängte schnell den Hörer auf. In so kurzer Zeit konnten sie den Anrufer nicht aufgespürt haben. Doch was hatte sie nun herausgefunden? Nichts. Und was hieß schon ›aus der Gegend‹? Aus

Drumnadrochit? Aus Inverness? Aus Schottland? Sie hatte wissen wollen, ob der Mann mit schottischem Akzent oder in volltönendem Oxbridge gesprochen hatte. Doch was besagte das? Joshuas BBC-Englisch war sowieso eine Erfindung, er hätte ohne weiteres einen schottischen Akzent nachahmen können, um ein kleines verschrecktes Mädchen irrezuführen. Es war eine völlig sinnlose Nachfrage gewesen. Was hatte sie sich eigentlich vorgestellt? Angenommen, der Polizist hätte gesagt: »Nun, Madam, er hatte einen Oxbridge-Akzent.« Was hätte sie dann getan? Den Hörer aufgelegt? Angenommen, sie wüßte sicher, daß es Joshua gewesen war, was würde sie tun? In Inverness anrufen und sagen: »Entschuldigen Sie, Herr Wachtmeister, ich kenne da seit drei Jahren so einen Mann, und ich glaube, es ist genau der, den Sie suchen. Sein Name ist Joshua Abelman und seine Adresse . . .«

Es war undenkbar. Aber warum? Schließlich war es nicht zu verantworten, daß Männer, die für Frauen eine Gefahr darstellten, einfach so frei herumliefen. Sie konnte mit Joshua sprechen, ihm sagen, daß sie alles wußte (cleveres Mädchen, starkes Mädchen!), und ihm das Versprechen abnehmen, einen Psychiater aufzusuchen. Bei dem Gedanken mußte sie lachen. Versuch's noch mal. Denk realistisch, Rachel. Doch wie realistisch konnte man denken bei so was? Es war nicht real. Es konnte nicht real sein. Und wenn sie es nun real machte, indem sie ihre Befürchtungen öffentlich kundtat – was würde das bedeuten? Es dem Scheißkerl heimzahlen. War sie wirklich mehr als theoretisch am Schicksal einer mißhandelten Sechzehnjährigen interessiert? Und wenn es Realität war, wie stand's dann mit der Sechzehnjährigen selbst? Wie kam sie überhaupt in das Auto? Freiwillig oder durch Joshuas Charme in Sicherheit gewiegt? Hineincharmiert? War sie ein unschuldiges Opfer? Niemand war nur Opfer. Sie konnte sich das Mädchen auch erregt und kooperativ vorstellen – aber bis zu welchem Punkt? Wann genau hatte sie's mit der Angst zu tun bekommen? Rachel erinnerte sich an einen Zeitungsbericht von einer Vergewaltigung, in dem das Mädchen geschildert hatte, was die Zeitungen ›ihr entsetzliches Erlebnis‹ nannten: ›Er sagte, er würde mich fesseln‹, wurde das Mädchen zitiert, ›was er dann ziemlich behutsam tat. Dann vergewaltigte er mich. Er sagte, er würde mir nicht weh tun, wenn ich täte, was er von mir verlangte. Seine Stimme war sehr ruhig und fest. Er tat mir nicht weh, als er mich vergewaltigte. Er war fast rücksichtsvoll. Dann verabschiedete er sich und ging.‹

Hätte Rachel dies gelesen, bevor sie Joshua kannte, wäre es für sie nichts weiter als ein x-beliebiger Bericht von einer x-beliebigen Vergewaltigung gewesen. Es hätte sie aufgebracht wie jede Vergewaltigung. Nun aber glaubte sie, etwas fast Wehmütiges in dem Bericht des Mädchens entdeckt zu haben. Sex würde für sie nie mehr dasselbe sein, nicht weil man sie vergewaltigt hatte, sondern weil sie diesen Ton in seiner Stimme gehört hatte. Und dem würde sie, unbewußt oder bewußt, ihr Leben lang nachhängen. Die eigentliche Vergewaltigung bestand darin, daß ihr *diese* Seite ihrer selbst klar geworden war. Die eigentlich schlimme Erfahrung war, daß es sie erregt hatte.

Unsinn, dachte Rachel, jetzt ging sie doch nur von sich selbst aus. Das arme Mädchen hatte sicher jeden Augenblick schrecklich gefunden. Vergewaltigung ist Vergewaltigung. Ein Akt der Gewalt und somit verwerflich. Doch wie hätte sie selbst dabei empfunden? Wenn der Mann dasselbe mit ihr gemacht hätte, wären ihre Gefühle nicht eindeutig gewesen. Hätte er diese Worte an sie gerichtet, so hätte *für sie* darin etwas wie Wehmut mitgeschwungen, ein Gefühl, daß nichts mehr wie vorher sein würde. Genau das war ihr schließlich mit Joshua passiert. War sie eine Ausnahme? Offensichtlich nicht. Joshua hatte es in ihr erkannt, und sie hatte stillschweigend eingewilligt. Sie war *kein* unschuldiges Opfer.

Was Joshua mit ihr trieb, geschah nicht gegen ihren Willen. Wenn sie an irgendeinem Punkt »nein« sagen würde (auf eine Art, die wirklich »nein« besagte), so würde er sofort aufhören. An irgendeinem Punkt hatte das Mädchen im Auto »nein« gesagt, und der Mann hatte *nicht* aufgehört. Es spielte keine Rolle, an welchem Punkt sie es sagte. Nein ist nein. Das Mädchen war vergewaltigt und zu etwas gezwungen worden, das sie nicht tun wollte. Das war das Entscheidende. Wer immer so etwas tat, war gewalttätig und gefährlich und würde es vielleicht wieder tun. Oder Schlimmeres.

Doch da war noch etwas anderes, etwas, das sie im Wirrwarr ihrer Gedanken als ›Betrug‹ empfand. Abgesehen davon, daß es ihr grundsätzlich gegen den Strich ging, irgend jemanden der Polizei auszuliefern, empfand sie es vage als Verrat, daß sie gerade ihm das nicht antun konnte. Wer war denn dieser Mann, mit dem sie solches Mitgefühl hatte? Einer, der Menschen willentlich verletzte? Dahinter verbarg sich die kindliche Idee, nicht petzen zu dürfen. Es war das gleiche Verbot, das hinter dem Begriff ›Berufsethos‹ steckte und Stümper auf ihren Posten hielt, obwohl jeder Kollege wußte, was für Pfuscher sie waren.

Und wie war das mit Joshua? Nun, sie konnte sich damit rechtfertigen, daß sie die Wahrheit nicht kannte. Sie hatte nicht das Recht, jemandes Leben zu ruinieren, der vielleicht unschuldig war. Sie war sich nicht einmal sicher, ob sie es gekonnt hätte, wenn sie sicher gewesen wäre, *daß* er schuldig war. Was bist du doch für ein guter Mensch, hörte sie die kleine bissige Stimme sagen. Und wenn du schweigst und er es wieder tut und wirklich jemandem Schaden zufügt, was dann, meine zartfühlende Freundin?

Sie beschloß, nichts zu unternehmen, bis sie wieder von Joshua hörte. Er konnte jeden Tag zurück sein und würde sich sicher melden. Sie würde warten, wie sie es die letzten drei Jahre getan hatte. Ungewißheit, das war der Name ihres speziellen Spiels.

V I E R

Warten – das kennzeichnete die drei Jahre von Rachels Verhältnis mit Joshua.

In den verschiedenen Phasen ihres Lebens war die Zeit in Abschnitte unterteilt, die sich je nach den Umständen abwechselten. In der Schule und später als Lehrerin lösten Schul- und Ferienzeiten sich ab, führten übergangslos von einer in die andere; einem Abschnitt der Aktivität und Routine folgte die Mußezeit und umgekehrt, und beide waren willkommen. Wechsel war willkommen.

Vorher die Phase im Heim, als die Zeit endlos schien und sie auf etwas wartete, von dem sie wußte, daß es nicht geschehen würde; seinem Wesen nach konnte das Heim nur eine vorläufige Lösung eines unmittelbaren Problems sein, auch wenn jeder wußte, daß keine Lösung in Sicht war. Sie hatte selbst keine Ahnung, worauf sie eigentlich wartete, wußte nur, daß etwas geschehen *mußte,* weil niemand ganz ohne Erwartung, ganz ohne Perspektive leben kann. Und schließlich hatte auch diese Zeit ein Ende, als mit zwölf, wie durch ein Wunder, Isobel, auf der Suche nach einem aufgeweckten, interessanten Kind, sie aufgelesen und ihr ein Zuhause gegeben hatte.

Zeit. Phasen des Wartens auf die nächste Episode. Vielleicht ist Wechsel eine Definition von Zeit. Und selbst zu den allerbesten Zeiten wartet man – fürchtet man –, daß auch diese Phase vorübergehen und das, was gerade gut ist, zur Erinnerung wird, abgegrenzt durch Anfang und Ende.

Die drei Jahre in Rachels Leben, die Joshua gehörten, waren eine Zeit des Wartens, unterbrochen durch seine Besuche. Das Leben nahm einen anderen Rhythmus an, wurde ein Kontrapunkt zu Carries Schul- und Ferienzeit, ihren täglichen Pflichten, wie Einkaufen, Kochen und Putzen. Bei all diesen Aktivitäten in diesen drei Jahren der Alltäglichkeit war Joshuas Rhythmus von ständiger und machtvoller Präsenz. Das Leben war eine Folge von mehr oder weniger großen Wahrscheinlichkeiten. Wenn Joshua wieder einmal bei ihr gewesen war, vergingen eine Woche oder zehn Tage, in denen sie genau wußte, daß er nicht anrufen würde. Diese Gewißheit nahm freilich mit jedem Tag ab, bis sie schließlich in Erwartung überging. Die besten, die ruhigsten Zeiten waren jene, die direkt auf seine Besuche folgten. Dann war sie von der Spannung befreit, auf das Läuten des Telefons zu lauern. Wenn es dann auf die Zwei-Wochen-Grenze zuging, begann sie sich zu fragen, wann – und später ob – er anrufen würde. Vielleicht war's das schon gewesen. Vielleicht würde er nie wiederkommen. Und die Anspannung wurde zur ernsten Sorge, wenn die zwei Wochen überschritten waren. Andere Frauen litten an vormenstrualen Problemen – sie hatte Joshua, der für Ebbe und Flut ihrer Stimmungen sorgte.

Er kam in etwa zweiwöchigen Intervallen; nie vor dem zehnten, meist zwischen dem zwölften und fünfzehnten Tag. Doch die Abstände konnten auch länger sein. Manchmal drei Wochen, ein- oder zweimal auch vier. (Dann dieser schreckliche Abgrund von sechs Monaten, in denen ihr die Vernunft sagte, daß er nicht wiederkommen würde, sie aber dennoch sicher war, daß er's tun würde. Wunschdenken, sagte sie sich immer wieder, bis er schließlich anrief.)

»Nur 'ne Laune«, erklärte er. »Nichts weiter als 'ne Laune, also ruf ich dich an. Wenn du frei bist und mich sehen willst, komm ich vorbei.«

Solch eine ehrliche und direkte Beziehung! Und Rachels Launen? Die kamen nicht im Vertrag vor. Einmal abends, als sie leicht betrunken war, hatte sie ihn angerufen.

»Hallo, Joshua, ich wollt nur ein bißchen plaudern.«

Lügnerin! Sie hatte angerufen, um mit ihm zu schlafen.

»Vielleicht ein anderes Mal. Ich bin müde. Ciao.«

Die Stimme war so kalt, daß sie regelrecht zitterte, als sie den Hörer auflegte. Er hatte sich daraufhin drei Wochen nicht gemeldet. Verträge müssen nicht schriftlich fixiert, sie können auch mit kleinen eisigen Erfahrungen ins Hirn geritzt werden.

Obwohl Joshuas Launen zur anerkannten Regel wurden, sah's mit der Wirklichkeit nicht ganz so einfach aus. Joshua spielte bisweilen auf die Willkür seiner Besuche an, sprach von »einmal im Monat oder so«. Sie stellte das niemals in Frage, bis auf den kurzen amüsierten Blick, den sie jedes Mal danach austauschten. Sie wußte und glaubte, auch er wußte es, daß er eigentlich mit erstaunlicher Regelmäßigkeit kam. Die Abstände lagen fast immer bei mehr oder weniger vierzehn Tagen, von Willkür und »einmal im Monat oder so« konnte wirklich nicht die Rede sein. Die Spielregeln indes erforderten, daß es schien »als ob« er sie unregelmäßig und ohne jedes erkennbare Muster aufsuchte. So wurde die Sache locker gehalten, damit sie gar nicht erst auf die Idee kam, daß irgend etwas anderes als gelegentliche Lust im Spiel war. Er brauchte sie überhaupt nicht. Keinerlei Erwartungen, nur Launen. Die nörgelnde Frau wurde durch dieses System in Schach gehalten. An Bemerkungen wie »Warum bist du letzte Woche nicht gekommen?« oder »Ich fühle mich schlecht von dir behandelt; ich habe auch ein Recht auf Rücksichtnahme« war gar nicht zu denken, weil sie auf nichts ein Anrecht hatte, weil ihr nichts versprochen worden war. Wenn also die Wirklichkeit von dem ›sichtbaren System‹ abwich, war sie doch niemals greifbar genug, um als Beweis für Verpflichtung und Zuneigung zu dienen. Es war vorgekommen, daß er auf ihre Wünsche eingegangen war, doch ihre Wünsche waren versteckt formuliert und seine Antwort darauf nie offiziell als solche anerkannt worden. Manchmal schickte sie ihm Ansichtskarten, wenn sie eine fand, die ihr lustig und passend erschien: Ein Foto aus den fünfziger Jahren, vermutlich ein Werbefoto, von einer Frau in Hemd und Jeans, einen elektrischen Bohrer in der Hand; darunter stand geschrieben: ›Frauen brauchen diese Art von Entspannung auch.‹ Auf die Rückseite hatte Rachel gekritzelt: ›Das Recht der Frau, es selbst zu tun. Grüße, Rachel.‹ Am folgenden Tag rief Joshua an, doch die Karte wurde nicht erwähnt. Ein- oder zweimal wählte sie seine Nummer und legte beim ersten Läuten wieder auf. Klick. Beide Male rief er abends an und kam vorbei. Sie war sicher, er wußte, daß sie's gewesen war – doch keine Anspielung darauf bis auf ein flüchtiges Grinsen.

Und dann war da natürlich noch etwas ganz anderes, etwas, das sie für die übermächtige Kraft ihrer Phantasie hielt. Wahrscheinlich war es nur Einbildung, aber es war oft genug vorgekommen, daß Joshua gerade dann auftauchte, wenn sie vorher ihre Sex-Szenarios ausgedacht und so benommen davon war, daß sie den Rest des Tages wie eine Schlafwandlerin umherlief. Dann führte er ihre Phantasien haargenau aus, benutzte manchmal sogar dieselben Worte, die sie ihm Stunden zuvor in den Mund gelegt hatte. Irgendwie, so glaubte sie, mußte sie das, was passierte und wie es passierte, beeinflußt, es in die richtige Richtung gelenkt haben. Andererseits gab es nicht so viele Dinge, die zwei Menschen mit ihren Körpern tun konnten. Zufall.

So ging es zwei Jahre lang weiter, zwei Jahre, in denen Carrie lesen, ihre Schuhe binden und Menschen mit richtigen Gesichtern malen lernte. Während sie sich von einer Fünfjährigen, halb noch ein Baby und halb nicht, zu einer stolzen selbstbewußten Siebenjährigen entwickelte, lernte Rachel zu warten. Er rief an, sie sagte ja. Es gab keine anderen Männer in ihrem Leben – sie begegnete nur wenigen, und keiner interessierte sie genug, nicht mal für eine einzige Nacht –, sie war also immer verfügbar, eine Tatsache, die sie leicht irritierte. Anfangs aber war sie begeistert und blieb bei ihrer Geschichte von der Affäre ohne jede Fesseln.

»Wie geht's dem Dämon?« fragte Becky jedesmal, wenn sie anrief.

»Gut. Er kreuzt spät auf, wir treiben's wie die Wilden, und zum Frühstück ist er wieder verschwunden. Wie sich's für einen perfekten Dämon-Lover gehört. Was kann man mehr verlangen?« erwiderte Rachel vergnügt.

»Kommt er einfach so?«

»Um Himmels willen, nein! Er ruft immer vorher an, um zu sehen, ob ich Zeit habe. Er ist ungeheuer zivilisiert.«

»Wie aufregend«, sagte Becky. »Aber von Dauer kann so was nicht sein.«

»Quatschkopf.« Rachel lachte.

In Wirklichkeit war sie gespalten. Was sie Becky erzählte, entsprach der Wahrheit – in etwa. Sie wollte nicht ›mehr‹ von ihm, sofern mehr bedeutete, ins Kino und zum Essen zu gehen oder lange Spaziergänge zu machen. Sie hatten sich eine Lücke geschaffen, einen Zwischenraum, in dem sie sich trafen, um nur das zu tun, was sie tun wollten. Gesellschaftliche Nettigkeiten waren überflüssig. Es war ein sicherer Hafen, weit weg von allen Gefühlsverwirrungen. Manchmal malte sich Rachel eine neue Beziehung aus, eine von der traditionellen Sorte – zwei Leute begegnen sich, umgeben sich mit einer gefühlsseligen Seifenblase, flüstern sich süße Dinge ins Ohr, spazieren durch den Regen, in der Vorfreude auf ein heißes Bad und Sex, hocken stundenlang in schummrigen Restaurants und verzehren sich nach einander. Rachel erinnerte sich gut, sie hatte das ein- oder zweimal erlebt. Sie erinnerte sich, wie die Zeit – eine kurze Zeit nur – die Nebelschleier zerrissen hatte, um zwei klägliche Wesen zu enthüllen, die nichts gemeinsam hatten; an den Augenblick, als sie morgens erwachte und sich verwundert neben dem Mann wiederfand: »Was hab ich mir da wieder eingefangen?« Dann die Peinlichkeit, sich da rauszuwinden, die hingeflüsterten Worte der Liebe, die Zukunftsversprechungen wieder rückgängig zu machen. O Gott, wie komm ich da bloß wieder raus? Lästig, unangenehm! Die Erinnerung, der bloße Gedanke daran ließen sie vor Ekel erschaudern. Die geheimnisvolle sexuelle Erregung – amüsant, solange sie andauerte – war nun für immer vom Wissen um das Ende solcher Geschichten vergiftet. Nichts Erträumenswertes, ein Alptraum. Nichts von alledem bei Joshua, dem Himmel sei Dank. ›Kinderspiele‹ nannte er die ›konventionelle‹ Liebe.

Das also wollte sie nicht. Eine Sexgeschichte, keine Liebesgeschichte, das war's, was sie hatte und wollte. Doch ihre totale Unfähigkeit, den Lauf der Dinge zu kontrollieren, begann sie mehr und mehr zu beunruhigen. Natürlich war dieser Mangel an Kontrolle die conditio sine qua non ihrer ganzen Affäre. Konsequenterweise mußten sich seine Dominanz und ihre Unterwerfung auch auf die Art und Weise auswirken, wie sie ihre Treffen arrangierten. Doch in diesem Punkt wollte sie nicht konsequent sein.

Sie brauchte seine Herrschaft über ihren Körper, aber nicht über ihr Leben. Daraus schloß sie, daß sie ein Gelegenheitsmasochist, ein Amateur war. Der Alltagsteil ihrer selbst wollte nicht nach der Pfeife irgendeines Mannes tanzen und begann sich dagegen aufzulehnen. Still und leise. Sie wollte Joshua nicht verlieren, noch nicht. Sie kannte die Regeln, und eine Zeit lang würde sie sich noch damit abfinden können. Einen Rest von Selbstachtung empfand sie bei dem Gedanken, ihn, wenn sie auf seine Spielregeln einging, genauso auszunutzen, wie er sie ausnutzte. Das war zwar ein wenig theoretisch, tat's aber für eine Weile.

Unterdessen kam er recht regelmäßig, und sie tranken Wein, scherzten, stachelten sich an mit ihrer Intelligenz und führten ihre Rituale durch. Nichts änderte sich, keine Entwicklung, keine Nachwirkung. Jeder Besuch stand für sich. Sie lernten sich zwar besser kennen, doch das wirkte sich nicht auf den Ton ihrer Begegnungen aus. Nichts wuchs – es war eine Folge von One-Night-Stands. Es fehlte jegliche Vertrautheit, wie man sie bei langen Beziehungen erwartet. Sie wunderte sich, daß es Joshua gelang, die Beziehung so kühl und stabil zu halten. Denn das war zweifellos sein Werk. Ihr gefiel das Geplänkel, sie genoß die angenehme Vertrautheit – so lange es dauerte. Es war offensichtlich, daß Joshuas Spiel auf Langlebigkeit angelegt war. Die Schuppen wollten ihr (wie bei den anderen Männern) nicht von den Augen fallen; sie sah ihn einfach nicht oft genug, um die Stichworte aufzunehmen, die dann das Ende bedeutet hätten. Cleverer Joshua, du bist ein Genie, dachte sie finster. Sie konnte sich tagsüber geärgert oder sich nach ihm verzehrt haben, wenn er abends vor ihrer Tür stand – so höflich, so harmlos, eine flüchtige Bekanntschaft –, fielen Wut und Verlangen von ihr ab. Wenn sie ihn so dastehen sah, hätte sie nur zu gerne Ärger, Lust oder Zorn empfunden. Statt dessen von ihr und von ihm nur Liebenswürdigkeit.

Was für den Ton der Beziehung galt, galt auch für den Sex. Sie mußte jedesmal von neuem dazu in Stimmung versetzt werden. Sie war immer die freundliche, unkokette Zynikerin, die alles andere als Sex im Sinn hatte – obwohl es vielleicht manchmal um ihre Mundwinkel flackerte –, die berührt und ins Sinnliche kommandiert werden mußte. Erst mußte der Schalter in Joshuas Stimme umgestellt worden sein, dann in ihr selbst. Erst mußte sie gebrochen, ihre Selbstachtung zerstört worden sein. Und Joshua genoß es, wenn die Trümmer eines zähen, klugen, ebenbürtigen Menschen vor seinen Füßen lagen; er brauchte den Wandel der beherrschten Rachel in eine Mädchenhure, stammelnd vor Verlangen, überwältigt von ihrer eigenen Sexualität, um Schmerz und Befriedigung bettelnd. Joshua, der Zauberer, der Hexenmeister mit dem Zauberstab und den geheimnisvollen Ritualen, die Form ins Formlose verwandelten.

Und genau das, was Joshua brauchte, brauchte sie auch. Sex war für Rachel der Weg, der einzige Weg, der beherrschten, gepanzerten Person, die sie war, zu entschlüpfen. Sex war der einzige Weg, sich gehen zu lassen, ein wollüstiges, hungriges kleines Mädchen zu sein, das Bitten stellte und sie erfüllt bekam. Es war ungefährlich, sich gehen zu lassen, weil Joshua sich unter Kontrolle hatte, und es war die einzige Möglichkeit, Dinge zu fühlen und zu sagen, die im Alltagsleben unmöglich waren. Rachel hatte nie »Ich liebe dich« gesagt, zu keinem Mann. Nur zu ihrem Vater. Der Satz, so würde sie im Bedarfsfall erklären, war bedeutungslos. Er hatte keine Bedeutung. Doch auch ohne diese Rechtfertigung wäre der Satz »Ich liebe dich« nicht über ihre Lippen gekommen; sie konnte ihn im kalten Tageslicht nicht sagen, so als würde ein Fluch das Aussprechen dieser Wortkombination verbieten. Beim Orgasmus konnte sie es sagen; nicht leicht zwar, eher als würden die Worte schließlich aus ihr hervorbrechen. Sie kamen aus ihrem Unterleib, nicht aus ihrem Kopf. Der Orgasmus gab die Erlaubnis. Dann, nachdem sie immer wieder »Ich liebe dich, ich liebe dich« gekeucht hatte und fest an Joshua geklammert auf dem Bett lag, schämte sie sich, war sie verwirrt beim Echo dieser Worte.

»Ich denke, was man beim Orgasmus sagt, fällt unter Sondergesetze. Man kann es sozusagen aus den Akten löschen«, sagte sie leicht in die Stille hinein, als es zum ersten Mal passiert war.

»Genau«, lächelte Joshua ins Halbdunkel.

Sie nahm an, er wollte diese Kapitulation; sie widerstand ihr eine Weile, aber nicht lang. Sie widerstand nie lang.

Der fatale Schwachpunkt an diesem Herrschafts- und Unterwerfungsspiel liegt in der Willigkeit des Opfers. Was ein Sadist am allerwenigsten braucht, ist ein Masochist. Niemand ist weniger geneigt, einen Masochisten zu vergewaltigen als der geborene Sadist. Sie können stillschweigend vereinbaren, daß der eine dominiert, der andere sich unterwirft, doch die Erlaubnis, die einer dem anderen gibt, widerspricht der Simplizität ihrer Rollen. Rachel begann zu begreifen, daß die Bereitschaft, geschlagen und überwältigt zu werden, ihr paradoxerweise Macht über Joshua gab. Um seine Phantasien auszuleben, brauchte er jemanden wie sie, jemanden, der es zuließ, der es verstand, der entsprechend reagierte, wenngleich die Tatsache, daß sie es zuließ, verhinderte, was er wirklich wollte – echten Schmerz bereiten, zerstören. Sie führten eine Art Pantomime aus, und beide wußten es, obwohl es nie ausgesprochen wurde. Wie ein Paar weltkluger Spätfreudianer therapierten sie sich gegenseitig. Genaugenommen tat einer dem anderen einen Gefallen. Zu diesem Schluß war Rachel zumindest gekommen. Wie Joshua es verstand, war ungewiß. Sie nahm an, er mußte es wissen und begnügte sich mit dem Ritual. Dafür waren Rituale da: um die tiefliegenden Widersprüche zu verbergen.

Dann, nach knapp zwei Jahren dieser scheinbar endlosen, unveränderten Beziehung, rief Joshua plötzlich nicht mehr an. Ohne ersichtlichen Grund; alles war wie immer gewesen, der Sex, der Humor, und sie hatte auch keine Forderungen gestellt. Als er nach seinem letzten Besuch gegangen war, hatte es kein Anzeichen dafür gegeben, daß sie ihn in den nächsten Wochen nicht wiedersehen würde.

Das Problem dieser Art von Beziehung ist, daß man nicht abschätzen kann, wann genau sie zuende ist. Er rief einen ganzen Monat nicht an, länger als gewöhnlich; zwei Monate, bisher einmalig und doch immer noch kein Grund zu der Annahme, daß er

(90)

nicht heute nacht, morgen nacht anrufen würde. Wo liegt der Zeitpunkt, an dem man sagt: nein, das war's, es ist aus, er ruft nie wieder an – und glaubt es dann auch wirklich? Vor allem, wenn man's nicht glauben will? Manchmal erlaubte Rachel dem Gedanken, sich in ihr Bewußtsein einzuschleichen, versuchte, ihn wahr werden zu lassen: *Du wirst Joshua nie wiedersehen.* Nein, sie konnte es nicht ertragen, war einfach noch nicht bereit, ihn nicht wiederzusehen; wenn sie Joshua nicht hatte, hatte sie nichts. Kein Joshua mehr, diese Vorstellung versetzte sie in Angst und Schrecken; der Rest ihres Lebens würde ein Nichts, eine Leere, die unerträglich, unüberbrückbar wäre. Der gesunde Menschenverstand hielt den Trost bereit, daß unvermeidlich andere Dinge geschehen würden, daß andere Männer oder allein die Zeit Joshuas Macht über sie schwächen würden. Sie wußte und glaubte es und war doch nicht weniger verzweifelt. Andere Männer wären nicht Joshua; wenn sie in Zukunft mit anderen Männern schliefe, würde sie im geheimen immer nach Joshua verlangen; was immer sie taten oder waren, es würde immer an Joshua gemessen werden, an dem, was er für sie getan hatte. Die Zukunft wurde zu einem ›Lebenslänglich‹, und sie wagte nie lange darüber nachzudenken. Sie verdrängte den Gedanken mit der verzweifelten Hoffnung, daß er wieder auftauchen würde, wenn nicht heute, dann nächste Woche oder nächsten Monat.

Das sah Rachel gar nicht ähnlich. Sie wunderte sich über sich selbst, genauso wie damals, als sie, über den Küchentisch gebeugt, Joshuas Schläge entgegengenommen hatte. Eine ihrer Lebensregeln war immer gewesen, der harten Realität ins Auge zu sehen, ganz gleich ob sie einem gefiel oder nicht. Zunächst untersuchte man die Gedanken, die nicht gedacht werden wollten, weil eben dort die Wahrheit (falls so etwas existierte) am ehesten zu finden war. Die Dinge so zu sehen, wie sie *wirklich* waren, das war wohl Rachels Weg, sich selbst zu quälen; aber sie wußte, daß es für sie von größter Bedeutung war. Viele Menschen erzählten sich Märchen, machten sich etwas vor, gaben, um überleben zu können, den Realitäten eine ihnen genehme Form, arbeiteten hart daran, aus allem Hoffnung zu schöpfen – aus allem, nur nicht aus dem, was ihre Augen sahen, was die Erfahrung sie lehrte.

Strikte Ablehnung jeder Form von selbstverordneter Hoffnung war ein wesentlicher Teil von Rachels Lebenshaltung, wurzelte aber, ähnlich wie zwanghafter Optimismus, vielleicht auch nur in Angst. Becky hatte ihr das gesagt, als Rachel wieder einmal in einer tiefen Depression steckte. Abgeschottet und unerreichbar, hatte Rachel immer wieder gemurmelt: »Man muß sich die Wahrheit sagen. Man muß den kalten, harten, häßlichen Tatsachen ins Auge sehen. Sonst verstrickt man sich in einem Netz von sentimentalen Lügen.«

Becky hatte sie sanft unterbrochen: »Du gehst davon aus, daß die Wahrheit immer nur häßlich und schmerzlich sein kann. Vielleicht ist das deine Art von Lebenslüge. Du läßt keine Wahrheit an dich heran, die positiv sein könnte. Es kann doch auch angenehme Wahrheiten geben.«

Rachel verstand diese Logik zwar, doch besaß sie weder damals noch später eine innere Wirklichkeit für sie. Für sie war der Glaube an Wärme, Liebe – Güte –, was immer Becky auch damit meinte, letzten Endes nichts als Selbstbetrug, ein Trost für das Unglück, am Leben zu sein. Eine Form freiwilliger Blindheit, die Rachel über alles fürchtete. Dennoch hatte sie manchmal den Eindruck, daß ihr stures Festhalten an der Trostlosigkeit ein Teil der Wahrheit sein könnte, der sie sich zu stellen hatte.

Wie sehr sie sich auch der Trostlosigkeit hingab, gelang es ihr doch nicht, der Vorstellung, daß Joshua nie wiederkäme, länger als wenige panische Sekunden ins Auge zu sehen. Und gerade das machte ihr Angst. Es war ein Maßstab für ihre Besessenheit, der sie zu der Einsicht zwang, daß sie sich in einem nie gekannten Zustand befand. Sie fühlte sich hilflos und ohne jede Orientierung. Sie hatte sich hoffnungslos verirrt. Das passiert nicht mir, sagte sie sich immer wieder; das bin nicht ich. *Ich* weiß nicht mehr, was ich tun soll. Ganz gleich, wie man es nannte – die Mauern der unerschütterlichen Rachel waren ins Wanken geraten, und wenn sie auch nicht ganz eingestürzt waren, so hatte sie doch größte Mühe, die Risse auszubessern.

Isobel war da keine große Hilfe. Sie hatte sich der Unabhängigkeit verschrieben, so wie Becky der Liebe. Rachel hatte Isobel schon gelegentlich von Joshua erzählt, allerdings nur sehr vage.

»Da gibt's diesen neuen Mann in meinem Leben. Naja ›in meinem Leben‹ ist wohl etwas übertrieben. Es gibt ihn halt. Er kommt und geht.«

»So«, meinte Isobel forsch. »Behandelt er dich denn wenigstens gut?«

Gut? Wohl nicht so ganz.

»Es ist mehr 'ne sexuelle Sache, nicht die große Liebe. Wir haben 'ne Menge Spaß zusammen. Es ist . . . hm . . . interessant.«

Isobel, die auf Rachels Sofa saß und Tee trank, fing den Blick auf, den Rachels Augen nur halb zu verbergen suchten.

»Interessant?« fragte sie und nippte vorsichtig am Tee.

»Ein bißchen pervers. Nichts, was ich nicht im Griff hätte«, fügte sie rasch hinzu, »eigentlich harmlos. Nur ein bißchen rituelle Gewalt. Man muß diesen Dingen ins Auge sehen, wenn sie hochkommen«, sagte sie fast herausfordernd. »Und sie *sind* hochgekommen.« Sie wollte Isobel an ihr gegenseitiges Versprechen erinnern, immer die Wahrheit zu sagen. Es klappte nicht. Die Isobel, die länger ihre Mutter gewesen war als ihre leibliche Mutter, war befangen.

»Was genau meinst du mit ›pervers‹?« Ihr Tonfall war übervorsichtig, ihr Gesicht angespannt bei dem Versuch, die Haltung zu bewahren. Sie wollte die Antwort nicht hören.

»Naja, er hat was von 'nem Sadisten. Komm, reg dich nicht auf. Ist schon in Ordnung. Wirklich.«

Isobel sah Rachel durchdringend an, die Lippen fest zusammengepreßt, um eine unbesonnene Antwort zu verhindern. Sie war eine Frau in den frühen Sechzigern, mit der Sorgfalt und Eleganz einer erfolgreichen Akademikerin gekleidet – die Garderobe stets teuer und schlicht zugleich, um nicht von der Person abzulenken. Ihr dickes graues Haar war zu einer adretten Kurzfrisur geschnitten.

»Ich bin sehr erstaunt, daß gerade *du* dich in so etwas einläßt. Das paßt nicht zu dir. Rachel, das ist gefährlich!«

»Nein, ist es nicht. Glaub mir. Es ist eine Art Ritual. Und er hat sich völlig unter Kontrolle. Ich kann das nicht erklären, aber ich weiß es. Außerdem ist es nicht nur der Sex, wir verstehn uns auch sonst gut; ich meine, wenn wir nicht bumsen oder so, unterhalten wir uns – als wenn nichts gewesen wäre. Er ist geistreich und witzig, und ich bin's auch.« Rachel kam sich idiotisch vor; sie war zu weit gegangen. Isobel war besorgt, aber auch enttäuscht von ihr.

»Du läßt diesen Mann also Gott weiß was mit dir machen – läßt dich fesseln und peitschen, wenn ich das richtig verstehe –, um dann geistreiche Gespräche zu führen. Rachel, du bist verrückt.«

»Vielleicht«, sagte Rachel knapp. »Auf jeden Fall wird's nicht lang dauern. Wenn es sich um jemand anders handelte, dann würden wir hier sitzen und drüber lachen. Und du würdest den Kopf schütteln und sagen: ›Soll jeder tun, was er nicht lassen kann.‹ Wir würden unseren philosophischen Senf dazu geben und warten, bis es vorbei wäre. Warum ist es bei mir anders?«

Blöde Frage. Aber Rachel war sich nie ganz sicher, an welche Isobel sie sich wenden sollte, weil sie nie wußte, welche von beiden Isobels sie jeweils vor sich hatte. Doch sie konnte sich vorstellen, daß es Isobel ähnlich erging. Rachel wußte auch nie, wie sie Isobel nennen sollte – meine Freundin Isobel oder meine Adoptivmutter? Bei ihrem Altersunterschied und der Dauer und Tiefe ihrer Beziehung war ›Freundin‹ eine zu schwache und unbefriedigende Beschreibung; andererseits war es für eine Frau von Anfang dreißig lächerlich und pedantisch, von ihrer Adoptivmutter zu sprechen.

Die Isobel, die jetzt auf Rachels Couch saß, war eindeutig ›Mutter‹ und mußte mehr als ›Weil's nun mal so ist‹ auf Rachels Frage erwidern.

Das Thema der Unterhaltung war an dieser Stelle gewechselt

(94)

und Joshua nicht wieder erwähnt worden. Nur gelegentlich fragte Isobel in diesen ersten zwei Jahren mit einem Ton, der deutlich machte, daß nichts weiter als eine klare Antwort erwünscht war: »Gibt es diesen – Mann – noch?«

Rachel gab ein knappes: »Ja, es gibt ihn noch« zurück, und das Thema war abgeschlossen. Isobel erfuhr nicht einmal Joshuas Namen.

Aber jetzt gab es ihn nicht mehr, und Rachel mußte entscheiden, wann die Antwort auf Isobels Frage lauten sollte: »Nein, ich sehe ihn nicht mehr.« Widerwillig stellte sie sich vor, wie sich bei dieser Antwort Erleichterung auf Isobels Gesicht ausbreiten würde und daß sie mit diesem öffentlichen Bekenntnis vor sich selbst nicht mehr leugnen konnte, daß es tatsächlich vorbei war. Nach drei Monaten sagte sie's: »Nein, er kommt nicht mehr«, und Isobel, die kein Blatt vor den Mund zu nehmen pflegte, meinte dazu nur »Gut«, fest und endgültig.

»Es ist überhaupt nicht gut«, erwiderte Rachel und sah Isobel dabei lang und eindringlich an. »*Er* hat die Sache abgebrochen, nicht ich. Ich möchte ihn nämlich wiedersehen. Ich kann nicht ›nein‹ sagen, das wär gelogen.«

»Ich bin sicher, er kommt zurück. Ich kenne den Typ von Mann«, antwortete Isobel. Das sollte kein Trost sein, mehr die bittere Erkenntnis, wie unmöglich Menschen sich verhielten, vor allem wenn es um Sex ging. Sie glaubte, Rachel sei zu abgeklärt, um sich auf emotionale Beziehungen einzulassen.

»Du steckst ganz tief in einer sexuellen Obsession. Und Frauen in diesem Zustand ist nicht zu helfen«, sagte sie.

Das fehlte gerade noch – zu ›einer von diesen Frauen‹ abgestempelt zu werden. Was war aus der starken, freien Rachel geworden, die gegen alle Wahrscheinlichkeit überlebt hatte? Nichts als ein Opfer bloßen physischen Hungers? Schäm dich, Rachel, gerade du solltest es besser wissen!

»Hoffentlich hast du recht, Isobel, denn ich will ihn unbedingt wiederhaben. Das soll nicht heißen, daß ich meine zweite mystische Hälfte gefunden hätte. Es ist nichts weiter als reiner Trieb.

Und wenn du mir sagen kannst, wie man von so was loskommt, dann, bitte, tu's. Es ist nämlich verdammt unangenehm.«

Rachel, die für ihr Recht kämpfte, als ganz normaler Durchschnittsmensch zu gelten, zu sein wie jeder andere auch, fand ihre eigenen Worte wenig überzeugend. Sie wollte da raus, aber kam nicht raus, das war die triste Wahrheit. Sie war genauso von sich selbst angewidert wie Isobel. Ich will so nicht sein, sagte sie sich, wenn sie wieder mal einen Nachmittag mit Masturbieren und Sexphantasien verbracht hatte. Wie komme ich davon los? Mit Charakterstärke natürlich, aber zum ersten Mal in ihrem Leben half Charakterstärke nichts. Entweder hatte sie keine, oder sie versagte in diesem speziellen Fall. Aber wie hatte sie's dann geschafft, all das andere zu überstehen? War es am Ende bloß Glück gewesen und hatte nichts mit ihr selbst zu tun? Sie erinnerte sich an die Worte eines Psychiaters, dem sie einen kurzen Abriß ihrer Kindheit und frühen Jugend gegeben hatte: »Sie können von Glück reden, daß keine Psychotikerin aus Ihnen geworden ist. Wahrscheinlich hat Sie nur Ihr ausgeprägter Realitätssinn davor bewahrt.«

Glück oder Charakter? Und wo war ihr Realitätssinn jetzt, da sie ihn am dringendsten brauchte?

Es verging in diesem halben Jahr kein Tag, an dem sie nicht an Joshua dachte. Wenn sie morgens erwachte, lauerte er schon in ihrem Bewußtsein, waren Erinnerung und Begehren schon geweckt. Sie brachte die Tage hinter sich, arbeitete mit Pete, war beschäftigt. Doch da war immer die kleine Kammer, in der Joshua steckte, wie ein Computer, der leise summte und Erinnerungen, Träume, Hoffnungen siebte und sortierte. Sie dachte nicht lang darüber nach, *warum* Joshua nicht mehr kam, vermutlich weil es ihn langweilte, und das war plausibel – alles wird langweilig. Sie beschäftigte sich im Grunde gar nicht mit Joshuas Leben. Sie war fasziniert von dem, was er war, nicht von dem, was er tat. Sie wußte, er hatte andere Frauen, hielt es sogar für möglich (wenn auch für unwahrscheinlich), daß er sich verliebt hatte, krank war oder tot. Aber Eifersucht und Sorge um ihn waren nicht ihr Problem. Es war ihr egal, mit wem er es sonst trieb, oder wie, oder ob er ins Kino ging oder mit Fieber im Bett lag. Sie wollte ihn einfach haben, jetzt, hier, wollte, daß er sie fickte, mit ihr scherzte in ihrer abgeschotteten Welt. Ein- oder zweimal schrie sie laut »Ich will Joshua!« durch ihre leere Wohnung, und kam sich dann nur blöd vor.

Die Zeit heilte gar nichts. Während der ganzen sechs Monate lauerte sie mit derselben Besessenheit auf seinen Anruf. Sie fand ein paar Männer fürs Bett, doch es war nie befriedigend. Die Zeiten, als ein einfacher Orgasmus noch genügt hatte, waren vorbei. Sie fühlte sich danach nur noch miserabler, genauso frustriert und unbefriedigt wie vorher. Und das um so mehr als sie wußte, daß sie nicht haben konnte, was sie wirklich brauchte. Mit anderen Männern zu schlafen, war ein Hohn auf das, was eigentlich hätte sein sollen, eine Erinnerung an das, was sie nicht hatte – nicht mehr.

»Wahrscheinlich kommt er deshalb nicht mehr, weil er Angst hat, die Sache könnte zu ernst werden. Du bist ihm zu sehr auf die Pelle gerückt«, meinte Becky.

Rachel holte tief Luft. »Das glaub ich nicht. Er kommt nicht, weil er keine Lust hat, das ist alles. Die Dreigroschenheft-Version von Joshua Abelman klingt zwar gut, trifft aber nicht zu. Er ist nicht der finstere romantische Held, der gegen seine große Sehnsucht nach mir ankämpft. Und was sonst noch? Ach ja, er ist irgendwann ganz schrecklich von einer Frau verletzt worden und traut jetzt keiner mehr über den Weg. Wahrscheinlich ist da sogar was Wahres dran, aber es ist irrelevant und hilft mir überhaupt nicht weiter. Er ist in den letzten zwei Jahren gekommen, um mich zu ficken, weil ich gut bin im Bett, und weil er auf meinen Körper steht. Und dann wurd's ihm langweilig. Ende der Geschichte. Kein großes Finish.«

»Das glaub ich nicht«, meinte Becky beharrlich und löffelte den Schaum von ihrem Cappuccino. »Er kam doch schließlich die ganze Zeit, und ihr habt euch gut verstanden. Er will's eben nur nicht zugeben. Das ist alles.«

(97)

»Und das ist genug«, erwiderte Rachel bitter. »Er ist ein kaputter Typ. Der hat irgendwann mal was abgekriegt und läßt sich auf nichts mehr ein. Egal warum. Er tut's eben nicht. Es ist sinnlos, Gefühle in ihn hineinzudenken. Da gibt's nichts zu hoffen, und ich werde mich hüten, Träume wie ›tief im Herzen liebt er mich‹ in die triste Wahrheit zu spinnen. Das macht mich nur kaputt.«

Becky blickte enttäuscht drein. Rachels negative Lebenssicht ließ sie frösteln. »Ja, und was wirst du jetzt tun?« fragte sie.

»Nichts. Da gibt's nichts zu tun, als einfach den Mund zu halten. Da gibt's nichts weiter zu sagen. Ich will nicht, daß er mich heimlich liebt, ich will ihn nur sehen. Und da ich das nicht kann, muß ich alles versuchen, um da rauszukommen. Warum kann ich's nicht einfach vergessen?«

Becky wagte nicht, das Wörtchen Liebe ins Spiel zu bringen, das für sie genau ins Schwarze traf. Für Becky gab's nichts Schöneres, als verliebt zu sein. Für Rachel dagegen war es eher eine Art von Influenza, eine Krankheit, von der man sich mehr oder weniger schnell erholte. Zu sagen »Ich bin verliebt«, war für Becky geradezu ein lustvoller Akt, nichts, wozu man sie drängen mußte. Becky stand nicht auf Kriegsfuß mit der Liebe, sie genoß den Zustand einfach. Sie hatte sich in ihrem Leben nur in drei Männer verliebt; einen hatte sie an eine andere verloren, den nächsten für William aufgegeben, mit dem sie seit fünf Jahren zusammenlebte. Die Zurückweisung durch den ersten und die Zurückweisung des zweiten waren ihr jeweils schmerzlich gewesen. Auch der Sex mit William war nicht mehr, was er mal gewesen war. Sie wußte, daß diese Dinge ihren Glanz verlieren, daß Gefühle sich verändern können – doch das war für sie nicht verhängnisvoll. Sie glaubte nicht, wie Rachel, an das unvermeidliche Ende. Daß die Dinge zweimal schiefgelaufen waren, hieß noch lange nicht, daß ihre Liebe zu William zum Scheitern verurteilt war. Nicht einmal der Verlust von Intensität schien ihr verhängnisvoll, für sie war es ein reversibler Prozeß – im Gegensatz zu Rachel, die instinktiv wußte, wenn der Lack einmal ab war, war nichts mehr zu retten

und man mußte schnell das Weite suchen. Becky war fest davon
überzeugt, daß ihre Beziehung mit William weitergehen würde,
wenn auch unter einem anderen Vorzeichen. Für Becky gab es
kein Ende, nur Dauer, und wenn die Dinge mal schiefgingen,
mußten sie korrigiert werden.

Seit sie Anfang zwanzig waren, führten die beiden diesen Dia-
log, wobei ihre Positionen schon damals festgestanden hatten.
Becky fragte sich oft, ob es jemals eine verträumte kleine Rachel
gegeben hatte, die an Märchen und die zwangsläufigen Besuche
des Weihnachtsmanns glaubte. Rachel wiederum fragte sich, wie
es möglich war, daß der Weihnachtsmann Becky so vorbehaltlos
besucht hatte, daß sie heute noch an ihn glauben konnte. Doch sie
schätzte sich am Ende glücklich, gelernt zu haben, daß man sich
nicht auf den Zauber da draußen verlassen konnte; so blieb ihr
am Heiligen Abend die herbe Enttäuschung erspart, wenn der
Weihnachtsmann nichts gebracht hatte. Beide Frauen erkannten
die Vorzüge und die Logik der Position der anderen; die eine
wünschte sich, ein kleines bißchen besser gepanzert, die andere,
ein bißchen weniger argwöhnisch zu sein, doch im Grunde wußten beide, daß sie recht hatten.

Becky wechselte das Thema. »Nächste Woche wird Donna
Saunders neues Buch vorgestellt. Hast du Lust mitzukommen?
Sind nur Frauen, doch ich darf 'ne Freundin mitbringen. Cissy rief
mich an und sagte, daß sie jede Menge Leute einladen will, aber
keine Männer. Wird 'ne richtige Lesben-Party.«

»Wahnsinn! Ja, ich komm gerne mit. Gehn wir als heimliche
Heteros?« Rachel lachte.

»Genau. Sie sind äußerst tolerant, solange wir's nicht zur Schau
tragen. Also am Dienstag. Wir wollen vorher noch auf einen
Drink gehen. Was macht übrigens dein neuer Schüler?«

Rachel zog eine Grimasse.

»Vielleicht sollten wir ihn mit auf die Party nehmen. Das wäre
sicher sehr lehrreich für ihn. Naja, er kommt ziemlich regelmäßig.
Er ist wirklich ein netter Junge, ganz aufgeweckt, doch ich glaube
nicht, daß er's packt. Er bewegt sich ständig an den Grenzen sei-

ner selbst, und die Lage im Heim wird auch immer schlechter. Sieht nicht besonders gut aus.«

»Du meinst mit seinen Prüfungen?« fragte Becky.

»Ach, der Zug ist längst abgefahren. Ich wollt sagen, er packt das Leben nicht. Er ist total verkorkst und hat niemanden, der sich wirklich um ihn kümmert.«

»Er hat dich.«

»Ja«, antwortete Rachel langsam, »aber nicht so, wie er's möchte oder braucht. Ich bin so was wie ein Kumpel, doch was ich ihm bieten kann, ist unheimlich begrenzt. Er braucht ein richtiges Zuhause, jemanden, der sich ständig um ihn kümmert. Ich kann das nicht, es wär Carrie gegenüber unfair, und außerdem würde er sich wie verrückt aufführen. Es müßte sich jemand rund um die Uhr mit ihm auseinandersetzen, und das bring ich nicht.«

»Das verlangt auch niemand von dir, du bist nicht mehr als zwei Stunden am Tag für ihn verantwortlich. Es ist nicht deine Aufgabe, ihn zu retten, sondern nur, ihm was beizubringen. Außerdem bist du nicht in der Verfassung, dich den Lebenstrümmern anderer anzunehmen.«

»Oh, danke. Nein, ich weiß. Aber irgendwie geht es mir an die Nieren. Du hast recht, ich kann ihn nicht adoptieren. Das ist nicht drin, doch alles andere ist zu wenig.« Sie schwiegen eine Weile, dann lächelte Rachel. »Erinnerst du dich noch an den Tag, als wir uns kennengelernt haben, unsern ersten Tag im Lehrerzimmer?«

Becky stöhnte. »Gott, ja, die stundenlangen Besprechungen und diese entsetzliche Frau, die den neuen Lehrern Vorträge über die ›Kommandokette‹, über Disziplin und Ordnung hielt.«

»Wenn ich's genau bedenke«, meinte Rachel mit einem boshaften Lächeln, »weiß ich gar nicht, warum ich mich damals so sehr dagegen gesträubt habe; es ist doch eigentlich genau mein Fall. Aber dann kamen die Kinder, weißt du noch? Und wir alle konnten nur noch versuchen, das Chaos zu überleben. Hunderte kleiner hoffnungsloser Analphabeten, und unsere einzige Aufgabe war, sie in Schach zu halten.«

Becky schloß die Augen bei der Erinnerung.

(100)

»Die ersten Monate waren ein einziger Schock. Ich war so unschuldig. Ich hatte vorher doch nur an dieser Privatschule unterrichtet. Ich hatte's noch nie mit Kindern zu tun, die nicht kapierten, warum sie überhaupt was lernen sollten.«

»Wir saßen am Ende des ersten Tages in deinem Auto – weißt du noch? – und haben nur gelacht. Wir saßen einfach da und hielten uns die Bäuche vor Lachen. Ich glaub, ich hätte diese Zeit ohne dich nicht überlebt.«

»Und Amanda«, erinnerte Becky. »Amanda, die nach einer Stunde mit der Förderklasse ins Lehrerzimmer gestürzt kam und brüllte: ›Diese Kinder taugen nicht für den Sozialismus!‹«

»Ach ja, die guten alten Zeiten«, lächelte Rachel matt. »Ich muß gehn. In einer halben Stunde kommt Pete.«

»Mach's gut«, lächelte Becky zurück. »Bis spätestens Dienstag.«

Rachel winkte zum Abschied, zahlte und ging. Als sie den qualmigen Mief dieses Pseudo-Paris verließ, schlug ihr die kalte, klamme Luft des bleiernen London brutal ins Gesicht.

Petes Krise spitzte sich zu in der Zeit, als Joshua verschwunden war. Er war jetzt seit zwei Jahren ihr Schüler; zu Anfang hatten sie auf den Realschulabschluß hingearbeitet. Er interessierte sich vor allem für Sozialkunde, besonders nachdem sie sich mit dem Thema Gruppenidentität beschäftigt hatten. Er wollte nicht einsehen, daß seine äußere Erscheinung auch nur Anpassung verriet.

»Mir gefällt aber wirklich, was ich trage«, protestierte er.

»Und wenn du 1969 sechzehn gewesen wärst? Glaubst du, dann hättest du diese Kluft getragen?« fragte Rachel.

»Ne, ich wär sicher nicht wie so'n bekloppter Hippy rumgelaufen – so wie du, da wett ich drauf«, meinte er grinsend.

»Richtig, bin ich auch. Doch es gab auch noch andere Szenen zur Auswahl. Nur die Skinheads gab's noch nicht. Und was die Leute trugen, war okay für damals, so wie jetzt bei dir. 69 konnten wir auswählen: Wir konnten Hippies, Mods oder Spießer werden.

Aber jeder Stil war 'ne Art Uniform, die zeigte, zu welcher Gruppe man gehörte.«

»Schon richtig«, gab er zu, »aber nur weil ich diese Klamotten trage, heißt das noch lange nicht, daß ich wie jeder andere bin, der so was trägt. Ich lauf nicht in der Gegend rum, um mich zu schlägern oder Pakis aufzumischen oder so was. Ich hab nichts gegen Neger, aber wenn die mich auf der Straße sehen, und es sind gleich mehrere, dann gibt's mit Sicherheit Zoff.«

»Was willst du denn überhaupt mit deinem Aufzug erreichen? Wozu diese Klamotten und der kahlgeschorene Schädel? Und was ist mit dem Hakenkreuz auf deiner Hand?«

Pete wurde ungeduldig. »Hat nichts zu bedeuten, echt. Ich trag das eben.«

»So leicht kommst du nicht davon, Pete. Sieh mal, ich bin Jüdin . . .«

»Bist du nicht!« fiel ihr Pete ins Wort. »Wirklich, sag bloß?«

»Ich *bin* Jüdin«, wiederholte Rachel. »Und was glaubst du wohl, was ich denke, wenn ich jemanden mit 'nem Hakenkreuz auf der Hand rumlaufen sehe? Vor vierzig Jahren wurden Leute wie ich unterm Hakenkreuz umgebracht. Das Zeichen bedeutet also was. Und wenn's für dich keine Bedeutung hat, warum trägst du's dann?«

»Weil's alle tun. Und du hast doch wohl keine Angst vor mir, oder?« fragte er.

»Nein, hab ich nicht, aber auch nur, weil ich dich näher kennengelernt hab. Wenn du hier bist, sprech ich mit *dir* und nicht mit deinem komischen Aufzug. Und jetzt, wo ich dich besser kenne, seh ich Leute, die rumlaufen wie du, mit etwas anderen Augen an. Das erklärt aber noch lange nicht, warum du dich so drapierst und dann sauer wirst, wenn dich die Leute nach deinem Äußeren beurteilen.«

»Ich will halt so aussehen wie meine Kumpels. Aber trotzdem find ich, die Leute könnten sich ruhig die Mühe machen, herauszufinden, wer man wirklich ist.«

»Naja, gut, aber du machst es ihnen da nicht gerade leicht. Und warum willst du überhaupt wie deine Kumpels aussehen? Genau davon ist ja in userm Buch die Rede. Wir tun's nämlich alle. Irgendwie trägt jeder seine Uniform.«

Sie stellten eine Liste von all den Sachen zusammen, die Pete in Rachels Wohnung sah, und den Kleidern, die Rachels Typ festlegten. Danach sahen sie sich andere Leute an – Popgruppen, Politiker und so weiter, um dann auf Pete und seine Freunde zurückzukommen.

»Also, ich glaub, man braucht eine Gruppe, zu der man gehört«, meinte Pete schließlich. »Man braucht das Gefühl, irgendwohin zu gehören.«

»Glaub ich auch«, entgegnete Rachel. »Ich glaube sogar, das Menschengeschlecht ist so überhaupt erst entstanden. Die Leute geben sich Signale, die sagen ›He, ich bin einer von uns‹.«

»Und was gibt's daran auszusetzen?« fragte Pete.

»Nichts. Nur wenn die Leute gar nicht wissen, warum sie's tun, und mit der Zeit wirklich an die Signale glauben und danach handeln, dann kommt's zu Nazismus, Paki-Schlägereien und Religionskriegen.«

»Und die wollten alle nichts anderes, als 'ner Gruppe angehören?« fragte Pete.

»Vielleicht«, meinte Rachel achselzuckend.

»Ich wasch das Hakenkreuz ab, wenn du's nicht leiden kannst.«

»Fänd ich toll.« Rachel lächelte. »Willst du Tee?«

Sie kochten auch häufig zusammen. Sie saßen über Kochbüchern und suchten die exotischsten Rezepte aus. Pete nahm das Ergebnis ihrer Kochkunst voller Stolz für Dick und die anderen mit nach Wentworth House. Meist aß er selbst gar nichts davon.

»Ich hasse ausländischen Fraß«, erklärte er, seine Hände in eine mysteriöse und scharfe Kreation von Gewürzen getaucht, die er zu einem echten Curry zusammenmixte.

Sie führten ihre Diskussionen, nahmen verschiedene Lehrbücher durch, Pete begann sogar ein Referat über die Geschichte der Kochkunst. Es lief auch zunächst ganz gut. Doch es fiel ihm schwer, seine Gedanken zu formulieren und zu Papier zu bringen.

Er war ungeduldig und langweilte sich schnell, wenn ihn irgend etwas nicht interessierte. Rachel beschloß, ihn nicht zu drängen. Wenn er die Prüfung schaffen wollte, erklärte sie mehrmals, müßte er den langweiligen Stoff durchpauken und eine Menge schreiben; sie würde ihn aber nicht zwingen, könnte es auch gar nicht. Doch sie mußte bald erkennen, daß er mit seiner Arbeit nicht zurecht kam und das Prüfungsziel niemals erreichen würde; er war eigentlich intelligent genug, aber einfach nicht in der Lage, sich auf den häufig trockenen Stoff zu konzentrieren. Außerdem wurde ihr klar, daß es in seinem Leben noch viel schwerwiegendere Probleme gab, die Konzentration und hartes Arbeiten völlig ausschlossen. Also kochten sie weiter und legten die Lehrbücher stillschweigend beiseite. Pete kam nach wie vor jeden Tag, Rachel machte Tee, servierte Plätzchen, und sie saßen zusammen am Tisch, spielten Schach oder Scrabble und plauderten über dies und jenes, aber meistens über Wentworth House und was dort passierte. Pete brachte all seinen Ärger und Groll mit, ließ ihn aber nicht richtig raus. Beim Schachspiel tauschte er manchmal ganz unvermittelt die Damen aus, was Rachel jedesmal irritierte.

»Hör mal, Pete, so kann man nicht Schach spielen. Man kann kein vernünftiges Spiel aufziehen, wenn man einfach nur die Figuren abtauscht.«

»Ich will es aber. Ich kann spielen, wie's mir gefällt«, brummte Pete dann zurück.

»Okay, du kannst spielen, wie du willst, ich kann dich nicht dran hindern. Doch das hat dann nichts mehr mit Schach zu tun«, entgegnete Rachel und mußte sich stark zusammennehmen.

»Ist mir doch egal.«

Rachel holte tief Luft, dachte daran, wer von beiden wer war, und sagte schließlich: »Okay, Pete, wie du willst. Aber versuch doch bitte, das nächste Mal eine Lösung zu finden, bei der wir nicht beide unsere Königinnen verlieren. Es gibt andere Wege, um zu gewinnen.«

Sie vermied die direkte Konfrontation, nicht weil sie Angst vor ihm hatte, sondern weil sie verhindern wollte, daß er auf und davon stürmen würde mit dem Gefühl, nicht zurückkommen zu können. Es war klar, daß auch er das vermeiden wollte. Und soweit es möglich war, hielten beide ihren Ärger und Unmut im Zaum.

Petes Ärger richtete sich vor allem auf Mary, seine Betreuerin, die ihn einmal in der Woche besuchte.

»Ich bin der total egal. Für die ist das nur ein verdammter Job wie jeder andere«, beschwerte er sich.

»Natürlich ist es ein Job. Dir was beizubringen, ist *mein* Job. Das heißt aber noch lange nicht, daß du mir egal bist«, versuchte Rachel vorsichtig.

»Und wieso hat sie dann in der ganzen Zeit noch keine Pflegestelle für mich gefunden? Sie redet und redet und tut verdammt gar nichts.«

»Aber Mary ist doch erst seit einem Jahr deine Betreuerin. Du kannst sie nicht verantwortlich machen für Dinge, die vorher versäumt wurden.«

»Okay, dann ist's eben nicht nur die blöde Mary Jackson, sondern die ganze beschissene Fürsorge. Alle. Warum haben sie in der ganzen Zeit keine Pflegestelle für mich gefunden?«

Und warum gibst du mir kein Zuhause, glaubte Rachel dabei herauszuhören. Warum gibt mir jeder nur etwas, aber nie genug, nicht das, was ich wirklich brauche? Was hindert dich, Rachel, die du doch ein so gemütliches Heim hast und immer sagst, wie gern du mich magst, mich bei dir aufzunehmen? Warum liebst du mich nicht?

»Ich hab keine Ahnung, warum sie für dich noch keine Pflegestelle gefunden haben, Pete. Ich kenne die Einzelheiten nicht. Große Organisationen wie die Fürsorge sind furchtbar langsam und schwerfällig und machen viele Fehler. Soll ich mich mal mit Mary treffen und mit ihr drüber sprechen? Vielleicht sehen wir dann ein bißchen klarer, was eigentlich los ist. Ich tu's aber nur, wenn du einverstanden bist.«

»Von mir aus«, antwortete Pete.

Am nächsten Tag kam er mit einem Blatt Papier, auf dem Ma-

(105)

rys Telefonnummer notiert war. Rachel rief in seiner Gegenwart an und machte einen Termin aus.

Man schickte sie hinauf in Marys Büro, wo sie von einer angenehmen Frau Anfang dreißig empfangen wurde. Mary Jackson trug Latzhosen und Turnschuhe, weite, bequeme Sachen, die einen plumpen Körper verhüllten. Ihr Haar war zu einem wirren Knoten zurückgesteckt, und sie trug eine metallgefaßte Kassenbrille vor ihren wässerig blauen Augen. Sie wirkte freundlich, aber überlastet – auf ihrem Schreibtisch türmten sich Berge von Akten.

Sie holte Kaffee in Plastikbechern und schob Rachel einen herüber, während sie auf dem grünen Plastikstuhl an ihrem Schreibtisch Platz nahm.

»Wie geht's unserm armen Pete?« fragte sie und schlug ihre kräftigen Beine übereinander.

»Er ist außerordentlich liebenswert. Erstaunlich, wenn man bedenkt, wie wenig er vom Leben hat. Ich glaube allerdings nicht, daß er seinen Schulabschluß schafft.« Rachel nippte an ihrem Kaffee und wartete.

»Daran hab ich sowieso nie geglaubt. Wär auch ein bißchen viel verlangt. Aber wir sind in größter Sorge, was aus ihm werden soll, wenn er das Heim verläßt. Ich nehm an, Sie wissen von seinem Problem?« fragte Mary.

»Nun, ich weiß, daß er sein Leben ausschließlich in Heimen verbracht hat und ziemlich enttäuscht ist, daß man keine Pflegeeltern für ihn gefunden hat.«

»Nein, nein, ich meine sein physisches Problem, seine Enkopresis.«

»Seine was?« fragte Rachel verwirrt.

»In letzter Zeit geht es etwas besser. Die Leute in Wentworth House geben sich alle Mühe, ihn dazu zu bringen, seine Kleidung sauber zu halten. Aber Sie haben doch sicher den Geruch bemerkt?«

»Stimmt. Hier und da hab ich einen komischen Geruch festgestellt. Ich dachte, er wäscht sich nicht gründlich genug. Was ist das, Enkopresis?«

(106)

»Die Unfähigkeit, seinen Stuhlgang zu kontrollieren. Das hat er seit seiner frühsten Kindheit.«

Rachel war sprachlos. Sie wußte, daß Enuresis der Fachausdruck für Bettnässen war. Sie hatte bemerkt, daß Pete manchmal unangenehm roch, und hatte oft die Wohnung durchgelüftet, nachdem er gegangen war, doch es war ihr nie wie der Geruch von Kot vorgekommen.

»Sie meinen, er macht in die Hosen? Eine Schließmuskelsache oder was?«

»Das weiß keiner genau. Er war schon bei unzähligen Ärzten und hat sogar sechs Monate lang in einer psychiatrischen Kinderklinik eine Spezialtherapie gemacht. Ein absoluter Reinfall – er kam schlimmer wieder raus, als er reingekommen war. Die Ärzte scheinen sich einig darüber, daß es keine physische Ursache dafür gibt. Doch wie ich schon sagte, in letzter Zeit ist es etwas besser, auch wenn seine Kleider immer so muffig riechen. Aber wenn's passiert, ist der Gestank unerträglich.«

»Armer Junge. Und wie reagieren die anderen Kinder darauf?« fragte Rachel und begann sich auszumalen, was so etwas für einen Menschen bedeuten mußte.

»Deshalb geht er ja nicht zur Schule. Die anderen Kinder haben ihm das Leben so schwer gemacht, daß er lieber zu Hause geblieben ist. Sie haben ihm Spitznamen gegeben und wollten nicht neben ihm sitzen. Die Leute im Heim achten darauf, daß seine Unterhosen gewaschen sind, weil er sich selbst einfach nicht drum kümmert, doch die anderen Kinder lachen ihn aus, wenn er solche Phasen durchmacht. Er ist der Älteste und Größte von allen. Die Jüngeren hänseln ihn, und er verprügelt sie.«

»Wird er gewalttätig?« fragte Rachel.

»Nein.« Mary zögerte. »Eigentlich läßt er sie nur fühlen, wer der Boß ist. Seine Freunde sind alle viel jünger als er, so als könnte er keinen Wettbewerb unter Gleichaltrigen ertragen.«

»Das wundert mich nicht. Mein Gott, wie schrecklich. Kann denn nichts für ihn getan werden?«

»Wir haben alles Erdenkliche versucht. Wenn er sich nur sauber halten könnte, wäre alles so viel leichter. Er müßte nur seine Sachen ausspülen und dann in die Waschmaschine stecken, doch er tut's einfach nicht. Dick und Maggy müssen regelrechte Razzien in seinem Zimmer veranstalten und Stapel dreckiger Jeans und Unterhosen vom Boden aufheben.«

»Es ist für Jugendliche schwer genug, ihre Sachen sauber zu halten, aber wenn sie dann auch noch vor solch ein Problem gestellt sind . . .« Rachel versuchte sich vorzustellen, was Pete dabei empfinden mußte. Sie fragte sich, ob er glaubte, daß sie's längst wußte und nur aus Taktgefühl nichts sagte. Sie hatte ein furchtbar schlechtes Gewissen – wie hatte sie so unaufmerksam sein können?

»Ja, es muß grausam sein für ihn«, stimmte Mary zu. »Die Kinder rufen ›Zeit zum Windelnwechseln!‹, wenn es wieder mal passiert ist, und dann will tagelang keiner neben ihm sitzen. Aber, wie gesagt, er unternimmt nichts, um seine Situation zu verbessern.«

Etwas unternehmen – das war leicht dahin gesagt! Die Sache selbst mußte so demütigend sein. Und dann die Kleider auswaschen zu müssen, stets mit etwas konfrontiert zu sein, das man lieber vergessen möchte. Petes Zukunft erschien ihr jetzt trostloser als je zuvor.

»Jetzt werden Sie auch verstehen«, fuhr Mary fort, »warum es so schwer ist, Pflegeeltern für ihn zu finden. Es ist sowieso schon schwierig, Halbwüchsige unterzubringen, aber mit einem solchen Problem ist es praktisch unmöglich. Eine Familie mit anderen Kindern scheidet von vornherein aus – damit könnte er nicht fertig werden –, und ein kinderloses Ehepaar hätte wahrscheinlich zu wenig Erfahrung, um mit jemandem wie Pete umzugehen.«

»Ich verstehe. Aber wär's nicht möglich, daß er sein Problem in den Griff kriegt, wenn er ein Zuhause hat?«

»Möglich schon«, meinte Mary zögernd. Sie war jetzt ganz der Profi, der den sentimentalen Laien über die Wirklichkeit aufklärte. »Aber erst muß die Familie gefunden werden. Um ehrlich zu sein, hat die Fürsorge bei Pete völlig versagt. Er sollte schon

(108)

als ganz kleiner Junge in einer Familie untergebracht werden, das wäre damals noch möglich gewesen. Doch damals hat es entsetzliche bürokratische Fehler gegeben. Er wurde von einem Heim ins andere geschickt, und niemand kümmerte sich mehr darum, Pflege- oder Adoptiveltern für ihn zu finden. Das passiert manchmal in großen Organisationen. Seine Betreuer wechselten ständig, es gab keine Kontinuität.«

Wer war schuld, daß Pete keine Pflegeeltern bekommen hatte? *Sie,* nicht wir. Sie, die Vorgänger waren verantwortlich, diejenigen, die längst gegangen waren. Die Fürsorge war eine Bürokratie, deren Struktur blieb, aber deren Personal wechselte. Das gegenwärtige Personal konnte offen die Fehler nennen, die in der Vergangenheit gemacht worden waren, es waren ja nicht ihre Fehler. Es gab keine Eigenverantwortung, nur Folgen vergangener Fehler. Sie, die derzeitigen Fürsorger, mußten Dinge ausbügeln, mit denen sie nichts zu tun hatten, nur war das manchmal eben nicht mehr möglich. Viel zuviel Unheil war angerichtet, zuviel Zeit vergeudet worden. Höchst bedauerlich, was ihre Vorgänger da angerichtet hatten, doch sie waren ja Pragmatiker, Leute, die mit dem Jetzt und Hier zu tun hatten. Rachel fühlte sich hilflos, ganz ähnlich wie Pete. Die Vernunft sagte ihr zwar, daß niemandem die Schuld direkt zugeschoben werden konnte, doch genau das war es, was sie so aufbrachte: Niemand fühlte sich verantwortlich, ein Leben zerstört zu haben und die Fehler zu korrigieren. Sie verstand Petes Wut klarer als je zuvor, seinen Groll auf Mary als Stellvertreterin all derer, die ihm so übel mitgespielt hatten, ganz gleich wie unvernünftig dieser Groll war. Aber fast noch schlimmer war Marys Verständnis für Petes Zorn.

»Natürlich ist Pete wütend auf mich, das ist unvermeidlich. Für ihn bin ich nutzlos und schuld daran, daß er kein Zuhause hat. Es gehört zu meinem Job, das wegzustecken und nicht mit Gefühlen darauf zu reagieren. Aber bei Pete kommt noch etwas anderes hinzu: etwas Undefinierbares, fast hätte ich gesagt Verführerisches, das einem ein schlechtes Gewissen einjagt, auch wenn man weiß, daß man sein Bestes tut. Manchmal bin ich nach so einem

(109)

Besuch den Tränen nahe, weil ich seine Wut einstecken muß und genau weiß, er kann nicht begreifen, daß es wirklich nicht meine Schuld ist. Aber, wie gesagt, das ist mein Job.«

Ich will gar nicht wissen, wie hart es ist, Sozialarbeiter zu sein, dachte Rachel verärgert. Ich stehe auf Petes Seite. Sie mußte sich in acht nehmen, denn Mary wollte sie für die Seite der ›Profis‹ gewinnen; sie sollte eine von ihnen sein. Ihr wurde klar, daß sie der einzige Mensch in Petes Leben war, der nicht ›einer von ihnen‹ war. Vielleicht noch Dick, dem er zu trauen schien, doch sie war die einzige, die ganz außerhalb des Milieus der Fürsorge stand. Wenn sie als Vermittlerin dienen sollte, mußte zunächst einmal klargestellt werden, daß sie zu allererst Petes Freund war und sich nicht dazu gebrauchen ließ, ihm Marys Probleme in deren Interesse zu ›erklären‹. Wenn sie's ihm doch erklärte – und Erklärungen schienen ihr notwendig –, dann weil Pete ein Recht darauf hatte zu wissen, was hier vor sich ging, wie und warum. Es war nicht ihre Aufgabe, die Fürsorge vor Pete in Schutz zu nehmen. Und sie würde es auch nicht tun.

»Was ist los in Wentworth House?« fragte sie. »Da scheint irgendwas nicht in Ordnung zu sein. Soviel ich weiß, gibt es Ärger zwischen dem Personal und dem neuen Leiter.«

Mary sah sie eindringlich an und schien zu überlegen, wieviel sie sagen sollte.

»Ich habe den Eindruck, daß Richard Pierce die Dinge noch nicht richtig im Griff hat. Vermutlich Anfangsschwierigkeiten; er scheint den Leuten etwas auf die Nerven zu gehen.«

»Ich glaube, daß jemand, den Pete recht gern mochte, wegen Richard gegangen ist. Und Pete fürchtet, daß auch Dick gehen will.«

»Dick hat tatsächlich vor kurzem seine Kündigung eingereicht. Offiziell heißt es, er wolle auf Reisen gehen, mir aber hat er unter vier Augen erklärt, daß er mit Richard nicht arbeiten kann. Das ist übrigens streng vertraulich.«

So, ist es das? dachte Rachel. Ich sage dir, was wirklich los ist, aber du darfst es Pete, den es am meisten angeht, nicht weitersagen. Berufsethik.

(110)

»Hm, Richard scheint es mit den Vorschriften etwas zu genau zu nehmen. Er besteht darauf, daß die alten Regeln strikt eingehalten werden, und erfindet noch ein paar neue hinzu. Seh ich das richtig?«

»So ungefähr. Er ist erst vor kurzem befördert worden und wird noch nicht ganz damit fertig, plötzlich Autoritätsperson zu sein.«

»Hört sich für mich so an, als hätte er Angst, die Zügel könnten ihm entgleiten, aber wenn man ein Heim für gestörte Kinder leitet, entgleiten einem zwangsläufig die Zügel. Man kann Probleme nicht wegregulieren. Richard hat es fertiggebracht, die beiden einzigen Leute zu verjagen, denen Pete vertraut hat. Es wird mit Sicherheit Ärger geben. Pete ist furchtbar aufgebracht.«

»Ich weiß. Wir haben ein Auge auf Wentworth House und was dort vor sich geht. Doch egal weshalb – Richard hat den Job jetzt nun mal, und also bleibt uns nichts anderes übrig, als ihn als Leiter anzuerkennen.«

»Wieso hat der den Posten überhaupt bekommen?« wollte Rachel wissen. »Er scheint mir nicht besonders geeignet zu sein.«

Mary gab keine Antwort. Sie war so weit gegangen, wie sie mit einem Außenseiter bereit war zu gehen. Warum man Richard Pierce befördert hatte, wurde geheim gehalten – vermutlich hatte jemand einen Fehler gemacht, der jetzt nicht wiedergutzumachen war. Vielleicht war Richards Beförderung nur ein Weg gewesen, ihn anderswo loszuwerden – die bürokratische Lösung. Offensichtlich gehörten die Fehler nicht nur der Vergangenheit an, auch wenn ihre Verursacher gewissermaßen dem Blick entzogen wurden.

Als Rachel Marys Büro verließ, hatte sie das ungute Gefühl, in etwas verstrickt worden zu sein, das ein böses Ende nehmen würde. Sie hatte das dringende Bedürfnis, aus der Sache herauszukommen, sich jeder Art von Verpflichtung Pete gegenüber zu entziehen. Sie könnte Donald Soames erklären, daß die Prüfungssache nicht liefe, daß Pete für ihren Unterricht zu gestört sei. Und das war schließlich ihr Job. Was immer auch passierte – sie wollte nicht darin verwickelt werden. Sobald sie zu Hause war, wollte sie Donald anrufen. Doch sie tat es nicht.

(111)

Am nächsten Tag traf Pete mit einer Stunde Verspätung bei ihr ein. Als sie die Tür öffnete und ihn da stehen sah, wußte sie, daß das Drama begonnen hatte. Er sah entsetzlich aus, so wie sie ihn noch nie gesehen hatte. Seine Kleider – obwohl die gleichen, die er immer trug – waren schmuddelig und irgendwie schlaff, und sein Gesicht war um einige Schattierungen dunkler als gewöhnlich. Es war nicht nur der Schmutz, es war, als hätte seine Haut den Farbton gewechselt, als käme das Grau seines Gesichts von innen her. Seine Züge waren verschlossen, wie abgeschottet; er starrte sie aus zusammengekniffenen Augen an, und der Zorn schien, wie ein Lichtstrahl durch einen Türspalt, aus seinem tiefsten Innern zu dringen. Rachel verzichtete auf ihre Vorhaltungen über seine Verspätung und die Zeitvergeudung und machte die Tür weit auf.

»Komm rein, Pete.«

Er folgte ihr schweigend nach oben und übersah Shamus, der ihn, wie gewöhnlich, am Treppenabsatz begrüßen wollte. Als Pete an ihr vorbeiging, nahm sie den Geruch wahr – unverkennbar jetzt. Es mußte auf dem Weg hierher passiert sein. Er ließ sich schwer auf den Stuhl an seiner Tischseite fallen und begann, an einem abgeblätterten Stück Farbe am Fensterrahmen zu kratzen. Als Rachel nach fünf Minuten mit einer Kanne Tee zurückkam, war der Fleck abgekratzter Farbe bereits so groß wie eine Streichholzschachtel.

»Laß das«, sagte sie.

Pete zog seine Hand zurück und blickte zornig zu ihr auf. »Wenn dir dein verdammter Fensterrahmen so wichtig ist, kann ich ja gehen.«

»Willst du mir nicht sagen, was los ist?« fragte sie. Pete griff nach dem Feuerzeug, das auf dem Tisch lag, und zündete es immer und immer wieder. Nach einer Weile hielt er die Flamme an ein Loch in seinen Jeans und begann die Nähte wegzubrennen. Ein Gestank von verbranntem Stoff und Kot verbreitete sich im Wohnzimmer. Rachel holte tief Luft.

»Was ist passiert, Pete? Hör auf, an dem Feuerzeug rumzufummeln, und sag mir, was passiert ist.« Sie nahm ihm gegenüber am Tisch Platz. Pete kochte vor Zorn, hielt ihn aber, so gut er konnte, zurück.

»Weiß nicht.« Er brachte die Worte kaum zwischen seinen zusammengepreßten Lippen hervor. »Is ihre Schuld. Diese verdammten Arschlöcher sind schuld.«

»Schuld woran? Sag mir, was passiert ist«, drängte Rachel beharrlich.

»Hab mich geprügelt. War ihre Schuld, sie hat mich, verdammt noch mal, gereizt. Maggie, diese Kuh. Sie will mich in Schwierigkeiten bringen. Sie haßt mich. Und ich hasse sie, verdammt noch mal, auch. Wenn der verdammte Staubsauger sie bloß getroffen hätte. Dann wär sie tot, die verdammte Kuh.«

»Welcher Staubsauger?«

»Sie hat mich geweckt. Sie machte immer weiter, und ich hab ihr gedroht, aber sie hat immer weiter gesaugt. War letzte Nacht mit meinen Kumpels aus, und heut morgen klopft sie an meine Tür und brüllt, ich soll endlich aufstehen, weil ich zu dir müßte. Ich war hundemüde und hatte keinen Bock aufzustehen. Da holt sie den blöden Staubsauger und fängt an, vor meiner Tür rum zu saugen. Sie saugt ungefähr 'ne Viertelstunde und knallt das verdammte Ding die ganze Zeit gegen meine Tür. Ich sag, sie soll endlich aufhören. Sie braucht nämlich gar nicht staubsaugen, dafür gibt's die verdammte Putzfrau. Sie wollte mich bloß provozieren.«

Er hielt inne und fing wieder an, mit dem Feuerzeug rumzuspielen.

»Was hast du gemacht?« fragte Rachel.

»Ich bin aus dem Bett gesprungen, hab die Tür aufgerissen und mir den Scheißstaubsauger geschnappt. Wollt ihn der Kuh nur wegnehmen und hab ihn irgendwie zur Seite geschmettert. Da ist sie schreiend nach unten gerannt und hat behauptet, ich hätt das Ding nach ihr geworfen und sie getroffen.« Er sah Rachel geradewegs in die Augen.

»Hast du ihn nach ihr geworfen?« fragte Rachel.

»Hab ich nicht. Und er hat sie auch nicht getroffen, ich hab ihn nur zur Seite geschmissen, überhaupt nicht in ihre Richtung. Sie ist 'ne verdammte Lügnerin. Sie hat angefangen. Sie hätt mich in Ruh lassen sollen.«

»Okay«, meinte Rachel, »doch das ist noch lange kein Grund, einen Staubsauger nach ihr zu werfen.«

»Ich hab ihn doch gar nicht nach ihr geworfen. Jetzt fang du nicht auch noch damit an.« Er war kurz davor, aus dem Zimmer zu stürmen.

»Und was geschah dann?«

»Nichts. Ich bin aus dem Haus gerannt, als sie noch immer heulend mit Dick und Richard in der Küche saß. Dick hat gerufen, ich soll warten, aber ich bin einfach abgehauen. Sie wollten, daß ich zu dir geh, also bin ich gegangen. Dick bleibt nicht bei uns. Hat er mir gestern abend gesagt«, fügte er hinzu, als wollte er ein anderes Gespräch beginnen.

»Ja, Mary hat's mir gestern erzählt. Du bist sicher sehr traurig.«

»Is mir doch wurscht. Sind doch alle gleich. Is mir scheißegal, was die alle machen, wenn sie mich nur in Ruhe lassen.«

»Unsinn, du magst Dick sehr gern, und du weißt, daß er sich viel aus dir macht.«

»Ach, wirklich?« rief Pete. »Und wieso geht er dann?«

»Weil er mit Richard nicht klarkommt. Sie können sich nicht einigen, wie man ein Heim wie eures führt. Es hat nichts mit dir zu tun.«

»Das hat er mir gestern auch gesagt. Richard ist ein Arschloch; für ihn gibt's nur Dienstpläne und Regeln. Ich seh aber nicht ein, wieso ich darunter leiden soll.«

»Das ist auch nicht fair«, stimmte Rachel zu. »Doch was zwischen dem Personal passiert, wirkt sich natürlich auch auf euch aus. Das ist wie in jeder Familie; wenn die Erwachsenen sich nicht verstehn, haben die Kinder drunter zu leiden. Obwohl sie nichts dafür können.«

»Aber wenn die verdammten Erwachsenen schon nicht klarkommen, wie können sie dann von uns verlangen, daß wir anders sind? Sie trichtern mir die ganze Zeit ein, ich muß lernen, mich zu beherrschen, und was ist mit ihnen? Wenn sie wirklich wollen, daß ich mich beherrsche, warum tun sie dann so was wie die Maggie? Sie hätt mich einfach auffordern können aufzustehen.«

»Klingt so, als hätte sie das auch getan. Und überhaupt – wärst du dann aufgestanden?« fragte Rachel.

»Nö«, meinte Pete und grinste zum erstenmal. Rachel lächelte zurück und schob ihm den Plätzchenteller zu.

»Wieso schnallt die nicht, daß mich die Saugerei und das Gebumse gegen meine Tür stinkwütend macht?«

»Komm, Pete, stell dich nicht so dumm. Du weißt genau, daß du die Leute zur Weißglut bringen kannst. Daß den Erwachsenen der Kragen platzt und sie dann dumme Sachen machen. Wenn in Wentworth House dicke Luft ist, wirkt sich das auch auf ihr Verhalten aus. Die Welt ist nun mal nicht von Heiligen bevölkert, die niemals Fehler machen oder die nur an die anderen denken und niemals an sich selbst. Du lebst unter ganz normalen Menschen, die manchmal an die Decke gehen, so wie jeder andere auch. Das ist die einzige Sorte Mensch, die's gibt. Und das Beste, was wir alle tun können, ist, aufeinander Rücksicht zu nehmen.«

»Sie hätten auf mich Rücksicht nehmen können. Sie scheren sich einen Dreck um mich«, murmelte Pete. Er hörte gar nicht mehr zu. Er war der arme, wütende Sechsjährige, der die Bedürfnisse anderer nicht erkennen wollte. Er würde überhaupt nichts zugeben. Er war das angegriffene unschuldige Opfer. Punkt, aus.

»Was hältst du davon, wenn ich dich zurückfahre und ein Wort mit Dick und Maggie spreche?« fragte Rachel.

»Hat keinen Sinn. Is denen doch alles scheißegal.« Aber er hatte nicht nein gesagt. Sie tranken ihren Tee aus und verließen die Wohnung. Diesmal öffnete Rachel entschlossen das Fenster, als sie ins Auto stiegen. Der Gestank war unerträglich.

In Wentworth House saßen Dick und Maggie noch immer in der Küche. Pete marschierte vorbei, stapfte die Treppe hoch und knallte seine Zimmertür zu. Rachel stand auf der Schwelle zur Küche und lächelte gequält.

»Hallo . . . Ich hör, es gibt Ärger. Kann ich reinkommen und mit euch drüber reden?«

Dick erhob sich und lächelte zurück.

»Ziemlich dicke Luft heut. Ich hätte Pete nicht sagen sollen, daß ich gehe. Magst du Tee?«

Rachel nickte Maggie lächelnd zu, als sie ihr gegenüber Platz nahm. Während Dick mit dem Tee beschäftigt war, erzählte ihr Maggie, was morgens vorgefallen war. Sie sei von diesem gewalttätigen Riesen vorsätzlich angegriffen worden und war noch sichtlich erschüttert.

»Ich hatte solche Angst, daß er mich umbringen könnte«, sagte sie abschließend.

Hat er aber nicht, dachte Rachel.

»Ist das schon mal passiert?« fragte sie.

»Nein, nicht so. Auf jeden Fall nicht mit mir. Wir kommen normalerweise ganz gut aus, aber in letzter Zeit ist Pete einfach unmöglich. Er schließt sich in seinem Zimmer ein, läßt niemanden rein, und er piesackt die anderen Kinder. Er ist älter als sie und sollte es eigentlich besser wissen. Er fordert unsere Autorität heraus; es ist, als wollte er seine Macht über die anderen zur Geltung bringen. Er ist gewalttätig und eine potentielle Gefahr.«

Dick wandte sich um.

»Er ist kein schlechter Junge. Das hat alles erst angefangen, seit Richard hier ist und Spannungen aufkamen. Erst ist Sally gegangen, und jetzt geh ich. Er ist emotional noch nicht reif genug und kann es nicht verkraften, Menschen zu verlieren.«

Wer kann so was schon verkraften, dachte Rachel und fragte Maggie: »Hat er wirklich versucht, dich mit dem Staubsauger zu treffen?«

»Ich weiß nicht. Ich glaube, wenn er's gewollt hätte, hätt er's getan. Er wollte mir Angst einjagen, und das ist ihm auch gelungen. Ich hab Angst vor ihm, er ist so stark. Das nächste Mal trifft er vielleicht.«

(116)

Pete kam die Treppe herunter und lehnte sich an den Türrahmen. Nachdem er sie alle eine Weile schweigend angestarrt hatte, murmelte er etwas Unverständliches.

»Was?« fragten Rachel und Maggie wie aus einem Munde.

»Ich sagte«, stieß er gepreßt hervor, »daß es mir verdammt leid tut. Okay?« Es gelang ihm, gleichzeitig wütend und kleinmütig dreinzuschauen.

»So einfach geht das nicht«, entgegnete Maggie. »Du hättest mich ernsthaft verletzen können.«

»Ich sagte, es tut mir verdammt noch mal leid. Was willst du noch mehr?« grummelte Pete.

»Ich will, daß du endlich aufhörst, dich so zu benehmen, und dich zusammenreißt«, erwiderte Maggie. »Wenn so was noch mal passiert, ruf ich die Polizei, dann kannst du dein blaues Wunder erleben.«

Rachel holte tief Luft, Dick schüttelte den Kopf.

»Maggie . . .«, begann er.

»Tu doch, was dir Spaß macht!« schrie Pete aufgebracht, den Tränen nahe. »Ich hab mich entschuldigt, und alles, was dir einfällt, ist, mir mit der Polizei zu drohen. Ich hab keine Angst vor dir oder denen oder sonstwem. Glaubst du vielleicht, das Gefängnis wär so schlimm? Es ist auf jeden Fall nicht schlimmer, als in diesem Stinkloch zu sitzen. Wir sind euch doch alle scheißegal. Für euch Arschlöcher ist das nur ein Job wie jeder andere auch.«

Dick versuchte ihn zu beruhigen. »Maggie hat das nicht so gemeint. Sie ist nur völlig durcheinander. Du mußt uns erklären, was in dir vorgeht, und nicht einfach mit Sachen rumschmeißen.«

Pete trat gemächlich an den Tisch. »Erklären, wozu denn? Du bleibst doch sowieso nicht hier. Du willst lieber 'ne ruhige Kugel schieben.« Plötzlich griff er nach Maggies leerer Tasse und schleuderte sie mit aller Kraft durch den Raum. Sie traf die Tür zum Garten, deren Glas mit ohrenbetäubendem Lärm in tausend Stücke zerbarst.

»Pete! Hör auf! Bitte!« rief Rachel und ging auf ihn zu.

»Laßt mich in Ruhe! Ihr alle. Ihr seid doch alle nur nutzlose

Heuchler!« rief er schluchzend und rannte aus der Küche. Sie hörten die Haustür zuknallen, dann das Splittern von Glas und das Poltern von Petes Stiefeln auf dem Kiesweg. Dick lief hinterher, kam aber schon bald darauf zurück.

»Verdammt. Ich hab ihn nicht einholen können.«

»Seht ihr?« rief Maggie. »Seht ihr jetzt, was ich meine? Er ist gefährlich.«

»Ich sehe nur, daß er wütend ist. Er hat bisher niemanden verletzt, und wie du selbst sagst, er ist ein großes Kind. Ich glaube, wir hätten uns etwas geschickter anstellen können«, meinte Rachel vorsichtig und wunderte sich, wie leicht es ihr fiel zu untertreiben.

Maggie brach in Tränen aus. »O Gott«, schluchzte sie, »ich kann einfach nicht mehr. Richard, der Saukerl, hat den ganzen Dienstplan auf den Kopf gestellt, und ich hatte die letzte halbe Woche Nachtdienst. Ich hab ein sechs Monate altes Baby, und mein Mann dreht allmählich durch. Er setzt mich unter Druck, damit ich hier aufhör, und er hat recht, ich schaff das nicht mehr mit der Arbeit, dem Baby und allem . . .«

Rachel holte eine neue Tasse, und Dick schenkte allen Tee ein, wobei er Maggie über die Schulter strich.

»Dieses Heim wird allmählich zum Irrenhaus. Es ist total verrückt. Wir sollen uns um einen Haufen gestörter Kinder kümmern, und was tun wir? – wir hacken gegenseitig auf uns herum! Die Kinder müssen das ausbaden, was mit uns nicht stimmt.«

»Und was soll jetzt mit Pete geschehn?« fragte Rachel.

»Wenn er bis heute abend nicht auftaucht, müssen wir die Polizei alarmieren«, sagte Dick.

»Und danach, ich meine auf lange Sicht?« fragte Rachel.

»Keine Ahnung. Richard war heute morgen stocksauer über den Vorfall. Er hat Al Stevens angerufen und eine Besprechung des Falls beantragt. Er sagt, daß Pete zu gestört sei, um in Wentworth House bleiben zu können. Ja, ich weiß, aber was kann ich tun? Warum nimmst du nicht an der Besprechung teil? Pete kann einen Freund gebrauchen.«

»Okay, und als was trete ich auf – als Stimme der Vernunft?«
Rachel hob spöttisch die Augenbrauen.

»Das würde für den Anfang reichen. Du stehst außerhalb der
ganzen Sache; du siehst Pete ganz anders. Vielleicht könntest du
von Nutzen sein. Ich ruf dich an, sobald der Termin feststeht.«
Die Würfel waren also gefallen. Der Sumpf wurde immer tiefer.
»Weißt du«, fügte Dick hinzu, »ich find's toll, wie du dich enga-
gierst. Ob es hilft, steht zwar in den Sternen, aber ich weiß, daß
Pete dich mag und spürt, daß du auf seiner Seite stehst.«

Rachel kam sich vor wie ein Priester, der den Verurteilten zum
Galgen begleitet. Wenn es hart auf hart ging, wenn die Falltür fiel,
wär es nur Pete, der dort hinge.

Sie verließ die gespannte Atmosphäre von Wentworth House fast
erleichtert. Zu Hause öffnete sie alle Fenster und stellte den
Stuhl, auf dem Pete gesessen hatte, zum Lüften in den Garten. Er
trug noch immer diesen Geruch. Dann ließ sie ein Bad ein, stieg
dankbar durch den Dampf in das heiße Wasser und fühlte, wie
sich ihr Körper allmählich entspannte. Sie drückte den Waschlappen aus, legte ihn auf ihr Gesicht und lag fast eine Stunde reglos
da. Ein Trostbad, kein Arbeitsbad. Rachel die Zweiflerin hätten
sie mich nennen müssen, sinnierte sie unter ihrem Waschlappen.
Sie, die will und nicht will. Sich sorgt und doch nicht sorgt. Mach
ich mir Sorgen um Pete? Ich bin wütend und hilflos, aber mach
ich mir wirklich Sorgen? Und selbst wenn. Es wären doch bloß
meine ganz privaten Gefühle, Pete wäre damit nicht im geringsten gedient. Meine Sorgen ändern nichts an seiner Situation.
Vielleicht dienen sie auch nur meinem eigenen Wohlbefinden. Ich
fühle mich gut bei dem Gedanken, daß ich mir Sorgen mache.
Fühl ich mich gut? Nein, ich möchte so schnell wie möglich in die
andere Richtung laufen. Wenn man sein Geld dort anlegen muß,
wo die Gefühle sind, dann wird's heikel, Mrs. Kee!

Unterdessen irrte Pete dreckig und stinkend durch Londons
Straßen und fühlte sich – wie? Hoffnungslos wahrscheinlich. Sie
kannte das Gefühl der Hoffnungslosigkeit und überließ sich ihm

für einige Momente. Niemand, zu dem man gehen konnte, nirgendwohin, und vor allem . . . keine Lösung. Was konnte Pete widerfahren, das ›richtig‹ wäre, das die Dinge für ihn in Ordnung bringen würde? Mitglied einer Familie zu werden, jemanden zu finden, der ihn aufnahm, der ihn liebte und akzeptierte. Vielleicht glaubte er noch an solch ein glückliches Märchenende, Rachel aber wußte, daß es Illusion war. Man schlüpft nicht einfach in Liebe und Familie hinein, ohne Praxis und Übung darin zu haben. In Pflege genommen zu werden, kann Höllenqualen bedeuten: Wie sehr wird man akzeptiert, wann heißt ›nein‹: ›Ich liebe dich, aber trotzdem nein‹, und wann heißt es ›geh‹? Wie kann man das richtig einschätzen, wenn man so etwas nie gekannt hat? Man kann nie wissen, ob sie's nicht schon bereuen, einen aufgenommen zu haben; man weiß nie wirklich, wie man zurücklieben soll und wo die Grenze zwischen Dankbarkeit und dem bloßem Akzeptieren, daß man dazugehört, liegt. Man gehört sowieso nie ganz dazu. Es gibt kein glückliches Ende wie im Märchen. Schließlich wird die Angst zu einem Belastungstest. Man stößt sich selbst aus, weil man die Ungewißheit nicht erträgt. Es gibt keine Heiligen, hatte sie Pete gesagt. Wenn er überleben wollte, mußte er begreifen, daß es für jeden Grenzen gibt, mußte er lernen, sich mit weniger als den idealen Eltern, die es sowieso nicht gab, zu begnügen. Aber wie sollte er das wissen, er, der selbst mit der mangelhaften Sorte nie zu tun gehabt hatte? Sie sah nicht viel Hoffnung für Pete. Sie wußte, wie nahe der Verzweiflung er sein mußte und wie wenig Kraftreserven er hatte. Sie glaubte, daß sie an Petes Stelle nicht überleben würde.

Das Badewasser war inzwischen bis auf Körpertemperatur abgekühlt. Sie fühlte sich klamm und unbehaglich, zu kalt, um noch in der Wanne zu bleiben, und zu kalt, um herauszusteigen. Und sie hatte das verdammte Badetuch oben gelassen. Sie lief fröstelnd hinauf, wickelte sich darin ein und kroch feucht und kalt unter die Bettdecke. Ihr blieben noch mehrere Stunden, bis sie Carrie von der Schule abholen mußte.

Am nächsten Tag gab es kein Lebenszeichen von Pete. Als sie

(120)

in Wentworth House anrief, erfuhr sie, daß man nichts von ihm gehört hatte, daß aber die Fallbesprechung für den folgenden Tag geplant war. Sie versprach zu kommen.

Als sie dort eintraf, entdeckte sie Pete, der völlig heruntergekommen an der Mauer der Eingangshalle kauerte. Sie lächelte ihm zu und fing einen kurzen Blick aus seinem völlig passiven Gesicht auf. Er war natürlich verdreckt und verwahrlost nach den beiden Nächten im Freien, aber was sie wirklich schockierte, waren seine glanzlosen Augen. Es schien nichts hinter ihnen zu geben. Pete innen und Pete außen schienen zwei Teile zu sein. Und seine Haut hatte wieder diese sonderbare gräuliche Färbung. Es sah aus, als würde er sterben. Dick beugte sich über ihn, er schien sehr besorgt.

»Die Besprechung geht gleich los. Pete kam vor ungefähr einer Viertelstunde zurück. Er hat Al erklärt, daß er Wentworth House verlassen und ein möbliertes Zimmer nehmen will.«

»Glaubst du wirklich, du kommst allein zurecht, Pete?« fragte Rachel sanft.

»Is mir scheißegal. Auf jeden Fall bleibe ich nicht hier. Außerdem sagt dieses Arschloch Richard ja sowieso, daß ich nicht länger hierbleiben kann. Und in ein anderes Heim kriegen mich keine zehn Pferde.« Seine Stimme war ausdruckslos, es war ihm wirklich alles gleichgültig.

Rachel trat in das Besprechungszimmer. Alle waren da: Richard, Maggie und die beiden anderen Sozialarbeiter von Wentworth House, Mary und Al Stevens. Al war der Leiter der Jugendfürsorge für diesen Bezirk und leitete die Besprechung. Er war groß und kräftig gebaut, mit Bart und struppigem Haar, vom Typ her Joshua ähnlich, aber blond. Er hatte das Auftreten eines selbstsicheren Mannes, der es gewohnt war, die Dinge in die Hand zu nehmen. Rachel gefiel sein Äußeres. Sie nahm auf einem der freien Stühle im Rund Platz, als Dick eintraf und sich ebenfalls setzte. Al begann:

»Ich denke, wir sollten uns erst einmal vorstellen. Ich bin Al Stevens, Leiter der lokalen Jugendfürsorge.« Er wandte sich nach links und wartete. Alle stellten sich nacheinander vor, gaben Namen, Position und ihre Beziehung zu Pete an. So fingen solche Besprechungen offensichtlich immer an. Es schien den Teilnehmern die Scheu zu nehmen, obwohl Rachel die einzige wirkliche Außenseiterin in der Gruppe war.

»Ich bin Rachel Kee. Ich war Petes Nachhilfelehrerin«, sagte sie direkt zu Al, dem einzigen im Raum, dem Rachel noch nicht begegnet war. Sie hatte das vage Gefühl, an einer Selbsterfahrungsgruppe teilzunehmen und nicht an einer ernsten Besprechung über die Probleme einer Person, die nicht im Raum war. Fast fürchtete sie, daß sich plötzlich alle im Kreis an den Händen fassen und die Energien des anderen *fühlen* würden. Al war jedoch entschlossen, gleich zur Sache zu kommen.

»Ich hatte eine kurze Unterredung mit Pete. Er will aus dem Heim entlassen werden und in ein möbliertes Zimmer ziehen«, erklärte er. »Ich hab mir Gedanken darüber gemacht, aber erstmal möchte ich eure Meinung dazu hören. Richard?«

Es ging also wieder im Kreis.

Richard saß am nächsten zur Tür. Er war eher schmächtig: Sein ergrauender Bart paßte nicht recht zu seinen matten, wässrig blauen Augen. Er trug ein formloses Cord-Jackett, dazu passende verblichene Hosen und braune Wildlederschuhe, an denen man sofort den Lehrer oder Sozialarbeiter erkannte. Sein Kommentar war gespickt mit leeren Floskeln.

»Ich fürchte, wir sind mit Pete am Ende.« Er richtete sich direkt an Al. »Ich will ihn nicht länger hierbehalten, das habe ich ihm auch schon gesagt. Er ist aggressiv und emotional unstabil, und um es gleich zu sagen, ich bin nicht bereit, wegen eines einzigen Störenfrieds die Ruhe des ganzen Hauses aufs Spiel zu setzen.«

Seine Stimme hob sich um einige Oktaven, als er von seinen Zusammenstößen mit Pete berichtete, ›der nicht bereit war, auf die Stimme der Vernunft zu hören‹. Die Sicherheit von Wentworth House würde durch Petes Anwesenheit gefährdet.

»Er ist äußerst gefährlich, ein Bursche von seiner Größe kann eine Menge Schaden anrichten, und wir müssen davon ausgehen, daß er zur Brutalität neigt. Er streitet mit dem Personal und tut so, als ob ihm der Laden gehört.«

»Ist er gewalttätig geworden?« fragte Al.

»Naja, denk an die Sache mit Maggie. Er könnte, verdammt noch mal, jemanden töten, ein Bursche von seiner Größe. Er ist ein Sicherheitsrisiko.«

Rachel traute ihren Ohren nicht, als sie Maggie von Petes ›völlig unprovoziertem‹ Angriff auf sie erzählen hörte. Sie starrte Maggie an, die, während sie sprach, zu Boden sah. Rachel fing Dicks kurzen Seitenblick auf.

»Tut mir leid«, meinte Rachel ruhig, »aber wie ich das verstanden habe, hast du versucht, ihn aus seinem Zimmer zu treiben, damit er zu mir zum Unterricht kommt.«

»Pete ist ein Lügner«, unterbrach Richard, wieder an Al gewandt. »Natürlich wissen wir, daß er ernsthaft gestört ist und schlimme Zeiten durchgemacht hat, doch im täglichen Leben ist er einfach nicht angepaßt genug, und er läßt sich in einer normalen Umgebung nicht in Schach halten.«

»Dies ist aber keine normale Umgebung«, erwiderte Rachel beharrlich. »Ich hab eigentlich eher den Eindruck, daß Pete nur auf diverse Unstimmigkeiten zwischen euch reagiert hat.«

»Zwischen uns ist alles in Ordnung«, fauchte Richard. »Es ist Pete, der den ganzen Ärger ausgelöst hat. Er schmeißt Fenster ein und läuft auf und davon, statt sich für sein untragbares Verhalten zu entschuldigen.«

»Er hat sich entschuldigt«, unterbrach Rachel und schaute dabei Maggie an. »Und als er sich entschuldigt hat, wurde ihm mit der Polizei gedroht. Wär es vielleicht nicht möglich, daß wir die Dinge anders regeln? Wir, die angeblichen Profis, die über Erfahrung verfügen und wissen, daß Pete gestört ist.«

Richard wurde kreideweiß vor Wut. »Ich will ihn raus haben, bevor er jemanden umbringt.«

»Er hat aber doch niemanden verletzt, außer sich selbst. Ich weiß, er ist stark und kann jähzornig sein, doch er hat niemanden

(123)

tätlich angegriffen. Der Staubsauger hat Maggie nicht getroffen. Er hat nur eine Glastür eingeworfen und ist davongelaufen. Ich glaub, er ist einfach verzweifelt. Könnten wir nicht versuchen, ihm irgendwie zu helfen?«

»Er scheint mit Ihnen relativ gut zurecht zu kommen«, wandte sich Al an Rachel.

Sie antwortete sehr vorsichtig. Sie wußte, sie hatte schon zuviel gesagt.

»Meine Aufgabe war es, Pete zwei Stunden am Tag zu unterrichten. Er *ist* gestört und kann sich auf seine Arbeit nicht konzentrieren; trotzdem haben wir uns recht gut verstanden.« Sie hielt inne und fuhr dann fort. »Ich seh ein, daß es ein himmelweiter Unterschied ist, ob man Pete zwei oder vierundzwanzig Stunden am Tag betreut. Andererseits hat es in den letzten beiden Jahren keinerlei Konfrontationen gegeben, die nicht vernünftig gelöst worden wären, und zu Gewalt ist es gar nicht gekommen. Ich bilde mir aber nicht ein, daß ich langfristig besser mit ihm fertig würde als irgendwer von euch. Was ich sagen will, ist nur, daß mir aufgrund meiner Erfahrung mit Pete eine andere Art des Umgangs mit ihm erfolgversprechender scheint. Er *ist* fähig, soziale Kontakte herzustellen, wenn auch auf einer begrenzten Basis – das hat er mit mir bewiesen. Vielleicht läßt sich diese Information auswerten, um ihm zu helfen. Ich bin keine Fürsorgerin, und ich weiß nicht, was für Ressourcen euch zur Verfügung stehen. Aber wenn man bedenkt, daß er's fertig bringt – zumindest bei mir –, sich als liebenswerte Person zu erweisen, dann kann doch Hopfen und Malz nicht ganz verloren sein. Pete rauszuwerfen, hieße vielleicht (vielleicht aber auch nicht), die Probleme dieses Hauses zu lösen, aber was mir Sorgen macht, ist Pete. Was soll aus ihm werden?«

Al lächelte ihr mit gekünstelter Wärme zu.

»Es ist natürlich durchaus anzuerkennen, daß er's geschafft hat, zu Ihnen einen Kontakt herzustellen und ihn bis zu einem gewissen Grad auch aufrecht zu erhalten. Aber es ist doch so, daß er in die wirkliche Welt hinaus muß, von ihr akzeptiert werden muß.

(124)

Im Moment besitzt er keine sozialen Fertigkeiten. Und dann ist da noch das Problem mit seinem Stuhlgang; das stößt ihn wirklich ganz aus der normalen Gesellschaft aus. Mag sein, daß er charmant sein kann, anscheinend hat er Sie ja mit seinem Charme für sich einnehmen können, aber wir dürfen doch nicht die eigentlichen Probleme aus den Augen verlieren.«

»Natürlich nicht«, erwiderte Rachel. »Aber ist charmant sein können nicht bereits eine recht fortgeschrittene soziale Fertigkeit? Menschen für sich gewinnen zu können, ist allerhand für jemanden wie Pete, der so stark unter Deprivation leidet. Vielleicht wird es andere Leute geben, die Pete gern genug haben, um ihren Ekel zu überwinden, und vielleicht wirkt sich das wiederum positiv auf das Problem selbst aus. Gibt es zum Beispiel keine Tagespflegeheime, wo sich die Betreuer die Arbeit aufteilen und sich Pete doch irgendwie aufgehoben fühlen könnte?«

Rachel wurde klar, daß sie sich als Außenseiter schon zu weit in das Terrain der ›Experten‹ gewagt hatte. Al lächelte wieder – ein Lächeln, das besagte, daß sie ein voreingenommener Laie und also nicht ernst zu nehmen sei.

»Wir müssen zu einer praktischen Lösung des Problems kommen, und da Pete, aus welchen Gründen auch immer, nicht in Wentworth House bleiben kann« – er warf Rachel einen kurzen Blick zu, der ihr bedeutete, daß er nicht bereit war, die wirklichen Probleme im Heim zu diskutieren –, »müssen wir entscheiden, was mit ihm geschehen soll. Entweder wir gehen auf seinen Wunsch ein und lassen ihn in ein Wohnheim ziehen, oder aber wir übergeben ihn irgendeiner Behandlung. Es ist äußerst unwahrscheinlich, daß er draußen in der Welt überleben würde, selbst mit Marys Unterstützung. Wir müssen zeigen, daß wir uns um Pete kümmern, auch wenn es ihm nicht so erscheint.«

Rachel wußte, daß Pete auf sich allein gestellt nicht überleben würde.

»Was für 'ne Behandlung?« fragte Dick.

»Ich hab da von einer sehr interessanten Klinik gehört, St. Stephens, die schwer gestörte Jugendliche mit Hilfe von Verhaltensmodifikation behandelt. Die Therapie basiert auf Belohnung und Bestrafung, um unerwünschtes Verhalten zu vermeiden und den Sozialisationsprozeß zu fördern. Pete könnte dort soziales Verhalten lernen und vielleicht sogar auch seine Enkopresis auskurieren.«

Jetzt starrte ihn Mary entgeistert an.

»Aber das hat er doch längst hinter sich. Und völlig ohne Erfolg!«

»Dies ist ein noch strengeres System. Und soweit ich das beurteilen kann, ist es seine einzige Überlebenschance. Er muß lernen, mit seiner Gewalttätigkeit fertig zu werden; außerdem kann er nicht nach Scheiße stinkend durch die Gegend laufen.«

Diese letzten Worte ließen Al sichtlich schaudern, und Rachel merkte, wie sehr ihn Petes Enkopresis schockierte. Mehr als alles andere hatte dies Problem seine Entscheidung für die Klinik beeinflußt. Die ganze Runde war vom Thema abgekommen. Rachel hatte sich vorgestellt, daß die Situation in Wentworth House zur Sprache gebracht würde. Daß die Probleme dort erörtert und Änderungen beschlossen würden, die es jemandem wie Pete ermöglichten, an einem Ort zu überleben, der für Menschen wie ihn vorgesehen war. Von Heimkindern ist zu erwarten, daß sie gestört sind, aber müßte das Personal nicht in der Lage sein, damit umzugehen? Ist das nicht seine Aufgabe? Tatsächlich aber wurde Pete zum Sündenbock gemacht, wurden seine Untaten vorgeschoben, um die eigentlichen Probleme zu kaschieren. Man weigerte sich, es noch einmal mit ihm zu versuchen – er wurde gemieden wie die Pest, als könnte man sich an ihm infizieren. Die Behauptung, Pete sei gewalttätig und gefährlich, stimmte in Rachels Augen nicht. Was stimmte, war, daß er von Anfang an schlecht behandelt worden war und daß hier um jeden Preis das Gesicht gewahrt werden sollte.

»Ich hab gehört«, meinte Mary zögernd, »daß sie in St. Stephens nicht nur mit Verhaltenstherapie, sondern vor allem auch mit Psychopharmaka arbeiten.«

Al warf ihr einen vorwurfsvollen Blick zu; sie plauderte aus der Schule.

(126)

»Nur in Notfällen. Sie verabreichen Megaphen, um die schwerstgestörten Kinder ruhig zu stellen, aber wie ich schon sagte, nur in allerschwierigsten Fällen.«

»Nur Megaphen?« fragte Dick.

»Naja, manchmal machen sie auch Elektroenzephalogramme, und wenn sich dabei herausstellt, daß die Kinder Gehirnstörungen haben, bekommen sie krampflösende Mittel. Das geschieht natürlich alles unter ärztlicher Aufsicht.«

»Scheint mir eher, sie werden dort mit Drogen in Schach gehalten, nicht durch Verhaltenstherapie. Wie lange bleiben sie dort?«

»Zwei Jahre. Also, was mich betrifft, so glaube ich, daß dies Petes letzte Chance ist. Es gehört zu meinen Aufgaben, den endgültigen Beschluß zu fassen, und ich habe beschlossen, daß Pete die Möglichkeiten von St. Stephens wahrnehmen soll.«

Dick sprang auf, sein Gesicht kreidebleich.

»Pete wird doch nur dazu benutzt, um vom Chaos in diesem Haus abzulenken. Es ist abscheulich, wie hier versucht wird, administrative Inkompetenz dadurch zu vertuschen, daß man die Opfer zur Gehirnwäsche schickt.«

»Wie kannst du's wagen . . .«, begann Richard.

»Ich glaube, so kommen wir hier nicht weiter«, unterbrach ihn Al gelassen. »Es geht uns doch allen um Petes Wohlergehen. Und in diesem Sinne habe ich entschieden; mein Entschluß steht fest.«

Dick stürzte aus dem Zimmer, und Richard warf Al ein selbstgefälliges Hab-ich's-nicht-gesagt-Lächeln zu. Al erwiderte das Lächeln nicht, sondern erhob sich und sagte: »Ich geh jetzt nach draußen und teile Pete mit, was hier beschlossen wurde. Er muß gespannt sein zu erfahren, was mit ihm geschieht.«

Der Rest der Gruppe saß schweigend da. Richard triumphierte. Nach einer kurzen Weile hörten sie Pete draußen brüllen: »Ich denk gar nicht dran, verdammt noch mal!«, dann das Geräusch der zuknallenden Eingangstür.

Al kam leicht mitgenommen zurück.

»Er ist natürlich aufgebracht. Er kommt sicher wieder, und wenn er sich beruhigt hat, können wir ernster drüber sprechen.«

»Er scheint es ernst genug genommen zu haben«, meinte Rachel und warf Al einen eiskalten Blick zu.

»Gut«, sagte Richard und erhob sich, »laßt uns wieder an die Arbeit gehen – und den Laden schmeißen.« Er verließ das Zimmer und bat Maggie, ihm zu folgen. Als sie gegangen waren, fragte Rachel: »Warum habt ihr Richard das durchgehen lassen? Ihr wißt doch genau, was hier vor sich geht.«

»Pete ist einfach nicht gefestigt genug, um mit diesem Streß fertig zu werden. Ich geb zu, daß die Dinge hier nicht so sind, wie sie sein sollten, aber das ist ein anderes Problem. Ich schätze Ihr Engagement, Rachel, aber wären Sie bereit, ihn aufzunehmen?«

Rachel war empört. Und hatte ein schlechtes Gewissen, wie es beabsichtigt war.

»Dazu bin ich nicht ausgebildet. Das heißt aber noch lange nicht, daß ich billigen kann, wie ihr die Dinge hier handhabt.«

»Wenn Sie mir garantieren können, daß Sie sich auf unbestimmte Zeit um Pete kümmern, würde ich meinen Entschluß vielleicht überdenken.«

Rachel kochte vor Wut. Sie konnte Petes Haß auf diese heuchlerischen Erpresser jetzt immer besser verstehen.

»Ich denke gar nicht daran, irgend etwas zu garantieren, und dazu noch auf unbestimmte Zeit. Außerdem ist mein Verhältnis zu Pete nicht nur beruflicher Art. Wenn er mich besuchen, mich sprechen will, bin ich für ihn da. Ich unterschreibe kein Papier, um meine Freundschaft unter Beweis zu stellen, und unter Druck setzen laß ich mich schon gar nicht.«

Al zuckte die Achseln. Der Beweis!

»In diesem Fall bleibt es bei meiner Entscheidung. Ich hoffe, Sie können ihn in St. Stephens besuchen.« Damit war sie entlassen.

Rachel kämpfte gegen ihre Tränen an. Der Beweis! Sie war also nicht bereit, sich mehr um Pete zu kümmern als jeder andere auch. Nun, so blieb keine andere Wahl, als daß die Profis über seine Zukunft entschieden. Hätte sie aus höchst dubiosen emotionalen Gründen beschlossen, Pete aufzunehmen, so hätte man das zugelassen – doch jetzt, da erwiesen war, daß niemand es tun würde, sah man sich gezwungen, diese schmerzliche Entscheidung zu treffen.

Rachel befand sich wieder auf altem Terrain, stellte sich wieder die quälenden Fragen. Beruhte ihre Weigerung auf der Gewißheit, daß sie Petes Bedürfnissen nicht gerecht werden konnte oder auf ihrer Angst vor jeder Art von Verpflichtung? Gewiß, ihre Wohnung war zu klein, Pete würde kein eigenes Zimmer haben; ihr Einkommen war minimal; sie wußte, Pete brauchte mehr Geselligkeit, als sie ihm bieten konnte. Es *war* alles ziemlich ungünstig, doch die Art, wie sie sich verteidigt hatte, als sie auf Als Vorschlag antwortete, zeigte ihr, daß er sie an einem wunden Punkt getroffen hatte. Sie war also nur bereit, sich teilweise für Pete zu engagieren. Genauso wie die anderen, freilich mit dem Unterschied, daß die durch die ›Objektivität‹ ihres beruflichen Status gedeckt waren. Die kleine übereifrige Rachel Kee war als bloße Unruhestifterin entlarvt worden, deren Gefühlsduselei keinen praktischen Wert hatte.

Sie rief Mary und Dick eine Woche lang täglich an, um zu hören, ob Pete zurückgekehrt sei, doch es gab kein Lebenszeichen von ihm. Die Polizei suchte zwar nach ihm, doch Dick hatte eher das Gefühl, sie warte nur darauf, daß er in Schwierigkeiten käme, um ihn dann auflesen zu können. Ein paar Tage später war's schließlich soweit. Er wurde in einem südlondoner Woolworth Kaufhaus beim Diebstahl einer Tafel Schokolade im Wert von 65 Pence ertappt. Er erklärte der Polizei, daß er einfach Hunger gehabt hätte, und war offensichtlich ganz froh, von der Straße geholt worden zu sein. Die Richter wiesen ihn zunächst in eine Jugendstrafanstalt ein, bis sein Fall mit der Fürsorge besprochen worden war. Dick rief Rachel am selben Abend an und gab ihr die Adresse der Anstalt durch.

»Ich rufe morgen früh dort an und sage ihnen, du seist ein bona fide Besucher. Am Nachmittag sind Besuche gestattet, wenn man sich vorher anmeldet.«

»Du meinst, als gute Freundin von ihm?«

»Genau. Ich werde sie darauf hinweisen, daß er keine Familienangehörigen hat und daß du eine Art Bevollmächtigte bist. Ich hab mit Mary gesprochen, und sie meint, daß Al in Sachen Klinik unerbittlich ist. Pete hat ihm wirklich genau in die Hände gearbeitet, aber vielleicht hat er das auch gewollt. Die Richter werden wahrscheinlich verfügen, daß er ins St. Stephens kommt. Dann hat er keine Wahl mehr. Doch ich glaub fast, er will gar keine Wahl.«

»Danke für die Nachricht, Dick. Ich werd ihn morgen besuchen.«

»Prima. Übrigens fahre ich nächste Woche nach Frankreich. Ich weiß noch nicht, wie lange ich bleibe. Ich ruf dich an, sobald ich zurück bin. Wiedersehn, Rachel, und Danke.«

Rachel legte den Hörer auf. Beruflich gesehen war ihre Beziehung mit Pete beendet. Morgen würde sie Donald anrufen und ihm sagen müssen, daß Pete von der Liste zu streichen sei. Sie verbrachte den restlichen Abend damit, sämtliche Fernsehprogramme durchzuprobieren; sie fand nichts, was sie interessierte, konnte sich aber zu nichts anderem entschließen. Um elf Uhr läutete das Telefon. Sie griff, ohne sich etwas zu denken, zum Hörer und sagte hallo.

»Beschäftigt?« fragte Joshua.

»Nein«, erwiderte sie mit gelassener Stimme und klopfendem Herzen.

»In zwanzig Minuten bin ich bei dir.«

Sie legte auf, erhob sich und wollte automatisch ins Bad gehen, um sich umzuziehen und zurecht zu machen, so als hätte es die sechs Monate ohne Joshua nicht gegeben. Die beiden vorangegangenen Jahre waren eine gute Übung gewesen. Auf halbem Weg hielt sie inne. Verdammt noch mal, wieso eigentlich? Sie machte kehrt, ging ins Wohnzimmer zurück, setzte sich und wartete in ihren alten Jeans und T-Shirt. Sie war alles andere als überrascht über Joshuas Rückkehr. Sie hatte gewußt, daß er wiederkommen würde, und da war er nun. Gut. Sie zuckte die Achseln und dachte darüber nach, wie die Jugendstrafanstalt sein mochte und wie es Pete nach einer Woche auf der Straße wohl erging.

(130)

Als Joshua vor der Tür stand, begrüßte sie ihn mit leicht hochgezogenen Augenbrauen und einem Kopfnicken. Er wirkte müde, nicht so lässig wie sonst, während er ihr nach oben folgte. Seine Kleidung war nicht anders, nur irgendwie vernachlässigt, ungepflegt. Sie saßen sich in Rachels Wohnzimmer stumm gegenüber, bis Rachel schließlich das Schweigen brach.

»Du siehst heute ganz schön kaputt aus«, sagte sie.

Er neigte, wie zustimmend, den Kopf. »Anstrengender Tag. Hol Gläser.«

Während Rachel die Gläser brachte, zog Joshua zwei kleine Flaschen Moet et Chandon aus einer Plastiktüte.

»Wir sollten uns, jeder 'ne Flasche im Arm, jeweils in eine Ecke des Zimmers setzen«, sagte er und ließ die Korken knallen. Als er sich auf dem Sofa zurücklehnte, ließ sie sich auf dem Sessel nieder.

»Äußerst stilvoll«, bemerkte Rachel mit einem Lächeln. »Und was gibt's als Zugabe?« Sie klemmte die Flasche zwischen ihre gekreuzten Beine und nippte an ihrem Glas.

»Du mußt bestraft werden, weißt du? Kleine Mädchen, die den Mund nicht halten können, müssen bestraft werden.«

»Tut mir leid, ich kann nicht ganz folgen. Könntest du dich etwas deutlicher ausdrücken?«

»Wir hatten einen Vertrag abgeschlossen. Du solltest niemandem von mir erzählen. Du hast nicht dichtgehalten, Rachel. Die Sache hat die Runde gemacht, deshalb bin ich nicht mehr gekommen. Und ich bin heute zum letzten Mal hier, wenn du mir nicht dein Ehrenwort gibst, daß du niemandem mehr etwas sagst. Niemandem, verstehst du?«

Rachel lachte. »Ich weiß gar nicht, wovon du sprichst. Wir haben keine gemeinsamen Freunde außer Molly, und die hab ich seit dem besagten Abendessen nicht mehr gesprochen. Sonst gibt es niemanden, der dich kennt. Ganz abgesehen davon weiß niemand deinen Namen.«

»Ich kann nichts weiter dazu sagen. Ich will einfach dein Versprechen, daß du keiner Menschenseele was sagst – oder ich komme nie mehr.« Joshua blickte todernst drein. Rachel lachte wieder.

»Wie kommst du überhaupt auf die Idee, daß ich mein Versprechen halten würde? Vor allem, wo du mir nicht einmal einen vernünftigen Grund nennen willst«, fragte sie mit großen Augen.

»Du hältst immer dein Versprechen, stimmt's? Wir beide sind Leute, die ihr Wort halten. Ich kann dir keine Gründe nennen, du hast nur zu tun, was ich dir sage. Und wenn du irgend jemandem was erzählst, werde ich's erfahren, darauf kannst du Gift nehmen. Du versprichst nichts, was du nicht halten willst, oder?«

»Warum – wenn's völlig sinnlos ist? Ich hatte noch nie viel von einem Pfadfinder, aber schön zu sehen, daß du dich plötzlich als einer entpuppst. Joshua, der Ehrenmann!« Sie hob ihr Glas auf ihn und fragte sich, während sie vom Champagner nippte, ob er tatsächlich so dumm war oder nur ganz einfach verrückt.

»Komm her«, sagte er und stellte sein Glas auf dem Tischchen neben dem Sofa ab. Rachel erhob sich von ihrem Sessel und kam langsam zu ihm herüber. Sie stellte sich so dicht vor ihm auf, daß sich ihre Knie fast berührten.

»Zieh deine Jeans aus«, befahl er eiskalt. Es war dieser Ton in seiner Stimme, der sie so verwirrte. Erregung und Verlangen flackerten in ihr auf; sie wollte weitere Befehle und vergaß das absurde Gespräch, das sie eben noch geführt hatten und wie verächtlich sie darauf reagiert hatte. Sie zog ihren Reißverschluß nicht auf, sondern stand nur da und wartete, daß er den Befehl wiederholte.

»Ich sagte, zieh deine Jeans aus«, bellte Joshua, und seine Augen blitzten vor Zorn.

Langsam zog sie den Reißverschluß auf und schlüpfte aus Jeans und Unterhose, ohne ihn dabei aus den Augen zu lassen, mit Blicken genauso zornig wie seine. Sie stand da und sah ihm ins Gesicht, wie er da auf dem Sofa saß, ihr T-Shirt bedeckte knapp ihren Po.

»Öffne deine Beine und streichle dich.«

Sie gehorchte langsam, unbeholfen, weil sie sich beobachtet

fühlte, während seine Hände über ihre Pobacken und Schenkel glitten.

»Hast du das letzte halbe Jahr an mich gedacht?« flüsterte er, ein Lächeln um seine Mundwinkel. »Hast du dir vorgestellt, ich ficke dich, wenn du dich berührt hast?«

»Manchmal.« Lügnerin, Heuchlerin! Die ganze Zeit.

»Und was hab ich mit dir gemacht?«

Sie preßte die Lippen zusammen und starrte ihn kalt an.

»Meistens prügelst du die ganze Scheiße aus mir raus.« Sie wollte gleichgültig und ironisch wirken, doch ihre Augen und ihre Möse waren feucht. Sie konnte dieses Spiel nicht gewinnen, nicht ohne zu verlieren; wenn sie die Phantasie durchspielen würde, müßte sie zugeben, daß sie im letzten halben Jahr immer nur ihn hatte haben wollen und niemand anderen gefunden hatte, der sie so berührte und schlug wie er. Sie konnte ihre Würde nicht bewahren, indem sie vorgab, Besseres zu tun zu haben, und gleichzeitig im Spiel bleiben – und sie wollte ja dorthin, wohin das Spiel sie führte. Gefangen, mit dem Rücken zur Wand – keine andere Möglichkeit als die Macht abzutreten. Wie schön, etwas so sehr zu wünschen, daß man es nicht wegschieben konnte; wie schön, zerstört zu werden.

»Ich hab mich berührt und mir vorgestellt, daß du mich berührst, mich streichelst und mich schlägst«, sagte sie kühl, distanziert.

»Womit hab ich dich geschlagen? Mit Peitsche oder Stock?« Seine Stimme war heiser.

Sie überlegte schnell; eine Peitsche hatte er schon mal benutzt.

»Mit dem Stock.«

Er begann sie zu schlagen und zog sie dann auf seinen Schoß herunter. Sie saß rittlings auf ihm, rutschte noch näher und spürte den rauhen Stoff seiner Hose auf ihrer nackten Haut, als er sie immer fester schlug.

»Dies nur«, erklärte er sanft zwischen den Schlägen, »damit du nicht vergißt, wie du dich in Zukunft zu verhalten hast.«

»Bitte . . .«, murmelte sie.

(133)

»Bitte, was? Sag, was du willst«, flüsterte er.

»Bitte, bitte, fick mich«, bettelte sie.

Er schob Rachel hoch, öffnete seinen Reißverschluß und streifte die Hosenbeine herunter. Rachel führte seinen Penis ein, hob und senkte sich dann sehr langsam, sehr behutsam und zog dabei die Muskeln ihrer Vagina zusammen, so daß er ganz in ihr war und fast draußen, wenn sie sich hob, nur noch mit der Spitze seines Penis mit ihr in Berührung. Während sie in langsamen Bewegungen seinen Schwanz auf- und abritt, schloß Joshua die Augen, und sein Mund verzog sich zu einer Grimasse irgendwo zwischen Lust und Schmerz.

»Bitte«, flüsterte sie, als sie zu kommen begann.

»Was? Sag mir, was du willst.« Joshuas Augen öffneten sich und starrten in ihre.

»Ich kann nicht . . . Ich weiß nicht . . . bitte, bitte«, damit taumelte sie in den Orgasmus. Und dann war Krieg.

»Was? Was?« fragte Joshua zornig. »Was willst du sagen?«

Sie sah ihn an, erst flehend, dann wütend. »Nein. Nein. Ich sag's nicht. Ich sag's nicht.«

»Sag's«, zischte er. Jetzt bewegte er sich, stieß in sie hinein, eine Hand umschloß ihre Kehle, fest genug, um zu drohen, nicht zu fest. »Sag's.«

Sie sagte: »Ich liebe dich, Gott, ich liebe dich«, und wußte genau, daß es nicht das gewesen war, was sie nicht sagen konnte, hoffte aber, daß er sich damit begnügen würde; es war schon schwer genug.

Joshua begann zu kommen, »Was? Was? Was?« wiederholend, als er seinen Samen in sie hineinzuckte.

Sie hockte auf ihm, den Kopf auf seiner Schulter, und fragte sich, was es war, um das sie ihn nicht hatte bitten können. Sie glaubte, schon nach allem verlangt zu haben, und wußte doch, daß es noch etwas gab, etwas, das nicht nur unsagbar, sondern auch undenkbar war. Etwas, um das sie ihn nicht bitten konnte; um das Joshua gebeten werden wollte, nicht, dessen war sie sich sicher, weil er es geben wollte, sondern weil es eine letzte Kapitulation bedeutete. Es ging weit über alles andere hinaus, auch über die Niederlage, gesagt zu haben, daß sie ihn liebte – es war so entfernt, so unerreichbar, daß sie es sich nicht einmal selbst eingestehen konnte.

»Ich hätt gern ein Butterbrot oder zwei«, informierte Joshua ihren Hinterkopf.

»Warum nicht?« Rachel erhob sich sofort von seinem Schoß; sie schloß die Augen und atmete tief gegen die jähe Trennung an.

»Du weißt«, sagte Joshua, während sie Brot schnitt, »vor zweihundert Jahren hätten sie dich bei lebendigem Leibe verbrannt.«

»Sie haben nur Ketzer lebend verbrannt«, erwiderte sie, ohne aufzusehen. »Hexen wurden zuerst erdrosselt. Du willst mich doch wohl nicht der Ketzerei bezichtigen?«

»Muß ich mir noch überlegen. Ich bin auf diesem Gebiet nicht so bewandert, wie du's anscheinend bist. Was sagte Cromwell, als er seine Hand in die Flammen hielt?«

»Cranmer«, antwortete Rachel wie aus der Pistole geschossen.

»Gott, bist du gebüldet.«

»Hmm. Manchmal, scheint's, verschwende ich mich an Leute, die den Unterschied zwischen Ketzerei und Hexerei nicht kennen, die ihre Cranmers und ihre Cromwells nicht auseinanderhalten«, sagte sie und bot ihm eine Platte mit belegten Broten an.

»Ich hab nicht den Eindruck, daß deine wirklichen Talente verschwendet werden«, grinste Joshua. »Tee. Ich möchte Tee, bitte.«

»Du weißt, wo der Wasserkessel steht«, zischte Rachel, bevor sie ging, um ihn selbst aufsetzen und dabei hörbar flüsterte: »Scheißmänner, verdammte.«

»Das gehört sich aber nicht für eine Frau von deinem Niveau. Schließlich hab ich bitte gesagt. Wenn wir noch ein anderes Mädchen hier hätten, könnte die für uns Tee kochen. So wie's aussieht, mach ich ihn das nächste Mal – vorausgesetzt natürlich, es gibt ein nächstes Mal. Du hast mir noch immer nicht dein Versprechen gegeben.«

Rachel kam mit zwei Tassen Tee zurück.

»Gott, du machst dich lächerlich. Überhaupt nichts werd ich versprechen.«

»Also gut, dann gibt's eben kein nächstes Mal. Was für eine Verschwendung«, sagte Joshua gelassen.

Rachel saß da und nippte an ihrer Tasse. »Vielleicht kommst du irgendwann mal drauf, daß es doch zu gut ist, um es für ein sinnloses Versprechen aufzugeben.«

»Falsch. Ich besitze eine grenzenlose Selbstkontrolle in sexuellen Dingen. Es wär schade drum, doch es bleibt dabei.«

Sie starrten sich an, störrisch wie zwei Esel.

»Das hat nichts mit Machtspiel zu tun«, sagte Joshua. »Es geht hier einfach ums Praktische.«

»Red kein' Scheiß«, erwiderte Rachel, obwohl es ganz so aussah, als meinte er's ernst. Und sie fragte sich zum zweiten Mal an diesem Abend, ob er immer wußte, was für ein Spiel er trieb, doch dann wieder konnte sie nicht glauben, daß er sich nicht klar darüber war, was er eigentlich beabsichtigte. Oder war sie es nur, die ihn so clever, so bewußt manipulierend haben wollte? Das Versprechen, niemandem zu sagen, daß er zurückgekommen war, würde sie isolieren; normale Leute erzählen ihren Freunden, wer in ihrem Leben ein- und ausgeht, auch wenn sie Einzelheiten weglassen. Wenn er ihr Geheimnis würde, dann wäre sie von der Außenwelt abgeschnitten. Dann gäbe es keine Möglichkeit, ihre Beziehung einzuschätzen, zu bemessen, wie weit sie sich von dem entfernten, was jeder andere als normal empfand. Joshuas Macht über sie wäre dann perfekt, er würde kommen und gehen, und sie würde neben dem Telefon hocken und warten, sie würden ihre Phantasien ausleben, während er sich weiterhin so benehmen würde, als wenn nichts Ungewöhnliches passierte. Das zu beurteilen, fand sie jetzt schon schwer; vielleicht verhielten sich viele so im stillen Kämmerlein. Joshua – kühl, ruhig und stinknormal – brachte es fertig, Sodomie und das Prügeln mit Peitsche und Stock als die gewöhnlichsten Praktiken von der Welt erscheinen zu lassen. Was sie freilich am meisten irritierte, war Joshuas scheinbare Vermutung, daß sie die Folgen ihres Schweigens nicht

(136)

erkennen würde. Es fiel ihr derart schwer zu glauben, daß Joshua sich vorstellte, sie könnte etwas so Offensichtliches nicht sehen, daß sie sich zu fragen begann, ob es da überhaupt etwas zu sehen gab. Vielleicht war es eine ganz direkte und offene Bitte: Es gab da jemanden, der nichts von ihnen wissen und von dem sie nichts wissen sollte. Vielleicht war sie die einzige im Umkreis, die Verschwörungen und Komplotte sah, wo gar keine waren. Der gute Joshua, der nur herumbumste und nicht wollte, daß die Dinge kompliziert wurden. Dabei wurde ihr klar, daß sie genau dem Weg gefolgt war, den er ausgelegt und vermint hatte. Wenn's um Macht geht, ist Verwirrung stiften alles. Die Frau soll sich ruhig in den Schlingen ihrer eigenen Gedankengänge verstricken, dann wird sie niemals mehr ans klare blaue Tageslicht zurückkommen. Für den professionellen Manipulierer gibt's nichts Besseres als Paranoia. Schuft.

Rachel hockte zusammengekauert neben Joshau auf dem Sofa, der Tee trank und die Brotreste auf seinem Teller zerkrümelte. Sie sah sich selbst und Joshua im Zimmer sitzen, ein Bild von postkoitaler Häuslichkeit, von erschöpften und glücklichen Liebenden, die aßen und tranken, nachdem sie sich selbst gegessen und getrunken hatten. Sie mußte lachen.

»Was gibt's?« fragte Joshua lächelnd.

»Nichts«, erwiderte Rachel.

»Hast du irgendeine ernsthafte Affäre gehabt, während ich weg war?« fragte er beiläufig.

»Ich hab keine *ernsthaften* Affären, das weißt du doch.«

»One-night-stands?«

»Ein paar.«

»Keinen mehr als einmal gesehen, was?«

»Nicht ganz, einen gab's, der war zweimal hier – zählt das mehr als ein One-night-stand?«

»Zwei Nächte hintereinander?«

»Um Gottes willen, nein! Das wär ja schon eine richtige Bindung, häusliches Glück. Ich dachte, du würdest mich besser kennen.«

(137)

Joshua grinste sie an. Sie hatte wieder etwas von dem Terrain zurückgewonnen, das sie durch ihre frühere Zudringlichkeit verloren hatte. Wenn der Sex vorbei war, schnellte sie zurück wie eine Feder, die vom Druck befreit war. Ihre Unterwerfung war durch die Umstände bedingt. Du kannst meinen Körper haben, dachte sie, meinen Kopf behalt ich für mich. Aber nicht, wenn du allein bist, flüsterte die Stimme, wenn du auf das Läuten des Telefons wartest, dich an seine Berührungen und seine Stimme erinnerst und dir Demütigungen ausdenkst, die er dir noch nicht abverlangt hat. Und doch. Joshua war wieder da; es würde noch mehr davon geben.

»Wir wolln uns hinlegen«, sagte Joshua.

Sie gingen ins Bett, Rachel nackt, Joshua nur mit seinem Hemd bekleidet. In den zwei Jahren, die sie sich jetzt kannten, hatte er sich nie ganz ausgezogen. Er legte seinen Arm unter ihren Kopf, und sie schmiegte sich fest an ihn, ließ ihre Hand unter sein offenes Hemd gleiten, spürte seine warme fleischige Haut, wollte sie streicheln, küssen und lecken. Verboten. Zu zärtlich, zu liebevoll, zu sinnlich. Joshua war der unsinnlichste Mann, den sie je gekannt hatte, zu diesem Schluß war sie schon lang gekommen. Sie machten nichts anderes miteinander, als bestimmte Lustorgane zu erregen; es gab keine allgemeinen Liebkosungen und so wenig Körperkontakt wie möglich. Manchmal sehnte sie sich danach, nur einfach nackt neben ihm zu liegen, seinen Geruch aufzunehmen und den Schweiß auf seiner Haut zu schmecken. Es geschah so gut wie nie. Heute nacht war eine Ausnahme, und sie wagte kaum zu atmen, geschweige denn ihn zu berühren oder zu streicheln, aus Angst er würde plötzlich vor der Wärme zurückschrecken. Ihr Arm lag über seinem großen Bauch, und nur ihre Finger drückten sanft auf das weiche Fleisch seines Rückens und zogen kleine Kreise auf seinem Rückgrat, schienen etwas hinzukritzeln und sich ohne jede erotische Absicht zu bewegen. Ihr Mund an seiner Brust sog in winzigen verstohlenen Atemzügen seinen Geruch ein, während er, seinen Arm um sie gelegt, zu schlafen schien. Als sie noch dachte, daß er schlief, oder überhaupt nicht

(138)

dachte, glitt Rachel mit der Zunge zart über seine Brustwarze, nahm sie in den Mund und umkreiste sie mit der Zunge, spielte und vergnügte sich einfach daran. Joshuas freier Arm glitt von ihrer Schulter und begann, während sie weiter saugte, sanft ihren Schenkel und Po zu streicheln. Ihre Hand bewegte sich sein Rückgrat hinab, um seine Liebkosung widerzuspiegeln. Sie atmete kaum. Es war, als ob sie ein wildes, ungezähmtes Tier in den Armen hielt, das sich nur so lange berühren ließ, wie es von Lust hypnotisiert war. Jeden Augenblick konnte es zu sich kommen, die Gefahr erkennen, in der es schwebte, und merken, daß der Feind der Lustspender war. Dann würde es aufspringen, sie aus eiskalten Augen anstarren, das Fell gesträubt, ein zorniges fremdartiges Ding, fast gezähmt, fast gefangen, fast verloren.

Sie bewegte sich an seinem Körper hinab, küßte und leckte das weich gewellte Fleisch, das wie ein Daunenkissen war, aber nach Mann roch, scharf, säuerlich, salzig und nahm seinen Penis in den Mund, saugte, schmeckte und fühlte, wie er größer und kräftiger wurde. Joshua lag auf dem Rücken, atmete langsam und tief, bis seine Atemzüge in Seufzer, dann in Stöhnen übergingen, während er ihren Kopf zwischen den Händen hielt, immer fester drückte, bis er ihn schließlich losließ, seine Hände zurückfielen, ausgestreckt zu beiden Seiten seines Körpers lagen und sein Becken Spasmen von Samen in ihren Mund schleuderte. Sie hatte den Geschmack immer gehaßt; diesen schluckte sie, ignorierte seine bittere Säure, nahm ihn in sich auf wie ein Lebenselixir, als sie ihn plötzlich krampfartig schluchzen hörte, unkontrollierte, nasse, hilflose Schluchzer, wie sie sie niemals zuvor von ihm gehört hatte. In Panik, weil sie ihn niemals die Beherrschung verlieren gesehen hatte, richtete sie sich auf und hielt ihn fest in beiden Armen, ihre Wange an seine gepreßt.

»Scht, scht, nicht, nicht. Es ist alles gut«, flüsterte sie, hielt ihn, strich über sein Haar, beruhigte ihn. Sie hatte Angst, sie wollte ihn nicht so und war erleichtert, als sein Schluchzen schließlich nachließ und er ruhig dalag und schlief.

Eine Stunde später wachte er auf und sah auf seine Uhr.

»O Gott, es ist schon halb vier. Ich muß gehen. Hab um sieben eine Besprechung.« Er setzte sich auf, sah Rachel an, zog die Bettdecke zurück und drückte ihr einen blitzschnellen Kuß auf den Bauchnabel.

»Kein Mensch hat um sieben eine Besprechung«, sagte sie. »Doch du mußt sowieso gehen. Ich kann nicht schlafen, wenn Fremde in meinem Bett sind.« Sie lächelte ihn an.

»*Ich* habe um sieben eine Besprechung«, wiederholte er beharrlich, als er sich anzog.

»Warum Ausreden?« fragte sie. »Brauch ich gar nicht.«

Er warf ihr einen kurzen Blick zu und schlüpfte in sein Jackett. »Nun, wirst du's mir versprechen?«

»Ich sagte doch schon, nein. Is mir zu blöd.«

»Na gut, du kennst ja die Konsequenzen«, sagte er, schon an der Schlafzimmertür.

»Ist das ein Lebewohl für immer? Schön. Es war mir ein Vergnügen, deine Bekanntschaft zu machen«, entgegnete sie, hart und zynisch. Sie glaubte nicht einen Augenblick, daß er bluffte, doch sie hatte ihre emotionale Schmerzgrenze erreicht. Sie brachte es einfach nicht fertig, so ein unsinniges und gefährliches Versprechen zu geben. Vielleicht wenn er's in den Sex eingebaut hätte. Es gab wohl nur sehr wenig, was sie in so einer Situation nicht getan hätte, im kalten Dämmerlicht aber war an solchen Blödsinn nicht zu denken.

»Ganz meinerseits«, meinte Joshua lächelnd. »Tut mir nur leid, daß es nicht weitergehn kann. Denk drüber nach. Kannst mich immer anrufen, wenn du dir's anders überlegt hast. Gut' Nacht.«

Alles umsonst! Die Möglichkeit, es sich anders überlegen zu können, war verhängnisvoll. Jetzt war sie noch entschlossen, das Versprechen nicht zu geben; doch je länger sie ihn nicht sehen würde, desto größer würde die Wahrscheinlichkeit, daß sie sich doch hinreißen ließe. Sie lächelten einander zu, als Joshua sich verabschiedete, dann kroch Rachel tief unter ihre Bettdecke, um seinen Geruch in den Laken einzuatmen und darüber nachzudenken, daß sie ihn durch ihre eigene Entscheidung vielleicht nie wiedersehen würde. Sie wußte, sie war dazu nicht bereit. Sie erinnerte sich an all die Male, da sie sich in der Vergangenheit gequält hatte, an all die Dinge, die sie gewollt, aber zurückgewiesen hatte, weil der Preis dafür, nämlich der Verlust ihrer Unabhängigkeit, zu hoch gewesen war. Diese Rachel gab es im wesentlichen immer noch, sie konnte noch durchhalten – eine Weile. Doch die betörte und bezauberte Rachel war jetzt stärker, falls Stärke das richtige Wort war, als die Person, die eine rationale, gleichberechtigte Beziehung wollte. Es gab im Grund keinen Zweifel, wer triumphieren würde.

Sie erwachte am Morgen in einer dunklen Wolke. Kaum Erwachen zu nennen, hatte sie doch kaum geschlafen. Carrie schlüpfte um halb sieben in ihr Bett, kuschelte sich an Rachel und umschlang sie mit ihren Beinen wie eine wild wuchernde Kriechpflanze. Rachel stöhnte auf und zog die Bettdecke über den Kopf. Carrie folgte ihr in die Dunkelheit.

»Heut morgen, Liebes, ist kein guter Morgen. Wir wollen's ganz gemächlich angehn lassen. Ich bin fürchterlich schlecht gelaunt«, krächzte sie heiser und nahm ihre Tochter fest in den Arm.

»Wieso bist du morgens schon schlecht gelaunt«, wollte Carrie wissen.

»Zu niedriger Blutdruck. Das Leben. Komm, gemeinsam schaffen wir's schon.«

Carrie wusch sich und zog sich an. Unterdessen blieb Rachel im Bett liegen und kämpfte gegen ihr Schlafbedürfnis an.

»Los. Aufstehen, du Faultier«, befahl Carrie vom Flur aus.

»Ja, ja. Du hast ja vollkommen recht«, murmelte Rachel und quälte sich aus dem Bett.

Sie zog die Kleider an, die über dem Schlafzimmerstuhl lagen, legte die vergangene Nacht ab und schlurfte runter ins Badezimmer, wo sie den Kopf unter die Dusche hielt. Sie fühlte sich nasser, aber nicht besser. Tee.

Carrie aß lustlos ihre Cornflakes. Cornflakes waren das Richtige für einen Morgen wie diesen – Eier, Schinkenspeck und Porridge erforderten eine Konzentration, die gegenwärtig nicht vorhanden war.

»Hast du alles, was du für die Schule brauchst?«

»Ja, Schwimmzeug. Kann ich eine Platte auflegen?«

Gutes Timing.

»Nein.«

»Soll ich Geige üben?«

»Nein!«

»Niemand kümmert sich um mich, niemand liebt mich.« Margaret Sullivan höchstpersönlich. Woher hatte sie bloß dieses Pathos? Weit aufgerissene Augen, rollende Augen, tiefe Seufzer. Mußte von der Sippschaft kommen.

»Unsinn. Du wirst geliebt. Du wirst geliebt. Trotzdem will ich nicht, daß du Geige spielst.«

Pläne für den Tag. Sie würde Pete in der Strafanstalt besuchen, Einkäufe erledigen, Donald anrufen, um einen neuen Schüler zu bekommen. Denk nicht an Joshua. Doch . . . denk an Joshua – ruf Becky an, sobald Carrie in der Schule ist, sag ihr, daß er wieder da ist. Banne das Gespenst, leg ihm das Handwerk, erzähl es jemandem, gib dem Gift erst gar keine Chance, zu wirken. Stell dir bloß nicht die Frage, wen von deinen Freunden er kennt: Fickt er Becky oder eine Freundin von Michael? Laß diese Fragen. Gib das Versprechen oder auch nicht, doch erzähl es jemandem. Wie konnte sie sich der Folgen dessen, was er tat, so bewußt und doch derart in das Spiel verwickelt sein? Konnte Intelligenz jemanden davon abhalten, Opfer zu werden? Nicht, wenn er dazu entschlossen war. Doch sie war nicht nur Opfer. Sie setzte Carrie ab und fuhr schnell nach Hause.

»Becky? Rate mal, wer gestern abend aufgekreuzt ist.«

»Der nächtliche Reiter? Der Dämon-Lover? Stimmt's?«

»Stimmt.«

»Ich weiß nicht, ob ich mich für dich freuen soll. Kommt er wieder?«

»Keine Ahnung. Scheint von meinem Versprechen abzuhängen, niemandem zu erzählen, daß er wieder da ist.«

»Also, mir hast du's grad erzählt. Heißt das, du willst es ihm nicht versprechen?«

(142)

»Nicht unbedingt. Das heißt, wenn ich's tu, dann lüge ich.«

»Na, das ist doch schon was für den Anfang. Und wie war's sonst?«

»Nicht schlecht. Abgesehen von der Geheimniskrämerei war er fast menschlich. Ich glaub, er war froh, wieder da zu sein.«

»Das sollte er auch, verdammt noch mal. Ich hoff nur, er behandelt dich jetzt etwas besser.«

»Ich glaub gar nicht, daß ich das möchte.«

»O Gott, bist du pervers!«

»Bin ich! Bin ich!« nickte Rachel vergnügt ins Telefon.

»Ich glaube, du könntest ein paar Hemmungen gebrauchen. Der gute alte Sigmund hat uns allen einen Bärendienst erwiesen. Was ich sagen will, ist, verdräng es! Jeder sollte ganz schnell in sein Schneckenhaus kriechen, und sich wieder anständig benehmen. So wie ich.«

»Und William?« fragte Rachel.

»Langweilig. Und ich find das gar nicht schlimm. Okay, er schlägt mich nicht, und mit Sodomie hat er auch nichts im Sinn. Um ehrlich zu sein, passiert im Moment überhaupt nichts, aber wenigstens ist er da, *und* wir gehen zusammen aus, im Gegensatz zu dir und deinem komischen Freund.«

»Heißt das, ihr langweilt euch in Kneipen genau wie daheim?«

»Hör mal, jeder hat seinen eigenen Weg zur Glückseligkeit. Meiner heißt ekstatische Langeweile. Mir gefällt das. Gemütlichkeit, Sicherheit und Vertrautheit, das ist alles, was ich brauche. Aufregung ist zu . . . aufregend für mich.«

»Becky, du bist ganz schön angepaßt. Was du brauchst, sind zehn Jahre Analyse, damit du endlich siehst, wie tief verbittert und frustriert du bist. Es ist geradezu krankhaft, so zufrieden zu sein wie du.«

»Tut mir leid. Ich hatte nun mal eine schrecklich unkomplizierte und schöne Kindheit und bin weder lesbisch, noch schwarz, noch sonstwas. Ich kann nichts dazu.«

»Streng dich mal ein bißchen an«, lachte Rachel. »Irgendeiner Minderheit wirst du schon angehören.«

»Tu ich auch. Ich gehör zur Minderheit der restlos Glücklichen. Wir sind die mißachtetste Gruppe im ganzen Land. Willst du dich nicht meiner Bewegung anschließen?«

»Du meine Scheiße, nein. Mir sind die Glücklichen äußerst suspekt. Die bringen es fertig, uns die Männer wegzuheiraten und sie in zufriedene Pantoffelhelden zu verwandeln, ganz abgesehen davon, daß sie die Bevölkerung um Millionen herzallerliebster Sprößlinge bereichern. Für so was kann ich mich nicht engagieren.«

»In meinen Breitengraden ist eigentlich kein Bevölkerungsboom zu erwarten. Ich bin zwar nicht tief verbittert, aber dafür ganz schön frustriert. William ist im Moment so gut wie gar nicht an mir interessiert.«

»Aber du sagst doch, so was kommt und geht.«

»Vielleicht. Ich bemüh mich jetzt, nicht zu denken, was du denkst.«

»Hast du ernsthafte Befürchtungen?« fragte Rachel besorgt.

»Weiß ich nicht. Dauernd diese Verlegerparties. Ich denk lieber gar nicht drüber nach.« Beckys Stimme klang trocken.

»Hör zu, du kannst jederzeit anrufen oder vorbeikommen, wenn Not am Mann ist.«

»Dank dir. Freut mich doch, daß dein Dämon zurück ist.«

Rachel legte auf und dachte, daß sie, wenn sie auch nicht gerade glücklich darüber war, so zu sein, wie sie war, sie doch mit niemandem hätte tauschen wollen. Ihr schien, als würde Beckys Weg ein ebenso unvermeidliches und schmerzliches Ende finden wie ihr eigener. Wenn es im Leben darum ging, Schmerz zu vermeiden, dann hatte es die Menschheit nicht gerade weit gebracht. Aber vielleicht ging es im Leben auch gar nicht darum. Genausowenig wie es darum ging, Schmerz bereitwillig anzunehmen. Schmerz war lediglich eine Nebenwirkung, eine Art Steuer, die man für zwischenmenschliche Beziehungen – oder ihr Nichtvorhandensein – zu entrichten hatte. Und Genuß; drehte sich alles um Genuß? Joshua hatte einmal gesagt, daß Menschen aus Dankbarkeit für empfangenen Genuß zusammenblieben. Sie glaubte nicht an Dankbarkeit als oberstes Prinzip, eher schon an Gier. Ich mag das, also will ich mehr, ich bleib mit dir zusammen, um mehr zu kriegen, und nenn es einfach Liebe. Wie steht's denn mit denen von uns, die sich an Leute klammern, die uns nicht mehr geben? fragte sie sich. Sehr einfach; wenn wir nicht kriegen, was wir wollen, brauchen wir nicht riskieren, es nicht zu wollen, wenn wir's haben. Ein unfehlbares Sicherheitssystem.

Rachel zog ihre Jacke an und schwang den Gurt ihrer Tasche über die Schulter. Sie fuhr, tief in Gedanken versunken, zur Jugendstrafanstalt. Sie fürchtete sich fast vor der Begegnung mit Pete, stellte sich ihn finster und abgeschottet, eingesperrt in seiner Arrestzelle vor. Sie hielt unterwegs an und kaufte zwei Schachteln Zigaretten und sechs Mars-Riegel, die sie ihm, zusammen mit einem Exemplar von Chandlers ›Der tiefe Schlaf‹ mitbringen wollte. Die Jugendstrafanstalt war in einem großen modernen Backsteingebäude untergebracht, das etwas abseits von der Hauptstraße lag. Sie parkte in der Auffahrt und lief über den asphaltierten Vorplatz zu der Tür mit der Aufschrift ›Besuchereingang‹. Das ganze Areal war von einer drei Meter hohen Mauer umgeben. Sie läutete und hörte nach einer Weile, wie Schlüssel sich im Schloß drehten; dann erschien ein Gesicht in dem kleinen Fenster der stahlgepanzerten Tür, und nach einem kurzen prüfenden Blick wurde ein zweiter Schlüssel gedreht und die Tür geöffnet. Eine resolute Frau fragte wenig einladend und ohne ein Lächeln: »Ja?«

»Ich möchte Pete Drummond besuchen. Ich glaube, daß seine Betreuerin schon mit Ihnen gesprochen und ihr Okay gegeben hat. Mein Name ist Rachel Kee.«

»Was sind Sie?« fragte die Frau argwöhnisch.

Verdammt gute Frage.

»Ich bin eine alte Freundin von Pete. Ich würd ihn gern besuchen. Ich bin eine Freundin«, wiederholte Rachel nervös.

Das machte sichtlich wenig Eindruck auf diese Person, deren Schlüsselbund mit einer Kette an ihrer Taille befestigt war – der Gefängniswärter, wie er im Buche steht.

(145)

»In welcher Funktion sind Sie hier?« Ganz offensichtlich sah sie ihre Frage nicht als beantwortet an.

Laß dich nicht ins Bockshorn jagen, Rachel, dachte sie. Sag der Frau irgend etwas, womit sie was anfangen kann. Sie holte tief Luft.

»Ich war seine Lehrerin.«

»Warten Sie einen Augenblick, bitte.« Die Frau schlug die Tür vor Rachels Nase zu und verschwand. Nach einer Weile wieder das gleiche Öffnungsritual, Rachel wurde eingelassen und beide Türen hinter ihr wieder abgeschlossen, als sie in ein Büro eintrat.

»Ich habe nach Pete schicken lassen. Er wird in wenigen Augenblicken hier sein. Haben Sie ihm etwas mitgebracht?« fragte die Frau und nahm an ihrem Schreibtisch Platz. Rachel legte die beiden unangebrochenen Zigarettenschachteln auf den Tisch, zusammen mit den Mars-Riegeln und dem Buch.

»Wir nehmen die Zigaretten für ihn in Verwahrung«, sagte die Frau und händigte ihr die restlichen Sachen wieder aus. »Wir erlauben ihnen nur fünf am Tag. Alle weiteren müssen sie sich durch gute Führung verdienen.«

»Ich verstehe. Wie geht's ihm?«

»Sehr gut. Er ist äußerst kooperativ, aber er weigert sich strikt, seine Betreuerin zu sehen. Er ist wütend.«

»Ja, ich weiß. Ich nehm an, das ist der Grund, weshalb er überhaupt hier ist. Steht St. Stephens noch immer zur Debatte?« fragte Rachel.

»Wir sind gerade dabei, das Gutachten fürs Jugendgericht fertigzustellen. Begeistert ist hier niemand von St. Stephens, um ehrlich zu sein. Es sieht aber ganz so aus, als würden sich die Richter dafür entscheiden.«

»Was gibt's hier für Einwände gegen die Klinik?«

»Nun, Pete braucht natürlich eine Art Struktur, trotzdem glaubt das Personal hier, daß junge Leute wie er zu leicht institutionalisiert werden und daß St. Stephens viel zu streng geführt wird. Aber, wie gesagt, das ist meine inoffizielle Meinung.« Die Frau wirkte jetzt in ihrem Büro viel lockerer als vorhin an der Tür.

(146)

Offenbar brauchte sie auch eine Art Struktur. Eine andere Tür wurde aufgeschlossen, und Pete erschien im Empfangsraum, begleitet von einem Hünen, neben dem selbst Pete zwergenhaft erschien.

»Hier ist er«, sagte der Mann. »Sie sind der erste Besucher, den er sehen will.«

»Na, das ehrt mich aber«, lächelte Rachel. »Hallo, Pete. Alles okay?«

Nach seinem Äußeren zu urteilen, ging es Pete besser als je zuvor. Er war frisch und sauber, hatte rosige Wangen von der vielen Bewegung und schien wohlgenährt. Sein Haar war um zwei Zentimeter gewachsen, so daß sein Gesicht jetzt nicht mehr so alt und abgezehrt aussah. Er trug ein sauberes rotes T-Shirt, neue Jeans und ein Paar weiße Turnschuhe. Er grinste ihr zu.

»Sie können sich hier unterhalten«, sagte der Mann und führte sie in ein kleines Zimmer, das vom Empfangsraum abgetrennt war. Die einzigen Möbel waren ein kleiner Tisch und drei Stühle. Zwei der drei Wände waren verglast, so daß von jedem Teil des Büros oder Empfangsraums gesehen werden konnte, was hier vor sich ging. Rachel nahm Platz und reichte Pete die Schokolade und das Buch.

»Ich hab dir ein paar Glimmstengel gekauft, doch ich höre, die werden hier rationiert. Dann muß ich dir nächstes Mal welche reinschmuggeln.«

Pete lächelte. »Danke.«

»Du siehst großartig aus. Wie geht's hier?«

Pete zuckte die Achseln. »Is okay. Das Essen is Scheiße, aber die Leute sind in Ordnung. Ich spiel viel Fußball und lern tischlern. Hab 'nen Blumenkasten für dich gemacht, der wird grad lackiert, deshalb kannst du ihn noch nicht kriegen.«

»Nett von dir. Danke. Dann findest du's hier also nicht so schlimm?« fragte sie.

»Eigentlich nicht. Es gibt zwar zuviel Regeln und so, aber sonst ist es schon okay. Besser als in Wentworth House. Die anderen Jungs sind in Ordnung. Weißt du was? Einer von denen sitzt wegen Mord. Er hat seinen eigenen Bruder mit 'nem Küchenmesser gekillt. Er soll schrecklich jähzornig sein, aber hier ist er sanft wie ein Lamm. Wenn du Mist machst, sperren sie dich einen Tag in deinem Zimmer ein und bringen dir dein Essen rauf. Das haben sie mit mir am zweiten Tag gemacht, weil ich mich mit einem vom Personal geprügelt hab. War aber nicht so schlimm. Macht mir nichts aus, in meinem Zimmer zu bleiben.«

»Wann ist deine Verhandlung?«

»In einem Monat. Sie schreiben grade das Gutachten. Macht mir nichts aus, hier zu sein, aber ich geh nicht in diese verdammte Klinik. Einer von den Jungs hier ist da gewesen; er sagt, die pumpen einen mit Drogen voll und sperren einen in 'ne Gummizelle, wenn man sich nicht benimmt. Ich geh da nicht hin. Lieber geh ich ins Gefängnis. Lieber bin ich tot.«

»Tot ist wohl ein allerletzter Ausweg. Was willst du eigentlich *wirklich*?«

Pete saß adrett auf seinem Stuhl, seine langen Beine von sich gestreckt.

»Ich will für mich selbst sorgen«, sagte er, »ein Zimmer mieten und 'nen Job finden.«

»Allein leben ist ganz schön schwer, wenn man keine Übung drin hat.«

»Die Übung krieg ich ja dann, wenn ich's tu, oder?«

Wahr und nicht wahr. Kinder mit Familie verlassen das Zuhause, haben aber ihre Eltern und Freunde, die sich um sie kümmern, und haben jahrelang zuschauen können, wie's gemacht wird. Pete hatte nichts von alledem, nur ein paar gestörte Klebstoff schnüffelnde Kumpels, die die Hälfte der Zeit in Gefängnissen und Besserungsanstalten verbrachten. Sie plauderten eine Zeitlang weiter: Rachel erzählte ihm von Carrie, von Fernsehfilmen, die sie gesehen hatte; ein typisches Besuchsgespräch. Nachdem Pete von dem Hünen wieder fortgeführt worden war, machte Rachel noch mal im Büro halt.

»Übrigens«, fragte sie die Frau, »wie steht's mit Petes Enkopresis?«

(148)

Die Frau sah vom Schreibtisch auf. »Seine was? Ach so – nein, keine Spur. Kommen Sie wieder?«

Rachel sagte, sie würde in ein paar Tagen wiederkommen; dann wurde ihr wieder aufgesperrt, und die Türen fielen krachend hinter ihr ins Schloß. Auf der Heimfahrt überlegte sie, wie gut Pete auf das Anstaltsleben ansprach. Er würde bestimmt gerne dort bleiben, fern von allem Ärger, sicher und aufgehoben. Wenn er alleine leben würde, wär es nur eine Frage der Zeit, wann er etwas anstellte, was ihn wieder dorthin zurück oder ins Gefängnis brachte. Die Anstalt konnte ihn auf die rechte Bahn bringen, ihn sauber, gesund und angstfrei machen, aber sie konnte nicht den Wunsch in ihm wecken, ohne sie auszukommen, Freiheit und Unabhängigkeit zu erstreben. Wollte das überhaupt jemand? Es war doch am Anfang immer dasselbe: tief Luft holen und ins kalte Wasser springen. Schulen, Heime, Erziehungsanstalten, Familien hatten einen doppelten Aspekt: Sicherheit und Bindung, aber mit dem Wissen, daß der einzelne wird gehen müssen. Wenn man genau drüber nachdenkt, gehen nur sehr wenige wirklich; sie schließen sich so schnell wie möglich wieder anderen Institutionen an. Vielleicht, dachte Rachel, könnte Pete Pfleger in einem Heim werden, in dem er gleichzeitig wohnt; doch er war zu oft straffällig geworden, das System wäre nicht flexibel genug, um ihm diesen Weg anzubieten. Es wollte ihn in St. Stephens haben, um ihn dort mit Drogen und Drohungen für eine Gesellschaft zu ›sozialisieren‹, der er niemals angehört hatte. Frag nicht warum, tu's einfach. Auch wenn er seine Vergangenheit neu erfinden würde, wie jeder andere es tut, dann wären Ärger mit dem Gesetz und Knast der einzige Weg, den er gehen konnte. Und doch – warum sollte Pete nicht anders sein? Vielleicht brauchte er nicht zu tun, was jeder andere tat. Warum sollte er nicht einen ganz neuen Weg für sich finden?

Schon wieder Märchenstunde.

Zurück in ihren eigenen vier Wänden, glitten ihre Gedanken von Pete zu den anderen Menschen in ihrem Leben – alle taten doch bloß, was man von ihnen erwartete. Becky, die eheliches

Glück erstrebte, respektable eheliche Liebe; Isobel, allein, erfolgreich, die in ihrer Arbeit aufging und das Leben und die Irrungen und Wirrungen der Gefühle als unwesentlich abtat; Joshua, der verführen und zerstören wollte und genauso allein war, für den einen Mister Sunshine, für den anderen Peitschenmeister, aber von niemandem wirklich gekannt und deshalb von niemandem wirklich geliebt. Jeder trottete nur den Pfad entlang, der für ihn angelegt war, keine wirklichen Abweichungen, keine Überraschungen. Und Rachel? Keine Überraschungen. Alles nur eine Tretmühle, alles schon bekannt, bevor irgend etwas passierte, festgelegte Skripten, so eintönig, so verdammt voraussagbar. Wie kam man da jemals heraus? Durch Katastrophen vermutlich. Katastrophen, die Erwartungen von Innen nach außen kehren und einen mit nichts als Phantasie und Freiheit zurücklassen. Eine schmerzvolle Leere, in der alles und – noch schlimmer – nichts möglich ist. Eine schmerzliche Sache, sich loszureißen, wer würde es freiwillig tun?

Plötzlich schossen ihr die Erinnerungen an die letzte Nacht durch den Kopf, der kurze Augenblick, als sie Joshua zärtlich geliebt und er es erwidert hatte. Sie fühlte ein Ziehen, während sie daran dachte, und flüsterte zu sich selbst: Ich möchte jemanden lieben. Nach einer Pause fügte sie hinzu: glaub ich jedenfalls.

Sie öffnete die Küchenschublade, in der sie eine kleine Sammlung von Postkarten aufbewahrte, sah sie eine nach der anderen durch, bis sie auf eine stieß, die ihr passend schien: Es war eine alte Fotografie aus der Jahrhundertwende von zwei hohen Felsnadeln irgendwo in der Wildnis von Wisconsin; ihre abgeflachten Gipfel waren nur drei Meter voneinander entfernt, dazwischen Leere, tödliche Tiefe. Der Fotograf hatte einen Mann mit der Kamera eingefangen, der, auf halber Strecke zwischen den beiden Felsen, in der Luft erstarrt war; unmöglich zu sagen, ob er's auf die andere Seite schaffen würde. Der Titel des Fotos lautete: ›Sprung über den Abgrund‹. Rachel lächelte zufrieden und legte die Karte auf ihren Schreibtisch. Auf die Rückseite schrieb sie:

›Okay, Du hast mein Wort – sogar Schwarz auf Weiß. Vergiß nicht, auch das Münchener Abkommen wurde schriftlich abgefaßt. Love R.‹

Sie adressierte die Karte, klebte eine Briefmarke drauf und warf sie in den Briefkasten an der nächsten Straßenecke. Heißt gar nichts, dachte sie, als sie die Karte durch den Schlitz schob, ist nur zweideutig. Nimm's oder laß es. Sie glaubte, er würde es nehmen.

Am nächsten Abend rief er an und kam – von der Karte war keine Rede. Sie saßen lange am Tisch, tranken den mitgebrachten Wein und plauderten. Nicht über sich selbst, sie unterhielten sich nie über sich selbst. Sie sprachen und stritten über ›Leute‹, nicht über Rachel und Joshua.

»Es liegt auf der Hand, daß Männer Fetischisten sind«, meinte Joshua aus heiterem Himmel. »Wir Männer sehen die Dinge in ihren Bestandteilen und fixieren uns auf dieses oder jenes Detail als Objekt der Begierde. Ganz anders die Frauen, sie sehen nur das Ganze, das entspricht ihrem Bedürfnis nach Schutz und ihrem Wunsch nach Abhängigkeit.«

»Wohingegen ihr Männer euch auf einzelne Teile verlegt, um Abwechslung zu bekommen«, fügte Rachel hinzu.

»Genau. Frauen brauchen den Schutz der Männer, die Sicherheit eines festen Partners, der für ihre Bedürfnisse sorgt, während sie ihre Babies aufziehen.«

»So'n Scheiß. Du hast zuviel Soziobiologie gelesen. Sozialökonomie. Die alte Kosten-Nutzen-Rechnung. Frauen investieren in teure zeit- und energieaufwendige Eier und Kindererziehung; Männer verfügen über riesige Mengen Billig-Sperma: Je mehr Babies sie mit möglichst vielen Frauen produzieren, desto größer sind die Chancen, sich nutzbringend fortzupflanzen. Frauen dagegen sind in ihren Fortpflanzungsmöglichkeiten eingeschränkt, deshalb müssen sie viel in wenig Nachwuchs investieren. Frauen müssen sich um die Kinder kümmern; die Männer zeugen sie nur.«

»Richtig. Frauen brauchen die Familie, um sicherzustellen, daß sie ihre Babies auch großziehen können.«

(151)

»Wenn es stimmt, daß die Frauen biologisch dazu bestimmt sind, Sicherheit zu suchen, dann sind die Männer wohl die letzten, bei denen sie danach suchen sollten. Es wäre die denkbar schlechteste Strategie. Männer sind biologisch dazu bestimmt, sich zu verpissen. Frauen sollten ihre Investitionen schützen und nur mit Männern ficken, um ihre Babies zu bekommen, und dann mit anderen Frauen Familien gründen. Wenn du auf Effizienz aus bist, so ist das die einzig vernünftige Lösung.«

»Ja, aber Männer sind dafür frei, um Nahrung zu besorgen und Eindringlinge abzuwehren, während den Frauen mit kleinen Kindern die Hände gebunden sind«, widersprach Joshua.

»Das ist wahr, aber nur dann sinnvoll, wenn man sich drauf verlassen kann, daß sie bleiben. Die optimale Lösung wären Gruppen von Frauen verschiedenen Alters in verschiedenen Fortpflanzungsstadien, die sich gegenseitig beschützen und die Männer nur zur Begattung empfangen. Wenn dein Argument standhält, sind Männer bloße Fortpflanzungsmaschinen; Frauen sind soziale Wesen, die Babies großziehen, Landwirtschaft betreiben, für Nahrung sorgen und alles tun können, wenn sie sich organisieren. Doch wie du schon bemerkt haben wirst, befinden wir uns nicht in einem natürlichen Zustand. Die meisten von uns schlafen miteinander vorwiegend aus anderen als Fortpflanzungsgründen, und heutzutage dienen soziale Gruppen mehr als dem bloßen Überleben. Wenn du alles auf seine Ursprünge reduzierst, wird dir vieles von dem, was passiert, entgehen. Also, mein fetischistischer Freund, an deiner Stelle würde ich's mir zwei- oder zwanzigmal überlegen, bevor ich mich als eine Schablone für die männliche Sexualität benutzen ließe.«

Rachel lächelte ihn süßlich an, als er plötzlich einen Strahl seiner blendend weißen Schneidezähne auf sie richtete.

»Vorsichtig«, warnte er.

»Immer vorsichtig«, entgegnete sie und schenkte ihm Wein nach.

Später sagte Rachel: »Was ich immer schon wissen wollte und nie gewagt habe zu fragen – wie ist das, wenn du gekommen bist?«

Sie lagen auf dem Boden, Rachel nackt, Joshua in Hemd und Pullover. Er stützte sich auf den Ellenbogen, den Kopf in der Hand, und sah sie an.

»Totaler Bewußtseinswandel«, antwortete er. »Kein Verlangen, keine Sexualität.«

Rachel drehte sich auf die Seite und blickte zu ihm auf.

»Und was ist mit der Frau, mit der du zusammen bist? Sekunden danach?«

»Kommt ganz auf die Frau an. Wenn ich sie nur wegen eines Details gevögelt habe, dann bin ich angewidert und hau ab, so schnell ich kann. Wenn sie zierlich oder sehr jung ist, fühl ich mich als Beschützer und Vater, aber nie erregt.«

»Oh.« Rachel schluckte bei dem Versuch, nicht zusammenzuzucken. »Danke für die Auskunft. Sehr interessant.«

»Bitte«, antwortete Joshua lächelnd und streichelte sie sanft von der Taille bis zum Schenkel. Ohne Begehren, ganz offensichtlich; dennoch glaubte sie, klein und zierlich genug zu sein, um sich seines Beschützergefühls sicher sein zu können. Sie nahm sich vor, in Zukunft auf Nudelgerichte zu verzichten, vorsichtshalber.

Joshua tauchte im folgenden Monat zweimal auf; nichts änderte sich, business as usual. Zweimal wöchentlich besuchte sie Pete, traf ihn wohlauf und halbwegs zufrieden an, auch wenn er immer noch fest entschlossen war, nicht ins St. Stephen's zu gehen. Er kam mal besser, mal schlechter mit dem Anstaltspersonal zurecht, provozierte gelegentlich, ging aber nie zu weit. Er gehörte zu den kooperativeren Insassen, wurde ihr mitgeteilt, und hielt sich sauber. Sie schmuggelte Zigaretten ein, gab eine Schachtel bei der Frau im Büro ab, schob Pete die andere unter dem Tisch des Besuchszimmers mit dem Goldfischglas zu und brachte Schokolade und Comics mit. Pete schenkte ihr den Blumenkasten und fertigte ihr an der Drehbank eine Holzschale an, auf die er mit Recht sehr stolz war. Sie sprachen über seine Zukunft, über das Alleineleben in London, wenn auch immer mit der Drohung der Klinik im Nacken, was es ihm unmöglich machte, die Probleme einzusehen, mit denen er konfrontiert wäre, wenn er tatsächlich allein in einem möblierten Zimmer lebte. Es war ein Traum geworden, ein Traum, weit entfernt von der Wirklichkeit. Doch es war schließlich der einzige Stern, nach dem er greifen konnte. Und warum wollte sie ihm nicht helfen? Warum holte sie ihn nicht aus seiner Sackgasse heraus, so wie Isobel es mit ihr getan hatte? Es wäre unvernünftig, etwas anzubieten, das angesichts der Schwierigkeiten nicht funktionieren konnte. Natürlich war es von Isobel genauso unvernünftig gewesen, ihr ein Zuhause zu geben. Sie wußte, daß Isobel vor dem tollkühnen Unternehmen, ein fremdes und gestörtes Mädchen aufzunehmen, gewarnt worden war. Ein großartiger Gedanke, der aber in der Praxis verheerende Folgen haben konnte. Und doch, hier war sie, am Leben, wenn auch nicht himmelhoch jauchzend, war nicht in einer Anstalt, kein Junkie, nicht tot. Auch Isobel hatte überlebt; beide hatten zwar ein paar Narben zurückbehalten, aber zwischenmenschliche Beziehungen verursachen nun mal Wunden, doch nicht zwangsläufig tödliche Wunden.

Dennoch bot sie Pete nicht mehr als ihre Freundschaft an, und er nahm sie, weil er, trotz aller Unreife und Gestörtheit, auch einen Überlebenstrieb in sich hatte, der mit der Realität in Verbindung stand und nahm, was ihm angeboten wurde, wenn es nichts Besseres gab. Bis zu einem gewissen Punkt. Der Konflikt in Pete befand sich im Schwebezustand, solange ihn die Strafanstalt fest im Griff hatte, ohne ihn zu erdrücken. Er konnte frei atmen, wenn er nicht zu sehr an die Zukunft dachte.

»Nächstes Mal mach ich dir ein Bücherregal«, sagte Pete bei ihrem letzten Besuch. »Du brauchst noch eins für all die blöden Bücher.«

»Stimmt. Das sieht mir ja nach 'ner größeren Unternehmung aus. Hast du schon mal daran gedacht, eine Schreinerlehre anzufangen? Du scheinst nicht unbegabt zu sein.«

»Naja, die Sachen, die ich mache, sind ganz gut, weil der Typ da mir 'ne Menge hilft. Er ist nicht gleich sauer, wenn man mal 'nen Fehler macht.«

»Das ist aber immer so bei einer Lehre. Du hast jemanden, der dir zeigt, wie's geht, und dich üben läßt, bis du den Bogen raus hast.«

»Keine Ahnung. Vielleicht. Ich könnte mich ja selbständig machen, wenn ich's gelernt hab, oder?« fragte er.

»Ja. Gar keine schlechte Idee, finde ich. Am besten ich erkundige mich mal für dich«, meinte Rachel und war plötzlich richtig begeistert: ein kleiner Hoffnungsschimmer, vielleicht würde er am Ende doch einen Weg für sich finden.

»Okay.«

Als sie ging, berichtete ihr die Frau im Büro, daß Petes Verhandlung am nächsten Tag stattfinden würde. Mary würde ihn begleiten.

Zwei Tage später war Pete tot.

Mary rief an, um Rachel die schreckliche Nachricht mitzuteilen; sie schluchzte und stammelte, während sie sprach. Die Richter hatten sich für St. Stephen's entschieden. Auf der Rückfahrt zur Jugendstrafanstalt gab er keinen Ton von sich. Mary versuchte, ihn zum Sprechen zu bringen, versuchte, die Dinge zu erklären, doch er starrte nur finster schweigend vor sich hin. Mary, die fürchtete, er könnte jeden Augenblick explodieren, fuhr, als wäre die Straße aus Glas, rechnete damit, daß er plötzlich das Lenkrad herumreißen oder auf sie einschlagen würde. Doch nichts von alledem, er blieb stumm, bis sie zur Anstalt kamen, und wurde auf sein Zimmer geführt. Er sollte am nächsten Tag nach St. Stephen's gebracht werden.

Nachts war Feueralarm; das Anstaltspersonal stürzte herbei, um alle Türen aufzuschließen und brüllte den Jungen zu, sich im Hof zu versammeln. Pete war bereit, als sich der Schlüssel in seinem Schloß drehte, stand da in seinen Jeans und Turnschuhen, von der Taille aufwärts nackt. Er stieß den Wärter beiseite und stürzte, so schnell ihn seine langen Beine trugen, zur Feuertreppe, rannte aber hinauf statt hinab. Er polterte die eisernen Stufen nach oben aufs Dach, während der Wärter noch damit beschäftigt war, die schwelenden Bettlaken auszutreten, die Pete direkt unter dem Rauchmelder in seinem Zimmer angezündet hatte. Im Hof liefen die Jungen und das Anstaltspersonal aufgeregt herum, bis plötzlich jemand brüllte: »He, seht mal, da oben!« und auf die große düstere Silhouette zeigte, die am Rande des Daches aufragte, farblos in der grauen Dämmerung. Einen Augenblick lang herrschte Totenstille, alle starrten zu Pete, die Köpfe angestrengt zurückgelegt, die Augen halb zusammengekniffen, als könnten sie, wenn sie ihn im Brennpunkt behielten, seinen Sprung mit ihren Blicken verhindern. Pete stand halbnackt im kalten Morgen, hoch oben über dem vierten Stock, und beobachtete die erstarrten Gestalten da unten: »Ihr Schweine, ihr. Mir ist alles so scheißegal. Ich will nicht mehr leben, und ich springe, daran kann mich keiner von euch Scheißkerlen hindern!«

Er zog einen Schuh aus, hielt ihn über seinen Kopf und schleuderte ihn mit aller Kraft nach unten in die Menge, die auseinander stob. Dann den anderen Schuh. »Ich hasse euch, ihr Schweine! Mir ist alles scheißegal!«

Mehrere von den Angestellten riefen zu ihm hinauf, versuchten, beruhigend auf ihn einzureden, ihn zur Vernunft zu bringen. Einer begann, die Feuertreppe hinaufzurennen, ein anderer lief zum Telefon, um die Polizei zu alarmieren. Pete stand barfuß in seinen Jeans und schluchzte, während die Männerstimmen kluge und hoffnungsvolle Worte nach oben schickten: Wenn er runter käme, könnte man noch mal über alles reden, sie würden schon eine Lösung finden. Pete lauschte schluchzend, hätte ihnen gern geglaubt, war aber zu wütend, zu entmutigt. Jemand sah, wie er seine Tränen mit dem Handrücken abwischte und abschüttelte, als wollte er sie, wie seine Schuhe, hinunter schleudern – schwere gefährliche Tränen, die jeden, den sie trafen, vernichten konnten. Dann gab es nichts mehr, das er mit seiner Wut noch hätte machen können, es gab nichts mehr zu werfen, nur noch sich selbst. Er tat einen Schritt ins Leere, stürzte sich dem Erdboden entgegen, warf sich weg, benutzte seinen Körper als letzte Waffe, die er hatte, als Sprengstoff, der die Welt in die Luft jagen sollte.

»Schweine!« schrie er noch im Springen, und dann hörte man seinen Schädel auf dem Asphalt aufschlagen. Er lag, das Gesicht nach unten, zerschmettert und tot in der entsetzten Stille.

Ein Junge begann lautlos zu weinen, und zwei von den Wärtern stürzten herbei, um den Puls des Toten zu fühlen. Eine Weile lang starrten die Jungen und das Personal mit leeren Blicken auf das Unheil, das da vor ihren Füßen lag.

Mary schluchzte ins Telefon, und Rachel hörte schweigend zu, die Finger an ihre Lippen gepreßt, als wollte sie die gefährlichen Geräusche in ihrem Innern unterdrücken. Die Worte strömten in ihr Ohr, und sie preßte die Hörmuschel fest daran, um die Laute zurückzuhalten. Sie nahm alles in sich auf, ließ Mary die ganze Geschichte erzählen und flüsterte dann:

»Danke für deinen Anruf.«

Rachel hatte jetzt das Bedürfnis zu denken. Oder, besser gesagt, nicht zu denken, sondern in dem leeren Raum, den Pete hinterlassen hatte, wie ein Fötus im Fruchtwasser sich treiben zu lassen. Sie wollte im Bett liegen und durchleben, was sie von Pete wußte, wollte irgendwie begreifen, was sein Leben und sein Tod für sie bedeuteten. Der Wunsch, darin unterzutauchen, war so stark, daß sie, schon auf halbem Weg zu ihrem Bett, sich zwingen mußte, ins Wohnzimmer zurückzukehren.

Nach einer Weile wurde sie sich ihres Zustands bewußt. Früher hatte sie ihn für das Joshua-Syndrom gehalten, für den Raum in ihr, der sexuellen Obsessionen vorbehalten war und der durch Joshua aktiviert wurde, wenn sie Stunde um Stunde phantasierend und in Erinnerungen gefangen auf ihrem Bett gelegen hatte. Jetzt schien es ein allgemeinerer Zustand zu sein, die Symptome waren Anzeichen einer Besessenheit per se und ihr sexuelles Verlangen nur eine der Formen, die diese Obsession annehmen konnte. Es war dasselbe erdrückende Gewicht, dieselbe bleierne Schwere, die ihren Körper danach verlangen ließ, sich hinzulegen. Dieser Drang war so stark, daß jede Bewegung zur Qual wurde. Ihr Körper verlangte stur nach Ruhe, während ihr Kopf alle anderen Belange verdrängen und sich allein auf das Thema Pete konzentrieren wollte. Sie fühlte, daß ihr Verstand von ihrem Willen getrennt war, daß er nicht mehr den Drang verspürte zu analysieren, sondern nur noch entschlossen war, sich an all die Augenblicke und Ereignisse ihrer Beziehung mit Pete zu erinnern und nochmals zu durchleben. Sie wollte diese Ereignisse auskosten, sie wiedererleben und nicht denken, als wäre dies der einzige Weg, auf dem ein Sinn entstehen könnte. Es war kein bewußtes Bedürfnis zu verstehen, sondern nur das vage Gefühl, daß Verstehen ausschließlich durch einen solchen Prozeß möglich war. Pete und Joshua konnten nicht zuende gedacht werden. Was immer sonst in ihrem Kopf Probleme mit Hilfe von Logik löste, war ausgeschaltet. Trotzdem kämpfte da etwas in ihr dagegen, sich ins Bett zu legen und in den Zustand zu versinken, den sie so herbeisehnte. Sie schleppte ihre schweren Glieder durch die Wohnung, saugte Teppiche, die Tags zuvor noch gesaugt worden waren, scheuerte Waschbecken, die schon ausreichend glänzten, tat alles, um nur beschäftigt zu sein und dem auszuweichen, was sie als einen Abgrund wahrnahm. Sie zwang sich, nicht hinabzusteigen, und wußte doch, daß sie den Kampf nicht gewinnen konnte, ihn nur aufschob.

Sie wurde sehr kalt, sehr zornig und kam ihren Alltagspflichten verbissen nach, ihr ganzes Wesen konzentriert auf das, was getan werden mußte, nur noch eisige Ruhe und Verstand. Sie rief Isobel und Becky an und erzählte ihnen, was passiert war; sie tat es in einem Ton, der ihnen das Recht verweigerte, die üblichen tröstenden Worte zu sagen. Mit Isobel war das leicht; sie hatten solche Gespräche schon bei anderen Tragödien geführt.

»Mein Gott, was für ein Jammer. Du mußt dich schrecklich fühlen. So ist das Leben. Vielleicht hat er den richtigen Weg gewählt«, meinte Isobel einfühlsam, vorsichtig.

»Ja. Ich glaube, er hatte nicht mal die Wahl; es gab nur diesen Weg«, erwiderte Rachel, dankbar für den kühlen besonnenen Ton. Sinnloser Tod, sinnloses Leben – dafür war Isobels gesunder Menschenverstand zuständig.

»Gehst du zur Beerdigung?«

»Nein. Es gibt keine liebenden Verwandten, die getröstet werden müssen. Es war Pete, um den es mir ging, und der ist nicht mehr da.«

»Meinst du nicht, du würdest dich besser fühlen, wenn du doch hingingst? Zeremonien sind manchmal nützlich.«

»Ich glaube nicht, daß ein Gemeinschaftsgeflenne der Herren der Fürsorge meine Gemütsverfassung verbessern könnte. Aber mach dir keine Sorgen, ich komm da schon durch. Nur, wie du schon sagtest – ein Jammer.«

»Gut, aber gibt mir Bescheid, wenn ich irgendwas für dich tun kann. Doch was kann man da schon tun?« sagte Isobel und seufzte über diesen weiteren Beweis der Unmöglichkeit des Lebens.

Rachel legte auf und fühlte sich leicht irritiert. Sie hatte keine emotionale Antwort gewollt, deshalb hatte sie Isobel zuerst angerufen, aber es tat ihr trotzdem weh, daß für Isobel jede Art von individuellem Kummer mit der *condition humaine* verschmolz, so daß persönlicher Schmerz nur ein weiterer Beweis dafür war, wie die Dinge des Lebens für sie immer schon waren. Nicht daß dies nicht der Wahrheit entsprochen hätte, nur schien es den Menschen das Recht auf den Schmerz, den sie empfanden, zu verwehren.

Ganz anders Becky.

»Oh, Rachel! Oh, nein!« Sie war sofort den Tränen nahe.

Rachel reagierte verärgert. »Das kam wohl kaum überraschend. Nur eine mehr von den traurigen Geschichten des Lebens.«

»Hör auf«, meinte Becky schniefend. »Du brauchst nicht so zu tun, als wärst du nicht betroffen.«

»Ich bin betroffen, aber ich kann nichts an der Situation ändern. Tränen helfen gar nichts.«

»Vielleicht helfen sie dir.«

Rachel war aufgebracht. Beckys Tränen ärgerten sie. Sie waren ihr so leicht gekommen, als hätten sie sich seit Tagen aufgestaut und nur auf eine Gelegenheit gewartet, hervorsprudeln zu können. Es waren Tränen, keine Tränen für Pete. Aber warum nicht? Warum sollte Trauer nicht je nach Bedarf verfügbar sein können? Wer war Rachel überhaupt, daß sie Becky das Recht absprach, über jemanden zu weinen, den sie nicht kannte? Und wenn Tränen den Toten etwas bedeuteten, warum sollten dann keine für Pete fließen? Vielleicht waren Beckys Tränen wirksamer als ihre eigenen. Rachel hatte natürlich nicht geweint. Statt Tränen schenkte sie Pete ihre Gedanken. Wo lag da der Unterschied?

»Entschuldige, Becky. Ich fühl mich nur einfach so unheimlich mies. Aber ich sehe keinen Sinn darin, mich in diesem Gefühl zu suhlen. Es ist sonderbar, aber in meinem Leben sind bisher nur wenige Menschen gestorben. Viele sind verschwunden, aber nicht gestorben. Das ist was anderes.«

»Es ist solch eine Vergeudung«, sagte Becky.

»Vergeudung eigentlich nicht. Keine größere Vergeudung auf jeden Fall, als wenn Pete die Hälfte seines Lebens im Gefängnis verbracht hätte oder sich zu Tode gekifft oder gesoffen hätte. Ich glaube nicht, daß da ein großer Unterschied ist«, entgegnete Rachel.

»Aber wenn er leben würde, hätte der wenigstens die Wahl.«

»Ich weiß nicht, seine Chancen waren so gering. Ich bin nur so traurig, daß er tot ist. Ich wünschte, er wäre nicht tot.« Rachel schloß die Augen, um die aufsteigenden Tränen, die schmerzhaft an ihre Lider drückten, zurückzuhalten. Sie würde *nicht* weinen. Es hatte keinen Sinn zu weinen. Sie fürchtete nichts mehr als Tränen.

»Du solltest zur Beerdigung gehen«, sagte Becky. »Du fühlst dich danach bestimmt besser.«

»Zu einer Beerdigung zu gehen, nur um sich danach besser zu fühlen, hieße bei mir, daß ich mich nur noch dreckiger fühle. Das mit dem Ritual funktioniert, glaub ich, nur, wenn man nicht weiß, daß es funktionieren soll. Und überhaupt, warum sollte ich mich besser fühlen?«

(160)

»Ich meinte eigentlich auch nicht besser fühlen, ich meinte überhaupt etwas fühlen. Verstehst du – fühlen?« Bei Beckys Scharfsicht und Besorgnis hätte Rachel am liebsten aufgeschrien.

»Becky – bitte!«

»Tut mir leid. Wahrscheinlich hab ich nur von mir selbst geredet. Verglichen mit Petes Tod ist es natürlich nebensächlich, aber es steht ganz schlecht zwischen William und mir. Ich hab solche Angst, daß ich gar nicht dran denken darf.« Und wieder flossen die Tränen.

»Gibt's 'ne andere?«

»Wahrscheinlich. Es ist sicher verrückt, aber ich glaube, ich kann ohne William nicht leben. Mir ist noch nie in den Sinn gekommen, daß ich ihn verlieren könnte. Ich weiß, du mußt mich für schrecklich naiv halten. Nicht als ob ich nicht wüßte, daß die meisten Ehen in die Brüche gehen, nicht immer und ewig halten . . . aber nicht bei uns.«

Rachel versuchte, sich in Becky hineinzuversetzen, doch es gelang ihr nicht. William hatte also nach fünf monogamen Jahren eine Affäre angefangen, das Normalste von der Welt. Sie hielt Becky tatsächlich für naiv. Wie hatte sie glauben können, daß es ihnen anders ergehen könnte, daß sie sich ein Leben lang mit derselben Intensität begehren würden? Das überstieg Rachels Vorstellungskraft. Gewohnheit lautete die Antwort. Der Gedanke, daß *sie* anders wären, war Becky erst nachträglich gekommen, wahrscheinlich hatte sie nie ernsthaft darüber nachgedacht. Sie hatte sich daran gewöhnt, mit William zusammenzuleben, und jetzt war er unersetzlich, nicht weil er unersetzlich war, sondern eben aus Gewohnheit. Wie konnte William der einzige Richtige für sie sein? Wie konnte das überhaupt jemand? In dem kleinen Umfeld, in dem wir leben, begegnen wir ein paar Menschen, die zu uns passen; das war Zufall, nicht Vorsehung, in einer Welt voller Menschen, die sich nach dem Gesetz der Wahrscheinlichkeit niemals begegnen würden. Besser einer als keiner, und dieser eine wird durch die Macht der Gewohnheit unersetzlich. Aber Rachel und Becky hatten, wenn auch nicht Glauben, so doch

Schmerz gemeinsam, und hier wenigstens konnte Rachel Mitgefühl entwickeln.

»Komm heute abend vorbei«, schlug sie vor. »Ich kann etwas Gesellschaft gebrauchen.«

»Danke, mach ich. Ich kann nämlich etwas von deiner abgeklärten Lebenssicht gebrauchen.«

»Ich auch«, knurrte Rachel. »Du bist nicht mehr ganz auf dem laufenden, meine Liebe. Rachel die Unverwundbare scheint auf Grund gelaufen zu sein, ohne Spuren zu hinterlassen, aber nur für dich kann ich sie vielleicht noch mal ans Tageslicht zaubern.«

Das würde sie natürlich. Diese Rachel war noch da, besonders für andere, aber auch für sich selbst, wenn sie das Gefühl hätte zu versinken.

Pete und Joshua. Sie trauerte um ihre Schatten, um die verlorenen Möglichkeiten ihrer Körper. Der Tod des einen war nicht schlimmer als der des anderen, nur weil er greifbarer war. Auch wenn sie es vor sich selbst nicht zugab, trauerte sie vor allem um sich selbst.

F Ü N F

Becky traf in einem fürchterlichen Zustand bei ihr ein. All die gewohnte Retusche war vernachlässigt worden, so daß sie aussah wie die alte Becky und auch wieder nicht – wie das plötzlich fremd anmutende Gesicht eines alten Freundes, der für einen Augenblick seine Brille abgenommen hat, die er sonst immer trägt. Das Rohmaterial war da, das akurat geschnittene Haar, die großen hellen Augen, die gut proportionierte Figur, doch sie hatte ihr Haar nicht gewaschen, so daß es dünn und strähnig um ihr Gesicht hing, und ihre ungeschminkten Augen waren rot und geschwollen vom vielen Weinen. Obwohl beide Frauen ausgeblichene Jeans trugen, blieb der grundlegende Unterschied im Stil bestehen: Becky in tadelloser Seidenbluse, unter der sich ihre Brüste, vom Büstenhalter geformt, abzeichneten – Rachel dagegen in unförmigem T-Shirt, das sich locker über ihre nackten Brustwarzen legte. Rachel kochte Kaffee, und sie saßen auf Hokkern am Küchentisch, knabberten an Salamischeiben und brachen sich Stücke vom Käse ab.

»Hast du William gefragt, was jetzt werden soll?« fragte Rachel.

»Nein, wir reden kaum miteinander. Er ist so abwesend; auch wenn er da ist, ist er eigentlich nicht da. Ich glaube, er verläßt mich bald«, sagte sie und sah plötzlich auf, die Augen weit geöffnet, voller Angst, als wäre es ein ganz neuer Gedanke. »Wie schaffst du's bloß, allein zu leben?«

»Ich sagte doch schon, es ist nur Gewohnheit. Ich *kann* gar nicht mit jemandem zusammenleben. Ich weiß allerdings nicht, wie Leute allein leben, die es *nicht* gewohnt sind.«

»Und der Dämon? Was wäre, wenn er plötzlich mit dir zusammenleben wollte?«

»Will er eben nicht. Und das ist, glaub ich, der Punkt. Es besteht nicht die geringste Chance, daß er mehr will, als er jetzt hat. Das ist meine Sicherheit. Und deshalb sitz ich auch in der Klemme. Wenn er nur ein bißchen verfügbarer wäre, würd ich sofort mein Interesse an ihm verlieren, so wie's früher immer war.

Ich will nur deshalb mehr von diesem Mistkerl, um ihn danach nicht mehr zu wollen. Verrückt, was? In der eigenen Falle gefangen, wie es so schön heißt. Aber das hilft dir natürlich wenig, es sei denn, es tröstet dich zu wissen, daß es dir kein bißchen besser ginge, wenn du an meiner Stelle wärst.«

»Ein bißchen tröstet's mich schon.«

»Mich nicht«, murmelte Rachel finster.

»Immerhin sitzen wir in einem Boot.«

»Nur daß ich es nicht besser verdient hab, im Gegensatz zu dir. Ich hab mit meinen Phantasien herumgespielt. Manchmal kommt es mir so vor, als hätte ich den Mann erfunden. Es ist, als wär er meinem Kopf entsprungen als eine logische Weiterführung meiner selbst, und natürlich ist gerade die Person, mit der ich am wenigsten fertig werde, dieses andere Ich. Er wird mich immer besiegen, weil er genau weiß, was ich will.« Rachel stand auf und öffnete eine Flasche Wein.

»Und was willst du?« fragte Becky.

»Verletzlich gemacht werden. Nicht mehr hart und zynisch sein können. Es ist nur zum Teil der Sex – dort ist es am offensichtlichsten –, der wirkliche Genuß besteht darin, hilflos und erbärmlich gemacht zu werden. Es ist wie eine Erlösung, es ist so befreiend, verlieren zu dürfen und sich nichts draus zu machen. Oh, Scheiße, ist das nicht schrecklich?« Rachel bedeckte ihr Gesicht mit den Händen und lachte bitter. »Und unterdessen«, fuhr sie fort und blickte auf, »bringt Pete sich um und deine Ehe geht den Bach runter. Aber ich scheine an nichts anderes denken zu können als an diesen verdammten Joshua. Tut mir leid. Und, weißt du, was mir am meisten Angst macht? Diese Sache wird früher oder später vorbei sein, aber ich werde bestimmt nie mehr einen anderen, irgend etwas anderes wollen. Ich hab das Gefühl, verdammt zu sein.« Sie hielt ihr Weinglas fest in den Händen, starrte hinein und sah nichts darin als ein langes trostloses Leben. Genau das, dachte sie, fühlte jetzt natürlich auch Becky. Trostlosigkeit und kein Ende. So viel Zeit, die überstanden werden mußte. Und Pete auch. Als er auf dem Dach stand, muß er das unter seiner

Wut empfunden haben. Wenn man hoch oben am Rande eines Daches steht und ein solches Gefühl hat, nur Hoffnungslosigkeit, ist es nicht schwer zu springen, den Schritt ins Nichts zu tun. Die Alternative – die Treppe wieder hinabzusteigen – ist schwerer. Es gäbe nichts, wofür es sich lohnte hinabzusteigen, außer für noch mehr Nichts.

»Aber du kannst doch allein sein. Ich kann's nicht, Rachel . . . Ich kann's nicht.«

Becky gab plötzlich den letzten Rest an Beherrschung auf. Sie schien förmlich in sich zusammenzusinken, und die Tränen strömten durch ihre Finger, die sie vor ihre Augen gepreßt hielt. Sie schluchzte, bebte am ganzen Körper und ließ ihrem Unglück freien Lauf. Rachel saß da und betrachtete sie und fühlte, wie sich in ihrem Innern alles verhärtete, anspannte und ordnete, um die Situation in die Hand zu nehmen. Ja, es ist gut für Becky zu weinen; sie muß getröstet und gestreichelt werden; Tränen haben eine Funktion, sie setzen überflüssige Proteine frei; Menschen müssen in den Arm genommen werden, wenn sie die Fassung verlieren, damit sie sich geborgen fühlen. Rachel beobachtete Becky einen Augenblick lang, dann holte sie einmal tief Luft und streckte ihren Arm über den Tisch.

»Arme Becky, es tut mir so leid für dich«, murmelte sie und nahm eine Hand von Beckys Gesicht und hielt sie fest in der ihren. Das Schluchzen ging über in Jammern und Klagen. Rachel stand auf und ging, noch immer Beckys Hand haltend, um den Tisch herum, nahm Beckys Kopf an ihren Schoß und strich über ihr strähniges, tränenfeuchtes Haar.

»Ist ja gut. Ist ja gut«, flüsterte sie immer wieder und wiegte sie sanft hin und her.

»Ich halt das nicht aus«, schluchzte Becky. »Was soll ich bloß tun?«

Rachel, ganz in ihrer Trösterrolle, zog Becky behutsam hoch und führte sie aufs Sofa, wo sie die Arme um sie schlang und die weiche Seide ihrer Bluse streichelte. Sie fühlte sich ganz ruhig und gefaßt, bereit, das Notwendige zu tun. Was brauchte Becky jetzt?

Trost und Gewährenlassen. Rachel war wie ein hochsensibles Instrument, das die Atmosphäre maß und die entsprechenden Reaktionen in Gang setzte, nichts empfand, nur wachsam war. Sie hielt Becky umarmt und liebkoste sie, bis sie sich allmählich entspannte und nur noch ab und zu aufschluchzte. Dann war sie ruhig und atmete langsam gegen Rachels Brust, einen Arm auf ihre Schulter gelegt. Rachel streichelte besänftigend ihren Rücken und flüsterte: »Geht's besser?«

Becky hob ihren Kopf, ihr Gesicht ganz dicht bei Rachels, und sah mit roten verquollenen Augen zu ihr auf. Sie will, daß ich sie küsse, dachte Rachel. Möchte sie, daß ich mit ihr schlafe? fragte sie sich. Würde es helfen oder alles nur noch schlimmer machen? Würde es ihr gut tun? Sie dachte nicht: Will ich es? Sie wollte es zwar oder war zumindest fasziniert von der Idee, mit dieser Frau in ihren Armen vom Trösten in die Erotik hinüberzugleiten, obwohl ihre Hauptsorge darin bestand, was für Becky in ihrer Verzweiflung am besten und hilfreichsten war.

Becky dachte an gar nichts; sie ließ ihre Lippen über Rachels Mund gleiten und drang dann sanft mit der Zunge zwischen ihre Lippen, die sich schon öffneten, um sie zu empfangen. Sie küßten sich lange, machten sich mit den Konturen ihrer Lippen vertraut, ließen ihre Zungen an den Zähnen entlang gleiten, spielten mit ihren Lippen und stießen sanft in den Mund der anderen vor. Sie zogen sich aus, sich weiter küssend, erforschten einander neugierig und ein wenig scheu, ergründeten die weichen Wölbungen der Brüste, unvertraute Brustwarzen, seidige Schenkel und feuchte Vulven. Rachel nahm Beckys dunkle Brustwarze in den Mund und saugte zärtlich daran, fühlte, wie sie von köstlichen Schauern durchströmt wurde, während sie den Körper streichelte und kostete, deren Besitzerin sie so gut kannte. Ihre Freundin Becky hatte vorher keinen Körper für sie gehabt, oder zumindest einen, der nur andere anging, es war ein Körper, den Rachel nur aus gemeinsamen Gesprächen kannte. Sie hatte Freundin und Fleisch in ihrer Zuneigung niemals verbunden. Und während sie sie streichelte und ihren eigenen Körper liebkost fühlte, wurde sie von

Verwirrung verzaubert. Sie war Alice im Wunderland in dem Augenblick, als sich der Spiegel auflöste und sie auf dem Kaminsims hockend, die Handflächen gegen das Glas gepreßt, das Spiegelbild ihres eigenen Körpers spürte, wie sie einander berührten, wie sie sich selbst berührte, vertraut und doch irgendwie anders, ein Drittes schaffend, das weder die eine noch die andere war, die sich in einem Spiegel liebten, der zu einem Teich wurde, auf dessen Oberfläche sich das Licht brach, nicht du, nicht ich, sonderbar fremd und doch sonderbar vertraut.

Sie lagen nackt zusammen am Boden, schläfrig und befriedigt, hielten sich umschlungen und küßten sich von Zeit zu Zeit, um die Erregung zwischen sich aufrecht zu erhalten. Rachel betrachtete Becky und war hingerissen von ihrer Schönheit. Sie war sich auch ihres eigenen Körpers bewußt, der schön und geschmeidig, klein und fest war neben Beckys Rundungen. Und sie sah sie beide wie von oben, schockierend nackt, zwei schockierend weibliche Formen, ineinander verschlungen. Sie berührte Beckys Lippen mit den ihren, strich über ihr Haar, als sie schläfrig lächelte.

»Rachel«, flüsterte Becky und küßte sie zurück.

»Becky«, erwiderte Rachel lächelnd.

Rachel glitt in den Schlaf und träumte von Architraven, von fein geschnitzten weißen Simsen. Aber es ist doch die Tür, sagte sie sich im Traum, es ist nicht gut, sich auf Architrave zu konzentrieren, wenn man es mit Türen zu tun hatte. Doch wie sehr sie es auch versuchte, sie konnte sich nicht losreißen von den Formen rund um die Tür, von den hypnotischen Winkeln, Bogen und Schatten, die ihre Aufmerksamkeit auf sich zogen. Sie erwachte mit dem Bild einer soliden weißen Tür, der Tür, der sie in ihrem Traum hatte Beachtung schenken sollen, es aber nicht gekonnt hatte. Sie schob das Bild beiseite und drehte den Kopf zu Becky, die schlafend neben ihr lag. Sie fröstelte und sah, daß Beckys Körper von einer Gänsehaut überzogen war. Es war spät, und die Heizung hatte sich ausgeschaltet. Sie setzte sich auf und fühlte sich eisig. Alle Sinnlichkeit, alle Wärme war fort. Sie war angespannt und hart im Innern wie ein Diamant mit scharfen glitzernden Kanten, kalten glatten Facetten. Sie warf der schlafenden Becky einen kühlen Blick zu, wünschte sie fort, wollte nur noch allein sein in ihrer Wohnung. Sie wollte sie wachrütteln, ihr schweigend ihre Kleider reichen, wollte, daß sie ging, während sie sich in ihr Schlafzimmer einschloß. Verdammt, noch eine Klemme, etwas, aus dem sie sich rauswinden mußte. Warum hatte sie das geschehen lassen, wo sie doch alles unkompliziert wünschte, nur in Ruhe gelassen sein wollte? Sie erinnerte sich, daß sie es schön gefunden hatte, sich mit Becky zu lieben, aber das war nur, während es geschah; sie wollte keine Fortsetzung. Sie wollte nicht, daß es weiterging, wollte nichts erklären müssen, sie wollte nur *in Ruhe* gelassen werden. In Ruhe gelassen zu werden war das, was Rachel Sicherheit gab, und Sicherheit war die wichtigste Leitlinie ihres Lebens. Ihre Wohnung und ein paar nicht zu enge Freunde bedeuteten Sicherheit, die übrige Welt dagegen verschiedene Grade von Angst. Selbst bei den harmlosesten gesellschaftlichen Ereignissen gab es immer eine Seite in Rachel, die danach verlangte, wieder allein in ihrer Wohnung zu sein. Beziehungen wurden schnell abgebrochen oder kamen erst gar nicht zustande, weil sie ihre Einsamkeit dem Unbehagen vorzog, das sie stets bei anderen empfand, bei der Bedrohung, die sie darstellten. Sogar bei Carrie hatte sie manchmal das Gefühl, nur höfliche Gespräche zu führen, während sie darauf wartete, daß sie zur Schule oder ins Bett ging, um wieder allein sein zu können.

Bei Joshua fühlte sie sich sicher, weil sie wußte, daß er gehen würde, weil er, obwohl er ihre sexuelle Reserve brach, nie so weit gehen würde, seine eigene Reserve aufs Spiel zu setzen. Die Grenzen dessen, was sie begehren konnte, wurden von ihm gesteckt, und das garantierte ihnen beiden Sicherheit. Sie sagte sich, daß sie jetzt lernen mußte, noch mehr allein zu sein, als sie es schon war. Sie mußte ohne Sicherheitsnetze auskommen, die unausweichlich zu Fallen wurden – wie Becky, die dort friedlich schlafend am Boden lag. Wie Pete würde sie nie bekommen, was sie nie gehabt hatte, doch im Gegensatz zu ihm wußte sie das. Das war ihr Vorteil. Sie mußte es nur akzeptieren und aufhören, sich überhaupt mit jemandem einzulassen.

Sie hatte plötzlich das schmerzende Gefühl, das sie als Kind so oft gehabt hatte, wenn sie nachts im Bett lag und in den Weltraum zu treiben glaubte. Sie quälte sich mit der Vorstellung von Unendlichkeit, von unendlicher Leere. Später machte man Filme über so was, über ihren immer wiederkehrenden wachen Alptraum. Wenn sie so im Bett lag, verschwanden die Wände ihres Zimmers, während ihre Eltern schliefen oder stritten, auch die starken Mauern ihres Hauses, und sie trieb in das schwarze leere All, schwebte ganz allein dort, wo es nichts gab: keine Markierungen, keine Grenzen, nicht die geringste Hoffnung auf Rettung, nur Alleinsein im Dunkel für immer. Als sie Jahre später dasselbe Bild auf der Kinoleinwand sah, mußte sie gegen das schreckliche Gefühl der Leere ankämpfen, das es in ihr auslöste. Der Astronaut, der neben seinem Raumschiff schwebt und seine Rettungsleine verliert und abdriftet, ein winziges Objekt, das immer weiter abtrudelt in mehr und mehr Nichts.

Becky erwachte lächelnd, noch immer in Sinnlichkeit eingehüllt, und streckte ihre Hand aus, um Rachel zu berühren. Rachel stand hastig auf.

»Es ist kalt«, sagte sie. »Du solltest dich lieber anziehen.«

Becky zog ihre Hand zurück, einen verwirrten Ausdruck auf ihrem Gesicht. »Bist du okay?« fragte sie.

»Ja«, antwortete Rachel knapp und schlüpfte in Jeans und T-Shirt.

Becky stand auf und zog sich langsam an, während Rachel sich in der Wohnung zu schaffen machte, leere Gläser einsammelte und sie mit den Kaffeetassen ins Spülbecken stellte. Sie hantierte und klapperte, solange sie konnte, in der Stille herum, um sich jedes Gespräch vom Leibe zu halten, bis Becky sagte: »Trinken wir einen Kaffee?«

»Es ist sehr spät. Meinst du, William wird sich nicht fragen, wo du bist?«

»Er weiß, daß ich hier bin. Was ist los?«

(169)

»Nichts. Ich bin müde.«

Sie kochte Kaffee und dachte, je schneller sie ihn machte, desto eher wäre sie Becky los. Als Becky fertig angezogen war, nahm sie am Küchentisch Platz.

»Es war wunderbar. Es war so gut«, sagte sie, während Rachel die Kaffeetassen auf den Tisch stellte. Rachel fühlte, wie sehr Becky sich danach sehnte, liebkost und bestärkt zu werden; sie drehte sich abrupt um und machte sich völlig unnötig an der Kaffeemaschine zu schaffen.

»Rachel, was ist denn?« fragte Becky beharrlich.

Ich will, daß du gehst, daß du verschwindest, dachte sie. Hör endlich auf, so pathetisch, so verdammt warm, so liebevoll zu sein.

»Sieh mal«, sagte sie mit größter Anstrengung, noch immer mit dem Rücken zu Becky, »du warst am Boden zerstört, wir waren beide ein bißchen betrunken. Es war schön. Ich will mich nur nicht . . . einlassen. Es ist passiert, okay, aber das war's dann auch.«

Knallhart. Totaler Bewußtseinswechsel.

Becky sah aus, als hätte Rachel eine Kaffeetasse nach ihr geworfen, statt sie nur einfach auf den Tisch zu stellen.

»Natürlich. Wenn du das unbedingt willst. Aber es schien alles so richtig zu sein. Du warst so sanft und liebevoll zu mir, als ich geweint hab. Ich hab dich noch nie so erlebt . . .«

»Ich hab nur getan, was notwendig war«, unterbrach sie Rachel.

»Das ist mir egal. Du warst liebevoll, und du warst liebevoll, als wir uns gestreichelt haben. Du kannst jetzt nicht so tun, als wenn nichts gewesen wäre und es dir gar nichts bedeutet hätte.«

»Vergiß nicht, du bist in William verliebt. Ich tu überhaupt nicht so als ob. Es war reiner Sex, und ich mag Sex. Deshalb braucht man die Dinge nicht zu komplizieren. Wir haben uns nur getröstet.«

»Rachel, ich liebe dich. Du bist meine Freundin. Ich hab dich schon lange vor dieser Nacht geliebt; wir haben es etwas weiter getrieben, aber das ändert nichts an unserer Freundschaft. Ich hab eben heute nacht auch deinen Körper geliebt.«

»Du liebst William. Ich kann ihn nicht ersetzen. Ich will's auch gar nicht. Freundschaft und Sex vertragen sich bei mir nicht.« Rachel schenkte ihr Kaffee nach.

»Gut, wenn du willst, daß es nicht mehr vorkommt, dann tun wir's eben nicht. Aber wir bleiben doch trotzdem Freunde?« Becky wollte nach Rachels Hand greifen, die auf dem Tisch lag. Rachel zog sie weg, wandte den Kopf ab und starrte aus dem Fenster.

»Wahrscheinlich«, sagte sie mit einer Stimme Lichtjahre entfernt, einer Stimme, die sagen wollte: ›Ich hab da meine Zweifel.‹

»Rachel, bitte. Laß uns Freunde bleiben.« Beckys Augen füllten sich mit Tränen, ihre Hand lag noch immer ausgestreckt auf dem Tisch.

Rachel starrte eine Weile vor sich hin. Sie fühlte sich vollkommen ausgehöhlt, als wenn nichts in ihr wäre als leerer Raum. Sie wollte Becky nicht verlieren. Alles was sie wollte, war, daß diese Nacht nie stattgefunden hätte. Sie hörte, wie kalt und abweisend sie sprach, und wußte genau, wieviel Schmerz sie Becky allein mit dem Ton ihrer Stimme zufügte. Sie konnte sich genau vorstellen, wie sie sich fühlen würde, wenn sie die Zielscheibe wäre. Sie brauchte es sich gar nicht vorstellen, sie erinnerte sich genau. Sie zahlte es Becky also zurück, strafte sie für Joshua, für alle, die sie nicht geliebt hatten? Sie wollte Becky nicht verletzen, aber sie konnte nicht anders fühlen oder sein. Sie hatte dichtgemacht, es war kein Funken Freundlichkeit und Wärme in ihr. Sie war nun mal, wie sie war, und konnte nichts daran ändern. Sie hatte einfach schreckliche Angst, sich in etwas einzulassen, und reagierte mit Panik, als sie Beckys Gefühle immer näher rücken fühlte. Alles in ihr schrie: *Laß mich in Ruhe!*

Aber die Situation mußte bewältigt werden.

»Sieh mal, Becky, es tut mir leid. Wir *sind* Freunde. Du weißt, ich komme mit Bindungen nicht zurecht. Wir haben oft genug darüber gesprochen – dachtest du, ich hätte das nur erfunden? Tut mir leid, ich hätt es nicht geschehen lassen dürfen, es war mein Fehler. Ich möchte, daß wir Freunde bleiben, aber den Sex müssen wir draußen lassen. Wir sind nun mal beide auf Männer fixiert. Wir könnten uns nie das geben, was wir wirklich wollen. Wir haben uns nur getröstet. Und ich weiß«, fügte sie rasch hinzu, bevor Becky es sagen konnte, »es gibt nichts auszusetzen am Trösten, aber es würde auf Dauer nicht genügen.«

»Ich habe nicht deshalb mit dir geschlafen, weil ich William nicht haben kann«, protestierte Becky. »Ich hab's getan, weil ich es wollte, es hat sich ganz natürlich ergeben.«

»Nichts ergibt sich natürlich«, fiel ihr Rachel ins Wort.

»Für mich schon. Ich hab dich nicht ausgenutzt. Es wird nicht wieder vorkommen, aber bitte laß uns Freunde bleiben.« Becky stand auf. »Ich geh jetzt wohl besser nach Hause«, sagte sie matt.

Rachel folgte ihr in den Flur.

»Ich ruf dich morgen an«, sagte Becky an der Tür. Sie beugte sich vor, um Rachel zu küssen, doch die drehte ihren Kopf leicht zur Seite, so daß Beckys Lippen kaum ihre Wangen streiften.

»Bis dann, ciao«, sagte Rachel gleichgültig und schloß die Tür.

Endlich allein, ließ sich Rachel ein Bad ein, gab zweimal soviel Badeöl dazu wie nötig, zog sich aus und stieg erleichtert in das stark duftende Wasser. Sie lag da, sog den Dampf in sich ein und fragte sich, wann das alles aufhören würde, und wenn es aufhörte, was dann übrig blieb. Sie war noch leerer als zuvor, wie eine verlassene Muschel, mit der die Umstände ihr Spiel trieben. Dinge geschahen, und sie stand überall im Weg. Joshua, Pete und Becky. Komplikationen. Umstände. Das betraf sie alle nicht, nicht wirklich. Sie gingen alle ihren Bedürfnissen nach, reagierten auf das, was ihnen widerfuhr, auf ihr Leben; sie war nur zufällig dabei. Sie hatte nicht das Gefühl, daß *sie* jemandem widerfuhr oder auf irgend etwas reagierte. Da es nicht so war, reagierte sie auf alles, indem sie sich zurückzog, verschwand. Pete war tot, und sie ahnte, daß sie soeben eine alte Freundin verloren hatte. Da war jetzt nur noch Joshua, aber man konnte nicht sagen, daß sie Joshua ›hatte‹. Chaos. Was für ein Chaos alles war. Es kam herab wie eine große dunkle Wolke, wie ein Nebel, der alles verhüllte, alles zunichte machte, die Ordnung zerstörte, die sie zu schaffen versucht hatte, indem sie stillhielt. Sie konnte nicht wirklich funktionieren draußen in der realen Welt, es war zu unordentlich dort, zu beunruhigend. War es wirklich nicht möglich, stillzuhalten, nichts zu tun, nur in der Wohnung herumzutrödeln, ein paar Stunden zu unterrichten, Carrie eine Mutter zu sein, alles begrenzt zu halten und zu verhindern, daß das Leben über den Rand schwappte? Und was war mit dem Sex? Schaff ihn ab. Kann ich nicht. Wenn ich ein Mann wäre, würde ich ihn mir kaufen, dachte sie und fragte sich, ob es Bordelle für Frauen gab. Das war wohl eine Marktlücke: ein Service-Center für Frauen, die komplikationslosen Sex wollten.

Sie wachte gegen fünf Uhr auf, nachdem sie lange gekämpft hatte weiterzuschlafen. Ein schwarzer gußeiserner Schraubstock lag auf ihrer Brust, so schwer, daß ihre Rippen schmerzten. Das darf nicht geschehen, dachte sie und wußte doch, daß es geschah, erkannte es augenblicklich wieder. Es wird verschwinden, wenn ich noch mal einschlafe, am Morgen wird das Gewicht verschwunden sein. Schließlich glitt sie erneut in den Schlaf, aber in einen entsetzlichen Schlaf. Sie weinte im Traum, schluchzte, daß es ihren ganzen Körper schüttelte; es gab keinen Grund, keine Geschichte, nur dieses Weinen und das Wissen, daß sie auf keinen Fall von ihren Traumschluchzern aufwachen, ihnen gestatten durfte, wirklich zu werden. In dem Augenblick freilich, da sie das dachte, war sie bereits im Begriff aufzuwachen, und als sie die Gefahr witterte, kämpfte sie vergeblich gegen das Wachwerden an und gegen die echten nassen Tränen, die sie im Traum vergossen hatte. Sie vergrub ihr Gesicht in den Kissen und weinte, wie sie es seit Jahren nicht – vielleicht nie – getan hatte; nicht ein paar Tränen, die aus ihrem verbissenen, trotzigen Gesicht gepreßt werden mußten, sondern eine Tränenflut, die sich nicht kontrollieren ließ und nicht mehr aufzuhören drohte. Sie weinte ungefähr eine Stunde, dann lag sie matt und erschöpft, das Haar tränenfeucht, in ihrem durchnäßten Laken. Gott, laß das nicht zu, flüsterte sie zu irgend

(173)

jemandem, der sicher nicht zuhörte. Als der Wecker klingelte, konnte sie sich nicht bewegen. Sie lag auf dem Bauch und sah zu, wie die Ziffern auf der Uhr wechselten und nahm sich bei jeder neuen Ziffer vor, Carrie zu rufen und den Tag zu beginnen. Schließlich kam Carrie von sich aus herunter.

»Komm nicht ins Bett, es ist schon spät. Wir müssen aufstehen.«

Rachels Stimme war sonderbar tonlos, ungewöhnlich ruhig. Carrie musterte sie scharf. Wo war ihre schlechtgelaunte Morgen-Mutter? Warum zog sie sich an, ohne zu murren? Carrie erkannte Ärger, wenn sie ihn sah, und diese stille, passive Frau gefiel ihr nicht. Also ging sie zum Angriff über, versuchte, die wahre Person, mit der sie zusammenlebte, ans Tageslicht zu bringen. Sie trödelte zehn Minuten lang splitternackt, bis auf eine Socke, in der Wohnung herum, ohne allerdings irgendwas damit zu erreichen. Sie legte sich im Wohnzimmer auf den Boden, ließ ihren besockten Fuß in der Luft kreisen und nahm einen zweiten Anlauf.

»Ich glaub, Jungs sind schlauer als Mädchen.«

Aber sie bekam nur ein »Bitte zieh dich an, Liebes« für ihre Mühe zu hören – viel zu ruhig und kaum hörbar. Rachel bereitete mechanisch das Frühstück zu und ermahnte Carrie nicht mal, die Katze zu füttern.

»Ich hab nichts anzuziehen, Mum.«

»Ich hol dir was aus deinem Zimmer«, antwortete Rachel geistesabwesend. Es war nicht zu fassen: ihre Kleider auszuwählen und Shamus zu füttern, das waren eindeutig Carries Pflichten, über die erst gar nicht diskutiert werden mußte.

»Rachel, Schätzchen, liebst du mich?« Das Wort Schätzchen würde sie garantiert auf die Palme bringen, Zorn über Worte, die nichts bedeuteten, nachgeplapperte Worte.

»Ja.«

Nichts.

Carrie kam in die Küche, stand da, die Arme hinter dem Rükken verschränkt, und sah zu Rachel auf.

»Wenn ich nicht deine Tochter wär, sondern jemand anderes,

und du hättest schon ein Kind, würdest du dir dann wünschen, mich zu haben?«

Rachel hielt in ihrer Bewegung inne, die Cornflakes-Packung in der Hand, und starrte Carrie verständnislos an.

»Was?« fragte sie ungläubig.

»Ich sagte, wenn ich nicht ich oder deine Tochter wäre und trotzdem *ich* wäre, und du eine Tochter hättest, die nicht ich wäre, würdest du dir dann wünschen, mich als dein kleines Mädchen zu haben, anstelle der Tochter, die du schon hast?«

Rachel ließ sich auf den Küchenhocker sinken. Ihr verdutzter Ausdruck wich plötzlich schallendem Gelächter, bei dem sie die Hände vors Gesicht hielt.

»Wahrscheinlich. Ich glaube schon«, lachte sie, und dann sah sie die Uhr auf dem Tisch. »Caroline Kee, wenn du dich nicht auf der Stelle wäschst und anziehst, schrei ich gleich los.«

»Du schreist ja schon«, meinte Carrie vergnügt, und als Rachel einmal tief Luft holte, um die nächste Warnung vorzubereiten: »Ich mach ja schon, ich mach ja schon«, und rutschte mit ihrer Socke über den Küchenboden, überglücklich, daß der Tag nun doch noch vernünftig begonnen hatte.

Als sie gewaschen und angezogen am Frühstückstisch saß, fragte Carrie: »Was ist das Schlimmste, das du je in deinem ganzen Leben getan hast?«

Mit Becky geschlafen und sie dann zurückgewiesen zu haben; Joshua angefleht zu haben, sie zu schlagen und arschzuficken; Pete kein Zuhause gegeben zu haben; ihre Mutter nicht geliebt zu haben; ihren Vater geliebt zu haben; jeden zu verabscheuen.

»Etwas wirklich Böses«, sagte Carrie beharrlich.

Nichts wirklich Böses, dachte Rachel, wenn böse bedeutete, bewußt und unnötig zu verletzen. Sie hatte nichts vorzubringen, keine Lieblosigkeit oder Bosheit, die völlig grundlos, nicht irgendwie verständlich gewesen wäre. Es gab Gründe für ihr Tun – oder Nicht-Tun –, und es war ihr unmöglich, dafür das Wort ›böse‹ ohne Einschränkung zu benutzen. Taten waren eben genau das: Taten. Wir alle tanzen umeinander herum in irren, komplizierten

Mustern, doch es sind Muster, und jeder reagiert auf irgend etwas. Jeder? War Joshua böse? Sie hätte es nur zu gern gedacht. Sie wollte vor allem Zorn gegen ihn empfinden; aber wenn sie ihr eigenes Verhalten von gestern abend Becky gegenüber entschuldigen oder zumindest verstehen konnte, so mußte sie auch Joshuas Zufügen von Schmerz als Reaktion auf empfangenen Schmerz verstehen.

»Also?« fragte Carrie.

»Ich denke grad nach. Ich glaub nicht, daß ich etwas getan hab, das einfach nur böse war.«

Doch dann erinnerte sie sich. Die sechs Jahre alte Rachel hatte etwas getan, das einzige in ihrem Leben, das sie nie würde rechtfertigen können, und das, wenn der Tag gekommen war, die Himmelspforten vor ihr zuschlagen ließe, endgültig und für immer.

»Doch Carrie, etwas gibt es, das ich einmal getan hab und für das ich mich wirklich schäme.«

Carrie zappelte vor Vergnügen in Erwartung einer guten bösen Geschichte von ihrer Mutter.

»Was? Was? Erzähl's mir.«

»Also gut, aber iß deinen Toast auf. Ich war sechs und besuchte die Vorschule. Wir hatten damals ein System, bei dem jedes neue Kind von jemandem in der Klasse, der schon länger da war, betreut wurde. Die Betreuer wurden ›Schatten‹ genannt und mußten den neuen Schüler ständig begleiten, ihm alles zeigen und in der Klasse, beim Mittagessen neben ihm sitzen und so weiter. Ich war noch nie ›Schatten‹ gewesen, bis eines Tages ein neues Mädchen zu uns kam und der Klassenlehrer mir die Verantwortung für sie übertrug. Ich hatte aber gar keine Lust dazu. Ich wollte für niemanden verantwortlich sein. Das Mädchen ist also gekommen, und ich hab es von Anfang an gehaßt.«

»Warum?« fragte Carrie und mampfte ihren Toast mit weit geöffneten Augen.

»Das war's ja. Es gab keinen Grund. Sie war ein wirklich nettes, ganz alltägliches Mädchen. Sie war dick und gewöhnlich und irgendwie . . . glücklich. Und deshalb hab ich sie wohl gehaßt, weil

(176)

sie dick und gewöhnlich und glücklich war. Vielleicht auch nur, weil ich mich einfach nicht um sie kümmern wollte. Auf jeden Fall hab ich sie gehaßt, und ich bin ziemlich sicher, daß ich mir damals kaum Gedanken gemacht hab, warum. Ich hab ihr das Leben zur Hölle gemacht. Ich hab Bleistifte und Radiergummis fallen lassen, damit ich unter die Bank kriechen und ihr ins Bein kneifen konnte, oder ich hab sie gebissen oder ihr mit meinem Lineal gegens Schienbein geschlagen. Oh, Gott.« Rachel schlug vor Scham die Hände vors Gesicht.

Carrie war begeistert. »Hat sie dich nicht verpetzt?«

»Nein. Ich muß ihr wohl solche Angst gemacht haben, daß sie's nicht gewagt hat. Eine schlimme Geschichte, findest du nicht?«

»Erzähl weiter«, bettelte Carrie, die fürchtete, nie das Ende dieser wunderschönen Geschichte zu erfahren, daß sie abgebrochen würde wie ein Film im Fernsehn, der nicht für Kinder bestimmt war. »Erzähl weiter.«

»Also gut. Ich hab dann meine wohlverdiente Strafe bekommen, deshalb ist es sicher eine geeignete Geschichte«, murmelte Rachel halb zu sich selbst.

»Aber sie ist doch wahr, oder?«

»Leider ja. Ich weiß nicht mehr, wie lange das so weiter ging, aber eines Tages bin ich ins Direktorzimmer gerufen worden. Ich hatte bisher nie Ärger in der Schule gehabt, deshalb war ich nicht besonders beunruhigt. Der Direktor ist aufgestanden, als ich hereinkam, hat mich mit tiefernster Miene angesehen und dann erklärt, daß ihn die Mutter des Mädchens am Tag davor aufgesucht und ihm alles erzählt habe.«

»Wie hieß das Mädchen?« unterbrach Carrie.

»Ich weiß es nicht mehr. Ich kann mich erinnern, wie sie aussah, aber nicht an ihren Namen.«

»Kannst du nicht einfach einen erfinden?« Für Carrie mußten Geschichten immer wie Geschichten sein.

»Nein. Willst du die Geschichte zuende hören oder nicht?«

Carrie nickte eifrig und hielt den Mund.

»Es stellte sich heraus, daß ich das Mädchen so gepiesackt

(177)

hatte, daß sie Alpträume hatte und mitten in der Nacht weinend aufgewacht ist. Und morgens hat sie geweint, weil sie nicht zur Schule gehen wollte, bis ihre Mutter schließlich die ganze Geschichte aus ihr rausbekommen hat.«

»Rachel!« rief Carrie atemlos.

»Na, du wolltest doch etwas wirklich Schlimmes hören. Da hast du's. Wie du dir vorstellen kannst, war der Direktor sehr verärgert. In einer Ecke seines Zimmers stand ein langer Rohrstock. Ich hab ihn die ganze Zeit aus den Augenwinkeln gesehen. Ich war sicher, ich würde damit bestraft, doch er sagte, er würde mich nicht schlagen, weil ich ein Mädchen sei.«

»Das war aber nicht fair«, protestierte Carrie.

»War es wohl auch nicht. Auf jeden Fall hat er gesagt, ich sollte mich schämen und daß er vor der ganzen Schule erzählen würde, was für ein böses kleines Mädchen ich sei. Dann hat er mich mit in die Aula genommen und mich plötzlich hoch auf sein Pult gestellt, so daß mich alle sehen konnten. Es waren Hunderte. Alle Kinder und alle Lehrer waren da, und er hat vor allen erzählt, was ich getan hab und wie böse ich sei.«

»Arme Mummy. Und was hast du dann getan?«

»Ich hatte eine Freundin, die ich Maus nannte. Ich weiß nicht mehr, warum ich sie so genannt hab. Jedenfalls hat sie mir nachher erzählt, daß ich wirklich tapfer ausgesehn hätte, so als würde es mir nichts ausmachen. Ich weiß heute noch, wie ich dastand, fest entschlossen, nicht zu weinen. Ich hab mich auf die Innenseite der Wangen gebissen, die Kiefer fest aufeinander gepreßt und die Fingernägel in meine Hände gegraben. Ich wollte nicht weinen. Und ich hörte zu, wie der Direktor hinter mir erzählte, wie böse ich sei, und plötzlich hatte ich das Gefühl, daß er unter meinen Rock sehen konnte. Fast genauso schlimm wie vor allen anderen getadelt zu werden, fand ich, daß er vielleicht meine Unterhosen sah.«

Carrie prustete vor Lachen.

»Dann hat er gesagt, daß niemand in den nächsten zwei Wochen mit mir reden, ja, nicht einmal einen Bleistift von mir ausleihen dürfte und daß ich zur Essens- und Spielzeit in der Ecke stehen müßte. So geschah es dann auch. Und alle haben sich daran gehalten bis auf meine Freundin Maus, die rührend und nett zu mir war, was ich sicherlich gar nicht verdient hatte. Als ich in meine Reihe zurückgeschickt wurde, hat sie heimlich meine Hand genommen und ganz fest gedrückt, um mich zu trösten. Später hat sie mir immer Süßigkeiten zugesteckt, wenn ich in der Ecke stand. Sie war sehr nett.«

»Und dann?«

»Das war's. Ende der Geschichte. Ich weiß nicht, was aus dem Mädchen geworden ist. Ich glaube, sie ist auf der Schule geblieben und hat sich irgendwie wieder gefangen.«

Carrie dachte einen Augenblick nach. »Ich finde, das hört sich nicht nach dir an. Du bist doch gar nicht so gemein. Warum hast du das getan?«

»Ehrlich, Carrie, ich weiß es nicht. Ich glaube, ich war nicht sehr glücklich zu Hause. Meine Eltern haben sich dauernd gestritten. Wahrscheinlich hab ich mich spindeldünn und unglücklich gefühlt und konnte deshalb dieses dicke glückliche Mädchen nicht an meiner Seite ertragen. Vielleicht war ich sogar eifersüchtig auf sie. Aber es gibt wohl keine Entschuldigung dafür, daß man jemanden so unglücklich macht.«

»Oh, es tut mir so leid für dich, Mum«, rief Carrie.

»Ich glaub, das andere Mädchen hat dein Mitleid mehr verdient als ich. Aber danke, du bist genau so'n guter Kumpel wie Maus. Das war jedenfalls die Geschichte, das einzig wirklich Böse, was ich je getan hab und das mir heute noch leid tut.«

»Das war eine schöne Geschichte«, sagte Carrie, stand auf und zog ihre Jacke an.

Im Auto summte Carrie ihr Repertoire von Schulliedern herunter. Rachel fuhr in Gedanken verloren. Das kleine dicke Mädchen war jetzt eine Frau in ihrem Alter, die irgendwo ihr Leben lebte. Trug sie wohl das Bild der kleinen Rachel noch heute in ihrem Kopf – das Bild der grausamen und bösartigen Rachel, für immer konserviert und an dem sie die Widrigkeiten des

Lebens bemaß? Der erste Peiniger. Der böse, hassenswerte Teil von Rachel, weggeschlossen, für immer sechs Jahre, unfähig, sich zu wandeln, zu verstehen, sich zu entwickeln, etwas, an dem die andere Rachel nichts ändern konnte, an das sie nicht heran kam, weil es jemand anderem gehörte, eine zu Eis gefrorene Erinnerung, die vielleicht dazu benutzt wurde, die Wirrungen des Lebens zu erklären und zu rechtfertigen. Vielleicht gibt man, wenn man andere Menschen verletzt, einen Teil seiner selbst auf und glaubt, sich abgesondert und in Sicherheit zu befinden. Und wenn das so war, dann hatte sie selbst auch von anderen das Geschenk des Schmerzes empfangen. Wenn sie Joshua liebte, dann deshalb, weil sie einen Teil von ihm in sich trug, weil er ihr mit jedem Akt der Aggression und Kälte einen Teil seiner selbst geschenkt hatte. Kein Wunder also, daß sie mehr wollte; sie stahl sich Stück für Stück etwas von Joshua, wie ein Vogel, der Zweig für Zweig wegtrug, um sich ein Nest damit zu bauen. Oder ein Gefängnis. Weder Rachel noch Joshua empfanden sich in der wirklichen Welt nur als die kalten fremden Wesen, die unveränderlich im Bewußtsein eines anderen eingeschlossen waren. Rachels Joshua war unwiderruflich ihr Eigentum, er würde es niemals zurückbekommen, niemals diesen Teil seiner selbst, den sie gefangen hielt, verändern.

Rachel umarmte Carrie vor dem Schultor und machte sich auf den Weg zum Café. Zeitungen, heißer Kaffee, das Gefühl von Ruhe und Ungestörtheit, das nur öffentliche Orte vermitteln. Sie überflog die Zeitung, las nur das Fettgedruckte und ließ sich dann dorthin gleiten, wo sie wirklich sein wollte, in ihre Träumereien. Während sie aus dem Fenster starrte, nahm sie vage Bewegung und Muster wahr, aber keine Einzelheiten. Sie erlebte sich selbst als ein gefährdetes, unstabiles Gebilde, mehr mit Leim und Schnüren als mit Schrauben und Muttern zusammengehalten und das jede Art von Streß zu verformen und verbiegen drohte, bis das ganze Gebäude in sich zusammenfiel und nichts davon übrig blieb als ein ungeordneter, nicht wiederzuerkennender Trümmerhaufen. Das heißt, nicht einmal Streß; schon das bloße Leben, alles, was geschah und auf sie einwirkte, wurde als gefährlich wahrgenommen. Dieses Bild ihrer selbst war erschreckend, weil es fünfzehn oder zwanzig Jahre, in denen sie sich stark und leistungsfähig geglaubt hatte, übersprungen zu haben schien. Anpassungsfähig. Jetzt plötzlich war all diese Zeit ausgelöscht, sie war wieder das unkontrollierte, verwirrte junge Mädchen, als wenn sich nichts verändert, keine Entwicklung stattgefunden hätte und die letzten zwanzig Jahre nichts als Selbsttäuschung gewesen wären. Sie war tief beschämt und das um so mehr, als sie wußte, daß mit ihrem Leben eigentlich alles stimmte. Keine Geldsorgen, eine nette Wohnung, eine reizende Tochter: priviligiert. Kein Grund, sich das Elend vor Augen zu halten, mit dem die meisten Menschen des Planeten Erde lebten und starben. Unleidliche Rachel, die jammerte über – was? Nichts. Absolut alles war in Ordnung, doch dieses schreckliche Gewicht, das ihr physischen Schmerz bereitete und sie flach und vorsichtig atmen ließ, machte ihre Beteuerungen, daß alles in Ordnung sei, zum blanken Unsinn. Der Schmerz selbst war eine Anklage. Sie fühlte sich so schrecklich, aber alles war in Ordnung. Sie hatte kein Anrecht auf dieses Ausmaß an Schmerz. Sie konnte weder das Unglück noch sich selbst rechtfertigen. Sie fühlte Tränen in ihren Augen aufsteigen und suchte hastig in ihrem Portemonnaie nach Kleingeld, um ihren Kaffee zu zahlen, hoffte verzweifelt, es zu finden, weil sie wußte, daß die Tränen nicht so lange zurückgehalten werden konnten, bis die Bedienung käme, die Rechnung und das Wechselgeld brächte. Sie fand ein Fünfzig-Pence-Stück, legte es auf den Tisch neben die halbleere Tasse und eilte zur Tür.

Draußen blieb sie stehen, wünschte verzweifelt, zu Hause zu sein, in ihrer Wohnung, *jetzt*. Der kurze Weg zum Wagen, die Fahrt, selbst die Sekunden des Haustüraufschließens schienen nicht zu bewältigen zu sein, eine Reihe unüberwindlicher Hindernisse. Sie dachte einen Augenblick: »Ich kann mich nicht bewegen«, doch da sie wußte, daß es keine Alternative gab, daß, je länger sie stehen bliebe, jede Bewegung nur um so schwieriger würde, löste sie ihre Füße vom Gehsteig, bewegte sich zum Auto

(181)

hin und legte in ihre Gesichtszüge einen Ausdruck, von dem sie hoffte, aber nicht sicher sein konnte, daß er halbwegs normal wirkte. Sie sah, oder glaubte zu sehen, daß die Leute auf der Straße sich nach ihr umdrehten, und vergewisserte sich immer wieder, daß ihr nicht Tränenbäche aus den Augen stürzten oder sie auffällig nach Luft rang, um sich am Gehen zu halten. Der Weg erschien ihr lang.

Der Wagen war schon wie ein halbes Zuhause. Sie blieb eine Weile ruhig sitzen und sammelte Kräfte zum Fahren. Ist ja gut, sagte sie bei sich, du bist ja schon fast da, nur noch ein paar Minuten und du bist zu Hause. Einfach fahren, ganz ruhig, und du *kommst* nach Hause. Unterwegs begann es zu regnen, ein Regenguß, der die Straße vor ihr in wässerigen Dunst verwandelte. Sie stellte die Scheibenwischer an, die trocken über das Glas quietschten und die Sicht in keiner Weise verbesserten. Sie wunderte sich, sah hinauf zu dem wolkenlosen Himmel und nahm im selben Augenblick die Nässe auf ihren Wangen wahr. Kein Regen; sie schien zu weinen. Sie schluckte ihre Tränen herunter, preßte die Lippen zusammen, um sich den Anschein von Entschlossenheit zu geben. Als sie aus dem Wagen stieg, bereitete sie alles vor, damit, sobald die Haustür hinter ihr zugefallen war, nichts Praktisches mehr von ihr verlangt würde. Die Brille abgenommen, die Schlüssel in der einen Hand, Zigaretten und Feuerzeug in der anderen, müßte sie nur noch den Mantel abstreifen, die Zigaretten neben dem Bett ablegen, und dann war sie frei. Um was zu tun? Ganz gleich, frei, um nichts zu tun, gezwungen zu sein, nichts zu tun. Nur daß, sobald sie in der Wohnung war, Shamus herbeigesprungen kam und um Futter miaute. Es half nichts, ihn nicht zu beachten, es mußte getan werden. Einmal tief Luft holen. Die Anstrengung, die es kostete, die Dose mit Katzenfutter aus dem Kühlschrank zu nehmen und etwas davon in den Napf zu löffeln, war lächerlich. Jede Bewegung, jede Sekunde war eine unmögliche Anforderung an ihre Kräfte. In ihrem Kopf schrie es, ich muß aufhören, ich schaff das nicht, das ist unerträglich, aber als es schließlich getan war, war's ein erreichtes Ziel, und ein Gefühl der Erleichterung breitete sich in ihr aus. Nichts weiter. Nichts. Sie streifte ihre Stiefel ab, zog die Schlafzimmervorhänge zu und legte sich aufs Bett.

Da war es also wieder. Unverkennbar. Sie erkannte es an der Angst, die sie davor hatte, fühlte, daß es stets lauerte, wußte, daß es früher gekommen war und wiederkommen konnte, aber wenn es kam, wenn es sich genauso anfühlte, wie es sich anfühlte, war sie jedesmal überrascht. Es war wie Malaria, wie ein Fieber. Manchmal, wenn man eine Erkältung hat, fragt man sich, ob es keine Grippe ist, aber wenn man wirklich eine Grippe hat, stellt man sich diese Frage nicht. Die Depression war von besonderer Art, ein sofort zu erkennender Zustand, so als wäre ein Knopf gedrückt worden. Ein physischer Schmerz in ihrem Zwerchfell, ein Gewicht, als wär sie mit Blei gefüllt, die absurde Schwierigkeit, irgend etwas zu tun – automatische Bewegungen, die erst bedacht werden mußten, bevor man sie in die Tat umsetzte. Wie durchquert man das Zimmer? Man setzt einen Fuß vor den anderen, atmet weiter, bedenkt alles genau. Eine Stunde, zwei Stunden, den ganzen Tag damit beschäftigt, die Energie und den Willen aufzubringen, um die einfachsten Dinge zu erledigen, die Katze füttern, pinkeln gehen. Die unbegreifliche Schwierigkeit mit all diesen Dingen wurde noch unbegreiflicher durch die Gewißheit, daß mit dem Körper alles in Ordnung war. Und die tiefe, entsetzliche Verzweiflung in ihrem Kopf.

Es war unmöglich, diese Hoffnungslosigkeit, diese tiefe herabsteigende Schwärze zu beschreiben: Die Schwärze war unendlich, sie war hoffnungslos, weil es *nichts* zu hoffen gab. Es war eine Verschiebung der Perspektive; es war nicht so, daß sie sich schlecht fühlte und ihr das Leben deshalb erbärmlich erschien, es war vielmehr der Wegfall eines täuschenden rosaroten Vorhangs, der das Leben meist erträglich erscheinen ließ. In Wirklichkeit war es das nicht. Wenn sie depressiv war, sah sie, was zu sehen war, und sie war sich absolut sicher, daß das, was sie sah, die Wirklichkeit war. Sie wußte, die Dunstschleier mußten da sein, wollte man überleben, in den Zeiten aber, wenn sie fortgeweht waren, sah sie die

Dinge, wie sie waren. Die Depression war die Wirklichkeit im Übermaß – unerträglich.

Rachel lag im Dunkeln auf ihrem Bett und fühlte es kommen. Noch war sie erst teilweise darin, noch beobachtete sie es bis zu einem gewissen Grade. Sie versuchte weiter, das Schwarzdenken zurückzudrängen – keine Sorge, ich hab das schon durchgemacht, es geht vorbei. Aber wie lange würde es dauern, bis es vorbei war, und würde sie es überleben? Was war, wenn es diesmal nicht vorbeiging? Und Carrie? Sie hatte sich seit Jahren nicht mehr in diesem Zustand befunden. Vor Carrie hatte sie, als die Depressionen öfter auftraten, einen Weg gefunden, sie zu überstehen. Sie hatte die Angst einfach losgelassen, um es voll und ganz zu fühlen, es mit sich geschehen zu lassen, hatte, allein in ihrer Wohnung hockend, nichts weiter versucht, als am Leben zu bleiben. Hatte am Boden gelegen und manchmal Musik gehört, doch der Trick bestand darin, es zu akzeptieren wie einen Orkan, der durch ihr Leben fegte. Isobel half, sobald sie erkannte, was los war. Sie kam, brachte Essen, das keine Mühe machte, das man einfach irgendwo hinstellen konnte, um sich gelegentlich davon zu nehmen, und sie saß manchmal mit Rachel zusammen, ohne ein Wort zu reden. Einen anderen Menschen im selben Zimmer zu haben, schien Rachel, verschlossen und unmenschlich wie sie war, irgendwie zu erwärmen, als würde die bloße Körperwärme ein wenig auf sie übergehen. Aber das lag Jahre zurück, und Carrie war noch nicht geboren, brauchte noch nicht berücksichtigt werden. Manchmal hatte es Wochen, acht, zehn Wochen gedauert, um es zu überstehen und allmählich zu begreifen, daß es vorbei und an der Zeit war, wieder zu leben. Bei dem Gedanken an Carrie war es nicht möglich, sich der Angst zu überlassen. Sie mußte die Kontrolle bewahren, den Prozeß irgendwie stoppen, doch da lag sie nun auf ihrem Bett, erschöpft von der Anstrengung, dorthin zu gelangen, und hatte nicht die geringste Idee, wie sie es schaffen sollte.

Es war Freitag. Morgen früh würde Michael Carrie abholen, so daß Rachel ein freies Wochenende vor sich hatte. Am Sonntagabend würde er sie zurückbringen; Rachel brauchte Carrie nur von der Schule abholen und sich am Abend um sie kümmern, bis sie zu Bett ging, und sie am nächsten Morgen versorgen. Rachel lachte bitter, es klang wie ein Fünf-Jahres-Plan. Sie stellte sich vor, allein auf einem weiten, grenzenlosen Feld zu sein und eine Kornähre nach der anderen aufzulesen. »Wenn du mit dem hier fertig bist«, trieb der Wärter in ihrem Kopf sie an, »gibt's noch andere Felder abzuernten. Und beeil dich, wir haben nicht viel Zeit.« Panik, Entsetzen und Scham. Ihre Tochter abzuholen und ihr etwas zu essen zu machen, gehörte nicht zu den unerträglichsten Lasten, die das Leben einem auferlegte; trotzdem war es unvorstellbar. Sie schaute auf die Uhr. Wenn sie sich sofort auf den Weg machte, käme sie noch rechtzeitig zur Sprechstunde von Dr. Stone. Wozu? Was könnte er machen? Nicht drüber nachdenken, irgend jemand muß irgendwas tun. Sie zog ihren Mantel an und ging zum Wagen, sah ihr Gesicht im Rückspiegel, ging in die Wohnung zurück und holte ihre Sonnenbrille, um ihre toten geschwollenen Augen zu verbergen.

Das Wartezimmer war gerammelt voll mit schniefender, hustender Menschheit. Mit Leuten, die wirklich krank waren. Mit Kindern, die weinten vor Ohrenschmerzen, mit alten keuchenden Männern. Fünfundzwanzig Menschen in dem kleinen Wartezimmer. Kinder saßen unbequem auf den Schößen ihrer Mütter, um für die älteren Platz zu machen, junge Männer fühlten sich ob ihrer Jugend verpflichtet, trotz ihrer Leiden zu stehen. Die Luft war keine Luft mehr, sondern ein Gemisch von menschlichem Atem, dämpfig und schwer vor Ansteckung. Sicher konnte man sich ein Dutzend verschiedener Krankheiten zuziehen, wenn man lang genug in diesem Raum blieb. Aber niemand klagte, sie saßen alle in einem Boot, jeder fühlte sich mies, aber bald, naja, recht bald würde der Doktor sie untersuchen und ihnen Rat und Medizin mit auf den Weg geben. Allen diesen Leuten fehlte etwas, nur Rachel nicht, die gesund war, kein Husten, keine Erkältung, kein Virus, der erklären oder entschuldigen könnte, daß sie sich so sterbenselend fühlte. Sie trat an den Anmeldeschalter und schlug ihren

Mantelkragen hoch, um sich vor den Blicken der Gelangweilten und Neugierigen zu schützen.

»Bitte, kann ich mit Dr. Stone sprechen?« fragte sie leise. Zu leise, sie mußte ihre Frage wiederholen. Es fiel ihr äußerst schwer zu sprechen, jedes Wort erforderte Kraft, und gleichzeitig mußte sie gegen die Tränen ankämpfen, die ihr in die Augen stiegen.

»Wir haben heute morgen eine lange Warteliste. Sie werden sich gedulden müssen.« Die Sprechstundenhilfe sah nicht mal von ihrer Liste auf. Geh nach Haus, dachte Rachel, geh ins Bett. Ich kann nicht warten. Aber sie mußte es, denn wenn sie ging, gäbe es nichts für sie zu tun.

»Ich will draußen warten. Wie lange wird es etwa dauern?«

»Mindestens eine Stunde.«

Das war schwer. Wie lächerlich, sich das Leben so schwer zu machen, eine Stunde auf der Straße rumzustehen, um auf einen Arzt zu warten und ihm was sagen? Um was zu bitten? Aber da sie schon mal hier war, hatte sie die Trägheit auf ihrer Seite: Es war jetzt schwieriger, nach Hause zu gehen, als hier zu warten.

Sie saß eine Stunde auf einer Mauer, draußen auf der Straße und wartete drinnen noch eine weitere halbe Stunde, bis endlich ihr Name aufgerufen wurde. Sie betrat Dr. Stones Sprechzimmer, ohne zu wissen, was sie wollte – wußte nur, daß sie verzweifelt war. Dr. Stone kannte sie vor allem durch Carries Krankheiten und ein paar ernstere Grippeanfälle. Er sah von seinen Unterlagen auf, als sie eintrat.

»Was kann ich für Sie tun?« fragte er, jung, freundlich und viel lockerer als die meisten Ärzte, die sie kannte.

»Ich fühl mich nicht gut«, murmelte Rachel, verwirrt, weil ihr sofort die Tränen in die Augen schossen. »Ich habe Depressionen, noch nicht lange, aber im Moment geht's mir furchtbar schlecht. Ich schaff das nicht, und ich muß doch – Carrie.«

Die Tränen liefen ihr über die Wangen, als die Worte knapp und beherrscht durch ihre zusammengepreßten Kiefer kamen.

»Ich hab in Ihren Unterlagen nachgeschaut«, sagte er ruhig.
»Kein Wunder, daß sie depressiv sind. Das Leben hat Ihnen übel
mitgespielt.«

»Mit meinem Leben ist alles in Ordnung. Ich hab gar keinen
Grund, mich so zu fühlen. Nichts ist passiert. Es gibt Frauen mit
drei Kindern am Rockzipfel, mit Ganztagsarbeit, Problemen. Ich
kann's einfach nicht ertragen, kann mich kaum rühren.«

Sie verlor die Beherrschung und fing an, ganz ungehemmt zu
weinen.

»Tut mir leid. Ich weiß nicht mehr, was ich tun soll. Ich pack das
nicht, ich pack's einfach nicht.«

»Haben Sie Selbstmordgedanken?« fragte Dr. Stone.

»Ich seh keinen Sinn darin, am Leben zu sein. Wofür?«

»Und Carrie?« Eine Frage, über die sie schon nachgedacht
hatte.

»Ich glaube nicht, daß es auf Dauer für Carrie besser ist, eine
depressive Mutter als gar keine zu haben. Ich wär auch nicht
schlechter dran gewesen, wenn meine Mutter sich umgebracht
hätte. Schaun Sie, mir ist alles gleichgültig, alles und jedermann. Ich fühle überhaupt nichts mehr, nur noch, daß ich da raus
muß.«

»Und was soll ich für Sie tun?« fragte er.

Gute Frage. Sie wollte keine Antidepressiva, die hatte sie schon
vor fünfzehn Jahren ausprobiert; sie hatten nicht geholfen, sie
hatten sie nur ein paar Wochen benommen gemacht, bis sie sich
dran gewöhnt hatte. Sie konnte sich in solch einem Zustand nicht
um Carrie kümmern, sie zur Schule bringen oder abholen. Auf jeden Fall war es eine ungewisse Sache. Sie hatte Leute gekannt,
die jahrelang Pillen gezählt und gewechselt hatten, bis es eine Aktivität für sich geworden war, ein Weg, um Depressionen in Geschäftigkeit umzusetzen, ohne an die Wurzeln des Übels zu rühren. Sie hatte Leute hinter Vermeidungs-Pharmakopöen verschwinden sehen, bis sie nur noch Schatten ihrer selbst waren.
Das schien kein gangbarer Weg zu sein, um am Leben zu bleiben,
besonders wenn es einem nichts bedeutete.

Das sagte sie Dr. Stone.

»Aber Ihr Gefühl, nicht mehr leben zu wollen, ist eine Funktion Ihrer Depression«, sagte er.

»Meine derzeitigen Gefühle sind *nicht* irreal«, sagte sie, fest entschlossen, ihm das begreiflich zu machen. »Ich empfinde das meistens, nur jetzt kann ich's nicht so leicht abtun. Ich bin eine Art leerer Raum. Ein Versehen. Es gibt keinen wirklichen Grund weiterzumachen, es sei denn das bloße Überleben, aber darin sehe ich keinen Sinn. Ich weiß, daß Sie verpflichtet sind, Menschen am Leben zu erhalten, aber manchmal wäre es für alle Beteiligten besser, wenn Ihnen das nicht gelingt. Ich könnte dreißig oder vierzig Jahre so weiterleben, für nichts und wieder nichts, als Platzverschwendung und sicher zum Schaden anderer. Es ist das einzige, was ich tun kann. Es ist – logisch.« Sie sprach trotzig durch ihre Tränen hindurch, verärgert darüber, daß sie und nicht ihre Argumente ihn beeinflussen könnten.

»Nun, und was soll ich für Sie tun?« fragte er noch einmal, und sie geriet in Verlegenheit.

»Das weiß ich nicht. Es gibt nichts, was Sie tun könnten. Ich weiß gar nicht, warum ich gekommen bin.«

»Aber Sie *sind* gekommen.«

»Ich brauche jemanden, der damit umgehen kann. Ich weiß nicht, was ich machen soll.«

»Also gut. Wer kann sich um Ihre Tochter kümmern?«

»Niemand. Ich kann niemanden bitten, Carrie zu übernehmen. Michael arbeitet, und sonst gibt es niemanden.«

»Wenn Sie sich eine Weile nicht um sie kümmern können, dann muß Ihr Ex-Mann das für Sie tun. Schließlich ist er der Vater. Und was ist mit dieser Isobel Raine? Das ist doch die Frau, die Sie adoptiert hat?«

»Die kann ich nicht bitten, Carrie zu übernehmen. Sie arbeitet. Außerdem soll niemand davon erfahren. Michael hat Carrie am Wochende, das entlastet mich ein paar Tage.«

»Wie wär's, wenn Sie für kürzere Zeit ins Krankenhaus gingen? Als eine Art Zufluchtsort?«

»Nein, das kann ich nicht. Ich war vor fünfzehn Jahren im Krankenhaus. Das wär eine solche Niederlage.«

»Irgend jemandem müssen Sie's aber sagen«, meinte Dr. Stone energisch. »Und irgend jemand muß sich um Carrie kümmern. Rufen Sie Michael an, sobald Sie zu Hause sind. Haben Sie noch Schlaftabletten?«

»Ich hab noch ein Dutzend Vivinox, aber sie scheinen bei mir nicht zu wirken. Sie sind sehr leicht.«

»Ja, das sind sie. Übers Wochenende können Sie drei davon nehmen, das schadet nichts, und Montag rufen Sie mich an und sagen mir, ob's Ihnen besser geht. Wenn nicht, überlegen wir uns, wohin Sie für ein paar Tage gehen können, irgendein Krankenhaus, nur um Sie von Ihrem Druck zu befreien.«

Als Rachel ging, fühlte sie sich, weil sie alles so real gemacht hatte, noch schlechter als vorher. Hatte sie gehofft, daß Dr. Stone ihr sagen würde, ihr fehle nichts und sie solle sich zusammenreißen? Er war über ihren Zustand nicht erstaunt gewesen, dachte, sie sollte ins Krankenhaus gehen, bestätigte, daß sie sich so verzweifelt fühlte, wie sie dachte. Das gab ihr ein Gefühl der Erleichterung, aber auch der Angst. Es war keine Einbildung, die man wegblasen konnte. Es *war,* wie es war.

Als sie nach Hause kam, rief sie Michael an. »Ich hab 'ne schwere Grippe. Würdest du bitte Carrie von der Schule abholen?«

Michael versprach es und meinte, ihre Stimme klinge, als ob sie Halsschmerzen hätte. Sie konnte ihm nicht sagen, was wirklich los war. Er wußte mit anderer Leute Depressionen nicht umzugehen; es machte ihm Angst, ganz besonders bei ihr; und vor allem wollte sie es nicht eingestehen, es nicht publik machen. Er würde es Isobel erzählen, und die würde herkommen, und das Ganze würde real, dort draußen in der Welt. Isobel *war* beschäftigt, und sie würde sehr enttäuscht sein. Sie ging davon aus, daß Rachel längst darüber hinweg war. Schuld. Behalt es lieber für dich. Wenn sie schon nicht verhindern konnte, sich so zu fühlen, sollte sie's wenigstens nicht erzählen und niemanden um Hilfe bitten.

(189)

Sie fragte sich zwar irgendwann, warum sie Michael bitten konnte, ihr bei einer Grippe auszuhelfen, aber dann fand sie's wieder einleuchtend: Grippe war nicht ihr Verschulden, Depression wohl. Ein Virus gab einem das Recht ›auszusteigen‹, Forderungen an Leute zu stellen.

Der Weg fürs Wochende war frei, die Bürde Carrie war ihr abgenommen. Rachel zog sich aus, schluckte drei Pillen, nahm den Telefonhörer von der Gabel und ging zu Bett. Gegen vier am Nachmittag wachte sie auf, nahm noch mal drei Pillen und schlief bis neun abends. Dann stand sie auf und setzte sich aufs Sofa im Wohnzimmer, in einen alten baumwollenen Morgenmantel gehüllt, und hockte zusammengekauert im Dunkel, bis es dämmerte. Sie starrte in den grauen Himmel und flüsterte immer wieder: »Hilfe! Bitte helft mir! So helft mir doch!« obwohl sie sich gar keine Hilfe vorstellen konnte.

Dann begann sie, ganz nüchtern an Selbstmord zu denken. Dabei war sie sehr ruhig, sehr vernünftig; es gab da nur Einzelheiten zu lösen. Sie saß kettenrauchend auf dem Sofa wie ein Schachspieler, der sich zwar über seine Strategie im klaren ist, aber noch die sichersten Züge zu seinem Ziel überdenken muß. Sie war immer in ihrem Element gewesen, wenn es Probleme zu lösen gab. Das größte Problem war Carrie. Es mußte auf möglichst schonende Weise geschehen, und das schloß Blut aus. Überhaupt kamen gewalttätige Methoden, seinem Leben ein Ende zu machen, nur für diejenigen in Frage, die zornig waren und strafen wollten. Sie fühlte keinen Zorn und wollte niemanden strafen, nicht mal sich selbst. Sie wollte keinen Schmerz, nicht für sich oder sonst wen. Pulsader-Aufschneiden kam also nicht in Frage, Autounfall auch nicht, da könnten andere hineingezogen werden. Schade, daß sie keine tödliche Krankheit hatte, das wäre natürlich ideal. Ihr Tod wäre dann unvermeidlich, und Carrie würde sich irgendwie damit abfinden können. Aber sie war gesund, und damit war der Fall erledigt. Übrig blieb eine wirkungsvolle Überdosis, an die allerdings heutzutage nicht leicht heranzukommen war. Vor fünfzehn Jahren war sie mit einer tödlichen Dosis von Barbituraten in den

Hosentaschen herumgelaufen, die ihr der Arzt zum Einschlafen verschrieben hatte. Mit zwanzig, als sie sich in einem ähnlich kühlen und klaren Bewußtseinszustand befand wie jetzt, hatte sie dreißig Schlaftabletten geschluckt, sich beruhigt ins Bett gelegt und gedacht, achtundvierzig Stunden zu haben, bis jemand sie finden würde. Doch dann war plötzlich ein Freund, von dem sie geglaubt hatte, er wäre übers Wochenende verreist, mit seinem eigenen Schlüssel in ihrer Wohnung aufgetaucht. Diesmal hatte sie zwei Tage Zeit und ein Vorhängeschloß an der Wohnungstür. Sie müßte einen Zettel an die Tür heften, damit Michael am Sonntagabend nicht mit Carrie reinkommen würde. Das war nicht schwierig. Sollte sie auch etwas für Carrie schreiben? Etwas, das ihr helfen würde, wenn sie älter war, auch wenn sie's jetzt noch nicht verstehen würde. Sie konnte sich nicht entscheiden. Besser überließ man das vielleicht Leuten, die mehr davon verstanden und wußten, was nötig war. Ihr wurde klar, daß es sie überforderte, eine Zukunft zu planen, an der sie nicht mehr teilzunehmen gedachte, ja, daß sie gar kein Recht hatte, in sie einzugreifen. Auch wurde ihr klar, daß ihre so klugen, vernünftigen Selbstmordpläne gelinde gesagt grotesk waren. Du nimmst immer alles so todernst, sagte sie sich. Sie sah sich feierlich auf dem Sofa sitzen und Pillen schlucken – ein Schlückchen Wasser, zwei, drei Pillen, sehr konzentriert. Lächerlich. Dann kam ihr plötzlich die Erleuchtung: Es mußte ja gar nicht so schwer sein, nicht so mit hart verkniffenem Gesicht. Pillen und Alkohol. Erst der Alkohol, dann die Pillen. Einfach und einleuchtend. Dieser Gedanke schlug wie ein Blitz ein; nicht das Ende der Welt, kicherte sie, genieße es.

Sie stand auf, wusch sich das Gesicht, zog bequeme Jeans und ein Sweatshirt an und schaute auf die Uhr. Zehn. Zeit zum Einkaufen. Sie fuhr zum nächsten Supermarkt, der sich schon mit Samstagmorgen-Kunden füllte, und kaufte eine Flasche Whisky und eine Riesen-Spar-Flasche Aspirin. Über das Aspirin war sie nicht so sehr glücklich, sie kannte die wirksame Dosis nicht und wollte kein Risiko eingehen. Aber etwas wirklich Wirkungsvolles wäre nur auf Rezept zu bekommen, und das kam nicht in Frage.

(191)

Aber hundert Aspirin, mit einer Flasche Whisky runtergespült, täten's sicher auch. Sie mochte hier ›draußen‹ nicht lange darüber nachdenken, sie fühlte sich durchsichtig, wie aus Glas, als könnte jeder ihre Gedanken lesen. Vorsichtshalber kaufte sie noch ein Päckchen Schokoladenplätzchen, um die Beobachter irrezuführen. Schließlich kauften Leute, die die Absicht hatten sich umzubringen, keine Schokoladenplätzchen. Es würde die anderen Einkäufe harmlos erscheinen lassen, dachte sie.

Zu Hause angekommen, lehnte sie sich atemlos an die Tür wie jemand, der nach der Flucht vor Menschenfressern einen sicheren Zufluchtsort erreicht hat. Keuchend von der Anstrengung, zu erscheinen wie jedermann sonst, trug sie ihre braune Papiertüte nach oben und packte sie auf dem Küchentisch aus. Die Aspirin-Tabletten sahen unglaublich kreidig aus. Ihr Mund wurde ganz trocken bei ihrem Anblick. Sie nahm ein paar Eiswürfel aus dem Tiefkühlfach, füllte sie in ein Glas und gab Whisky darüber. Sie wollte stilvoll betrunken werden. Nicht einfach den lauwarmen Alkohol aus der Flasche runterkippen. Sie mochte eigentlich gar keinen Whisky und brauchte das Eis, um den Geschmack zu mildern. Sie nahm sich vor, ungefähr ein Drittel der Flasche zu trinken, bevor sie mit dem Pillenschlucken begann. Das wäre ein unbeschwerter Abgang.

Aber Rachel war nicht trinkfest. Die Theorie war richtig für jemanden, dessen Körper an Alkohol gewöhnt ist, doch die Flasche Wein, die sie mit Joshua bei seinen gelegentlichen Besuchen teilte, war schon mehr als ihr täglicher Durchschnittskonsum. Ein paar Gläser lang war noch alles in Ordnung. Sie legte ein Mozart-Quartett auf, setzte sich auf den Fußboden, schlürfte die eisige Flüssigkeit und schaute zum Baum vor ihrem Fenster auf, dessen Blätter sich in der leichten Sommerbrise wiegten. Die Musik war wundervoll und der Sonnenschein angenehm. Sie beobachtete, wie das Licht auf dem dunkelgrünen Glanz des Philodendrons spielte, und empfand zum ersten Mal seit Wochen ein Gefühl des Friedens und des Wohlbefindens, nur für sich allein zu sein, denn nun brauchte sie sich nicht mehr um die Zukunft zu sorgen, um

(192)

eine Zeit, die sie ›hinter sich bringen‹ mußte. Die Zeit, die ihr blieb, würde kurz sein, so kurz, wie sie selbst es bestimmte. Entscheidungen waren sehr tröstlich. Wenn das Leben immer so wäre, hätte sie's vielleicht bewältigt; keine Menschen, keine Verpflichtungen. Aber das hieße nur, ihr Versagen zu wiederholen, ihre Unfähigkeit, am Leben teilzunehmen, in ihm zu sein. Das bestärkte sie in ihrem Urteil und festigte ihren Entschluß. Darüber gab es bei ihr im Moment keinen Zweifel.

Nach dem dritten Glas fiel ihr ein, daß sie den Zettel für Michael schreiben müßte, bevor sie zu betrunken war. Sie sollte auch, so dachte sie, versuchen, den Brief an Carrie zu schreiben. Plötzlich stellte das Leben wieder Forderungen an sie. Sie mußte sich von der Musik und dem Sonnenschein trennen, um das Erforderliche zu tun. Sie holte mehrere Bögen Briefpapier und einen Umschlag aus ihrer Schreibtischschublade.

›NICHT REINKOMMEN. HABE MICH UMGEBRACHT‹, schrieb sie in großen Buchstaben und betrachtete dann argwöhnisch ihr Werk.

»Großer Gott«, stöhnte sie, zerknüllte das Papier zu einem festen Ball und warf ihn durchs Zimmer. Wie konnte man so was ganz locker sagen? ›Hallo Michael, wollte Dir nur mitteilen, daß ich im Jenseits bin. Vielleicht sehn wir uns dort irgendwann wieder.‹ oder: ›Bin soeben aus dem Leben abgetreten. Liebe Grüße an Carrie.‹ oder: ›Bitte reg dich nicht auf, aber . . .‹ Nach drei weiteren Gläsern Whisky lag Rachel kichernd am Boden, während Shamus mit den Papierbällen, die im Zimmer verstreut lagen, Katzenfußball spielte. Sie stemmte sich mit Mühe in eine sitzähnliche Position und schaute zu der halbleeren Flasche auf dem Küchentisch. Großartig, murmelte sie zu sich selbst, einfach klassisch. Die besoffene kleine Alice war zu weit von der Flasche mit der Aufschrift ›Trink mich‹ entfernt. Scheiß auf den verdammten Zettel, aber wie sollte sie an die Flasche rankommen und an die andere Flasche? Willenskraft, die tat's doch immer. Sie ließ sich auf Hände und Knie rollen und bereitete sich auf die kurze unmögliche Krabbelpartie durch eine heftig sich drehende Landschaft zur Küche vor. Blödes, zu nichts zu gebrauchendes Weib!

brüllte sie, bevor sie in einem wilden Anfall von Gelächter am Boden zusammenbrach. Du dumme Kuh, jetzt kommst du nicht mal an dein Aspirin ran und wolltest hundert davon schlucken. Sie haben sich selbst ausgetrickst, Mrs. Kee. Die Strafe für Verrat ist Tod, in diesem Fall Leben. *Und* du hast noch keinen Zettel an die Tür geheftet.

Sie lag zusammengerollt auf dem Boden, wie ein Igel, das Kinn auf die Knie, die Arme schützend vor die Stirn gelegt. Nun war alles unmöglich, leben, sterben, Briefe schreiben, Aspirin-Flaschen öffnen, sich bewegen. All das kam nicht in Frage, alles war zu kompliziert, nichts als Probleme und keine Lösungen, Verwicklungen über Verwicklungen, wie ein schreckliches Spinnennetz, das immer dichter wurde und neue verwirrende Fäden zog, sobald sie versuchte sich herauszuwinden. Jeder Gedanke verband sich mit Dutzend anderen, die jeweils wieder zu anderen hinführten, so daß es unmöglich war, zu irgendeinem Schluß zu kommen oder überhaupt zu denken. Ideen sausten Neuronen hinab und sprangen über Synapsen und verloren sich in Erinnerungen, Worten und Bildern. Ihr Gehirn war wie ein schiefes, wackeliges Haus mit gewundenen Korridoren, in denen sich Wände, Boden und Decken aus eigenem Antrieb bewegten und Gedanken durch gewundene Gänge stießen. Es gab keine geraden Linien, alles versuchte nur wie verbissen, sich mit allem zu verbinden. Da *war* kein Sinn mehr, nur flüchtige Assoziationen, die unerbittlich von den ursprünglichen Problemen wegführten. Da gab es Anregungen und Verästelungen, aber diese führten zu weiteren Verästelungen und verwirrten und erschwerten einfache Fragen wie etwa diese: ›Wie komm ich ans andere Ende des Zimmers?‹ In einem Augenblick enormer Konzentration kam ihr der Gedanke: *Ich brauche Hilfe,* und sie klammerte sich an ihm fest, wie ein Schiffbrüchiger sich an einem Stück Treibgut festhält, das den Namen seines gesunkenen Schiffes trägt. Sie unternahm erst gar nicht den Versuch, zu definieren, was sie mit Hilfe meinte – Hilfe zum Leben oder zum Sterben. *Hilfe,* das war eine Sache für sich, einfach und aufschlußreich.

Sie rollte sich auf den Rücken, lag flach auf dem Teppich und beobachtete die Decke, die sich wild zu drehen schien; heiße Tränen rannen ihr übers Gesicht.

»Ich brauche Hilfe«, schluchzte sie. »Ich . . . brauche . . . Hilfe.«

Sie wiederholte das einige Male, anfangs erstaunt, diese Worte aus ihrem Mund kommen zu hören, und dann mit dem Gefühl, daß nach dieser bedeutsamen Forderung etwas geschehen müsse. Es waren Worte, die sie mit Macht hervorbrachte, eine Beschwörungsformel etwa wie ›Sesam öffne dich‹, und nun wartete sie auf ihre magische Wirkung.

Nichts.

Ihre Tränen versiegten so unvermittelt, wie sie gekommen waren, und eine Weile lag sie am Boden und starrte an die Decke. Nun gut, dachte sie, plötzlich zu logischem Denken zurückkehrend, es ist zwar nicht falsch, um Hilfe zu rufen, aber wenn es Sinn haben soll, mußt du's in Hörweite tun. Da war aber niemand, der sie hören konnte. Vielleicht gab es Gott, aber sie bezweifelte, daß Gott für ihr Dilemma Verständnis haben würde, besonders da sie selbst nicht genau wußte, worin ihr Dilemma eigentlich bestand. Nenn es Verzweiflung, Zukunftslosigkeit, wenn du willst – ihr Dilemma war, daß sie einfach nicht länger leben wollte, daß aber die einzelnen Maßnahmen, um dieses Ziel zu erreichen, ihre organisatorischen Fähigkeiten zu übersteigen schienen. Sie wollte jemanden, der ihrer Trostlosigkeit lauschen und ihr kühle Logik empfehlen würde. Sie wollte jemanden, der ihr bei ihrem Selbstmord half, die genaue Planung übernahm und ihr die nötigen Mittel zur Verfügung stellte. Was sie wirklich wollte, war jemand, der ihr die Flasche mit den Tabletten reichte und dem sie den Zettel diktieren konnte oder etwas ähnliches. Aber so betrunken und verzweifelt sie auch war, so wußte sie doch, daß dies ein unerreichbares Ziel war. Weder der beste Freund noch der ärgste Feind würden ihr diese Last von den Schultern nehmen. Sterben war etwas, das man allein tat, das einzige außer Geborenwerden.

Nun, was sie wollte und vielleicht haben *konnte*, war, jemanden

(195)

bei sich zu haben, aber es mußte jemand sein, den ihr Zustand nicht erschrecken würde, der nicht in Panik geriete oder es allzu ernst nähme. Sie wollte, daß es belanglos war. Selbst Dr. Stone hatte den Eindruck vermittelt, daß es nicht belanglos sei. Es kam nur eine Person in Frage: Joshua. Joshua würde mit so etwas fertig, weil es ihn kalt ließ. Er war so objektiv ein anderer Körper, wie er es mehr nicht hätte sein können. Sie wollte, daß Joshua es bis zum Ende mit ihr durchstand – als der kühle, emotionslose ›Beobachter‹, der sie gewöhnlich für sich selbst war, der jetzt aber unter der zähflüssigen Lava ihrer Depression begraben schien. Es lag mehrere Wochen zurück, daß Joshua das letzte Mal angerufen hatte, und in der Zwischenzeit war Pete gestorben, waren Becky und sie für kurze Zeit Liebende gewesen, doch es war nichts passiert, was ihn anging, denn sie wußte, daß sie für ihn nur existierte, wenn er bei ihr war. Sie war ihm gleichgültig, und das war ihr im Augenblick wertvoll, war es vielleicht immer schon gewesen. Sie sehnte sich verzweifelt nach diesem kalten, teilnahmslosen Mann, der sie nicht ernst nehmen, sich keine Sorgen um sie machen würde. Isobel würde sich Sorgen machen und im stillen in Panik geraten; Becky würde liebevoll, sanft, erschrocken reagieren; und Michael würde um sein Leben rennen. Nichts von alledem brauchte sie jetzt. Joshua aber würde kalt und nüchtern sein, und würde ihr Gefühl als Faktum – als unwesentliches Faktum – sehen und nicht versuchen, ihre Sicht zu korrigieren. Er war der einzige Mensch, bei dem sie sie selbst sein konnte, ohne sich rechtfertigen zu müssen, der einzige, der nicht verletzt oder verängstigt sein würde. Ein Mann, dem eine Frau gleichgültig war, der das gleichgültig war.

So. Problem gelöst, sie wußte, wen sie wollte. Nächstes Problem: Wie bekam sie ihn her? Man konnte Joshua schwer bitten; wenn sie ihn bisher nie gebeten hatte, zu ihr zu kommen, dann deshalb, weil sie genau wußte, daß er's nicht tun würde – ganz besonders nicht, wenn man ihn darum bat. Jetzt aber gab es nichts mehr zu verlieren, sie würde ihre Beziehung nicht gefährden, weil es, was sie betraf, kein Danach geben würde. Sie würde seine zukünftigen Besuche nicht aufs Spiel setzen, wenn Joshua ihre flehende Stimme hören und davonlaufen würde, weil es für sie keine Zukunft mehr gab. Die Regeln waren überholt, sie waren für ein Spiel mit Fortsetzung aufgestellt worden.

Joshuas Nummer aus dem Telefonbuch herauszusuchen und sie zu wählen, stellte eine enorme Schwierigkeit dar. Nach drei mißlungenen Versuchen kam sie durch und hörte ihn sagen, daß er ein Anrufbeantworter und nicht erreichbar sei – alles wahr.

»Ich bin's. Kannst du bitte zurückrufen?« Ihre Stimme war belegt und heiser, obwohl Rachel sich alle Mühe gab, normal zu klingen.

Schlecht. Er war nicht da, würde sowieso nicht kommen, selbst wenn ihn ihre Nachricht erreichte. Sie würde nicht kriegen, was sie wollte – kaum überraschend, wenn man bedachte, von wem sie es wollte –, aber da sie sich so angestrengt hatte, zu erkennen, was sie wollte, fühlte sie sich doppelt elend. Es würde nicht passieren, und sie war allein. Sie saß auf dem Boden und umschlang ihre Knie, um sich irgendwie zusammenzuhalten. Joshua hin, Joshua her, sie konnte nicht länger allein bleiben. Noch mehr inhaltslose Zeit – Minuten, Stunden, Jahre – gefüllt mit Nichts konnte sie nicht ertragen.

Sie langte nach dem Telefon, um Becky anzurufen. Diese Nummer wußte sie auswendig, sie brauchte sich nicht mit den tanzenden Ziffern im Telefonbuch herumzuschlagen, wie eben, als sie Joshuas Nummer suchte. Trotzdem kriegte sie die einzelnen Ziffern nicht in die richtige Reihenfolge. Eine französische Frauenstimme antwortete. »Allô? Allô?«

»Becky?« krächzte Rachel, obwohl sie wußte, daß sie's nicht war.

Die Stimme fragte sie, welche Nummer sie anrufen wollte. Rachel legte den Hörer auf und versuchte es noch einmal, wobei sie sich ungeheuer konzentrierte. Wieder antwortete es »Allô?«, diesmal gereizt.

Beim dritten Mal kam sie durch.

»Becky?«

»Rachel, ist alles okay?«

»Nein.« Der Ton von Beckys besorgter Stimme löste eine Tränenflut aus. »Bitte . . . komm.«

»In ein paar Minuten bin ich da.«

Rachel legte den Hörer auf die Gabel, stand auf, noch immer von Schluchzern geschüttelt, und torkelte in die Küche. Sie goß sich Whisky in ihr Glas, stürzte ihn hinunter, schleppte sich zum Spülbecken und erbrach sich fürchterlich. Danach saß sie wimmernd am Küchentisch. Was würde es helfen, Becky hier zu haben? Nichts, nur daß sie jemanden brauchte. Nach einer Weile raffte sie sich auf, ging wankend nach unten und öffnete die Tür, damit Becky hereinkommen konnte. Dann kauerte sie sich aufs Sofa, die Knie an die Brust gepreßt, die Arme fest um die Beine geschlungen.

Als Becky eintraf, fand sie ihre Freundin zu einer raumsparenden Kugel zusammengerollt, zitternd, zähneklappernd, tränenüberströmt.

»Was ist los?« fragte Becky erschrocken noch an der Tür.

Rachel schaute auf und sah durch ihren Tränenschleier nur die verschwommenen Umrisse einer menschlichen Gestalt. Die Anwesenheit einer zweiten Person im Raum aber durchfuhr sie wie elektrischer Strom. Jemand war da, Gott sei Dank.

Becky setzte sich und schlang ihre Arme um Rachel. »Was ist denn? Was fehlt dir?«

Rachel brach in ihrer Umarmung zusammen. Plötzlich fühlte sich alles im Zimmer wärmer an, selbst die Farben schienen sich verändert zu haben, als wenn ein Maler den trüben grauen Hintergrund mit feinen Orange- und Rottönen übermalt hätte.

»Ich weiß nicht«, schluchzte Rachel an Beckys Schulter. »Ich brauche Hilfe. Ich kann's nicht länger ertragen.« Sie weinte. »Es ist nichts Besonderes passiert. Ich will nur einfach nicht mehr.«

»O Rachel, was kann ich für dich tun? Wie kann ich dir helfen?« fragte Becky verwirrt und völlig hilflos. Rachels Tränen waren beängstigend, ganz anders als die anderer Freunde, die sich

(198)

gelegentlich an ihrer Schulter ausweinten, wenn ihnen das Leben unerträglich erschien. Dies hier war ernster, irgendwie endgültiger.

»Nichts. Da gibt's nichts zu tun. Entschuldige«, schluchzte Rachel.

Becky brach nun ihrerseits in Tränen aus. »Wenn ich nur wüßte, was ich für dich tun, wie ich dir helfen kann. Ich ertrag es nicht, dich so zu sehen.« Sie weinte jetzt ungehemmt. Als Rachel ihr Weinen durch ihre eigenen Schluchzer hindurch hörte, setzte sie sich kerzengerade auf und starrte Becky an.

»Hör auf«, sagte sie. »Hör auf zu weinen. Das ist doch nicht gleich 'ne Tragödie. Ich will nur, daß jemand bei mir sitzt. Hör um Himmels willen auf.« Ihre Stimme war halb befehlend, halb flehend, während sie versuchte, ihre eigenen Tränen zu unterdrükken. Sie wollte ihr Elend mit niemandem teilen. Sie brauchte jemanden, der hart und stark war, und keinen, der sie bedauerte und mit ihr litt. Becky hörte erst auf zu weinen, als Rachel die Hände vors Gesicht schlug und stöhnte: »Ich brauche Joshua«, dann hoffnungslos jammerte: »Ich will Joshua.«

Becky stand auf und ging ins Badezimmer. Sie kam mit einem nassen Handtuch zurück und tupfte sanft Rachels Gesicht ab.

»Alles Okay«, sagte Becky behutsam. »Es geht schon wieder. Ich mach uns einen Kaffee, und du erzählst mir, was passiert ist.«

»Nichts ist passiert, wirklich. Ich will nur nicht länger leben. Ich hab mir Whisky und Aspirin gekauft, aber dann war ich zu betrunken, um das Aspirin zu schlucken, und jetzt brauch ich jemanden um mich. Ich weiß nicht mehr ein noch aus. Es ist alles so hoffnungslos verfahren.« Sie saß gerade da und versuchte, sich zusammenzureißen, während Becky Kaffee machte.

»Hat es wegen Pete oder mir angefangen?«

»Nein, nicht deshalb. Ich bekam plötzlich Depressionen. Es ist, als wäre man in einem anderen Land. Es gibt nichts, was meine Gefühle erklären könnte. Es war alles so ... schwierig, aber nichts von dem, was wirklich passiert ist, scheint jetzt noch von

Bedeutung zu sein. Es ist mir alles egal. Das ist es – ich mach mir einfach nichts draus. Das ist das Unerträgliche, daß mir alles völlig egal ist. Ich will nicht mehr leben, weil ich keinen Sinn darin sehe, am Leben zu bleiben. Kein Inhalt.« Rachel sprach jetzt mit monotoner Stimme, obwohl immer noch Tränen ihr Gesicht hinabliefen.

»Rachel, das ist nicht wahr. Carrie bedeutet dir was, ich und Joshua. Wir sind dir nicht gleichgültig. Das weiß ich genau.«

»Du irrst dich«, sagte Rachel kalt. »Ich weiß, daß es so sein sollte. Ich müßte am Leben bleiben wollen, weil ich Carrie liebe. Aber ich tu's nicht. Ich will raus aus allem. Es interessiert mich nicht, was geschehen wird. Es geht auch ohne mich weiter. Die Leute werden natürlich ein bißchen betroffen und traurig sein, nicht lang, dann geht das Leben weiter wie gewohnt. Die Leute überleben anderer Leute Tod. Es ist nicht wichtig. Nur bin ich anscheinend nicht in der Lage, einfach so weiterzumachen. Ich versteh das nicht. Für mich ist die ganze Menschheit keinen Deut wert. Immer und überall hungern und sterben sie. Eine schreckliche Welt. Warum will jeder am Leben bleiben? Ich kapier das nicht. Ich bin entsetzt über die Welt, aber ich mach mir nichts aus ihr. Ich hab kein wirkliches Gefühl, kein Mitleid. In mir ist nichts als Leere. Die Welt wird ihren elenden Lauf nehmen, mit oder ohne mich. Ich mag nicht mehr.«

»Rachel, das ist nicht wahr«, sagte Becky ernst und nahm ihr gegenüber im Sessel Platz. »Die Leute machen sich etwas aus dir und du umgekehrt genauso, nur kannst du das im Moment nicht sehen. Du steckst in einer Depression, das weißt du. Du siehst die Dinge anders, als du sie ohne Depression sehen würdest.«

»Quatsch. Ich seh die Dinge völlig klar und genauso, wie ich sie immer sehe, nur daß man meistens verhindern kann, sie die ganze Zeit zu sehen. Wenn man in einer Depression steckt, sieht man die Dinge, wie sie wirklich sind, nur daß man eben nicht wegsehen kann. Wie willst du wissen, daß dies nicht wirklich ist und das andere doch. Ich will nicht dadurch am Leben bleiben, daß ich ständig die Wahrheit verleugne. Und anders könnt ich es nicht rechtfertigen.«

Gegen Rachels Logik war Becky machtlos. Sie konnte nicht widerlegen, was sie sagte, wußte nur, daß es falsch war.

»Hör zu, *ich* will nicht, daß du tot bist.«

»Du wirst drüber hinwegkommen«, murmelte Rachel, als das Telefon läutete und Becky aufstand. »Laß, ich will mit niemandem reden.«

»Ich mach schon«, sagte sie etwas zittrig.

»Was willst du?« fragte eine joviale Stimme, die dann, als sie erkannte, daß es nicht Rachel war, fortfuhr: »Wer ist denn am Apparat?«

Becky riß Augen und Mund auf.

»Oh, ich bin eine Freundin von Rachel. Es geht ihr nicht gut.«

»Sie hat mir eine Nachricht auf Band gesprochen. Ich soll sie zurückrufen. Was ist mit ihr?«

Becky preßte die Hand auf die Sprechmuschel und flüsterte »Joshua« zu Rachel hinüber, die ihr verzweifelte Zeichen gab, nichts weiter zu sagen. »NEIN! NEIN!« formte sie mit den Lippen. Es war eine Katastrophe. Sie konnte sich Joshuas Ärger vorstellen, mit jemandem, den er nicht kannte, am Telefon über sie sprechen zu müssen. Überhaupt über sie sprechen zu müssen. In etwas wie dies hineingezogen zu werden. Panik stand in Beckys Augen, während sie den Hörer hielt; dann wandte sie sich plötzlich entschlossen von Rachel ab und sagte mit hysterischer Stimme: »Rachel leidet an einem ernsthaften Anfall von Lebensüberdruß. Hören Sie, wenn Sie ein Freund sind, dann kommen Sie bitte vorbei. Sie braucht einen Freund.«

Rachel schnappte nach Luft.

»NEIN!« schrie sie und fiel seitwärts aufs Sofa. »NEIN! Nicht, bitte nicht . . .«

»Ist es sehr schlimm?« fragte Joshua.

»Ich glaub schon. Ja, sehr schlimm«, antwortete Becky.

»Gut, ich komme. Ich wollt sowieso vorbeischaun«, sagte Joshua und legte auf.

»Du blöde Kuh. Wie konntest du nur?« schrie Rachel und starrte Becky ungläubig an.

»Es tut mir so leid«, sagte Becky, wieder den Tränen nahe. »Ich wußte nicht, was ich sagen sollte, als ich merkte, daß er's war. Ich war so verdattert, es sprudelte so aus mir raus.«

Rachel fing an zu lachen. Sie schlug die Hände vors Gesicht und krümmte sich vor Lachen.

»Becky, wenn ich die nächsten dreißig Jahre nach einem Satz suchen sollte, mit dem ich Joshua todsicher zum Teufel jagen kann, so würde ich keinen besseren finden als ›Sie sind ein Freund, und Rachel braucht Sie.‹ Großartig. Du hast das Joshua-Problem soeben mit einem Schlag gelöst.«

»Tut mir leid, aber er schien gar nicht verärgert zu sein. Er sagte, er käme vorbei. Er klang wirklich besorgt.«

»Na klar. Schließlich will er ja nicht wie ein Schwein dastehen, nicht mal vor einer unbekannten Stimme am Telefon. Aber kommen wird er nicht. ›Rachel braucht einen Freund‹«, murmelte sie vor sich hin und sah Joshua vor sich, wie er die Worte hörte. »Du hast die Zauberformel gefunden, hast den Drachen in die Flucht geschlagen. Man wird noch ein Fest nach dir benennen.«

»Oh, Rachel, es tut mir so leid. Bist du sicher, daß er nicht kommt?«

»Absolut sicher. Aber mach dir nichts draus, ist doch egal, oder? Selbst das ist mir jetzt gleichgültig. Dafür konnte ich zum ersten Mal seit Tagen wieder lachen. Gratuliere. Und wo bleibt der verdammte Kaffee und wo der Scotch?« fragte sie und stand unsicher auf.

Becky ging in die Küche zurück und goß schwarzen Kaffee in eine große Tasse, während Rachel am Türrahmen lehnte.

»Du solltest nichts mehr trinken. Zwei Drittel der Flasche sind schon leer.«

»Sollte ich doch. Ich fühl mich schrecklich nüchtern, und das ist fast noch schlimmer als betrunken zu sein.«

»Du siehst aber nicht gerade nüchtern aus«, sagte Becky und

warf Rachel einen skeptischen Blick zu. Sie hatte wieder zu zittern begonnen, ihr Gesicht war starr und kreidebleich, was die roten geschwollenen Augen, die gläsern vor Erschöpfung ins Leere starrten, noch betonte. Sie sah aus, als wäre sie zehn, wie ein Kind, das aus einem Alptraum erwacht, aber immer noch darin gefangen ist, barfuß in hautengen Jeans und einem schmuddeligen Sweat Shirt, das ungekämmte Haar wirr in ihr hageres bleiches Gesicht fallend. Becky hätte sie gern in die Arme genommen, sie in eine weiche Decke gehüllt und getröstet. Doch sie sah die Mauern, die sie umgaben, und wußte, daß sie diesen Schutzwall nicht würde durchbrechen können. Sie goß etwas Whisky in ein Glas und trug es zusammen mit dem Kaffee ins Wohnzimmer. »Wohin?« fragte sie.

»Dort.« Rachel deutete auf den Wohnzimmertisch.

Rachel nippte an Whisky und Kaffee und starrte aus dem Fenster; Becky saß ihr gegenüber und wußte nicht, was sie sagen oder tun sollte. Sie konnte sehen, daß etwas Schreckliches mit Rachel passierte und daß sie trotzdem unnahbar und reizbar blieb. Daß sie Becky gebeten hatte zu kommen, schien das Äußerste zu sein – weiter konnte sie nicht gehen, um ihre Hilflosigkeit zu zeigen. Ihre Neigung, sich die Leute vom Halse zu halten, war in depressiven Phasen genauso beängstigend wie im Normalzustand. Becky hoffte, daß ihr ihre bloße Gegenwart ein wenig helfen würde; vielleicht war es genug oder wenigstens so viel, wie Rachel eben annehmen konnte. Sie schwiegen eine Weile, während Rachel finster aus dem Fenster starrte – ins Nichts. Ab und zu quollen Tränen aus ihren Augen, ohne daß sich etwas in ihrem Gesicht veränderte; sie schien sie gar nicht wahrzunehmen.

»Gibt es denn gar nichts . . . ?« versuchte Becky.

»Nichts. Danke.«

Sehr höflich, sehr formell. Keine alte Freundschaft, auf die man sich stützen konnte. Einmal, als Rachel noch klein war, hatten ihre Eltern sie mit zu Verwandten genommen – ganz früher, als Besuche noch möglich waren. Da hatte es plötzlich zwischen Vater und Mutter und im Beisein der beiden Kinder des Hauses fürchterlichen Krach gegeben. Sie hatten sich Beleidigungen an den Kopf geworfen, hatten ihren Abscheu in das propere Vorstadt-Wohnzimmer ihrer Gastgeber gespien, während Rachel, starr vor Scham, daneben stand. Die beiden anderen Kinder, älter als Rachel, hatten verlegen gekichert bei all dem Dreck und Haß, den die Erwachsenen da vor ihnen ausbreiteten. Rachel starrte sie eisig, verbissen an und begann ein Gespräch – über die Schule und über ihren letzten Geburtstag. Geplauder, das eine entsprechende Antwort von den beiden anderen Kindern erforderte; doch wie sehr sie sich auch bemühten, sie konnten ein hysterisches Lachen nicht immer unterdrücken. Rachel fuhr mit dem Geplapper fort, als ob das Schreien und Toben im Zimmer nur ein Fernsehfilm im Hintergrund wäre, dem keiner zusah. Nichts geschah, nur höfliche Konversation mit entfernten Verwandten, die sie niemals würde wiedersehen müssen.

Hier geschah etwas ganz Ähnliches: Die erwachsene Rachel war betrunken und schrie um Hilfe, weinte und verhielt sich nicht anders, so fand Becky, als jedermann sich ab und zu verhält. Rachel war nicht so nachsichtig, jedenfalls nicht die beherrschte andere Rachel, die langsam wieder zu sich kam. Tu einfach so, als wenn nichts passiert wär, flüsterte ihr die eisige Stimme zu, achte nicht auf die gelegentliche Träne, es ist nur dein Körper, der sie fließen läßt; achte nicht auf den Schmerz, er ist nur körperlich; wenn du doch nichts daran ändern kannst, und das scheint hier gerade der Fall zu sein, dann tu so, als würde es nicht passieren. Wir gehören nicht zu der Sorte Menschen, fuhr die Stimme streng fort, die um Hilfe fleht und Trost erbittet. Du kannst versuchen, mich mit Alkohol oder Joshua zu umgehen, aber wozu? Um ein Jammerlappen zu werden, eine wimmernde Neurotikerin, ein Gegenstand des Mitleids? Sieh der Wahrheit ins Gesicht, was deine Freunde an dir schätzen, ist, daß du nicht an ihrer Tür kratzt und um Aufmerksamkeit winselst. Und das, gab Rachel zu, stimmte auch; so wollte sie nicht sein. Was immer Depressionen waren, sie geschahen gegen ihren Willen; Körper, Stoffwechsel oder irgendwas in Aufruhr – und wenn sie nichts dagegen tun konnte, sollte

(204)

sie doch wenigstens den Schmerz unterdrücken, ihn daran hindern überzuquellen.

»Ich bin okay. Nur ein bißchen betrunken. Tut mir leid, ich hätte dich nicht herrufen sollen. Wirklich, es geht mir gut«, versicherte sie Becky, die ihr kein Wort glaubte und doch irgendwie erleichtert war, daß Rachel wieder Rachel wurde. Sie wußte mit der anderen nichts anzufangen und wäre, um ehrlich zu sein, ein wenig enttäuscht bei der Vorstellung, daß Rachel so hilfsbedürftig sein könnte wie jeder andere. War es nur Enttäuschung? Vielleicht auch ein bißchen Genugtuung, doch sie schob den Gedanken rasch beiseite, sie neigte nicht zum Überanalysieren.

Becky ging, nachdem Rachel mehrfach beteuert hatte, daß es ihr gut ginge und daß sie anrufen würde, wenn irgendwas wäre, und daß sie nichts Dummes anstellen würde, und obwohl Becky nicht ganz wohl dabei war, schien es wirklich so, daß Rachel allein sein wollte.

Das stimmte, sie wünschte sehnlichst, daß Becky ging. Sie konnte es nicht erklären, warum sollte sie auch? Sie wollte sich besser fühlen, nicht über ihren Zustand reden müssen, und wenn's ihr auch einerseits gut getan hatte, jemanden bei sich zu haben, so komplizierte es andererseits ihre Lage. Solange Becky da war, fühlte sie sich hin- und hergerissen zwischen dem Bedürfnis sich zusammenzureißen und dem Elend, das sie empfand.

Eine halbe Stunde später, als sie wieder auf dem Sofa saß und aus dem Fenster starrte, trat plötzlich Joshua mit einer Flasche Champagner ins Zimmer.

»Irgendwer hat die Tür offen gelassen«, sagte er in ihr erstauntes, verweintes Gesicht. »Gläser. Wie lange dauert das hier schon?«

Rachel zuckte die Achseln, blieb mit gekreuzten Beinen auf dem Sofa sitzen, während Joshua zwei Gläser aus der Küche holte.

»Weiß nicht. Als ich dich anrief, schien die Sonne.«
Jetzt dämmerte es.

»Ach ja, der Sonnenschein«, sagte Joshua heiter und unbeschwert und ließ den Korken knallen. »He, du bist ja schon total abgefüllt«, fügte er mit einem Blick auf die fast leere Whisky-Flasche hinzu. »Da schadet ein bißchen mehr auch nicht. Dann Kaffee. Mal irgendwas gegessen in letzter Zeit?«

»Gestern . . . oder vielleicht vorgestern. Is egal, ich bin nicht hungrig.« Der Champagner schmeckte abscheulich, und ihr Kopf drehte sich wie wild.

Sie hatte den Eindruck, als hätte Joshua die Ärmel hochgekrempelt. Er war ganz Tatkraft, Nüchternheit, Einsatzbereitschaft, einer der gekommen war, um zuzupacken.

»Wo ist deine Freundin?« fragte er, während er die Kaffeemaschine bediente und Brot schnitt.

»Weg. Ich wollte allein sein.«

»Recht so.«

»Aber jetzt bist du da. Wieso eigentlich?«

»Ich wollt sowieso vorbeikommen. Du warst mal wieder fällig.«

»Ja, aber betrunkene, verzweifelte Frauen sind wohl nicht ganz dein Fall.«

»Stimmt, aber gelegentlich hat jeder mal Anrecht auf ein Besäufnis. Allerdings nur sehr gelegentlich«, fügte er warnend hinzu, nahm neben ihr auf dem Sofa Platz und hielt ihr einen Teller mit belegten Broten und eine Tasse schwarzen Kaffee hin. »Hier, iß etwas Brot und trink das.«

Sie nippte an der Kaffeetasse, die er für sie hielt, biß in das Butterbrot, das er ihr reichte, und spuckte den Bissen gleich wieder aus.

»Nein, ich kann nichts essen. Ich mag nicht, ich hab keinen Hunger«, jammerte sie.

»Du solltest versuchen, was zu essen. Das absorbiert den Alkohol.«

Der Ausdruck ›Besäufnis‹ übte eine fast magische Wirkung auf Rachel aus, er klang so normal, so harmlos, negierte die Verzweiflung, die Angst, das übergreifende Chaos und verwandelte das, was geschah, in eine unbedeutende Episode, in ein Stück gewöhnliche menschliche Torheit. Sie wußte zwar irgendwie, daß es so einfach nicht war, daß die Verzweiflung noch da war, wieder da sein würde, wenn der Alkohol nicht mehr wirkte, aber jetzt erhellte es alles – nur ein Besäufnis, das sich jeder ab und zu erlauben konnte. Gott sei Dank hatte sie Joshua angerufen, er konnte damit umgehen, ohne es ernst zu nehmen. Nichts von Beckys Tränen, von Isobels Enttäuschung oder Michaels Angst – nur ein momentanes Versagen von Rachels sonst ausgezeichneter Selbstbeherrschung. Wie erstaunlich, daß er aufgekreuzt war, aber, wie er sagte, hatte er ja sowieso kommen wollen, jede Störung seines Zeitplans hätte ihn verärgert. Ich brauche nicht mal ein schlechtes Gewissen zu haben, daß er hier ist, dachte sie. Na gut, flüsterte ihre innere Stimme, laß uns den Dingen ins Auge sehen: Dies ist ein gefundenes Fressen für einen echten Sadisten – eine betrunkene, verzweifelte Frau, ein bedauernswertes, armes Würstchen. Was für'n Spaß!

Rachel kam in Partylaune. Sie verwandelte sich in eine drollige, widerspenstige Fünfjährige, hänselnd und irritierend, ein boshaftes Lächeln im Gesicht. Sie erkannte es vage wieder, das kleine Mädchen von damals, das Bewunderung, Zorn und Belustigung für ihren Witz und ihren Scharfsinn bei den Erwachsenen erntete. Tod und Verzweiflung wurden mit dieser Darbietung verdrängt, und Joshua spielte seine Rolle perfekt, leicht enerviert und belustigt von dem amüsanten Geplapper. Er zeigte sich geduldig, sie prüfte, wie weit sie gehen konnte – bis zu einem gewissen Punkt. Sie wollte nicht essen, nur trinken, sie ließ ihn nicht in Ruhe das Fernsehspiel sehen, sondern gab ständig ihren Senf dazu.

»Der große John Mortimer, nichts als schöne Prosa und kleinbürgerliche Weisheiten. Bla, bla, bla . . .«

»Halt den Mund und geh ins Bett. Auf der Stelle.« Ganz streng. Papi ist böse, aber trotzdem, gute Idee.

Sie zog ab und ließ sich ein Bad ein, lag plätschernd im warmen Wasser und summte laut vor sich hin. Smoke Gets In Your Eyes. I Get No Kick From Champagne. Singing in the Rain. Ihr ganzes Repertoire an Oldies. Als Joshua vom Bildschirm aufschaute, sah er sie nackt und tropfend in der Türe stehen, sehr naß und jung, den Kopf neckisch auf die Seite gelegt, ein kleines böses Lächeln im Gesicht.

»Immer noch dabei, 'n bißchen Kultur aufzuschnappen, was? Is doch für die Katz, all das wirkliche Leben auf dem Bildschirm. Ich würd mich lieber mal mit den Phantasien des Alltags auseinandersetzen.«

»Hol dir ein Handtuch und trockne dich ab. Du erkältest dich noch. Und dann geh ins Bett . . . Tu, was ich dir sage.«

Ungerührt vom Anblick ihrer Nacktheit, des festen, verwundbaren, reizvollen Körpers, war er ganz der strenge Vater, der ihre Tricks durchschaute und nicht auf ihre Albernheiten einzugehen gedachte. Doch was für ein amüsantes Spiel, das sie da trieben; die Nacktheit und Verwundbarkeit waren nicht an ihm vorbeigegangen, ein leichtes Lächeln huschte über sein Gesicht. Winzige Signale wurden da ausgetauscht zwischen dem lüsternen Joshua und der lüsternen Rachel, unmerklich fast, um das andere Spiel, das sie spielten, nicht zu stören. Rachel blieb an der Tür stehen, ihr nackter Körper unbeachtet von beiden.

»Fährst du mich im Auto spazieren? Ganz schnell? Sofort? Bitte«, sagte sie mit süßer Stimme.

»Wenn du danach ins Bett gehst.«

»Ja. Bestimmt. Ich versprech's.«

»Na gut. Zieh einen Mantel über.« Er stand auf und stellte den Fernseher ab. Ein sehr geduldiger Vater.

Sie ging ins Schlafzimmer und nahm einen Trenchcoat aus dem Schrank.

»Gut so?« fragte sie, als sie den Mantel über ihren noch feuchten Körper zog.

»Gut«, sagte er ruhig. »Schuhe?«

»Schuhe? Muß ich?«

»Ja.«

Pinkfarbene Stiefeletten wurden hervorgeholt, und schon ging's los. Es war Mitternacht, als sie die Edgware Road hinunter zur Autobahn jagten.

(208)

»Schneller. Du kannst noch viel schneller«, drängte sie.

»Besoffene Göre. Ich *fahre* doch schneller. Du bist nur zu blau, um es zu merken.«

»Oh.«

Irgendwann unterwegs machte sich die Wirklichkeit wieder bemerkbar, der Schmerz kam zurück. Als sie wieder in ihre Wohnung kamen, war sie still, ihr Gesicht hart-verbissen. Sie warf ihren Mantel auf die Treppenstufen, schleuderte ihre Stiefel in eine Ecke und krabbelte schweigend ins Bett. Joshua zog sich aus und legte sich vorsichtig neben sie, nicht allzu nahe. Sie lag eingerollt da und hielt ihm den Rücken zugekehrt. Er faltete seine Hände unter dem Nacken und starrte an die Decke.

»Ich hab Angst vor morgen«, flüsterte sie nach langem Schweigen, halb zu sich selbst.

»Warum?«

»Wird bestimmt nicht lustig werden. Ich glaub nicht, daß es weggeht.«

»Nimm irgendwelche Antidepressiva. Kommt so was öfter vor?«

»In letzter Zeit nicht. Ich nehme keine Antidepressiva, ich will nicht in einer Wolke leben. Man nimmt Pillen, und schon denkt man, daß das Unerträgliche erträglich ist. Ich seh die Dinge lieber so, wie sie sind.«

»Um dich am Ende umzubringen?«

»Wenn's nicht anders geht. Ich will gar nicht am Leben sein – nicht nur jetzt, sondern grundsätzlich, eigentlich meistens. Ich will nicht dran teilhaben, mir ist alles so gleichgültig.«

Das wenigstens würde er verstehen.

»Glaube ich nicht«, sagte er zu ihrer Überraschung. Anscheinend hielt er Entfremdung für seine Privatdomäne.

»Wie du willst, aber die Tatsache bleibt bestehen.«

Er dachte eine Weile schweigend nach.

»Wenn du das wirklich die meiste Zeit fühlst, dann hast du recht, dann ist dein Leben nicht lebenswert. Dann solltest du dich umbringen. Aber hör auf, mit Aspirin und Whisky rumzupfu-

(209)

schen, damit wirst du nur dahinvegetieren. Du mußt es schon richtig anstellen.«

Rachel zuckte die Achseln. »Ich hab genug vernünftige Freunde, die dann Sterbehilfe leisten würden.«

Zwei Rachels reagierten auf dieses Gespräch; die erste, scharfsichtig und clever, verstand Joshuas Zustimmung zu ihrem Selbstmord als eine hervorragende Therapie, ein Verfahren, um sie gegen das, was sie wollte, reagieren zu lassen, eine feste, solide Mauer, an die er sie gedrängt hatte und über die sie jetzt klettern sollte; die erste Rachel wollte über seine Sachkenntnis lächeln. Die andere Rachel empfand ein starkes Gefühl der Erleichterung, zum erstenmal seit Tagen. Sie war plötzlich befreit, man hörte ihr zu. Da war jemand, der hörte, was sie sagte und es als Tatsache akzeptierte. Sie brauchte das, was sie zu sagen hatte, nicht zu beschönigen, um seine Gefühle zu schonen, weil er keine besaß, die sie verletzen könnte. Er nahm, ohne schockiert oder betroffen zu sein, zur Kenntnis, wie es um sie stand, und unternahm keinen Versuch, es als ›bloße Folge von Depression‹ abzutun. Da Joshua eben Joshua war, nahm er das, was sie sagte, für bare Münze, dachte darüber nach und stimmte ihr zu, daß Leben nicht so kostbar war, daß sie es nicht wegwerfen dürfe, wenn sie es unbefriedigend fand. Das war schließlich der Grund, weshalb sie ihn liebte, falls sie ihn liebte – daß er die Wahrheit sagte. Keine Nettigkeiten, keine Beruhigungen, keine Entschuldigungen dafür, daß man unangenehme Dinge sagte. Und ein Mann der Praxis war er auch. Ein Augenblick, den man wertschätzen mußte, die Anerkennung dessen, was sie wirklich war.

»Danke«, flüsterte sie ins Dunkel und empfand ein ungeheures Gefühl des Friedens. Das verzweifelte und schuldbeladene Verlangen zu sterben, das sie vorher verspürt hatte, war ruhiger Entschlossenheit gewichen, kühler Berechnung, ein Versprechen, das sie sich selbst gegeben hatte.

Es gab niemanden sonst auf der Welt, der das für sie hätte tun können. Vielleicht könnte er auch noch ein paar tödliche Pillen für sie . . . Halt, Rachel, das war jetzt unvernünftig, selbst Joshua würde sich davor drücken, es für dich zu tun. Komplizierte Sache – Sadomasochismus. Wahrheit und Schmerz, Lust und dann die *wirkliche* Lust, Wollen und Geben und Nicht-Geben, Lieben und Strafen und Dankbarkeit und Zorn: Wo ist da das Ende? Teil meinen Selbstmord mit mir, Joshua – mein Geschenk an dich, deins an mich. Töte mich, Joshua. Aber ihre Pantomime schreckte zurück vor dem, was sie wirklich wollten, die Grenze zwischen Phantasie und Realität war scharf, der Schmerz hinterließ nicht mehr Spuren als ein paar lächerliche blaue Flecken, eben genug, um die Phantasie anzuregen, nicht genug, um sein wirkliches Leben aufs Spiel zu setzen. Das war Joshuas Stärke, eins vom anderen zu unterscheiden, zu wissen, wo die Grenze lag. Darum fühlte sie sich mit ihm sicherer als mit jedem anderen Mann, den sie je gekannt hatte.

Sie rollte sich zu Joshua hinüber, der noch immer auf dem Rücken lag, die Hände hinter dem Kopf verschränkt.

»Fick mich«, sagte sie, kletterte auf ihn und kauerte sich auf seinen stattlichen Bauch.

Er schaute sie an. »Wie heißt das?«

»Fick mich . . . bitte«, flüsterte sie, als sie sich auf seinem Schwanz niederließ und in Wirklichkeit ihn zu ficken begann.

Er zeigte kleine Anzeichen von Lust, als sie sich behutsam auf und nieder bewegte.

»Was willst du? Was soll ich tun?« fragte er.

»Schlag mich.«

»Wie?«

»Schlag mich, bitte.«

Er schlug sie ein halbes Dutzend mal, rhythmisch und ziemlich sanft.

»Ist das fest genug?«

»Fester. Schlag mich fester. Bitte«, bettelte sie, als seine Hand immer stärker zuschlug und sie Schmerz und Lust mit gleicher Intensität empfand.

»Bitte, bitte, bitte«, schluchzte sie. »Tu mir weh. Bitte, tu mir weh«, wiederholte sie immer wieder, als sie kam und auf seiner Brust weinte.

»Was willst du noch?« fragte er nach einer Weile, noch immer in ihr.

»Fick mich. In den Arsch. Bitte.«

Dann hielt Joshua sie fest in den Armen und strich über ihr Haar, bis ihr Schluchzen verstummte. Er schlief ein.

Rachel lag wach da und sah die Dämmerung durch den Vorhangspalt dringen. Der Morgen würde kommen und mit ihm die Schwere, das Gewicht auf ihrer Brust; kein Joshua würde da sein, niemand. Sie hatte nur einen Aufschub des Schmerzes gewährt bekommen, er mußte noch in vollem Ausmaß durchgestanden werden, und das Chaos rückte schon wieder heran: Was sollte sie mit Carrie tun, wie den Anschein wahren, daß alles stimmte, wie die Minuten hinter sich bringen? Panik. Sie war Joshua dankbar für diese Frist, aber jetzt war sie abgelaufen. Er wachte auf, sah sie eine Weile an, starrte ins Licht und schaute dann auf seine Uhr.

»Halb fünf. Ich muß gehen.«

»Ich weiß«, antwortete sie, ohne ihren Blick von den Vorhängen zu lösen. Er sah die Angst in ihren Augen.

»Ich muß wirklich gehen. Wo sind deine Schlaftabletten? Nimm zwei, morgen früh ist es schon besser.«

»Es ist Morgen. Es wird nicht besser. Aber macht nichts, ich weiß, daß du gehen mußt.«

Er mußte gar nicht gehen. Niemand erwartete ihn. Doch sie wußte, er mußte gehen, es stand außer Frage. Er fand das Fläschchen mit den letzten beiden Schlaftabletten und reichte sie ihr.

»Ich fürchte mich so«, flüsterte sie, als sie die Tabletten herunterschluckte; vielleicht mußte er doch nicht gehen, und wenn er nur bliebe, bis der Tag begann, wäre ihr vielleicht schon ein wenig geholfen.

»Ich muß wirklich gehen«, wiederholte er sanft, jetzt völlig angezogen auf ihrer Bettkante hockend, als Tränen aus Rachels Augen zu quellen begannen. »Sieh mal, ich ruf dich am Morgen an und komm vielleicht mittags auf ein Täßchen Kaffee. Dann kön-

(212)

nen wir ein bißchen plaudern. Jetzt schlaf schön – trink nicht mehr und nimm auch nichts ein. Warte ein bißchen. Ich ruf morgen an.«

Wollte er sich damit sein Fortgehen erleichtern? Dieser freundliche Mann, der große Versprechen für morgen gab, sah Joshua so gar nicht ähnlich. Aber die Pillen begannen zu wirken, und der Gedanke, daß Joshua anrufen würde, daß jemand hier wäre, machte alles erträglicher.

»Alle Frauen, die ich kenne, scheinen zusammenzubrechen«, sagte Joshua, als würde er eine Gute-Nacht-Geschichte beginnen. »Frauen in deinem Alter ohne einen Mann, der immer da ist. Die mit einem Mann sind natürlich auch nicht glücklich, aber sie sind nicht gleich völlig am Boden.«

Rachel empfand eine dumpfe Wut unter dem Alkohol und den Schlaftabletten.

»Du kannst mich aus deinen Verallgemeinerungen ausklammern«, sagte sie so scharf sie eben konnte. »Bei mir ist nicht der Mangel an einem ständigen Beischläfer schuld. Über deine anderen Frauen weiß ich nichts, aber ich glaube, du unterschätzt meinen Testosteronspiegel.«

Joshua schaute sie bewundernd an, einerseits weil sie in ihrem Zustand das Wort ›Testosteronspiegel‹ fehlerfrei ausgesprochen hatte, andererseits weil er sich fragte, ob das, was sie sagte, nicht der Wahrheit entsprach.

»Vielleicht«, sagte er ernsthaft, während Rachels Wut, mit den ›Frauen‹ in einen Topf geworfen zu werden, unter der Wirkung der Schlaftabletten nachließ.

Als sie in Schlaf versank, verließ Joshua auf Zehenspitzen die Wohnung. Rachel träumte, sie wäre auf einem Schiff, das in der Karibik kreuzte. Was sie, noch während sie träumte, in Erstaunen versetzte, waren die großartigen Farben, war das lebhafte klare Blau des wolkenlosen Himmels, der saubere weiße Anstrich des Schiffs, das glitzernde Türkis des Meeres und in der Ferne, auf der Insel, der sie entgegenfuhren, das dunkle tropische Grün der Pflanzen und Bäume. Sie suchte nach einem Platz, wo sie sich niederlassen konnte, kletterte über weiße Metalltreppen von Deck zu Deck. Sie waren alle bevölkert von Menschen, die sich vergnügten, sich in Liegestühlen sonnten, plaudernd und trinkend um weiße Tische saßen oder elegant gekleidet, in Zweier- oder Dreiergruppen freundlich lächelnd auf- und abwandelten. Ganz und gar normale Leute, die sich amüsierten, wie es Leute auf solchen Schiffen zu tun pflegen. Sie ging von einem Deck zum nächsten, fand aber nirgendwo, was sie suchte. Sie wollte nicht unter Menschen sein, doch es waren überall Menschen. Sie kam an einer Bar vorbei, bestellte einen Tequila Sunrise wegen seiner leuchtend orangenen Farbe, ging dann weiter, Glas in der Hand, immer noch auf der Suche nach einem Platz. Sie schaute hoch und sah an der höchsten Stelle des Schiffs ein winziges Deck, umgeben von einem leuchtend weißen Geländer, eben groß genug für die beiden Liegestühle, die dort standen. Einer war leer, in dem anderen saß ein Mann, der, die Augen von der Krempe eines weißen Filzhutes geschützt, in einem Buch las, ganz ruhig, ganz vertieft. Sie kannte ihn nicht, doch sie wußte, da oben wollte sie sein. Nicht um den Mann zu stören, nicht um zu plaudern, nur um in dem anderen Stuhl zu sitzen, ihren Drink zu schlürfen und die Farben des Meeres, des Himmels und der näherkommenden Insel zu betrachten. Sie sehnte sich unendlich danach, dort oben zu sein, doch wie sehr sie auch den Hals reckte, so fand sie doch keinen Weg hinauf, keine Treppe, keinen Zugang. Tief enttäuscht stieg sie wieder hinab und befand sich plötzlich irgendwo unter dem Bug, wo eine Holzplanke von der Größe eines Surfbretts herausragte, eben groß genug für Rachel, um sich bäuchlings darauf auszustrecken. Ihr Gesicht war dicht über dem brausenden Wasser, und wenn sie den Kopf zur Seite drehte, konnte sie auch die Insel und den Himmel sehen. Sie suchte mit den Augen nach dem Mann auf dem Oberdeck, doch er war von hier aus nicht zu sehen. Dies war nicht gerade der Platz, von dem sie geträumt hatte, aber es war gut und friedlich.

Dann, als die Insel näher kam, und sie schon ganz deutlich die Mole erkannte, stellte sie fest, daß sie sich nicht mehr rühren konnte, daß ihr Hals zwischen Planke und Bug eingeklemmt war. Sie war gefangen, ihr Gesicht nur durch die Dicke der Planke vom Wasser getrennt, und keiner würde ihre Hilfeschreie hören. Sie sah, daß die Mole rasch näherkam und wußte, wenn das Schiff anlegte, würde ihr Kopf zerschmettert; Schiff und Mole würden ihren Schädel zerdrücken wie ein Ei in einem Schraubstock. Noch immer nahm sie die magischen Farben des Meeres, des Himmels und des Laubes wahr, während sie – klopfenden Herzens, entsetzt, verloren, gebannt – auf das Unvermeidliche wartete.

Naja, dachte sie, als sie aufwachte und sich an ihren Traum erinnerte, ich hab vielleicht keine subtile Psyche, dafür aber nennt sie die Dinge beim Namen. Trotzdem war sie erstaunt, daß der Mann nicht Joshua gewesen war; er hatte nicht wie Joshua ausgesehen. Es war keiner, den sie kannte oder den sie irgendwo schon mal gesehen hatte, obwohl er ein sehr individuelles, ein sehr ausgeprägtes Gesicht hatte. Egal, das war jetzt ohne Belang. Das Gewicht war da, lag schwer auf ihrem Zwerchfell, wie sie es geahnt hatte. Sie stand auf und zog sich an, ein mühsamer Vorgang, und setzte sich wieder in die Sofaecke, aufrecht, mit geradem Rücken, die Beine unter sich gekreuzt. Wartend – oder nicht wartend. Stunden vergingen, ab und zu kamen Tränen, ohne daß sie ihre Haltung änderte, und einmal stand sie auf und fütterte die Katze aus der Dose, die Gott sei Dank schon geöffnet war. Dann saß sie wieder da, starrte ins Nichts und atmete flach, sehr vorsichtig.

Joshua rief nicht an. Sie glaubte, von Anfang an gewußt zu haben, daß er's nicht tun würde, dennoch wunderte sie sich verschwommen, daß er so gar nicht neugierig war. Wie merkwürdig. Nicht sein mangelndes Mitgefühl machte sie stutzig, sondern daß er nicht erfahren wollte, was (falls überhaupt etwas) als nächstes geschehen würde. Das konnte sie nicht begreifen. War er so sicher, daß sie sich nicht umbringen würde? Niemand konnte da sicher, ganz sicher sein; sie selbst war es ja auch nicht. Oder machte es für ihn keinen Unterschied, ob sie tot oder am Leben war? Einen kleinen praktischen Unterschied machte es allerdings doch, sollte er jemals die Absicht haben, sie wieder zu ficken.

Und er hatte versprochen, sie anzurufen – er sah sich doch gern als ein Mann, der sein Wort hielt. Was war los mit dem Pfadfinder Joshua? Aber das Entscheidende war Neugier – pure Neugier hätte sie gleich am nächsten Tag ans Telefon getrieben, wenn die Rollen vertauscht gewesen wären.

Ach was, zum Teufel, dachte sie, es hätte keinen Unterschied gemacht. Ein Anruf mehr oder weniger hätte nichts geändert. Sie hatte nicht mehr die Kraft, sich über Joshua Gedanken zu machen. Sein Schweigen war wohl eine Art Schlag, aber nicht mehr wirklich wichtig.

Becky rief an und bekam zu hören, daß alles in Ordnung sei und daß Rachel sich melden würde, wenn sie irgend etwas brauchte. »Wirklich, es geht mir gut.«

Die Dämmerung brach herein. Rachel saß im dunklen Zimmer, bis sie irgendwann am Abend die Haustür fallen und Schritte auf der Treppe hörte. Isobel trat, mit mehreren Tragetüten beladen, ins Wohnzimmer.

»Michael hat mich angerufen. Er sagte, es ginge dir nicht gut. Hast du Depressionen? Blöde Frage«, fügte sie hinzu, als sie Rachel musterte, die sich noch immer nicht gerührt hatte.

Rachel holte tief Luft. »Nein, es geht mir gut«, krächzte sie, einen Kloß im Hals.

»Unsinn. Ich hab dich schon so gesehen. Ist allerdings schon lange her. Ich hab ein paar Sachen eingekauft. Sicher hast du seit Tagen nichts gegessen.«

Sie ging in die Küche, packte verschiedene Salate, Vollkornbrot, Butter und Katzenfutter aus, wusch den Salat, schnitt Gurken in Scheiben und stellte Teewasser auf.

Dann ließ sie sich im Sessel in dem noch immer dunklen Zimmer nieder.

»Wie lange geht das schon so?« fragte sie mit einem unterdrückten Seufzer. Sie sah abgespannt aus, da sie den ganzen Tag für ihre Vorlesungen gearbeitet hatte. Ihre Kleidung war geschmackvoll und elegant wie immer, umhüllte aber einen Körper, der gegen Ende des Tages ein wenig zusammengefallen schien.

(216)

»Ich weiß nicht. Ein paar Tage«, antwortete Rachel teilnahms-
los.

»Warum hast du mir nichts davon gesagt?« fragte Isobel ein wenig verärgert, ein wenig verletzt.

»Ich . . . ich wollte nicht, daß es real wird. Ich fühle mich wie
ein Versager.«

»Blödsinn. Du darfst nicht allein sein in solch einem Zustand.
Lieber Gott, nach all diesen Jahren solltest du in der Lage sein,
mich zu rufen, wenn es dir schlecht geht. Bist du die ganze Zeit allein gewesen?«

»Nein, letzte Nacht war jemand hier.«

»Doch nicht dieser Kerl? Er war es, oder?« Rachel antwortete
nicht. »Er hat doch wohl nicht . . . ?« fragte sie mit wachsender
Empörung: Nur ein Unmensch konnte eine Frau in dieser Verfassung mißbrauchen.

»Wenn du's genau wissen willst – ich habe ihn gefickt«, antwortete Rachel knallhart, um das Thema zu beenden.

»Aha. Ich nehme an, daß er der Grund von allem ist.«

»Nein, ist er nicht. Niemand ist das. Seit wann brauche ich einen handfesten Grund, um depressiv zu werden?«

Sie wollte einfach nicht reden oder erklären. Es gab immer weniger zu sagen; je tiefer sie in sich hinabstieg, um so weniger schienen Ereignisse oder Menschen damit zu tun zu haben. Ein Knopf
war gedrückt worden; es hatte mit nichts und mit niemandem zu
tun.

Isobel war offensichtlich wenig überzeugt.

»Kann sein, aber warum gerade jetzt? Jahrelang warst du nicht
mehr so. Da muß es doch irgendeinen Auslöser geben.«

Rachel gab keine Antwort, sie wußte keine, sie wußte gar
nichts mehr. Es tat ihr gut, daß Isobel da war, es richtete sie ein
wenig auf; aber da waren diese Fragen und Isobels Müdigkeit und
darunter, unter all der Geschäftigkeit, das Gefühl der Hilflosigkeit. Rachel hätte ihr gerne klargemacht, daß ihre bloße Anwesenheit ihr half, doch das hätte wie Kritik geklungen, als würde
sie Isobel sagen, den Mund zu halten, sich nicht um Essen und

(217)

Gründe zu kümmern. Rachel blieb stumm, hatte aber nach einer Weile das Gefühl, daß ihr Schweigen als solches schon kritisch war. Was gab es zwischen Schweigen und Reden? Und warum mußte sie sich damit abquälen, wenn sie nichts als alleinsein wollte? Alleinsein war ihre einzige Möglichkeit.

»Danke für all die Sachen. Du siehst müde aus, warum gehst du nicht heim? Mir geht's gut. Ich möchte nur hier sitzen. Mach dir bitte keine Sorgen, du brauchst wirklich nicht hierzubleiben.«

Ablehnung.

»Unsinn. Ich bin nicht müde, und du darfst nicht allein sein. Ich bleibe.«

Großer Gott, noch ein Alptraum. Wir werden uns nur verrückt machen, wenn wir beide so rücksichtsvoll sind. Versuch doch, ihr genau zu erklären, wie dir zumute ist.

»Schau, Isobel, ich fühl mich miserabel, aber es wird nur schlimmer, wenn ich dich hier herumsitzen lasse, obwohl du so beschäftigt und abgespannt bist. Bitte, bleib nicht. Ich kriege sonst nur ein schlechtes Gewissen.«

Isobel blieb im Dunkeln sitzen. »Ich bleibe noch ein Weilchen hier, du wirst dich damit abfinden müssen«, sagte sie energisch und schloß dann, ein Gähnen unterdrückend, die Augen.

Hilfe, Hilfe, laßt mich hier raus, schrie es in Rachel. Sie war überwachsam, überempfänglich; sie nahm jede Bewegung, jede Nuance wahr, schien unter Isobels Haut ihre Gesichtsmuskeln zu sehen, wie sie sich in den angemessenen freundlichen Ausdruck verzogen und dabei doch vor Anstrengung schmerzten. Sie sah die müden Arme, die schwer auf den Sessellehnen lagen, und hörte Isobels tiefen Atem, der Mühe hatte, nicht in Seufzer auszuarten, und jede dieser Wahrnehmungen fügten der Last, die schon auf ihr ruhte, noch ein weiteres Gewicht hinzu. Und dann fühlte sie sich auch deswegen schuldig.

Nach einer Weile sagte Isobel: »Becky hat mich angerufen. Sie sagt, du hättest sie fortgeschickt. Sie ist sehr gekränkt und besorgt. Du kannst deine Freunde nicht so vor den Kopf stoßen. Du mußt sie bitten, dich zu besuchen. Du kränkst die Leute.«

Das war verrückt. Plötzlich war die Welt voll von Leuten, die sie sehen mußte, damit sie sich besser fühlten. Wenn man sich nicht einmal schlecht benehmen durfte, obwohl man Selbstmordgedanken hegte – wann durfte man es dann? Anscheinend nie, zumindest nicht Rachel, von der, depressiv oder nicht, erwartet wurde, daß sie den großen Durchblick hatte und deshalb verpflichtet war, das Richtige zu tun. Kein Freiraum für schlechtes Benehmen.

S E C H S

Rachels Gemütszustand blieb in den folgenden Wochen unverändert, verschlimmerte sich eher noch, und sie hockte weiter die meiste Zeit in ihrer Sofaecke. Isobel kam zweimal täglich, brachte ihr etwas zu essen und saß eine Weile bei ihr. Manchmal unterhielten sie sich. Rachel fühlte sich wie besessen, und sie diskutierten darüber, wenn Rachel überhaupt reden konnte. Sie hatte Stunde um Stunde ihrem inneren Monolog gelauscht – haßerfüllt, nichtswürdig, dumm, langweilig, gefährlich, zerstörerisch. Du solltest gar nicht am Leben sein, du bist eine Platzverschwendung . . . Es war die Stimme, die immer im Hintergrund blieb, jetzt aber laut geworden war und ganz von ihr Besitz ergriffen hatte. Sie hatte keine Energie, keine Kraftreserven, um gegen sie anzukämpfen. Nur der ›Aufpasser‹ war nicht involviert, hörte einfach zu und hielt fest, was geschah. Sie versuchte, Isobel das zu erklären.

»Es ist, als säße ein Dämon in mir, ein Teufel, der mich haßt, der mich tot wünscht. Ich weiß, daß es *mein* Teufel ist, aber es hilft mir nicht, das zu wissen. Er will mich töten, und ich kann nichts dagegen tun, er ist zu stark. Er verschlingt mich.«

Obwohl Isobel das verstand, wußte sie ebensowenig wie Rachel, was dagegen zu tun war. Drei Wochen waren vergangen – nichts hatte sich verändert. Rachel aß kaum, schlief nachts nicht mehr als zwei oder drei Stunden, verließ ihre Wohnung nicht mehr, und Isobels Hilflosigkeit wuchs mit jedem Tag. Sie war besorgt und erschöpft. Ihr erstes Gespräch wiederholte sich ständig. Rachel bat Isobel, nicht mehr zu kommen, aber Isobel wollte nichts davon hören. Es war schon in Ordnung, sagte sie. Aber nichts war in Ordnung. Das Schuldgefühl wuchs wie ein wildes Klettergewächs, Rachel glaubte, sie beide in einen endlosen Alptraum verwickelt zu haben. Ähnlich empfand Isobel, verriet es aber nur durch ihre Körpersprache und ihre unterdrückten Seufzer. Rachel hörte die Beteuerungen und sah das Unbehagen und war irritiert. Sah sie nicht, was sie glaubte zu sehen, hörte sie nicht, was sie glaubte zu hören? Es gab keinen Weg, keinen Ausweg, nichts Rechtes, was sie tun konnte. Stirb, sagte die Stimme. Und das schien wirklich der einzig mögliche Schritt zu sein.

Becky kam alle zwei, drei Tage und füllte die unbehagliche Stille mit Geplauder – über William und seine Affäre, sie hatte ihn noch nicht zur Rede gestellt, aus Angst, ihn ganz zu verlieren, und wußte nicht mehr, was sie für ihn empfand, jetzt, da er für sie nicht mehr derselbe war; über Depressionen, sie hatte über das Thema gelesen, war sogar in die Bibliothek des Psychologischen Instituts gegangen und hatte sich die entsprechenden Bücher ausgeliehen. Es gab zwei Arten von Depressionen, die exogene und die endogene, und für jeden Typ verschiedene Antidepressiva. Manches ließ auch darauf schließen, daß große Dosen Vitamin B in gewissen Fällen hilfreich seien . . . Rachel hörte schweigend zu und fühlte sich mehr und mehr wie ein Therapeut, ein beobachtendes Auge, ein lauschendes Ohr, das zuhörte, wie sich ihr Patient durch das Geplapper, die Panik, zum Kern des Problems vorarbeitete. Am liebsten hätte sie Becky gebeten, sofort aufzuhören – aufzuhören mit ihrem Geplapper, mit ihren Besuchen –, doch sie wagte es nicht, aus Angst, sie zu kränken.

Micheal kümmerte sich um Carrie und versicherte ihr am Telefon, daß alles in Ordnung sei; er wenigstens wußte, daß er Rachels Depression nicht ertragen könnte, dennoch tat er, was am nützlichsten war. Carrie war natürlich besorgt, doch man hatte ihr erklärt, daß ihre Mutter krank sei. Schließlich werden auch Mütter mal krank, hatte Rachel sich gesagt; sie wollte Carrie nicht sehen, wollte sich keine Sorgen um sie machen – aber machte sich natürlich doch Sorgen und wußte, daß sie Carrie irgendwann zwangsläufig wiedersehen und wieder die Verantwortung für sie übernehmen mußte.

Die Angst wurde unerträglich. Sie rief Dr. Stone an.

»Bitte, kann ich ins Krankenhaus gehen. Irgendwohin. Was würden Sie zu einer Nervenklinik sagen?« schluchzte Rachel ins Telefon.

»Wenn Sie das wirklich wollen«, antwortete er vorsichtig.

»Es wird zu schwierig für alle. Ich muß gehen.«

(221)

Am Nachmittag wurde sie in die Friern Barnett Klinik aufgenommen. Sie fuhr selbst in ihrem Wagen hin, sehr unsicher, das Lenkrad so fest umklammernd, daß sie Krämpfe in den Fingern bekam. Sie parkte in der Einfahrt, die mit Blumenbeeten gesäumt war, und erfragte ihren Weg zur Notaufnahme im Nebengebäude, wo man sie angemeldet hatte. Als sie das Schwestern-Büro betrat, sah sie ihren Namen auf der Wandtafel, sie wurde also erwartet. Sie stellte sich vor, und eine große schwarze Schwester fragte:»Wer hat sie hergebracht?«, wobei sie sich umschaute, als erwartete sie, daß noch jemand eintreten würde.

»Ich mich selbst.«

»Sie sind allein gekommen?« Die Schwester warf dem Bereitschaftsarzt, der ihr gegenüber saß, einen fragenden Blick zu. »Ganz allein?«

Rachel war gar nicht auf die Idee gekommen, jemanden um Begleitung zu bitten, und selbst jetzt, angesichts der allgemeinen Überraschung, glaubte sie nicht, daß Isobel zum Beispiel es für nötig gehalten hätte. Schließlich war sie hier, oder nicht?

Im Nebengebäude waren größtenteils alte Leute untergebracht, die aufgrund ihrer Senilität nicht mehr ohne ganztägige Pflege auskamen. Die Klinik war heruntergekommen und vernachlässigt wie ihre Patienten, jeden Tag bereit, ihre Tore zu schließen, wenn nur jemand eine Lösung fand, wohin mit ihren körperlich gesunden, aber seelisch gebrochenen Insassen. Rachels Bett war eines von vieren in einem großen, quadratischen blaßgrün gestrichenen Raum. Der Fußboden war mit dunkelblauem rissigem Linoleum ausgelegt, und ein großes Waschbecken stand zwischen zwei vorhanglosen Fenstern. Sie kletterte dankbar auf das Eisenbett und saß mit gekreuzten Beinen auf der orangefarbenen Tagesdecke, als eine Schwester ihren Namen, Adresse und Familienstand notierte. Das einzige belegte Bett stand gegenüber in der Ecke des Zimmers. Darauf lag, eingerollt und mit dem Gesicht zur Wand, ein kleiner schmächtiger Körper; es hätte der eines Kindes sein können, wäre da nicht diese Fülle eisengrauen Haares gewesen, die sich auf dem Kopfkissen ausbreitete.

»Das ist Rose«, sagte die Schwester im Hinausgehen. »Sie antwortet nicht, wenn Sie mit ihr sprechen. Sie tut gern so, als schliefe sie – doch wir alle wissen es besser – nicht wahr, Rose?«

Rose schlief ostentativ weiter, und Rachel war erleichtert, daß sie keine Konversation machen mußte. Alleingelassen mit sich selbst, saß sie auf ihrem Bett und nahm die schäbige Umgebung in sich auf; sie störte sich nicht daran. Sie hatte alle Fragen ruhig beantwortet und war jetzt, wenigstens für eine Weile, sich selbst überlassen. Und während sie so dasaß, schien eine Last von ihr abzufallen; sie befand sich hier an einem Ort, wo sie nur *sein* konnte, die anderen Leute wurden entweder bezahlt, um hier zu sein, oder waren, wie sie selbst, zu sehr in sich selbst eingekapselt, um sich um sie zu kümmern. Hier war es erlaubt, depressiv zu sein, nur dazusitzen und zu schweigen; hier war man an Menschen gewöhnt, die sich schlecht benahmen, und das wollte sie nicht, sie wollte nur in Ruhe gelassen werden, sich um nichts und niemanden kümmern müssen. Damit wurde man hier fertig, darum brauchte sich Rachel nicht zu sorgen. Es war richtig, daß sie gekommen war, sie hätte es schon früher tun sollen. Sie hatte die Schwester gebeten, Isobel anzurufen und ihr auszurichten, daß es ihr gut ging.

»Könnten Sie ihr bitte sagen, daß sie mich nicht besuchen soll? Es ist sehr wichtig – ich will keinen Besuch.«

Die Schwester schrieb lächelnd die Nummer auf und sagte, sie brauche sich keine Sorgen zu machen, sie würde sie gleich anrufen. Und wieder fiel eine Last von Rachel ab. Jemand anders würde für sie die Dinge in die Hand nehmen. Eine zweite Schwester schaute zur Tür herein. »Der Bereitschaftsarzt möchte Sie sehen. Bitte, kommen Sie mit.«

Sie führte Rachel in ein kleines Zimmer, in dem eine junge Frau an ihrem Schreibtisch wartete und in ihren Akten blätterte. Sie lächelte, als Rachel eintrat.

»Guten Tag, ich bin Dr. Newbold. Ich muß Ihnen einige Fragen stellen. Reine Routinefragen.«

(223)

Rachel nahm in einem Sessel neben dem Schreibtisch Platz und lächelte höflich.

»Können Sie mir das heutige Datum nennen?« fragte Dr. Newbold.

Rachel erinnerte sich an diesen Ablauf noch von damals, vor fünfzehn Jahren – bei einer früheren Krankenhauseinweisung, einer früheren Depression –, deshalb antwortete sie ganz sachlich; es war nur etwas, das getan werden mußte.

»Dienstag, der 29. Juli.«

»Ja?« ermunterte sie Dr. Newbold.

»1983«, fügte Rachel geduldig hinzu.

Erst später, als sie in jener Nacht wach im Bett lag, fiel ihr ein, daß es in Wirklichkeit der 30. war; ihr erster Impuls war, die Nachtschwester zu rufen, um die Antwort zu berichtigen – doch wieso, zum Teufel, dachte sie, zwei von drei Antworten waren richtig.

Dr. Newbold setzte ihre Befragung kommentarlos fort.

»Kennen Sie die Namen der Kinder unserer Königin, Rachel?«

Rachel durchforstete ihr Repertoire an Bagatellen; schade, daß man sie nicht nach den Schauspielern von ›Es geschah in einer Nacht‹ gefragt hatte, die hatte sie nämlich auf der Zunge.

»Also . . Charles, Anne . . . Edward – dann gibt's noch einen . . . Andrew.«

Was kam jetzt?

»Rachel«, fragte Dr. Newbold im Plauderton, »sehen Sie einen Sinn im Leben?«

Rachel konnte nur mit Mühe ein lautes höhnisches Lachen unterdrücken, aber schließlich, so dachte sie, war dies eine Frage, die sie beantworten konnte.

»Nun, ich denke schon. Für andere Menschen ist das Leben sicher sinnvoll. Ich glaube sogar, daß es einen *Sinn* gibt, es ist bestimmt *für* etwas da. Doch ich glaube nicht, daß es mich braucht. Was immer oder wer immer ein Ziel in all dem sieht, kann es sicher ohne mich erreichen. Ich glaube, ich hab hier keinen Platz.«

Dr. Newbold sah mit wachsamen Augen auf; offenbar hatte ihr

(224)

Rachels Antwort etwas enthüllt – wenn auch nicht das, was sie erwartet hatte.

»Und Gott?« fragte sie.

»Gott?« erwiderte Rachel. »Er und ich haben so wenig miteinander am Hut, daß es sinnlos wäre, es näher zu erläutern. Es spielt keine Rolle, hat nichts mit mir zu tun.«

Die Ärztin schrieb etwas in ihre Akte.

»Bitte, könnte ich jetzt zurück auf mein Zimmer gehen?«, fragte Rachel.

Dr. Newbold sah sie einen Augenblick an und schloß dann die Akte.

»Ja, das wär wohl genug für heute. Dr. Cloudsley wird morgen mit Ihnen sprechen. Danke, Rachel.«

Als sie wieder auf ihrem Bett saß, steckte eine Schwester den Kopf zur Tür herein.

»Dr. Newbold läßt Sie bitten, Nachthemd und Morgenmantel anzuziehen«, sagte sie freundlich. »Darauf müssen wir nun mal bestehen bei Patienten, die ein bißchen depressiv sind. Schließlich wollen wir nicht, daß Sie uns davonlaufen.«

Rachel zuckte die Achseln und versprach's, blieb aber völlig angekleidet sitzen. Sie fühlte sich nicht unglücklich, nur abwesend und leer – aber dies war eine Bleibe für sie, auch wenn sie nicht die Behaglichkeit und Wärme ihrer Wohnung hatte. Das war ihr gleichgültig. Es war inzwischen Abend geworden. In ein paar Stunden würden die anderen Patienten in ihre Zimmer zurückkehren und auf den Wagen mit den Beruhigungsmitteln warten. Sie hatten ihr Abendessen eingenommen, saßen im Aufenthaltsraum vor dem Fernseher oder in der kleinen Kantine bei einer Tasse Tee oder wanderten durch die Flure. Niemand störte Rachel, es war ruhig und friedlich.

Plötzlich wurde die Stille durch ein langes dramatisches Stöhnen vom Bett gegenüber unterbrochen, während Rose ihre Beine herumschwang und sich aufrecht neben ihr Bett stellte. Ihr winziger, ausgemergelter Körper war in ein weites geblümtes Baumwollkleid gehüllt, das vom Krankenhaus für Patienten, die keine eigenen Kleider besaßen, zur Verfügung gestellt wurde und jetzt um ihre dürren alten Beine schlabberte, als sie durchs Zimmer zu laufen begann. Ihr loses graues Haar wirkte wild und seltsam jugendlich. Sie bewegte sich zielbewußt auf Rachel zu, ohne wirklich in ihre Richtung zu blicken.

»Verdammt!« dachte Rachel.

Rose, die ihr Gesicht von Rachel abgewandt hatte und geistesabwesend zum Fenster starrte, hielt ganz dicht vor Rachels Bett an, hob langsam, ganz bedächtig ihren Rock bis zur Höhe ihres mit einem Stempel der Klinik versehenen Schlüpfers, spreizte ihre Beine und begann, ohne Anzeichen dafür, daß ihre obere Hälfte wußte, was die untere tat, auf den Boden zu pinkeln. Die Flüssigkeit floß aus ihr in einem schweren Strahl wie Pferdepisse, dampfte ein wenig und spritzte, als sie auf das kalte Linoleum traf. Dann begann sie, mit unbewegtem Gesicht und ohne von Rachel Notiz zu nehmen, mit gespreizten Beinen und steifen Knien durch das Zimmer zu gehen, während der Urin weiter floß und plätscherte. Sie beschrieb die Konturen der Betten und Wände – ein unbekümmerter Wanderer, der den rauschenden Wasserfall zwischen den Beinen vergessen hatte. Rachel hätte am liebsten Beifall geklatscht; es war eine großartige Vorstellung. Sie war erstaunt über die Menge an Flüssigkeit, die dieser schmächtige Körper enthielt – als Rose zu ihrem Bett zurückgegangen war und wieder ihre frühere Position eingenommen hatte, war der ganze Fußboden mit Urin bedeckt, übelriechende kleine Pfützen und Bäche hatten sich vereinigt, wie Amöben, die ihre Nahrung umfließen. Rachel lächelte im stillen und zuckte die Schultern; es war ihr völlig gleichgültig. Das Zimmer füllte sich mit dem warmen, feuchten, säuerlichen Geruch von Urin; der Boden war überflutet. Rachel war gefangen auf ihrem Bett, auf einer Insel umgeben von einem Meer aus Pisse. Es machte ihr nichts aus, der Geruch störte sie nicht sonderlich, sie wollte ja das Bett nicht verlassen. Sie saß da, ohne im geringsten auf die Darbietung zu reagieren. Nicht nett von dir, Rachel, dachte sie. Wenn du netter und freundlicher wärst, hättest du Zeter und Mordio geschrien – schaut her, was diese gräßliche alte Frau gemacht hat! Ich will raus aus diesem Irrenhaus! Arme Rose, ich würd's für dich tun, wenn ich's könnte, aber ich hab nicht die Kraft dazu. Nach einer Weile kam eine andere Zimmerbewohnerin herein und schrie, wie es sich gehörte, stieß Verwünschungen gegen die scheinbar schlafende, vielleicht auch tote Rose aus und rief jammernd nach einer Schwester, die sich anschauen sollte, was diese dreckige, verrückte alte Kuh in ihrem Zimmer angestellt hatte. Die Schwester kam und machte sich mit Eimer und Aufnehmer an die Arbeit.

»Was hast du wieder gemacht, Rose? Du bist sehr ungezogen. Haben Sie gesehen, was passiert ist?« fragte sie Rachel, die leicht die Schultern zuckte und unverbindlich lächelte. Das Schulterzukken war hier ohne Frage eine nützliche Geste.

»Ich hab nichts getan«, beschwerte sich Rose, die ein Auge öffnete, um Rachels Reaktion zu beobachten. »Ich hab nur auf meinem Bett gelegen. Warum laßt ihr mich nicht in Ruhe? Ich möchte sterben; alles, was ich will, ist sterben, aber ihr gemeines Pack laßt mich nicht. Laßt mich doch in Ruhe«, klagte sie.

»Du bist sehr böse«, schimpfte die Schwester, während sie den Boden aufwischte. »Dir fehlt überhaupt nichts. Du bist keine Bettnässerin, und ich hab auch ohne das hier schon genug zu tun.«

Rachel schloß die Augen. Ihr Schweigen war kein wirkliches geheimes Einverständnis mit Rose, es war nur Geistesabwesenheit. Sie brauchte keine Verbündeten, obwohl sie wußte, daß sie sich Rose durch ihre mangelnde Reaktion wahrscheinlich zum Feind machte, Rose, die eher Aufmerksamkeit als Freundschaft wollte. Die andere Patientin, eine Frau um die Fünfzig, war zu erregt, um diese Nacht auf der Station zu schlafen, und bekam ein anderes Zimmer, und so brauchte Rachel mit niemand anderem zu reden. Rose, die ihren Standpunkt klargemacht hatte, schwieg den Rest der Nacht, und als der Medikamentenwagen kam, schluckte Rachel dankbar ihre Schlaftabletten und schlief ein paar Stunden. Dann lag sie wach und starrte ins Dunkel, bis morgens um sechs das Tagespersonal kam. Sie bereute noch immer nicht, hier zu

(227)

sein; nicht, bis die Schwester kam und ihr sagte, sie solle sich anziehen und zum Frühstück in die Kantine gehen.

»Ich möchte lieber hier bleiben«, sagte Rachel höflich. »Kann ich nicht einfach etwas Tee bekommen und ihn hier trinken?«

»Sie müssen in die Kantine gehen. Außerdem werden die Zimmer um halb neun geschlossen. Es ist sehr schlecht für die Patienten, den ganzen Tag im Bett zu liegen. Sie können sich in den Aufenthaltsraum zu den anderen Patienten setzen. Dr. Cloudsley wird später seinen Morgenrundgang machen und Sie sehen wollen. Deshalb können Sie erst heute nachmittag zur Beschäftigungstherapie gehn.«

Nichts war Rachel verhaßter als zur Beschäftigungstherapie zu gehen, ganz gleich zu welcher Tageszeit, noch wollte sie aus ihrem Zimmer ausgesperrt werden. Sie wollte, wie Rose, ganz einfach in Ruhe gelassen werden. Bei ihrer Aufnahme hatte der Bereitschaftsarzt von einer ›globalen Depression‹ gesprochen und vorgeschlagen, man sollte es zunächst mit Antidepressiva versuchen. Wenn die Medikamente nichts halfen, wären Elektroschocks zu empfehlen. Rachel hatte beschlossen, nicht darüber nachzudenken. Sie hatte nur Zuflucht gesucht und geglaubt, sie könnte die Medikamente und Elektroden umgehen. Jetzt erst kam ihr zu Bewußtsein, daß sie einfach nicht klar gedacht hatte. Dies war eine Nervenklinik, und für die Ärzte und Schwestern war sie zur Behandlung hier, und die begann nun mal mit dem erzwungenen Zusammensein mit den traurigen und verzweifelten Gestalten in der Kantine.

Der Aufenthaltsraum war düster und trist: hochlehnige Plastikstühle standen rings an den blaßgrünen Wänden, und eine Geranie auf einer Fensterbank ließ den Kopf hängen. In der Mitte des Raumes ein kleiner Plastiktisch und ein halbleeres Regal mit ein paar zurückgelassenen Büchern. Rachel saß allein auf einem blauen Stuhl – die anderen waren rot und grün –, rauchte und drückte die Zigarettenstummel in einem glutvernarbten Mülleimer aus, den sie in einer Ecke entdeckte. Während der zwei Stunden, die sie dort saß, blieb der Raum fast immer leer, nur ab und

(228)

zu flog die Tür auf, und ein sehr übergewichtiger junger Mann stand eine Weile wild dreinschauend da, starrte in jede Ecke des Zimmers und verschwand dann ärgerlich knurrend wieder. Jedesmal stand Rachel auf, schloß die Türe hinter ihm und setzte sich wieder auf ihren Stuhl. Von Dr. Cloudsley war keine Spur. Da sie sich geweigert hatte, in die Kantine zu gehen, hatte sie nichts zu essen und trinken bekommen und fühlte sich kalt und flau. Sie dachte an ihre warme und gemütliche Wohnung, wo sie sich wenigstens Tee machen konnte, wenn sie wollte, und wo sie von ihren persönlichen Dingen umgeben war, doch dann dachte sie wieder an den Grund ihres Hierseins – die anderen Menschen, die Schuldgefühle. Hätte man sie in ihrem Bett gelassen, wäre sie zufrieden gewesen. Schließlich stand sie auf und ging den Korridor hinunter zu ihrem Zimmer, dessen Türe tatsächlich verschlossen war, ging dann den Korridor zurück und begegnete unterwegs anderen Leuten, die in Filzpantoffeln auf und ab schlurften. Sie schritt den langen Flur zwei- oder dreimal ab, ignorierte die anderen, die von ihr genausowenig Notiz nahmen, bis ihr plötzlich ein Wäscheschrank auffiel. Es war ein großer begehbarer Schrank, etwa einen Meter breit, mit Regalen an einer Wand und einem Fenster am Ende. In den Regalen waren Krankenhaus-Schlafanzüge, Nachthemden und Ersatzkleider, wie Rose eines trug, Handtücher und dergleichen gestapelt. Rachel betrat das Schrankzimmer und ging ans Fenster – das einzige mit Ausblick, das sie gefunden hatte. Man konnte von hier auf den Haupteingang der Klinik sehen. In der Mitte der Auffahrt war ein sauber angelegtes rundes Blumenbeet. Rachel stand da und schaute hinab. Menschen kamen und gingen, Autos fuhren vor und Ärzte stiegen aus, oder Verwandte kamen zu Besuch, man konnte sie gut auseinanderhalten. Ein paar Patienten verließen den Haupteingang und eilten zu einem Laden jenseits der Straße, um Schokolade, Zahnpasta, Haarshampoo oder Zigaretten zu kaufen – kleine Wünsche, die einen Vorwand für einen kurzen Ausflug boten. Rachel stand da, die Stirn an die kalte Scheibe gepreßt, und beobachtete das Kommen und Gehen, bis eine Stimme sie zusammenzucken und herumschnellen ließ. Hinter ihr stand eine Schwester, die sie neugierig anstarrte.

»Was machen Sie hier, Rachel?«

Rachel bemerkte plötzlich, daß ihre Wangen feucht waren, daß sie am Fenster gestanden und geweint hatte.

»Nichts. Hier ist ein Fenster, und ich hab rausgeschaut.«

An der Schürze der Schwester war eine Uhr befestigt, so daß Rachel die Zeit ablesen konnte: Es war halb eins. Also hatte sie zweieinhalb Stunden am Fenster gestanden. Jetzt bin ich erst eine Nacht hier, dachte sie, und stehe schon in einem Wäscheschrank und starre aus dem Fenster. Heute nachmittag werden sie mir Psychopharmaka einflößen, und schon morgen wird mir das stinknormal vorkommen, und ich werd wie die anderen den Korridor auf und ab schlurfen. Es wird mir nichts ausmachen.

»Ich glaub, ich möchte nach Hause gehen«, sagte sie ruhig zu der Schwester. »Muß ich da irgendwas unterschreiben?«

Die Schwester sah sie erstaunt an. »Warum? Sie sollten erstmal mit der Stationsschwester reden.«

Rachel folgte ihr in das Büro, wo sie ihren Wunsch wiederholte. Auch die Stationsschwester sah überrascht drein.

»Sie *können* sich zwar selbst entlassen, aber Sie müssen warten und erst mit dem Doktor reden. Er wird gleich hier sein. Gehen Sie solange in den Aufenthaltsraum, ach nein, das geht nicht, er ist eben für die Stationsbesprechung geräumt worden. Sein Sie so nett und trinken Sie einen Tee in der Kantine. Wir rufen Sie, wenn der Doktor Sie sehen will.«

Sobald man an so einem Ort ist, muß man sich nach den Regeln richten, dachte Rachel. Sie erklärte, sie würde warten, und ging in ihren Schrank zurück. Eine Stunde später kam die Schwester, um sie zu holen: der Doktor wäre da und wollte sie sehen.

»Ich will wirklich nur meine Entlassungspapiere«, sagte sie, als sie der Schwester zum Aufenthaltsraum folgte.

»Da hinein, Dr. Cloudsley erwartet Sie«, sagte die Schwester und klopfte für Rachel an die Tür.

Das erste, was sie sah, als sie den Aufenthaltsraum betrat, war eine goldene Tortenschachtel auf dem Tisch; sie hatte, als sie am Fenster stand, gesehen, wie ein Mann sie aus seinem Wagen getragen hatte, und war überrascht gewesen, weil der offene MG und der elegante Dreiteiler ihn als einen der Ärzte zu erkennen gab. Dann hatte sie sich gesagt, daß man Menschen nicht so voreilig kategorisieren sollte, die Tortenschachtel machte ihn zu einem Verwandten, der einen Patienten besuchte – vielleicht hatte jemand Geburtstag. Doch ihre erste Vermutung war die richtige gewesen: Die hübsche Goldschachtel stand geöffnet und leer zwischen benutzten Tellern und Tassen auf dem kleinen Tisch. Die Plastikstühle standen nun dichter im Halbkreis zusammen als vorher, als sie allein im Raum gewesen war, und alle, bis auf einen, waren besetzt. Zwanzig bis fünfundzwanzig Leute saßen in einer Runde und beobachteten, wie sie verwirrt in der Türe stand. Sie hatte damit gerechnet, einen Arzt anzutreffen oder auch zwei. Sie warf einen kurzen Blick in die Runde, nahm aber nur sehr wenig wahr: mehr Männer als Frauen, einige davon Krankenschwestern, mehrere Männer in eleganten Dreiteilern, die vermutlich reihum den Kuchen für die Besprechung mitbrachten – nicht *alle* fuhren wohl einen MG. Sie geriet in Panik. Ihr erster Gedanke war, auf dem Absatz kehrt zu machen und wegzulaufen, der zweite war, daß sie hier rauswollte und dies hier der einzige Weg zu diesem Ziel war, weil ihr Zimmer mit ihrem Mantel und ihren Autoschlüsseln abgeschlossen war.

»Treten Sie ein, Mrs. Kee, und nehmen Sie Platz«, meinte der Besitzer einer gepflegten Hand, die sie anwies, ihr befahl, sich auf den leeren Stuhl neben ihn zu setzen. »Ich bin Dr. Cloudsley, Ihr beratender Arzt. Die anderen hier sind Mitglieder meines Teams. Wir würden gern ein wenig mit Ihnen plaudern.«

Nun, hoffentlich redet ihr nicht alle auf einmal, dachte sie, als sie mit weichen Knien das Zimmer durchquerte, das ihr jetzt mehr wie eine Arena erschien. Dr. Cloudsley saß bequem auf seinem Stuhl, ein Bein mit makelloser Bügelfalte über das andere geschlagen, ein freundliches, etwas herablassendes Lächeln um den Mund. Rachel saß steif da, kochend vor Wut, als sie fühlte, wie zwanzig Expertenaugenpaare sie ausgiebig musterten. Was waren die äußeren Merkmale dieses Falls? Das Haar mit leuchtend orangefarbenen Strähnen war natürlich bewußt provozierend; wildes, krauses Haar, absichtlich noch wilder gemacht, um gleichzeitig zu verbergen und Aufmerksamkeit zu erregen; darunter, dahinter ein müdes, bleiches, grimmiges Gesicht ohne Make-up. Sie trug einen grünbraunen Overall, modisch weit, lose um den Körper hängend, die Hosenbeine bis zur Wadenmitte hochgekrempelt, Turnschuhe an den nackten Füßen – völlig unspektakulär auf der Hampstead High Street, doch im Umfeld einer altmodischen Klinik eine Verleugnung von Körper, Geschlecht und Leben, formlos, schluderig. Sie sah sich mit den Augen der anderen und wartete in kerzengerader Haltung, die Hände um die hölzernen Armlehnen gekrampft.

»Sie scheinen wütend zu sein, Mrs. Kee«, begann Dr. Cloudsley.

»Ja, ich bin wütend«, erwiderte sie mit eisiger Höflichkeit und schaute ihn an. Der andere Teil in ihr flüsterte ihr jedoch ins Ohr: »Sei vorsichtig, Rachel. Du mußt dies nur richtig durchspielen. Bleib ganz ruhig; *tu* vor allem nichts.«

Noch ein anderer Teil, weit entfernt von ihr und den anderen im Raum, sprach zu einem Dritten: »Wie können die nur so was tun? Wie können sie so dumm sein? Was sind das für ›Experten‹? So was kann man doch nicht mit jemandem machen, der seit Wochen depressiv ist. Den setzt man doch nicht in einen Raum voll mit Zuschauern und stellt ihm Fragen. Das ist ja wie ein Inquisitionsgericht. Jeder Vollidiot würde das besser machen.«

Zorn und Panik stiegen in Rachel hoch. Sie wollte rauslaufen oder irgendwas zertrümmern – am liebsten hätte sie die Teller und Tassen genommen und sie in die kalten, nüchternen Gesichter um sich herum geschleudert. Bei Cloudsleys Stichwort wurde ihr klar, wie kurz davor sie war, gewalttätig zu werden.

»Vorsicht«, flüsterte die Stimme, als sich ihre Hände noch fester um die Stuhllehnen klammerten. Sie schaute von einem zum anderen, versuchte einen Blickkontakt herzustellen; es mußte doch einen Menschen in diesem Raum geben, der erkannte, daß dies nicht die richtige Methode war, mit jemandem wie ihr umzugehen. Aber jeder Blick, den sie auffing, wich zu schnell aus, als daß sie hätte erkennen können, welche Art von Menschlichkeit sich dahinter verbarg.

»Wollen Sie uns nicht sagen, warum Sie wütend sind?« fragte Cloudsley mit samtiger Stimme.

Sie starrte auf die goldene Schachtel und versuchte krampfhaft, ruhig und besonnen zu bleiben.

»Ja. Ich bin wütend, weil ich nicht in diesem Raum voller Menschen sein will. Man hatte mir zu verstehen gegeben, daß ich mit *einem* Arzt sprechen und nicht der Gegenstand einer Besprechung sein würde. Ich habe auf Sie gewartet, weil ich um meine Entlassung bitten wollte. Könnten Sie mir also bitte die notwendigen Papiere aushändigen, die ich zu unterschreiben habe, und eine der Schwestern beauftragen, mein Zimmer aufzusperren.«

»Warum haben Sie das Gefühl, daß Sie entlassen werden sollten?«

»Ich habe nicht das *Gefühl,* ich will entlassen werden. Ich möchte nach Hause.«

Ich will hier raus, du aalglatter Fiesling, weil ich gesund genug bin, um nicht in dieser gottverdammten Klinik bleiben zu wollen; und weil ich mir zu Hause wenigstens eine Tasse Tee machen kann. Ist das vielleicht kein Grund?

Dr. Cloudsley schlug die Akte auf seinem Schoß auf, las schweigend ein paar Minuten darin und sah dann auf.

»Nach den Angaben des Aufnahmearztes befinden Sie sich in einem ernsthaft depressiven Zustand. Er erachtet Sie als suizidgefährdet und meint, Sie bedürften einer stationären Behandlung, um ihre augenblickliche Situation zu überwinden. Ich glaube nicht, daß ich Sie entlassen kann.«

Rachel stockte der Atem.

»Sie können mich nicht daran hindern zu gehen. Ich bin freiwillige Patientin. Ich kann gehen, wann ich will.« Ihre Stimme wurde schrill.

»Ob Sie freiwillige Patientin sind oder nicht, habe ich wohl zu bestimmen, Mrs. Kee. Sie sind zwar freiwillig hierhergekommen, aber ich habe die Pflicht, die Situation sorgfältig zu erwägen. Ich glaube, Sie wären gefährdet, wenn ich Ihnen erlaubte zu gehen.«

In ihren Träumen hatte Rachel schon öfter lebensbedrohenden Schrecken erlebt, aber diese spezielle Wirklichkeit hatte alle Merkmale ihrer schlimmsten Alpträume. Es stand ihr plötzlich nicht mehr frei zu gehen, sie konnten sie hierbehalten und sie jeder Behandlung aussetzen, die man für geeignet hielt: Psychopharmaka, Eletroschocks, sogar eine Lobotomie vornehmen, wenn sie wollten. Sie hatte sich in eine andere Welt begeben und sah ihr Recht zu entscheiden, ihre Freiheit dahinschwinden. Sie spürte plötzlich, daß sie in großer Gefahr war, und ihr Körper reagierte darauf, wie er es auf jede Bedrohung von außen tat: Adrenalinausschüttung, rasender Puls, höchste Alarmbereitschaft, klare Gedanken, aufs Überleben ausgerichtet. Trotzdem fiel es der liberalen Middle-Class-Rachel schwer zu glauben, was hier vor sich ging. Sie kannte zwar in etwa die Gesetzgebung und wußte, daß ein Nervenarzt seinen Patienten gegen dessen Willen zurückbehalten konnte, wenn er ihn als Gefahr für sich selbst oder andere erachtete. Etwas ähnliches hatte Dr. Cloudsley angedeutet. Und sie glaubte sich vage zu erinnern, irgend etwas getan zu haben, das ihn zu dieser Beurteilung veranlaßt hatte, doch sie war sich nicht sicher was. Sie versuchte, möglichst sachlich zu argumentieren.

»Ich bin ein inoffizieller Patient«, sagte sie vorsichtig, wobei sie sich auf die Tortenschachtel konzentrierte. »Sie können mich nicht festhalten, es sei denn, Sie haben Beweise, daß ich mir etwas antun könnte. Ich habe aber nichts getan, was darauf hindeutet. Sie haben also keinen Grund, mir die Entlassung zu verweigern, und ich will gehen und zwar jetzt.«

Cloudleys Stimme klang irritiert, als er antwortete: »Das Gesetz verlangt lediglich, daß ich und ein zweiter Arzt Sie als gefährdet erachten. Warum sind Sie so aggressiv?«

Weil du mir drohst, du eingebildeter Lackaffe!

Nach seiner Stimme zu schließen, war es kein Problem, einen anderen Arzt zu finden, der unterschreiben würde, und sicher gab es nicht wenige hier, die bereitwillig ihre Unterschrift unter jeden Wisch, den er ihnen vorlegte, kritzeln würden. Es gab keine Helden hier. Sie wußte, daß irgend jemand bluffte, wahrscheinlich sie selber. Sie mußte entweder mit dem Bluff fortfahren oder aber Cloudsley besänftigen, der offensichtlich gereizt war. Wie zum Teufel konnte sie da hineingeraten? Sie mußte um jeden Preis raus, und bei diesem Mann würde sie mehr erreichen, wenn seine Autorität intakt blieb.

»Ich bin nicht selbstmordgefährdet«, erklärte sie klar und ruhig. »Ich habe Depressionen, doch das ist nicht das erstemal. Ich will das durchstehen, irgendwann geht es vorbei, und ich glaube, daß es zu Hause, in vertrauter Umgebung, leichter ist.«

Cloudsley schien etwas besänftigt.

»Ich glaube, Sie sehen das Leben sehr schwarz. Sie halten das Leben nicht für lebenswert, nicht wahr, Mrs. Kee?« Er schien sie damit einladen zu wollen, ihre innersten Gedanken mit ihnen allen zu teilen und, wenn sie dumm genug war, in seine Falle zu tappen. Dieser Mann wollte, daß sie die Kontrolle über sich selbst, ihre hart erkämpfte Selbstbeherrschung verlor. Das war ihr wohl vertraut: Vielleicht waren Psychiater und Sadisten aus demselben Holz geschnitzt. Er bat sie um ihre ›Mitarbeit‹, wie er es nennen würde: Sie sollte sagen, ja, ich bin in Schwierigkeiten, ich brauche Hilfe, tut, was ihr für nötig haltet, ich kann nicht beurteilen, was gut für mich ist. Wenn ihr mir nur helft. . .

Scheißkerl.

»Ich habe keine Meinung über das Leben. Ich versichere Ihnen, ich bring mich nicht um. Wenn Sie wollen, geb ich's Ihnen schriftlich. Ich möchte nach Hause«, sagte sie bestimmt.

Dr. Cloudsley schlug wieder die Beine übereinander und schaute ungeduldig in die Runde. »Ich lasse Sie nur sehr ungern gehen, Mrs. Kee. Ich bin durchaus berechtigt, sie hierzubehalten. Es ist sogar meine Pflicht, das zu tun, wenn ich das Gefühl habe, daß Sie gefährdet sind. Aber es wäre natürlich besser, wenn Sie mit uns zusammenarbeiten.«

Ja, ich weiß, es ist sehr unangenehm, unwillige Patienten festzuhalten, wenn man ihnen Spritzen verpaßt.

Rachel wiederholte: »Ich möchte nach Hause.«

»Glauben Sie, Mrs. Kee, daß Sie fair sind mit Ihren Freunden? Haben Sie das Recht, von ihnen zu verlangen, sich Sorgen um Sie zu machen und sich um Sie zu kümmern? Haben Sie daran schon mal gedacht?«

Erwischt! Genau darum war sie hier, nicht wahr? Andere Leute, Forderungen stellen. Schuld. Da hatte er etwas gefunden, das wirkungsvoller war als alles andere – ein schlummerndes Schuldgefühl wachrütteln und hochpäppeln.

Sie konnte darauf nicht anworten, es gab kein Argument. Sie saß nur steif da, während die Panik und die Erinnerung – wie sie in der Wohnung saß, verzweifelt, wenn Besucher da waren, verzweifelt, wenn keine da waren – sie packten und durchfluteten.

»Ich muß nach Hause«, antwortete sie mit einem langen starren Blick in seine ungerührten Augen.

Er sah auf die Uhr.

»Zeit zum Mittagessen«, sagte er. »Gehen Sie in die Kantine und stärken Sie sich. Ich überlege inzwischen, was zu tun ist. Mein Assistent wird später zu Ihnen kommen und Ihnen mitteilen, was wir beschlossen haben. Also, ab mit Ihnen.«

Sie war entlassen.

Später am Nachmittag, eher noch am Abend, würde der Assistent ihr sagen, daß sie genausogut die Nacht hier verbringen könnte und daß er sie am nächsten Morgen aufsuchen würde. Trägheit war eine mächtige Waffe. Wehrte sie sich, würde man Zwangsmaßnahmen ergreifen, kooperierte sie, würde man ihre Wünsche aufschieben, bis es ihr nichts mehr ausmachte. Sie war nicht in der Verfassung, daß ihr etwas lange was ausmachte – sie hatten die Zeit und Energie auf ihrer Seite. Was *sie* noch hatte (erstaunlicherweise, in Anbetracht ihrer Geistesverfassung) waren die Klarsicht, zu erkennen, was hier vor sich ging, und der eiserne

(236)

Wille, nicht unter Drogen gesetzt und institutionalisiert zu werden.

»Ich hatte das Gefühl, vor die Wahl gestellt zu sein, mich entweder umzubringen oder mich mit Drogen unempfindlich gegen meine Gefühle machen zu lassen«, erzählte sie Laura wenige Tage später in Cornwall. »Beides war tödlich. Ich sah keinen Sinn darin, am Leben zu bleiben.«

»Der Weg, den du gewählt hast, enthielt aber doch die Chance, am Leben zu bleiben«, meinte Laura.

Rachel lächelte. »Ja, ich weiß: Irgendwo in mir da lauert ein kleines eigensinniges Ding, das überleben will. Ich verachte es, weißt du, ich finde es schwachsinnig und idiotisch. Es denkt nicht, kann meiner Logik nicht folgen, hockt nur einfach da und verlangt zu überleben. Im entscheidenden Moment funkt es dazwischen und hindert mich daran, mich umzubringen. Ich hasse es wegen seiner Geistlosigkeit.«

»Ich an deiner Stelle würde es kräftig füttern – wer weiß, vielleicht wächst es.«

Rachel lächelte wieder.

»Das Problem mit dir ist, du hast zuviele Bücher gelesen.«

Rachel verließ den Aufenthaltsraum und blieb eine Weile draußen vor der Türe stehen. Sie hatte nicht die Absicht, in die Kantine zu gehen, und machte sich statt dessen auf den Weg zu ihrer Station. Über Mittag waren die Zimmertüren aufgeschlossen worden, damit sich die Patienten die Zähne putzen oder sonstiges erledigen konnten. Sie schlüpfte in ihr Zimmer, schnappte sich ihre Reisetasche, stopfte, so schnell sie konnte, ihre Sachen hinein, hängte sie über ihre Schulter und ging dann, so lässig wie eben möglich, den Korridor hinunter, vorbei am Aufenthaltsraum, wo die Ärzte wohl immer noch ihren Fall besprachen, vorbei am Schwesternbüro, im Schlendergang, damit niemand von seiner Zeitung aufschaute und weiter zur Treppe. Dann begann sie zu rennen, nahm zwei oder drei Stufen auf einmal und erreichte die Einfahrt, die sie vom Fenster des Wäscheschrankes aus beobachtet hatte. Ihr Wagen erwartete sie, durch seine Vertrautheit mit

Leben erfüllt. »Schnell hier fort, schnell hier fort«, flüsterte sie ihm zu, als sie rückwärts aus der Parklücke setzte, Gas gab und durch das Haupttor fuhr und so schnell, wie sie eben wagte, durch die nördliche Londoner Vorstadt brauste, mit Bildern von wilden Autojagden wie in French Connection und Keystone Cop vor ihrem geistigen Auge. Es würde bestimmt eine Weile dauern, bis sie bemerkten, daß sie fort war, und sie würden vermutlich keine Jagd auf sie machen. Oder doch? Sie glaubte es nicht, war sich aber nicht sicher und hatte während der zwanzigminütigen Heimfahrt den Eindruck, daß sie von auffällig vielen Polizei- und Krankenwagen mit heulenden Sirenen überholt wurde. Jedes Mal, wenn einer sich näherte, bemühte sie sich, ihn nicht zu beachten, und kam sich mehr und mehr wie auf der Flucht vor. Sie litt offensichtlich unter Verfolgungswahn, war paranoid – die hatten doch wohl Wichtigeres zu tun, als hinter ihr herzujagen –, aber hatte nicht erst vor wenigen Minuten ein Mann, den sie nie zuvor gesehen hatte, ihr gedroht, sie gegen ihren Willen einzusperren und alles mögliche mit ihr anzustellen, um ihren Geisteszustand zu verändern? Es war gut zu erkennen, wenn man paranoid war, aber es war auch gut, vorsichtig zu sein.

Sobald sie zu Hause und die Wohnungstür hinter ihr zugefallen war, bereitete sie sich feierlich die so ersehnte Tasse Tee. Sie umschloß ihre Wärme mit beiden Händen und bemerkte plötzlich, daß sie am ganzen Körper zitterte. Sie hatte große Angst gehabt.

»Auf jeden Fall bin ich ihnen entkommen«, erzählte sie Laura hysterisch lachend am Telefon. »Ich bin entkommen. Ich und Steve McQueen und der große John Wayne. Wir alle sind entkommen.«

Laura, die jetzt in Cornwall Schafe züchtete und Gemüse anbaute, war früher Sozialarbeiterin gewesen, und Rachel glaubte, sie würde die Rechtslage kennen. Sie glaubte nicht, daß man sie holen würde, doch sie wollte sicher gehen.

»Nicht, wenn du erst mal draußen bist«, meinte Laura zögernd. »Es ist zwar lange her, daß ich mich mit diesen Rechtsfragen beschäftigt habe, doch ich bin ziemlich sicher, daß sie's nicht tun.

Aber warum kommst du nicht einfach hierher? Ich hab freie Zimmer und meine Wiesen. Ich werd mich nicht um dich kümmern, du kannst einfach nur rumliegen und ein paar Wochen entspannen. Wenn du willst, frühstücken wir zusammen, und dann geht jeder seiner Wege. Warum also nicht?«

Rachel nahm die Einladung dankbar an, und sie verabredeten, sich ein paar Tage später am Bahnhof zu treffen. Es klang vielversprechend, genau das, was sie brauchte, und das sollte es auch werden. Sie und Laura plauderten manchmal, aber meistens saß sie in ihrem ruhigen holzgetäfelten Zimmer oder lag im hohen Gras und wartete, daß der Schmerz vergehen würde; und allmählich verwandelte sich der Schmerz in eine Art einsamen, einsiedlerischen Frieden, etwas fast Positives, und sie begann zu spüren, daß sie sich erholte – nicht starb.

S I E B E N

Joshua kreuzte am Abend vor ihrer Abreise nach Cornwall auf, plauderte, fickte sie und ging, ohne ihr eine einzige Frage nach den Ereignissen der letzten Wochen zu stellen. In den ersten Minuten gab es ein leises Zögern, eine gewisse Vorsicht, so als wollte er ihren Zustand prüfen, um herauszufinden, ob sie wie üblich vorgehen konnten. Sie bemerkte seine Erleichterung, als er ganz offensichtlich zu dem Schluß kam, daß alles mit ihr beim alten war. Er war zur Kontrolle gekommen, und der Test war positiv verlaufen. Kein Wort über seinen letzten Besuch; kein Hinweis, daß sich zwischen damals und jetzt etwas Außergewöhnliches ereignet hatte. Ein kurzes heftiges Gewitter, nichts Ernstes. Also, laß uns weitermachen, als ob nichts geschehen wäre.

Rachel schlug sich wacker; sie besiegte ihn beim Scrabble und schlüpfte auf Befehl in ihre alte sexuelle Rolle. Sie erzählte ihm nichts, was er nicht hören wollte, fragte ihn nichts, was er nicht erzählen wollte.

»Ich fahr für ein paar Wochen nach Cornwall zu einer alten Freundin.«

»Eine alte Freundin, ist sie nett?« fragte er beiläufig.

»Nett ja, aber nicht für einen Dreier zu haben. Machst du auch Urlaub?«

»Ja, ich fahre Ende August für eine Woche nach Schottland.«

Sie fragte ihn natürlich nicht, wohin genau und mit wem.

Er fickte sie behutsam, auf mehr oder weniger konventionelle Art, so als wollte er sie nicht zu sehr unter Druck setzen. Er half ihr, die Fassung zu bewahren, denn für jemanden mit seinem Scharfblick wirkte Rachels Benehmen nicht ganz überzeugend. Zwar lief die Vorstellung in alten Bahnen, doch kamen beide schweigend überein, daß es besser war, vorsichtig zu sein. Beim Abschied wünschte er ihr schöne Ferien; sie wünschte ihm dasselbe.

»Wir sehn uns, wenn wir beide wieder in London sind«, sagte er, bevor er die Schlafzimmertür hinter sich schloß.

Im Zug dachte Rachel über Joshua nach, zunächst erleichtert, daß er wieder regelmäßig kommen würde, dann mehr und mehr grüblerisch, als der Rhythmus des Zuges sie in Träumereien einlullte. Angenommen, sie wäre einem Joshua begegnet, der nicht durch Gewalttätigkeit und kalten Zorn umgeformt worden wäre? Angenommen, er wäre durch das, was das Leben ihm bereitet hätte, sanfter und zugänglicher geworden? Es gab etwas zwischen ihnen, eine Anerkennung, die, wie sie glaubte, über ihr Bedürfnis hinausging, Schmerz zu bereiten und zu empfangen. Illusion vielleicht, doch sie war sicher, daß es da war und da gewesen wäre, egal was aus ihm geworden wäre. Und sie? Wie hätte sie werden können? Hätte sie Joshua ohne seinen Haß überhaupt erkannt? Fühlte sie sich nur deshalb von ihm angezogen, oder hätte er sie in jeder möglichen Erscheinungsform gereizt? Vielleicht ging es letzten Endes doch nur um Sadismus. Sie glaubte, sicher zu sein, daß es nicht so war, doch das ›Was-hätte-es-sonst-sein-können-Syndrom‹ roch nach Torheit und Romantik. Der wirkliche Realist ließ sich zu solchen Erwägungen nicht hinreißen. Was nun also? Sie waren beide so, wie sie waren, und fertig. Ein anderer Joshua, eine andere Rachel, die sich begegneten, wären nur Gespenster. Es gab nur das, was es gab, sonst nichts. Sein totaler Mangel an Anteilnahme an dem, was ihr in den letzten Wochen widerfahren war, zeigte deutlich, wie es um ihre ›Beziehung‹ stand. Das waren die eiskalten Fakten, denen man ins Auge sehen mußte, nicht die wehmütige Vorstellung einer tiefen Verbundenheit zwischen ihnen – so dachte sie, als ihr Zug in den Bahnhof einfuhr.

Jetzt, wieder zu Hause, den Zeitungsausschnitt vor sich, erschien ihr die Möglichkeit, daß Joshua ein Vergewaltiger war, nicht eigentlich überraschend. Sie war verstört, beunruhigt, aber nicht überrascht. Joshua hatte ihre spezielle Form der Sexualität zwar fest unter Kontrolle – bis hierhin und nicht weiter. Aber der Gedanke war nicht neu, daß Kontrolle versagen konnte, daß die Wahrscheinlichkeit, daß sie es tat, sogar wuchs, je stärker sie war. In Joshuas sorgfältig ausgeführten Pantomimen von Gewalt verbarg sich der mögliche Verlust von Kontrolle. Warum also sich wundern, wenn es irgendwo in einem weit entlegenen Winkel des Landes passiert war? Nichts wahrscheinlicher als das. Unvermeidlich, je länger man darüber nachdachte. Immer wieder las man über Männer, die hinausgehen in die Welt und vergewaltigen und töten – das verwirklichen, was sie jahrelang nur phantasiert haben müssen. Was trieb sie, wenn es dazu kam, wenn sie aufbrachen, um es in die Tat umzusetzen? Ein Knopfdruck, ein Augenblick der Unachtsamkeit, wenn sie nicht genug auf der Hut waren und die Phantasie in die Wirklichkeit übergleiten ließen. Joshua war mit ihr, und sicher mit anderen, einen Schritt über die bloße Phantasie hinausgegangen; machte ihn das am Ende sicherer oder geneigter, auch den Rest in der realen Welt auszuagieren? Sie wußte es nicht. Sie glaubte nicht, daß sich für *sie* jemals die Grenzen zwischen Phantasie und Wirklichkeit verwischen würden. Gewiß, die Art ihrer Beziehung verwirrte sie, denn ihr Wissen um die Notwendigkeit von Kälte vermochte sie nicht daran zu hindern, über seine Gefühllosigkeit und sein Leugnen der gegenseitigen Zuneigung enttäuscht zu sein. Trotzdem wußte sie, daß sie Spiele ausführten, Rollen spielten, und verwechselte sie nicht mit dem täglichen Leben. Wenn Frauen die Kontrolle verloren, fand die Verwüstung wohl im Innern statt, Frauen hatten offensichtlich nicht den Spielraum, ihre Destruktivität, so wie Männer, in der realen Welt auszuleben. Sie konnte sich nicht vorstellen, wie sie ihre Phantasien wahr machen könnte, oder wahrer als Joshua sie für sie gemacht hatte.

Sie merkte, wie sie allmählich zu der Überzeugung kam, daß Joshua schuldig war, ohne es sicher wissen zu können. Sie stellte sich vor, sie würde es wissen, wenn sie ihn sähe und er auf der Flucht wäre, ein flüchtiger Rechtsbrecher. Lieber Gott, was für ein Melodrama! Er konnte es nicht getan haben, es war zu absurd. Trotzdem könnte er entweder das Land verlassen haben – Rio, Australien, dachte sie kichernd – oder, fiel ihr plötzlich ein, einfach seinen Bart abrasiert haben: das Phantombild war zu ähnlich. Also, das war's: Wenn er glattrasiert erschiene, wüßte sie die Antwort. Inzwischen hatte die Albernheit ihrer Gedanken sie mehr oder weniger von seiner Unschuld überzeugt; sie war geradezu bestürzt, je geglaubt zu haben, er hätte es getan. Sie stellte sich vor, er würde den Zeitungsausschnitt finden und ihren Verdacht aufdecken; sie kam sich schrecklich töricht vor. Natürlich käme es nicht dazu. Sie zerknüllte den Zeitungsausschnitt und warf ihn in den Papierkorb, nahm ihn dann wieder heraus, zerriß ihn und steckte ihn entschlossen in den Mülleimer. Mit Schrecken erinnerte sie sich an ihren Anruf bei der Polizei von Inverness – wenn sie nun tatsächlich seinen Namen genannt hätte? Genug, jetzt reicht's, sagte sie sich, Zeit, dich wieder deinem Leben zuzuwenden – Mutter, Lehrerin, Gelegenheitspsychopathin. Das alles willst du und dazu noch die Aufregung?

Sie verbrachte den nächsten Tag damit, die Arbeit mit ihrer neuen Schülerin vorzubereiten und Einkäufe für Carries Rückkehr aus Italien zu erledigen. Nachts wurde sie durch das Klingeln des Telefons aus dem Schlaf gerissen. Der Wecker neben ihrem Bett zeigte ein Uhr an.

»Hallo«, krächzte sie verschlafen in die Sprechmuschel.

»Bist du allein?« fragte Joshua.

»Ja, aber weißt du, wie spät es ist?« sagte sie ärgerlich.

»Leg dich aufs Sofa und zieh dich aus«, befahl Joshua.

»Ich hab nichts an. Joshua, es ist sehr spät . . .«

»Leg dich aufs Sofa«, wiederholte er.

»Okay, ich liege auf dem verdammten Sofa.«

»Gut. Jetzt streichel dich langsam, bis du kommst. Ich will hören, wenn du kommst.«

Ich brauch das nicht zu tun, dachte sie. Ganz abgesehen davon, daß er nicht mal wissen kann, ob ich es tu oder nicht. Was soll der ganze Blödsinn?

»Streichelst du dich?«

»Nein.« Das hätte sie ihm nicht sagen sollen.

»Dann tu's!« Seine Stimme gereizt, ungeduldig.

Und sie tat es, indem sie sich sagte, daß dies ein neues Spiel war.

»Jetzt stell dir meinen Schwanz in dir vor. Kannst du ihn fühlen?«

»Hmm«, seufzte sie sanft in die Sprechmuschel.

»Kommst du? Ich will hören, wenn du kommst.«

Dann hörte sie ihn flüstern: »So ist es brav.«

Als sie erschöpft, den Hörer auf der Schulter, dalag, sagte er förmlich und ganz geschäftsmäßig: »Ich komme in den nächsten Tagen vorbei.« Damit legte er den Hörer auf.

Zuerst mußte Rachel lachen. Das *war* wirklich komisch, oder wäre zumindest in jeder normalen Beziehung komisch gewesen. Fernsex – eine neue Art von Intimität für ein erotisch aufgeladenes Paar, das nicht zusammen sein konnte. Doch das war bei ihnen nicht der Fall, und in seiner Stimme war kein Anflug von Humor gewesen. Bei ihm war es mehr ein Akt der Verachtung als alles andere. Er brauchte für das, was er wollte, nicht einmal ihre körperliche Präsenz. Sexuelle Minimalisierung, post-modernistischer Fick, eine Beziehung ohne Geschichte. Sie erhob sich vom Sofa, kehrte zum Bett zurück und versuchte dabei einen anderen Gedanken, der um Anerkennung kämpfte, zu unterdrücken; doch es war zu spät, er hatte sich schon eingenistet und saß fertig geformt in ihrem Kopf: Es war nicht *sie,* die nicht anwesend war, sondern Joshua – ein sauber rasierter Joshua, der keine Fragen gestellt bekommen wollte. Unsinn, sagte sie sich. Sie war doch schon zu der Einsicht gekommen, daß es Unsinn war. Aber was für ein Zufall, flüsterte ihre samtene Stimme, Joshua ohne Bart war ein Vergewaltiger – das hattest du doch schon entschieden, weißt du nicht mehr? Warum der Telefon-Sex? Warum gerade jetzt? Das war noch nie vorgekommen. Ach, Unsinn – Zufall. Wieviele Zufälle machen ein Ereignis aus? Halt sie noch einmal fest: Joshua war in der Woche, als es passierte, in Schottland gewesen; was dem Mädchen angetan worden war, entsprach genau seinen Phantasien; das Phantombild hatte sie an Joshua erinnert, noch bevor sie den Bericht gelesen hatte; warum war er heute abend nicht gekommen?

Ihre Furcht war wieder da, in voller Stärke. Es gab wenig Grund, Joshua nicht zu verdächtigen – das war's. Keiner der Zufälle hätte etwas bedeutet, wenn ihr nicht alle so wahrscheinlich erschienen wären, und sie würde niemals mit Sicherheit wissen, ob ihr Verdacht richtig war oder nicht, es sei denn, Joshua würde von der Polizei aufgegriffen. Was sie am meisten quälte, war diese Ungewißheit. Die Tatsache, daß ihre eigene Vernunft in Frage gestellt war. Sie konnte nicht mehr ermessen, ob sie folgerichtig dachte oder nicht, ob es nicht nur eine eigene Wahnvorstellung war. Gerade jetzt, wo sie sich nach den letzten Wochen so labil und anfällig fühlte, konnte sie diese Besessenheit, diese Verwirrung nicht brauchen.

Carrie würde in zwei Tagen aus Italien zurück sein und wieder zur Schule gehen, und Rachel würde erneut ihren Unterricht aufnehmen. Sie wünschte, es wäre schon soweit, sie brauchte Beschäftigung in ihrem Leben, wußte bis dahin aber nichts Besseres zu tun, als lange einsame Spaziergänge zu machen, Musik zu hören, Wintersachen auszusortieren: lauter Beschäftigungen, die viel Grübeln über Joshua gestatteten. Wann immer sie über die Zufälle seines Urlaubs in Schottland nachdachte, erschien es ihr naheliegend, daß Joshua das Mädchen vergewaltigt hatte. Auf der anderen Seite war es unmöglich, es konnte nicht sein. Sie konnte nicht in eine Richtung denken, ohne daß der gegenteilige Gedanke in ihr aufstieg und sie höhnisch anfeixte. Du glaubst, er ist unschuldig? Dann sieh dir doch mal die Fakten an, Kindchen, es gibt keinen Zweifel, daß es genau das ist, was er immer schon gewollt hat. Es gibt keinen anderen Grund, an seiner Schuld zu zweifeln, als Sentimentalität und willentliches Leugnen der Tatsachen. Du bist überzeugt, daß er schuldig ist? Rachsüchtiges Miststück, du *willst* ja bloß, daß er schuldig ist. Es erregt dich, es straft ihn. Du kannst dir nichts Schöneres vorstellen, als daß er in Panik gerät, in die Defensive gedrängt wird, die Kontrolle verliert und die Sicherheit seiner Phantasien aufgeben muß. Du willst ihn schwitzen sehen.

Zum Teufel, dachte sie, dies ist ein Komplott, das mich verrückt machen soll. Joshua hat das Ganze arrangiert, den Zeitungsbericht organisiert, um mich mit meiner Ungewißheit in den Wahnsinn zu treiben. Das *ist* nun wirklich verrückt, säuselte die einschmeichelnde Stimme. Er hat doch wohl anderes zu tun, als an dich, Rachel, zu denken, als seine ganze Gedankenkapazität darauf zu konzentrieren, dich ins Irrenhaus zu bringen. Das braucht der doch gar nicht. Rachel, der weiß nicht mal, daß du existierst, wenn er nicht gerade bei dir ist.

Danke, sagte Rachel zu der Stimme, du bist ein zuverlässiger Kumpel, der mich immer wieder auf Normalmaß stutzt, wenn ich mich ernsthaft überschätze. Was, zum Teufel, würdest du tun, wenn ich eines Tages als seltenes verkanntes Talent entdeckt würde und die Welt bewundernd vor mir niederkniete? Was, wenn ein kluger, geistvoller, reifer Mann seinen Blick auf mich heften und denken würde: das ist sie, die eine, mit allen Qualitäten eines ebenbürtigen Partners?

Was würdest *du* tun? erwiderte die Stimme unerschrocken; du würdest davonlaufen, Rachel, so schnell du könntest. Zum Glück wird keiner von uns vor das Problem gestellt, drum können wir einfach hier sitzen, in deinem Kopf, und fröhlich miteinander streiten. Ist, zum Teufel, auch besser so. Wann wirst du dich endlich damit abfinden, was du bist? Du kannst alles mögliche sein – clever, witzig, sogar interessant, aber du bist nicht liebenswert. Das ist es. Die Leute bewundern dich vielleicht, aber sie lieben dich nicht. Das ist etwas, was man hat oder nicht hat. Sie wollen sich mit dir unterhalten, dich vögeln, doch sie fühlen sich nicht von dir angezogen, wollen sich nicht verpflichtet fühlen, wiederzukommen. Joshua ist liebenswert. Verrücktes Wort, aber zutreffend. Charismatisch kommt ihm nahe, ist aber nur ein Weg, um das Wesentliche zu umgehen – Liebenswürdigkeit. Joshua hat diese Eigenschaft, so daß die Leute ihn lieben, ähnlich wie Pete. Das läßt sich nicht erzwingen, man hat's oder man hat's nicht. Joshua mißbraucht es und nutzt es zu seinem Vorteil, ohne das hätte er wenig zu bieten. Er ist ein hervorragender Liebhaber, aber niemand würde sich mit seinem Verhalten abfinden, gäbe es da nicht dieses gewisse Etwas, das ihn noch mal davonkommen läßt. Der Charmeur. Er lächelt, und du sagst ja oder steigst in sein Auto, um näher bei ihm zu sein. Selbst wenn du entdeckst, daß Nähe un-

(246)

möglich ist, gehst du nicht fort. Es ist etwas Undefinierbares da, das du willst, das dich nicht losläßt. Joshua ist dick und verbraucht und nicht so clever, wie er denkt, aber trotzdem willst du ihn. Ich weiß nicht, dachte Rachel, ich verstehe ihn nicht richtig, ich kenne nur einen Teil von ihm. Ich sehe den anderen Joshua nicht, der in der wirklichen Welt agiert, der seine Kinder mit in den Park nimmt oder Gemüse im Supermarkt kauft oder mit Freunden plaudert – Gott, worüber mag er wohl mit seinen Freunden reden? Ganz gewiß nicht über sein Liebesleben, das, weiß ich, ist tabu. Die Leute kennen Joshua als einen netten, gescheiten Mann, ein wenig eigenbrötlerisch, ein wenig reserviert, doch irgend etwas an ihm bewirkt, das man ihn gern mag, ihn zum Essen einlädt. Die Leute sind um ihn bemüht, helfen ihm, wenn er in Schwierigkeiten ist. Mag sein, daß er ihre Frauen fickt und ihre Töchter verführt, aber das werden sie nie erfahren. Joshua weckt Loyalität, und niemand würde ihn im Stich lassen.

Rachel grübelte, stellte Fragen, analysierte, ohne zu einem Ergebnis zu kommen. Da würde es keine Antworten geben. Wieder einmal würde sie warten müssen, daß Joshua käme, und wenn er kam, würde das auch noch keine Antwort sein. So ging das mehrere Wochen. Carrie kam zurück, braungebrannt und voller Energie und scheinbar ohne unter ihrem Exil gelitten zu haben. Dennoch war Rachel bemüht, ihr kürzliches Verschwinden wiedergutzumachen; sie kochten viel und luden Klassenkameraden nach der Schule ein. Carrie fragte Rachel, ob es ihr besser ginge, Rachel bejahte es eifrig, und damit schien das Thema abgeschlossen, auch wenn Rachel immer wieder nach ängstlich fragenden Blikken Ausschau hielt. Sie begann ihre neue Schülerin zu unterrichten, eine eher unerfreuliche Aufgabe, die sie aber wenigstens zwei Stunden am Tag an andere Dinge denken ließ. Drei geschäftige Wochen vergingen ohne ein Lebenszeichen von Joshua, und Rachels Ängste tauchten ab in den Untergrund, um nur noch nachts, nachdem das Telefon wieder stumm geblieben war, wie ein fernes Gewitter zu grollen.

Rachel rief Becky nicht an und hörte auch nichts von ihr; sie fragte sich, was dieser Verlust für sie bedeutete. Sie würde es missen, mit Becky über die Ungereimtheiten des Lebens zu lachen, würde ihren unverbesserlichen Optimismus missen. Sie selbst glaubte zwar nicht daran, doch es war schön gewesen zu wissen, daß es ihn irgendwo gab. Becky hatte sie in gewisser Weise damit genährt, hatte ihr das Gefühl gegeben, daß das Leben noch andere Möglichkeiten bereit hielt – auch wenn Beckys Gefühle ihr genausowenig Schmerz ersparten, wie Rachels Mangel an Gefühlen ihr ersparte. Trotzdem gab es etwas zu betrauern, wenn sie Becky verlor.

Noch häufiger aber brütete sie über Joshuas Schweigen, bis sie regelrecht wütend wurde, daß er nicht angerufen hatte; sie fühlte sich schlecht behandelt. Warum soll ich, dachte sie, hier rumsitzen und darauf warten, daß der Kerl mich anruft? Wer würde sich solch eine Sauerei gefallen lassen? Sie ließ die Wut auf sich einwirken, fast ein wenig belustigt über dieses seltene Gefühl. Nach drei Jahren protestierte sie also gegen die Art, wie er sie behandelte? Genieße es lieber, so lang es dauert.

Eines Nachmittags rief sie ihn an, und zu ihrem Erstaunen war es der wirkliche Joshua, nicht der Anrufbeantworter, der sich meldete.

»Ich hab allmählich die Schnauze voll«, verkündete sie, ohne sich bei den Präliminarien aufzuhalten. »Ich finde, es wird langsam Zeit, daß du auch mal an meine Bedürfnisse denkst, nicht nur an deine.«

»Sehr hübsch ausgedrückt«, antwortete er liebenswürdig nach einer kurzen Pause.

»Stimmt. Jedes Wort am rechten Platz. Ein geschliffener, ausgefeilter Satz. Hab lang an ihm gebastelt.« Bei diesem Mann konnte man einfach nicht lange ernsthaft wütend bleiben; der Ton, das ganze Gespräch wurde zwangsläufig locker.

»Na, der Aufwand hat sich ja gelohnt. Aber jetzt sag mir doch mal, was wirfst du mir eigentlich vor?«

»Ich werfe dir nichts vor, ich beschreibe bloß meine Lage«, antwortete sie.

(248)

Darauf er, wieder nach einem kurzen Schweigen: »Wann hab ich dich je glauben lassen, daß ich an dir interessiert bin – an deinem Vergnügen? Ich bin nur an meinem Vergnügen interessiert«, fügte er vergnüglich hinzu.

Rachel fühlte, wie ihr der Atem stockte. Der Sinn des ersten langen Satzes wurde ihr erst klar, als Joshua das Wort › Vergnügen ‹ aussprach; die ersten Worte hörte sie durchs Telefon, als wären es durcheinandergewürfelte Buchstaben, die erst bei dem letzten Wort auf ihren richtigen Platz fielen. Als sie vor ihr lagen, war es für Rachel wie ein Schlag ins Gesicht. Erstaunlich, daß er das einfach so sagen konnte – und es dazu noch stimmte. Welches Recht hatte sie, sich über seine Behandlung zu beklagen? Er hatte ihr nie etwas versprochen; jedes Gericht würde ihm recht geben.

»Eben, das ist ja mein Vorwurf. Ich rufe dich an, um dir zu sagen, daß es Zeit ist, auch *mein* Vergnügen in Betracht zu ziehen.«

»Aber dein Vergnügen interessiert mich gar nicht«, erinnerte er sie.

»Nicht ganz«, erwiderte sie mit süßer Stimme. »Mein Vergnügen ist eine notwendige Voraussetzung zu deinem. Du mußt mir welches geben, um dein eigenes zu bekommen. Das sind die Grundlagen der Soziobiologie. So was wie reinen Altruismus gibt es eben nicht. Ich betrachte mich, was dich betrifft, als Quelle.«

»Ja«, stimmte er zu.

»Also, meine Botschaft ist, daß die Quelle – wegen mangelnder Aufmerksamkeit – langsam versiegt.«

Dies war nicht gerade der simpelste Weg, ihm zu sagen, daß sie ihn sehen wollte, aber Simplizität gehörte nicht zu den Eigenschaften, die einer beim anderen förderte.

Seine Stimme klang nachdenklich und amüsiert, als er antwortete: »Nun, soweit dein Vergnügen auch meins ist, fordere ich dich hiermit auf, mir mitzuteilen, was du wünschst – vorausgesetzt natürlich, du hast was anderes im Sinn als reine Philosophie.«

»Deine Anwesenheit würde mir Vergnügen bereiten«, sagte sie und spürte, daß sie sich da auf gefährliches Terrain begeben hatte.

(249)

»Jedenfalls ist sie eine praktische und notwendige Voraussetzung für eventuelle weitere Vergnügungen.«

»Bloße Gegenwart ist kein Vergnügen«, antwortete er.

»Aber du hast doch Vergnügen an meiner Gesellschaft«, sagte Rachel tapfer und schloß die Augen in Erwartung des nächsten Hiebes.

»Nicht unbedingt. Es kommt darauf an, was wir tun.«

Saukerl!

»Also«, fuhr er fort, »wenn du etwas Spezielles im Sinn hast, und immer vorausgesetzt, daß keiner von uns was Wichtigeres zu tun hat, dann laß es mich bitte wissen. In allen Einzelheiten.«

»Und wenn mein Vergnügen darin bestünde, dich *nicht* wiederzusehen?«

»Dann ruf mich nur an und gib mir Bescheid. Ich werd mich vergewissern, ob es auch stimmt.«

Gab's da einen kleinen Hoffnungsschimmer, daß er doch noch interessiert genug war, um ihre Drohung nicht beim Wort zu nehmen und sie in eine theoretische Zukunft zu verschieben – ein Anruf ihrerseits? Rachel war bereit, tief zu graben, um in diesem erbärmlichen Gespräch einen winzigen Trost zu finden.

»Und was ist, wenn die Quelle versiegt?«

»Ich würde ohne sie auskommen müssen.«

Sie versuchte, ihrem Glück nachzuhelfen. Hier wurde einem nichts geschenkt. »Also schick ich dir eine Liste mit meinen Wünschen?« fragte sie munter.

»Gut. Ich freu mich, von Ihnen zu hören.«

Rachel legte den Hörer auf, bevor Joshua es tun konnte. Sie hatte nichts erreicht als die Aufforderung zu einem dreckigen Anruf, um ihre sexuellen Wünsche anzugeben, noch einmal zu *sagen*, was sie wollte. Sexuell. Nun gab's wirklich keinen Platz mehr für irgendwelche Illusionen über Joshua. Aber er nannte die Dinge beim Namen, das bewunderte sie, wenn auch widerwillig. Er konnte sie nehmen oder nicht, sie blieb ein One-night-stand, ganz gleich wie lange ihre Geschichte andauerte, aber gegen einen kleinen sexuellen Input von ihrer Seite hatte er nichts einzuwenden –

mit Vorbehaltsklausel natürlich. Sie war nicht aufgefordert worden, ein langes sinnliches Essen in ihrem Lieblingsrestaurant vorzuschlagen oder ein Wochenende irgendwo in der Einsamkeit an einem Lagerfeuer; nein, sie mußte ihre sexuellen Wünsche vortragen: mach dies oder das mit mir, ich will . . . Was wollte sie? Blieb irgend etwas – Spezielles hatte er gesagt – zu tun übrig? Was sie ganz besonders gern tun würde? Wahrscheinlich war's ein Versagen ihrer Einbildungskraft, aber . . . Der Gedanke begann sie zu faszinieren, ihn zu etwas aufzufordern, ihm etwas anzubieten, das ihn erregte, auf das er antworten würde; ihr gefiel die Vorstellung, eine Reaktion von ihm zu bekommen, und die verborgene Macht, die sie in ihrer Beziehung zu haben glaubte, Wirklichkeit werden zu lassen. Wenn er Phantasien wollte, konnte er sie haben – aber auf dem Papier, damit sie sie formulieren konnte, ohne unterbrochen zu werden. Sie würde ihm einen Brief schreiben, und er würde kalte Manipulation, verpackt als Lust und Begehren, bekommen.

Rachel nahm einen Block Briefpapier vom Schreibtisch, machte sich's auf dem Sofa bequem und benutzte ihre Knie als Schreibunterlage. Sie fühlte sich kühl, analysierend. Dies war ein Plan, ein Problem, das gelöst werden mußte; sie hatte schon immer gern Kreuzworträtsel und ähnliches gelöst und begann Gefallen an diesem Unternehmen zu finden. Verschiedene Situationen mußten so präsentiert und arrangiert werden, daß sie die richtige Reaktion hervorriefen; man mußte die nötigen Bestandteile erkennen und sie zweckdienlich verpacken. Und der Ton, der Hintergrund? Die Atmosphäre war wichtig, denn dies war schließlich eine Chance, Sadomasochismus ohne das Paradoxon des willigen Opfers auszuspielen. Vergewaltigung. Das war's, sie würde ihn zu einer Vergewaltigung einladen. Er sollte sich das stehlen, was er in den letzten drei Jahren umsonst bekommen hatte. Sie begann zu schreiben.

Kürzlich hatte ich diesen Traum. Hör zu. Es war Samstag, und Carrie war übers Wochenende bei Michael. [Praktische Hinweise auf Ort und Zeit müßten eingebaut werden, wenn sie dies ausagieren wollten.] Ich trödelte die meiste Zeit in der Wohnung herum, räumte ein bißchen auf, las, telefonierte mit Freunden. [Spare nicht mit häuslichen Details, sie sind wichtig, denn dies ist das Bild einer Frau, die glücklich ist, allein zu leben.] Am Abend las ich eine Weile, schaute mir einen Film im Fernsehen an – er war nicht besonders gut, also hab ich ihn mittendrin ausgeschaltet, mir ein Bad einlaufen lassen, heiß und duftend. Ich blieb lange mit geschlossenen Augen in der Wanne liegen, berührte mich, streichelte langsam meine Klitoris und stellte mir vor, ein anderer täte es für mich. Eine Frau vielleicht, die an meinen Brustwarzen saugte, während sie mich berührte. Nichts wirklich Aufregendes, nur ruhig, intim und friedlich. [Bravo, Rachel, sexy und doch friedlich. Vielleicht machst du noch Karriere als Soft-Porno-Autorin.] Ich stieg aus der Wanne, trocknete mich ab und löschte alle Lichter. Dann legte ich mich nackt [natürlich] aufs Bett, noch warm und gut duftend. Es war ein schönes Gefühl, meine Haut, meine Schenkel, meinen Arsch zu streicheln, noch ganz seidig vom Badeöl. [So, das langt, das Bühnenbild ist fertig.]

Plötzlich wachte ich auf, ich fror. Meine Decke war zurückgeschlagen. Ich lag auf der Seite, mit dem Rücken zur Tür, und als ich mich umdrehte, um mir die Decke überzuziehen, sah ich einen Mann in der Türöffnung stehen. [Los, weiter!] Er hielt einen Lederriemen in der Hand, stand da und beobachtete mich. [Wie zum Teufel ist er reingekommen? Das ist ungeschickt, ich muß die Umstände erklären.] Er mußte den Schlüssel gefunden haben, den ich für alle Notfälle unter der Fußmatte verstecke. [Na, egal, weiter im Text.] Ich war – was denn nur? – sehr erschrocken, sehr wütend. Ich wollte wissen, was zum Teufel er in meiner Wohnung machte, und befahl ihm, sofort zu verschwinden. [Ja, indirekte Rede ist gut, sie läßt der Einbildungskraft mehr Spielraum.] Meine Angst und Wut ließen ihn kalt, er sagte nur ganz einfach, ich sollte still sein, er würde mich schlagen und, wenn ich nicht mitspielen würde, fesseln. [Gib ihm einen Strick zum Spielen in die Hand.] Er sagte, er würde mir weh tun, und es würde ihn aufgeilen, mich bei jedem Schlag schreien zu hören, und wenn er mit dem, was er vorhatte, fertig wäre, würde ich um mehr betteln. Ich sagte, ich dächte gar nicht daran und würde nicht mitspielen, was immer er täte. [Eine interessante Herausforderung für uns beide.] Er ging gar nicht auf meine Worte ein und befahl mir, aufzustehen und mich über das Bett zu beugen. Ich weigerte mich zunächst, doch seine Stimme wurde immer schärfer, immer gebieterischer. Es war mehr der Ton in seiner Stimme als die Androhung von Gewalt, was mich schließlich veranlaßte zu gehorchen; er klang so zuversichtlich, daß mir irgendwie gar keine Wahl blieb. Er schlug mich viele Male, hart und fest. Der Schmerz war zuerst scharf und jäh, doch dann war ich plötzlich an einem Ort, wo Schmerz eine Lebensvoraussetzung war und nicht mehr wirklich *Schmerz* bedeutete. Als er aufhörte, weinte ich vor Demütigung und bettelte um etwas – ich wußte nicht mal um was, wimmerte nur immer wieder ›bitte, bitte!‹ [Wer ist diese Frau? Ich mag sie nicht. Warum wehrt sie sich nicht?] Dann drang er in mich, in meinen Arsch. Er redete die ganze Zeit mit mir, sagte mir, was er tat. Er stieß tiefer und tiefer in mich, und es tat furchtbar weh. Und auch furchtbar gut. Ich wollte ihn überall, wollte ihn nicht begehren und tat es doch. Und ich kam immer und immer wieder. [Natürlich!] Er bekam alles, was er wollte, hörte alles, was er wollte, tat alles, was er wollte. Und ich stöhnte und kam und bettelte um mehr. [Jetzt reicht's aber.]

Komischer Traum, was? Für eine logisch denkende Frau wie mich?

Sie las alles noch mal durch, unterschrieb aber nicht, sondern steckte den Brief nur in einen adressierten Umschlag. Ein Geschenk für Joshua, dachte sie, als sie den Brief in ihre Tasche gleiten ließ, ein kleines Geschenk von mir an dich. Sie hatte noch etwas Zeit, bis sie Carrie von der Schule abholen mußte, zog sich aber trotzdem gleich an und fuhr los, bis sie unterwegs einen Briefkasten entdeckte. Als sie den Brief einwarf, bemerkte sie ganz in der Nähe eine Polizeiwache, und statt zum Auto zurück zu gehen, befand sie sich plötzlich auf dem Weg dorthin. Die Steintreppe hinauf und durch die Glastüre in einen Warteraum mit einem hölzernen Schalter am hinteren Ende. Es war niemand im Raum, und sie las die Anschläge am Brett. Ein Kind wurde vermißt; ein Mann, dessen Beschreibung für jeden x-beliebigen Schwarzen zutraf, wurde wegen eines Überfalls auf ein Postamt gesucht; die Polizei riet den Nachbarn der Umgebung, aufeinander acht zu geben; ein Tag der offenen Tür wurde angekündigt, zu dem jeder willkommen war, die Wache zu besichtigen und die Polizisten des Bezirks kennenzulernen.

»Kann ich Ihnen helfen?«

Rachel fuhr herum und sah einen Polizisten, der freundlich lächelnd hinter dem Schalter stand. Es war ein junger Mann, der noch nicht ganz in seine Uniform hineingewachsen zu sein schien. Sein Gesicht zeigte zurückhaltende Herzlichkeit, ein Ausdruck, den er wohl bei seiner Polizeiausbildung gelernt hatte: Wie hatte man den Bürger anzusehen, bevor man sein Anliegen in Erfahrung brachte? Sie schaute ihn einen Moment gedankenlos an, ohne zu wissen, was sie hier eigentlich wollte.

»Nun, Madam?« fragte er wieder.

Sie mußte irgendwas sagen.

»Ich möchte . . .«, redete sie drauflos. »Ich möchte melden . . . es scheint jemand mein Haus zu beobachten.« Es sprudelte plötzlich heraus. Erstaunt hörte sie sich selbst sagen: »Es gibt hinter meinem Haus einen kleinen Weg, der zur Gartenmauer führt. Spät nachts hab ich an der Mauer oft einen Mann gesehen. Er steht einfach da und schaut zum Haus rüber. Immer nur an Wochenenden, freitags und samstags, so um Mitternacht. Tut mir leid, ich möchte das nicht aufbauschen, aber es beunruhigt mich irgendwie. Er war die letzten drei Wochenenden da.«

Der Polizeibeamte holte ein Blatt Papier unter dem Schalter hervor und zog einen Stift aus seiner Westentasche.

»Tut er irgendwas. Haben Sie ihn herausgefordert?« Der Blick war jetzt der eines Menschen ohne eigene Meinung, eines Faktensammlers. Trotzdem war seine Stimme sanft.

»Nein. Er tut nichts. Scheint auch kein Exhibitionist oder so was zu sein. Er steht nur da und schaut herauf. Ich hab nie mit ihm gesprochen. Ich seh ihn durch die Gardine, wenn ich zu Bett gehe. Ich glaube, er weiß nicht, daß ich ihn sehe.«

»Ich will mir ein paar Einzelheiten notieren«, sagte der Polizist, der mit gezücktem Kugelschreiber hinter dem Schalter wartete.

Sie gab ihm ihre Adresse und eine Beschreibung des Mannes; etwa ein Meter achtzig groß, graues Haar, unrasiert, ziemlich dick. Ordentlich angezogen, kein Clochard oder Landstreicher, eher respektabel.

»Können Sie da was tun?« fragte sie ängstlich. Das Bild des Mannes, der spät nachts zu ihrem Fenster hochstarrte, nahm in ihrem Kopf Gestalt an, das Gefühl der Bedrohung wuchs. »Es macht mich nervös. Wissen Sie, ich lebe allein mit meiner kleinen Tochter – obwohl sie meist am Wochenende nicht da ist.«

»Gibt es von der Rückseite des Hauses einen Zugang zu Ihrer Wohnung?«

»Ja, vom Garten aus gehen ein paar Stufen zur Hintertür hinauf, die in mein Badezimmer führt. Sie ist verschlossen, aber der obere Teil ist aus Glas. Ich glaube, es wäre nicht schwer, dort einzubrechen.«

»Und wie steht's mit dem Haupteingang?« fragte der junge Mann.

»Der ist sicher. Ich hab ein gutes Sicherheitsschloß an der Haustür anbringen lassen, aber mit der Hintertür weiß ich nicht so recht. Am Wochenende gibt's in der Nachbarschaft oft Parties; ich weiß nicht, ob man bemerken würde, wenn jemand das Glas zertrümmert. Aber vielleicht ist's ja auch nur ein harmloser Verrückter, und ich sollte gar nicht drauf achten.«

»Es ist richtig, daß Sie es gemeldet haben«, versicherte ihr der Polizist. »Wir wollen keine Leute in unserm Viertel, die nachts in den Gärten rumlungern. Ich werd einen Bericht schreiben, und wir wollen dafür sorgen, daß ein paar von unsren Leuten am Wochenende auf der Streife Ihr Haus im Auge behalten. Und geben Sie uns Bescheid, wenn Sie ihn wieder sehen, Mrs. Kee, und keine Sorge, der Mann ist wahrscheinlich ungefährlich, das sind sie fast immer. Aber trotzdem, er kann nicht rumlaufen und Leute verängstigen.«

Rachel fühlte sich sehr viel ruhiger, als sie die Polizeiwache verließ und zur Schule fuhr. Sie hatte den Eindruck, etwas zu erledigen, das sie immer wieder aufgeschoben hatte und jetzt endlich in Angriff nahm. Als sie die Schule erreichte, dachte sie schon nicht mehr daran, und sie lächelte den Müttern von Carries Klassenkameraden freundlich zu, gegenseitige Kinderbesuche wurden verabredet.

»Hat Carrie diese Woche Donnerstag Zeit?« fragte Sandys Mutter, als sie durchs Tor traten.

»Das ist morgen, oder? Moment, ich schau mal nach.« Rachel wühlte in ihrer Handtasche. »Ich führe nämlich einen Terminkalender für Carrie, sonst verlier ich den Überblick.« Beide lachten. »Ja, morgen paßt's. Ich hol sie gegen sechs bei Ihnen ab.«

Carrie kam auf den Schulhof und sah, wie immer, viel älter aus, als Rachel sie in Erinnerung hatte. Ein selbstbewußtes kleines Mädchen nach einem harten Schultag, sehr präsent, das eine Plastiktasche über den Teerboden schleifte und mit ihrer besten Freundin schwatzte. Ein Söckchen war auf ihren Fußknöchel heruntergerutscht, ein Schnürsenkel hatte sich gelöst. Als sie sich bückte, um ihn wieder zu binden, blickte sie auf, bemerkte Rachel und lächelte ihr zu, bevor sie weiter mit Sandy plauderte und mit ihr zum Tor geschlendert kam. Rachel liebte diese Gelegenheiten, Carrie von fern zu beobachten und daran erinnert zu werden, daß ihre Tochter ein separates Leben führte. Die Ereignisse in der Schule und die Gespräche mit ihren Freundinnen waren Carries eigene Welt, von der Rachel nur einen flüchtigen Einblick gewann. Sie liebte Carries ungezwungenes Lächeln, ihren gemächlichen Schlendergang; sie waren beide tagsüber ihren persönlichen Beschäftigungen nachgegangen, und beim Tee würden sie darüber plaudern, und jeder würde erzählen, was er davon preisgeben wollte.

Am Abend rief Becky an.

»Hallo, Rachel. Tut mir leid, daß ich mich so lange nicht gemeldet habe. Ich hab schreckliche Zeiten hinter mir. Geht's dir wenigstens gut?«

»Ja, bestens, hab alles überstanden. Was ist denn bei dir passiert?«

»William«, stöhnte Becky. »Es hat sich zugespitzt, während du weg warst. Er hat gebeichtet. Über seine Affäre. Er mußte sich entscheiden.«

»Und wie?«

»Ich weiß. Ich mußte mich auch entscheiden. Ich sag dir, bei uns war die Hölle los, ich hab geheult und geschrien. Typisch Frau. Wir haben tagelang gestritten, ich hätte ihn umbringen können. Doch im entscheidenden Augenblick konnte ich den Gedanken, ihn zu verlieren, einfach nicht ertragen. Ich kann und will nicht allein sein. Ich hätte ihm sagen sollen: ›Los, verpiß dich!‹, das wäre vernünftig gewesen, aber ich konnt's nicht. Und ich glaube nicht, daß er die andere Frau liebt. Nicht richtig. Jedenfalls haben wir beschlossen, es noch mal zu versuchen. Ich hab einen Auftrag angenommen – Recherchen für einen Dokumentarfilm – das bedeutet sechs Wochen kreuz und quer durch Europa tingeln. In der Zeit kann William alles in Ruhe überdenken.«

Rachel hörte schweigend zu und versuchte, die Bilder von Bekkys Zukunft, die ihr durch den Kopf gingen, zu verdrängen. Warum sollte es schlechter für sie sein, weiter mit William zusammenzubleiben, als allein zu sein, wenn sie das nicht wollte, oder mit einem anderen alles noch mal von vorn zu beginnen?

»Natürlich wird's zwischen uns nie wieder wie früher sein«, fuhr Becky fort. »Aber nichts bleibt immer dasselbe. Das ist wohl in jeder Ehe so. Man muß Zugeständnisse machen, Kompromisse eingehen.«

»Ich bin sicher, du machst das Richtige«, stimmte Rachel eilig zu. »Das ist's doch, was du willst, oder?«

»Scheint so«, antwortete Becky unsicher. »Wir haben beschlossen, ein Baby zu machen, wenn ich wieder in London bin. Bald ist es zu spät, und überhaupt ...«

Und wieder mal ein Baby, um eine Ehe zu kitten, dachte Rachel, wenn das mal gut geht.

»Wie aufregend«, sagte sie laut. »Babies, Reisen. Wann fährst du?«

»In einer Woche. Sehr bald. Und was gibt's bei dir? Kommt dein Dämon noch?«

»Nein, nein, das ist vorbei«, sagte Rachel und stellte fest, daß sich die Blätter des Baums vor ihrem Fenster zu färben begannen; es wurde Herbst.

»O je, war es etwa meine Schuld – dieser Anruf?« fragte Becky besorgt.

»Nein, bestimmt nicht. Die Sache war sowieso zu Ende, hatte sich im Sand verlaufen. Ich bin nicht traurig drüber, so was ist eben irgendwann vorbei.«

»Naja, wenn's dir wirklich nichts ausmacht.«

»Überhaupt nichts. Du kennst mich doch. Ich bleibe nicht lange bei einer Sache. Du wirst mir fehlen.«

»Du mir auch, aber ich schreib dir.«

»Tu das. Paß auf dich auf und viel Glück. Freu mich schon, wenn du wieder da bist.«

»Ich auch«, schniefte Becky.

Rachel legte den Hörer auf mit dem Gefühl, daß Europa und Becky, die Kinder machen wollte, um die Dinge zusammenzuhalten, sehr fern waren; aber wenn einer es konnte, dann Becky. Das hoffte sie jedenfalls.

Sie brachte Carrie am nächsten Tag zur Schule und fuhr gleich nach Hause zurück. Als sie den Schlüssel im Schloß drehte, begann das Telefon zu läuten. Es war Joshua.

»Danke für deinen reizenden Brief.«

Rachel lächelte. Siehst du, ich kann dich springen lassen, solange du mein Fingerschnalzen nicht hörst. »Es war mir ein Vergnügen, obwohl ich nicht ganz sicher bin, ob ›reizend‹ das passende Wort ist.«

»Leg den Schlüssel unter die Fußmatte und geh früh zu Bett, vor zwölf.«

Rachel lächelte wieder. Durch brennende Reifen!

»Okay. Übrigens«, fügte sie hinzu, bevor er auflegen konnte, »wie war's in Schottland?«

Joshua lachte.

»Anstrengend! Die Kinder haben mich fertig gemacht. Sie sind jeden Berg in Inverness hochgejagt, und ich keuchte hinterher. Ich bin zu alt für solche Mätzchen. Ich war jeden Abend um acht im Bett. Nächstes Mal fahr ich mit ihnen auf eine winzige flache Insel; dann kann ich den ganzen Tag faulenzen und lesen.« Plötzlich klang seine Stimme nicht mehr belustigt, Joshua der Familienvater schaltete sich aus. »Vergiß den Schlüssel nicht«, sagte er, bevor er den Hörer auflegte.

Rachel lauschte auf das Geräusch des Amtszeichens, das an ihrem Ohr summte. Der Baum draußen war jetzt ganz verfärbt, alle Blätter waren tiefrot, so daß der Eindruck von changierender Seide entstand. Es ging immer so schnell. Sie legte den Hörer auf die Gabel zurück und überlegte, was sie Carrie zum Abendessen machen sollte. Dann waren noch ein paar Einkäufe zu erledigen und der Unterricht für heute nachmittag und morgen vorzubereiten. Sie hoffte, daß es abends einen guten Film im Fernsehen geben würde.

Michael holte Carrie Samstag gegen Mittag ab, und nachdem sie ihnen zum Abschied gewunken hatte, ließ sie sich ein Bad ein, tauchte eine halbe Stunde darin ab, wusch ihr Haar, stieg aus der Wanne und rasierte ihre Beine. Als sie angezogen war, blieb sie eine Weile auf dem Hocker im Badezimmer sitzen und überlegte, daß sie für den Rest des Wochenendes noch etwas zu essen kaufen mußte. Sie erhob sich und schloß die Hintertür auf. Die Holzstufen, die zum Garten führten, waren mit einer Schicht feuchter Blätter bedeckt. Sie schob sie mit dem Fuß beiseite und hob eine

Handschaufel auf, die auf der obersten Stufe lag. Gefährlich, da könnte jemand drüber stolpern, dachte sie, während sie das Glas in der oberen Hälfte der Tür mit dem Schaufelgriff zerschmetterte, über die Scherben auf die Matte trat und, was von der Tür übrig blieb, zumachte, aber nicht abschloß und den Schlüssel innen stecken ließ. Sie ging zum Einkaufen, trödelte in der Wohnung herum, räumte auf und putzte ein wenig.

Das Samstagabend-Fernsehen schien, soweit sie es dem Programmheft entnehmen konnte, vorauszusetzen, daß alle vernünftigen Leute ausgingen. Sie schaltete mehrmals um, ohne recht wahrzunehmen, was sie sah, bis sie auf eine halbstündige Varieté-Show stieß. Der Conférencier war ein bekannter Komiker, der schrecklich dick und unansehnlich war und darauf sein ganzes Programm aufbaute. Alle seine Witze, in Wort und Mimik, handelten von fetten, häßlichen Menschen, meistens von Frauen, Ehefrauen, Schwiegermüttern, Bräuten, doch er erzählte sie nicht mit der üblichen Verachtung, sondern fast verzweifelt, als wollte er sich damit selbst läutern. Rachels Aufmerksamkeit richtete sich weniger auf den Inhalt der Witze als auf die Art, wie sie vorgetragen wurden, die augenscheinliche Zwangsläufigkeit; sie sprudelten aus ihm heraus, diese Geschichten von alterndem, fettem, welkem Fleisch. Dann erschien, zum Erstaunen des Publikums, eine Riege von dicken, ältlichen Frauen auf der Bühne; sie hatten die Arme auf die Schultern ihrer Nachbarinnen gelegt, schwangen ihre Beine, so hoch sie konnten, ließen Berge von schlaffem Fleisch, nackten Schenkeln und Oberarmen energievoll wabern und beben und führten eine laienhafte aber gutgelaunte Parodie einer Pariser Revuetruppe auf, wobei sie übers ganze Gesicht grinsten und sich ungeheuer amüsierten. Das Publikum kreischte vor Lachen, wenn die fetten Taillen in den glitzernden Trikots sich wiegten und die riesigen Hintern in kurzen Röckchen wackelten und wogten. Eigentlich hätte es furchtbar peinlich sein müssen, dies Zurschaustellen von etwas, das sonst, aus Furcht vor Abscheu und Ekel, vor den Blicken anderer verborgen wurde, aber irgendwie war es das nicht. Es *war* abscheulich und schien

Rachel doch wie eine feierliche Zeremonie. Als ihre Nummer zu Ende war und sie keuchend und japsend die Bühne verlassen hatten, brachte der dicke Komiker einen Sketch mit einem Liliputaner, wobei der Witz darin bestand, daß der Dicke wegen seines gewaltigen Bauches den Zwerg nicht sehen konnte. Schließlich erschienen alle noch mal auf der Bühne – Komiker, Zwerg und wabbelige Damenriege Arm in Arm –, schwangen die Beine und sangen gemeinsam mit den Zuschauern ›Ein Lächeln von dir‹. Rachel saß da mit offenem Mund, schwankend zwischen Lachen und Weinen. Es gab Augenblicke, wo sie glaubte, daß der Menschheit vergeben würde, weil sie so menschlich *war*. Dann kamen Nachrichten, und sie schaltete den Fernseher aus.

Um halb zwölf lag Rachel im Bett, nachdem sie den Schlüssel unter der Fußmatte versteckt und die Lichter gelöscht hatte. Sie lag zusammengerollt im Dunkel und fühlte tief in ihrem Unterleib eine dumpfe Erregung, war aber körperlich erschöpft und sehr schlafbedürftig. Sie versank in Halbschlaf wie jemand, der auf das Läuten des Weckers wartet, das bald einsetzen muß. Als sie hörte, wie die Haustür behutsam aufgeschlossen wurde und Fußtritte auf der Treppe näherkamen, hielt sie die Augen geschlossen. Sie lag reglos da, wollte schlafen, wollte nicht, daß die Schritte ihr Schlafzimmer erreichten, glaubte, daß es möglich sei, wenn sie nichts tat, die Sekunden aufzuhalten, die das Ereignis näher brachten, die Zeit einzufrieren, hundert Jahre zu schlafen, für ewig in einem Glassarg zu liegen, ein Stück vergifteten Apfel im Hals. Die Schritte hielten an, und sie hörte Atemgeräusche neben ihrem Bett. Sie richtete sich ruckartig auf. Da stand Joshua, einen Riemen und einen Strick in der Hand, und schaute sie an.

»Nicht!« schrie sie entsetzt und meinte es, meinte es fast wirklich. »Nicht.«

»Sei still«, sagte Joshua kalt. »Sei still und tu, was ich dir sage.«

Sie saß nackt auf dem Bett, gebannt wie ein Kaninchen, als Joshua sie zwischen den Beinen zu streicheln begann, bis sie feucht wurde.

»Nun«, sagte er, »was willst du? Sag mir, was du willst?«

»Bitte nicht«, flüsterte sie.

Sie meinte, tu das nicht, laß mich es nicht wollen, zwing mich nicht, es zu sagen, zwing mich vor allem nicht, es zu sagen.

»Sag es«, befahl er, noch immer die Hand zwischen ihren Schenkeln.

»Bitte fick mich«, sagte sie.

»Ich ficke dich«, flüsterte er ihr ins Ohr. »Was willst du? Sag's.«

»Ich weiß nicht«, wimmerte sie.

»Doch, du weißt es. Los sag's, du kleine dreckige Schlampe.«

»Schlag mich«, schrie sie, »fessel mich und schlag mich, bitte.«

Das war genug, war's wirklich genug? Er nahm das Seil und fesselte ihr die Hände hinter dem Rücken, dann drehte er sie um, so daß sie auf dem Bauch lag. Er schlug sie, und als sie vor Schmerz und Verwirrung weinte, nahm er sie von hinten.

»Was willst du?« fragte er, als er spürte, daß sie kam. »Was?«

»Bitte . . .«, bettelte sie. »Bitte, bitte . . .«

»Was?« bellte er und trieb sie mit seiner Beharrlichkeit jenseits von Schmerz und Orgasmus.

»Bitte . . . lieb mich. Bitte lieb mich. Ich will, daß du mich liebst«, schluchzte sie.

Joshua gab ein lautes triumphierendes Lachen von sich, während sein Griff fester wurde und er zuckend zum Orgasmus kam. Sie schluchzte hilflos unter ihm, hörte aber zugleich die Schritte auf den hölzernen Stufen unter dem Schlafzimmerfenster.

»Bastard«, keuchte sie. »Verdammter, verfluchter Bastard!«

Die Schritte näherten sich eilig, kamen vom Badezimmer zum Schlafzimmer. Joshua zog sich abrupt zurück, griff nach seinen Kleidern. Zwei Polizisten erschienen in der Tür, knipsten das Licht an und sahen Rachel auf dem Bett liegen, das Gesicht nach unten, die Hände auf ihrem Rücken gefesselt, rote Striemen auf ihrem Hintern, das Kissen naß von Tränen, die ihr über die Wangen liefen, von heftigen Schluchzern geschüttelt. Einer von ihnen löste ihr behutsam die Fesseln und reichte ihr den Morgenmantel, der an der Tür hing. Als sie sich langsam aufrichtete und in den Morgenrock schlüpfte, dachte sie, wie seltsam es sei, daß diese beiden Männer die einzigen waren, die Joshua und sie, seitdem sie sich kannten, zusammen gesehen hatten. Sie zitterte noch immer und versuchte, ihre Tränen hinunterzuschlucken. Joshua sah verdattert und schrecklich würdelos aus, während er in Hemd und Hose stieg, lächerlich, kleiner irgendwie und geradezu erbärmlich. Sie bemerkte Schweißperlen auf seiner Stirn.

»Das ist ein Mißverständnis . . . nicht was es scheint . . .«, begann er mit heiserer Stimme.

»Ich an Ihrer Stelle würde den Mund halten«, knurrte der ältere der beiden Polizisten, der offenbar seinen Zorn unterdrückte, während Rachel, den Morgenmantel fest um sich gewikkelt, mit zittrigen Beinen auf die Schlafzimmertür zuging. Bevor sie die beiden Männer erreichte, blieb sie stehen und drehte sich nach Joshua um, der hilflos neben dem Bett stand. Ihre dunklen Augen starrten in seine, verriegelten sie in einem langen kalten Blick, während sie ruhig sagte: »Dies *ist,* was es scheint, das wirkliche Leben.«

Als sie Joshua den Rücken zuwandte, war wieder der Ausdruck von Schmerz und Verzweiflung in ihren Augen. Die Polizisten traten zur Seite, verlegen und unsicher, wie sie sich dieser Frau gegenüber verhalten sollten, und ließen sie vorbei.

Rachel stand allein am Wohnzimmerfenster, nahm keine Notiz von den Männerstimmen und starrte hinunter auf die dunkle Straße. Sie bemerkte das Loch vor ihrer Haustür, noch immer mit bunten Schnüren abgesteckt.

Verdammt, murmelte sie, und preßte die Arme noch fester an ihre Brust, wann unternehmen die endlich was? Die können doch so ein riesiges Loch nicht ewig in der Straße lassen. Morgen, dachte sie, ruf ich beim städtischen Bauamt an, um mich zu beschweren.

Verlagsgemeinschaft Ernst Klett Verlag –
J. G. Cotta'sche Buchhandlung
Die Originalausgabe erschien unter dem Titel
»Nothing Natural«
© 1986 Jenny Diski
© für die deutsche Ausgabe
Ernst Klett Verlage GmbH u. Co. KG, Stuttgart, 1989
Fotomechanische Wiedergabe nur mit
Genehmigung des Verlages
Printed in Germany
Umschlag: Klett-Cotta-Design
Im Filmsatz aus der 10 Punkt Times gesetzt
von Hans Janß, Pfungstadt
Auf säurefreiem und holzfreiem Werkdruckpapier
der Cartiere del Garda
im Offset gedruckt von Gutmann, Heilbronn
Gebunden von G. Lachenmaier, Reutlingen
Zweite Auflage 1989

CIP-Titelaufnahme der Deutschen Bibliothek
Diski, Jenny:
Küsse und Schläge / Jenny Diski.
Aus d. Engl. übers. von Bettina Runge. –
2. Aufl. – Stuttgart : Klett-Cotta, 1989
Einheitssacht.: Nothing natural ⟨dt.⟩
ISBN 3-608-95556-9